横道誠
YOKOMICHI Makoto

A Study of Murakami Haruki : World Literature of Sampling, Translation, Adaptation, Criticism and Rese

サンプリング、翻訳、アダプテーション、
批評、研究の世界文学

村上春樹研究

文学通信

目次

Ⅱ　海外体験と外国語訳

Ⅲ　音楽・映画・ポップカルチャー

序　ポリフォニーを志向する研究書

一　井戸と地下二階

村上春樹の作品は国内外で劇的な成功を収めてきた。村上は作品中で井戸や、それに類似したもの（エスカレーター、非常階段など）のモティーフを多用する。村上は河合隼雄との対談で、「「井戸」を掘って掘って掘っていくと、そこでまったくつながるはずのない壁を超えてつながる、というコミットメントのありよう」があると語ったから（河合／村上 1996: 70–71）、井戸のモティーフは村上作品の本質を規定していると推測することができる。

村上の小説に頻出する「井戸」について、柘植光彦はフロイトが無意識的本能という意味で用いた「イド」（別名「エス」）の暗示だと指摘する（柘植 1998: 50–54）。これは馬鹿げた駄洒落に見えかねないが、おそらくそうではない。安西水丸の挿画をつけて「村上かるた」として発売された『うさぎおいしーフランス人』（二〇〇七年）は、もちろん唱歌「故郷」とフランスのウサギ食文化を重ね合わせた駄洒落だった。『ノルウェイの森』は、ビートルズの楽曲が日本で発売されたときの曲名「ノルウェーの森」に依拠していて、「イ」と「ー」の違いは苦情を避けるためと見ることもできるが、ユーモアと見ることも不可能ではない。『1Q84』は、ジョージ・オーウェルの小説『一九八四』の日本語読みを意識したもので、日本語原典の表紙には〈ichi-kew-hachi-yon〉という発音表記が印刷されている。この作品名は、もちろん「Q」(キュウ)と「9」(キュウ)を掛けあわせた駄洒落になっていて、日本人だけに通用するユーモアだと誤解されることも多いが、それは早計だ。というのも、〈1Q84〉を小文字にすると〈1q84〉となり、〈q〉が〈9〉だと判明するからだ。ということで、村上が「井戸」に「イド」の意味を込めていると見ることも、けっして行きすぎとは言えない。

加藤典洋は、村上の作品には井戸の地下水が連通管によって共有されるイメージがあると注釈する(加藤 2011: 31)。これは、村上の「地下二階」に関する考えを補足するものだろう。村上は「人間の存在」には地下室(地下一階)の下にさらなる地下室、「地下二階」があり、物語はこの地点を通過する機能がある、と語る(村上/湯川/小山 2003: 16; 村上/川上 2017: 91–97)。とすると、「井戸」あるいは「地下二階」が、文化の壁を超えて、世界各地の読者を結んでいると考えることもできる。

さて、この地下水あるいは地下室をつなぐ空気、つまり村上と世界中の読者を結ぶ媒質は、どのようなものなのだろうか。そこには村上作品の翻訳だけでなく、映像化作品や、村上の影響を受けた創作物、さらには村上に影響を与えた創作物、さらには村上とその作品に関する批評や研究も含まれるというのが、筆者の考え方だ。そして、その全体が村上春樹の作品を世界文学にしているという見解を提示する。

二　サンプリング、翻訳、アダプテーション、批評、研究

まず翻訳について、アメリカの比較文学研究者、デイヴィッド・ダムロッシュの考えを参考にしたい。ダムロッシュは「翻訳を通して貧しくなる文学は、国や地域ごとの伝統の内部にとどまる。これに対し、射程が広がり、深みが増すことで文体上の損失が相殺されるなら、翻訳を通して豊かになる文学として世界文学の仲間入りをはたす」（ダムロッシュ 2011: 443）と論じる。沼野充義は、世界文学に関するこの定義を受けて、「これは村上春樹についてもあてはまるだろう。彼の作品もまた様々な言語への翻訳を通じて、それぞれの受容先で何かを失いながらも何か新たなものを獲得し、新しい世界文学として流通しているのだ」と述べる（柴田ほか 2006: 239）。翻訳の出版は、村上作品を世界文学にしているメインエンジンなのだ。

ところで、村上の作品が世界文学の地位を得ていると認めるならば、その現象を支えているのは、翻訳だけではない。ここには、ぜひともアダプテーションへの視点が必要になる。リンダ・ハッチオンはアダプテーションを「ひとつ、もしくは複数の認識可能な別作品の承認された置換」、「私的使用／回収という創造的かつ解釈的行為」、「翻案元作品との広範な間テクスト的繋がり」によって特徴づけられると述べる（ハッチオン 2012: 11）。彼女は具体的には以下のようなものをあげる。「テレビゲーム、テーマパークのアトラクション、ウェブサイト、劇画、カバー曲、オペラ、ミュージカル、バレエ、ラジオ劇、舞台」（: xi）。「映画や劇作だけでなく、ミュージカル向けの編曲や歌のカバーバージョン、先行作品の視覚芸術化や歴史のマンガ化、曲への歌詞付けや映画のリメイク、テレビゲームやインタラクティヴ・アートをも扱うことを許容するだけの幅広さを持っている」（: 11–12）。アダプテーションは、村上作品を世界文学にしている第一のサブエンジンなのだ。

そして、翻訳とアダプテーションだけでも、村上作品の世界文学としての性質を規定するのは難しい。ハッチオンは述べる。「他の作品への軽い言及や短い模倣は、広範な繋がりというのに当てはまらないし、音楽のサンプリ

ングもたいていの場合、曲のほんの短い断片しか再文脈化していないので定義に合致しない。剽窃は承認された私的使用ではなく、続編や前日談を扱う続編も、ファンによる二次創作も、実際にはアダプテーションではない」(:12)。つまりサンプリングのたぐいはアダプテーションではない。他方、村上作品はまさにその多様なサンプリングによって構築されている。村上によって独自にサンプリングされることで、研究者が言う「ムラカミエスク」(村上的)な作風が立ちあがるのだが、逆に言えば、その構成成分、俗に言う「元ネタ」はムラカミエスクの種子にあたる。村上はラジオで語る。「いいんです。みんなパクるんです、多かれ少なかれ、最初は。そういえば、ビーチボーイズだって、チャック・ベリーからけっこうパクってますよね」(村上 2019b)。村上のサンプリングを「パクリ」と呼ぶことは不適切だが、少なくともそれを「パクリ」として非難する者はいるだろう。そして、村上のサンプリングは「最初」、つまり初期に限ったことではない。このサンプリング行為を、村上作品を世界文学にしている燃料のようなものと見ることができる。

村上が先行する作品をサンプリングして創作し、村上の作品が翻訳され、またアダプテーションの対象になる。この過程を取りまくように、さまざまな批評家や読者による批評行為、研究者による研究行為が舞っている。批評と研究もまた、村上作品が世界文学となる過程を支えるものと考えて良い。批評や研究に恵まれない世界文学はないから、その点だけでも、村上作品は世界文学として裏打ちされている。批評と研究は、村上作品を世界文学にしている第二のサブエンジンなのだ。

批評や研究と言えば、初期の村上は批評家に対して挑戦的な「記号操作」をしていた。『PLAYBOY 日本版』のインタビューで、雑誌の聞き手は村上作品について「記号が記号であるゆえんの、万人に共通な部分を切り捨てちゃって、自分にとっての自家用の記号に作りかえちゃうわけですね」、「村上春樹記号辞典というのをつくらなくちゃいけない」、「村上さんは、その記号操作が非常に巧妙というかね、つまり、意味ありげであって意味がないとか、意味は本当は全然ないはずなんだけども、何か意味があるとかね。小説への記号の入れ方が非常に複雑なんじゃないですかね」と指摘する。

村上　それが好きで書いてるんですよ、だいたい。（笑）それがなかったら書かないですよ。だから、ときどき、こう書けば評論家の方々が引っかかるんじゃないかな（笑）とわかるんですよね。それをいたずらでわざと入れちゃう。すると何人かは引っかかる。おもしろいですよ。

ＰＢ　自分に関する評論などは、必ず読みますか。

村上　ほとんど読まないですね。ただ、女房に言っとくんですよ、ここにちょっとエサを仕掛けておいたから、あとで教えてくれって。（笑）そうすると、引っかかったやつを教えてくれるんです。

ＰＢ　アリジゴクだね。（笑）

（村上 1986b: 48）

のちに村上は、批評を自分の作品にとって本質的なものとは見なさなくなり、ある意味では敵対的な態度を強めるに至った。「僕は作家になって最初のうち、何か学べることがあるかなあと思って、書評・批評もそれなりに読んでいたのですが、あるときからまったく読まなくなりました。そんなわけで「これは正鵠を得た内容だ！」と思える内容のものも、あるいはどこかにあったのかもしれませんが、いかんせん読んでおりません。批評家には作家の書いたものを読む責任があるが（少なくともそれを批評しようと思ったとき）、作家には批評家の書いたものを読む義理はまったくない、というのが作家の持つ利点です。このアドバンテージを見逃す手はありません」（村上 2015a: 2015-02-19）。

だが村上が批評、あるいは研究を自分の本質に関わるものと見なしたいにせよ、見なしたくないにせよ、村上の作品は多くの批評行為や研究行為を生みだし、それをまとうことで、世界文学として現前している。そこで本書の目的は、村上文学をサンプリング、翻訳、アダプテーション、批評、研究からなる、独特の世界文学的構造体として提示することにある。

三　目標としてのポリフォニー

本研究の方法に関しては、ドストエフスキーに関連がある。村上は二〇一〇年のインタビューで語った。『1Q84』では、僕なりの総合小説を書きたかったという話をまえにもしたことがあるけれど、目指すものとして、そのいちばん大きな下敷きになっているのはドストエフスキーですね。もちろんディケンズ、バルザックも好きだけれども、総合小説という言葉を聞いて最初に思い浮かぶのは、『悪霊』であり『カラマーゾフの兄弟』です。それは僕の到達点――到達できないかもしれないけれど――そこに向かって進んでいくための北極星みたいな定点です。それが『ねじまき鳥クロニクル』を書くあたりからようやく定まってきた。それまでは想定外の位置にあったものが、だんだん目標とすべき想定内に入ってきた」（村上 2010c: 52）。ドストエフスキーの一部の長編小説こそが、村上の「北極星」、つまり究極の目標なのだ。

「なぜ今もドストエフスキーなのか?」という読者の質問に村上は答える。「僕はトルストイもツルゲーネフも好きで、よく読みました。でも現代という時代から見ると、ドストエフスキーの小説が持つ「同時代性」は圧倒的に傑出しています。現代の読者はドストエフスキーの小説を、「有名な古典小説だから読む」というよりは、むしろ今ここにある問題へのアクチュアルな回答（あるいは回答の示唆）を求めて読んでいるような気がします。フランツ・カフカの場合もそれは同じことです。彼らの抱えていた問題意識が、時代を超えて現代にまでしっかり通じているのだと思います。もちろんそれでトルストイやツルゲーネフの作品の価値が落ちるというわけではありません。少しべつのところに属しているものなのだ、ということです。それは日本のみならず、世界中で見られる現象です」（村

上 2015a: 2015-03-25)。

そのドストエフスキーの小説の「本質的特徴」について、ロシアの文学研究者ミハイル・バフチンは多声性（ポリフォニー）の実現に見る。「それぞれに独立して互いに融け合うことのないあまたの声と意識、それぞれがれっきとした価値を持つ声たちによる真のポリフォニーこそが、ドストエフスキーの小説の本質的な特徴なのである。彼の作品の中で起こっていることは、複数の個性や運命が単一の作者の意識の光に照らされた単一の客観的な世界の中で展開されてゆくといったことはない。そうではなくて、ここではまさに、それぞれの世界をもった複数の対等な意識が、各自の独立性を保ったまま、何らかの事件というまとまりのある中に織り込まれていくのである。実際ドストエフスキーの主要人物たちは、すでに創作の構想において、単なる作者の言葉の客体であるばかりではなく、直接の意味作用をもった自らの言葉の主体でもあるのだ」（バフチン 1995: 15）。

これは真実としてドストエフスキー作品の「本質的特徴」なのだろうか。じつはドストエフスキーの専門家でも、バフチンのこのドストエスフキー像に賛同する人はそれほど多くないらしい（桑野 2021: 27）。だが、バフチンが論じたポリフォニーは、精神療法のオープンダイアローグに取りいれられ、バフチンが論じた意味でのドストエフスキー的対話空間が、人間精神の健康回復にとって有益だと考えられるようになった（斎藤 2015: 29, 37）。だから、実際にはバフチンの論じたドストエスフキー像が理想化されたものだとしても、「そのように感じられる」ドストエスフキーの対話空間は、それなりの重要性を持っている。

ところで、このバフチン的な観点に照らせば、村上の小説はまったくもって、バフチンの基準に照らしての「ドストエフスキー的」な文学作品とは異質なものと言わねばならない。村上の作品、特に長編小説では主人公たちは村上の分身、あるいは村上の可能性としての別の自己であることは明らかで、複数の語り手を持つ『１Ｑ８４』のような作品ですら、個々の登場人物の立ちあげる声が、ドストエフスキーの作品のように多声的になることはない。バフチンは、ドストエフスキーの長編では主人公や特定の登場人物が作者の単純な代弁者とならないと主張したが、村上の長編で対話や内省が発生する場面を見れば、この点ではるかに簡潔あるいは安易な構造を持っていて、村上自身の主張を主人公や特定の人物に語らせていると考えられる例は多く、作者の意図はほとんど明け透けなものだ。そのため、村上の作品では単声性（モノフォニー）ではないにしても、和声性（ホモフォニー）が強く現前する。

だが、村上の作品そのものが多声的でないとしても、すべての創作物には表面的には顕在化していない多声性が宿されていると考えることは難しくない。哲学史家の松山壽一は、上に記したバフチンのドストエフスキー論にヒントを得て、哲学史の研究でテクストの多声性を聞きとる概念史的研究を推奨している。「元来、テクストそれ自身、とりわけ思想的なテクストそのものがポリフォニックなものであって、たとえそれがどれだけホモフォニックな印象を与えるようなテクストの場合でさえそうである。思想テクスト形成、思想作品の完成が、関連諸思想、関連諸説を一つの統一的なイデーのもとに統合することだとすれば、それは、思想世界のポリフォニーを一思想家がホモフォニー化しようとすること、もっともこのことはおそらく不可能に近いであろうから、実際にはシンフォニー化しようとすることだと言ってよいであろう。〔…〕スコアーが指示するそのシンフォニーのメロディー、ハーモニーの背後に、異種の様々なメロディーを同時的に聴き取ること、すなわちポリフォニーを聴き取ること、このことも十分に可能であろう。われわれがあるテクストに関連する時代の諸種のテクストに目を向ける機会が多くなればなるほどその可能性は高まるであろう。〔…〕テクスト内在的なテクスト解釈の努力は、スコアーが指示するシンフォニーから作者の声、モノフォニーを聴き取ろうとする努力、すなわち、望むべき概念史的研究が目指す多声、ポリフォニーを聴き取ろうとする努力とは対極に位置する努力だと言わざるをえない」（松山 2004: 271）。

筆者はまさにこの松山の創案を発展させた上で、文学研究で実践しようとする。哲学史研究から文学史研究へ、近代ヨーロッパ哲学研究から現代日本文学研究へ。松山は哲学的概念のポリフォニーを聞きとろうとするが、筆者は文学的諸現象のポリフォニーを聞きとろうとする。文学的諸現象とは、さまざまなテクストに現れた文学的モティーフ、文体、物語構造などの全体を指している。聞きとられる多声性は、村上と先行するテクストのあいだ、つまりサンプリング行為を介して現れるものだけに限定されない。村上作品の翻訳やアダプテーション、そして村上やその作品に対する批評や論文の多声性にも耳を澄ませたいのだ。

四　本書の構成

本書の構成について述べよう。

まずⅠ**「「大江・筒井・村上」が結ぶ星座」**（第一章、第二章）では村上と大江健三郎の、そして村上と筒井康隆の影響関係を考察し、村上の作品を「大江・筒井・村上」という日本文学史上のひとつの星座のうちで理解していく。

第一章「大江健三郎の「ファン」としての村上春樹」では、村上と大江の作風を逆向きのものとして理解する従来の批評家や研究者の風潮に逆らって同一の枠組みを理解するべきという亡き加藤典洋の問題提起を引きうける。本書では基礎作業として村上と大江の作家としての類似性、村上と大江の作品の類似モティーフを、村上による大江作品のサンプリング行為として理解していく。ただし、その際、村上と大江の共通性だけでなく相違点も明確化されるように留意している。本章のもとになった論文にはさまざまな反響があり、研究者たちはその論文に言及しながら、「大江と村上」の問題意識を共有してくれるようになった。重要度が高いため、記述が長大になったことをご理解いただきたい。

第二章「村上が「好きな作家」としての筒井康隆」では、村上春樹に対する筒井康隆の影響力の大きさを、さまざまな作品のモティーフ比較によって、やはり村上による筒井のサンプリング行為として明らかにしていく。批評家や研究者は村上と筒井の文体や文学的理想の違いから、両者の共通点に注目してこなかったが、両者には作風の相違性を超えて同質的な側面がさまざまにある。

第一章でも第二章でも、議論を村上と大江、あるいは村上と筒井という単純な関係性に収束させるのではなく、彼らの背景にある海外文学との関係を重視しながら論述を進めている。

II「海外体験と外国語訳」（第三章、第四章、第五章）では、村上の海外体験の意義を作品の分析によって考察し、村上作品の外国語訳を比較検討することによって、村上春樹の世界文学としての一断面を明らかにしていく。

第三章「渡独体験を考える――「三つのドイツ幻想」と「日常的ドイツの冒険」」では、これまでほとんど論じられてこなかった初期の村上の渡独体験について論じる。雑誌『BRUTUS』に発表されたドイツ紀行「日常的ドイツの冒険」と超短編連作「三つのドイツ幻想」を確認しつつ、さらにほかの作品にも視野を広げて、村上の渡独体験が彼の創作活動の里程標になったことを明らかにする。

第四章「『国境の南、太陽の西』とその英訳、新旧ドイツ語訳」では、村上の長編『国境の南、太陽の西』の日本語原典、英訳、新旧ドイツ語訳を比較する。ドイツでの村上作品の翻訳の事例を整理することで、村上の創作の海外での受容に関する展望を与える。

第五章「『世界の終りとハードボイルド・ワンダーランド』の八つの翻訳（英訳、フランス語訳、ふたつの中国語訳、ドイツ語訳、イタリア語訳、ロシア語訳、スペイン語訳）」では、アルフレッド・バーンバウムによる『世界の終りとハードボイルド・ワンダーランド』の英訳を日本語原典や諸外国語訳と比較し、英訳の特異性を明らかにしていくとともに、村上の価値観を参照した上で再評価する。

III「音楽・映画・ポップカルチャー」（第六章、補論、第七章、第八章）では、メディア文化史やアダプテーション研究の観点を導入して、村上作品とその映像化作品について考察していく。

第六章「音楽を奏でる小説――『ノルウェイの森』を中心とした諸考察」では、村上の音楽愛好が彼の作品にどのように関与しているかを、特に長編『ノルウェイの森』に注目しながら考察していく。雑多な要素が混じりあい、試論風の筆致の章だが、今後の研究にとってさまざまな種を蒔くことができたと考える。

補論「村上春樹と「脳の多様性」――当事者批評と健跡学へ」では、病跡学の分野で新たに注目されるようになってきた「当事者批評」と「健跡学」の手法を使って、村上春樹を自閉スペクトラム症グレーゾーンの当事者として考察しつつ、村上の発達障害者的な諸個性を人類の「脳の多様性」として肯定的に理解していく。

第七章「自閉スペクトラム症的／定型発達的――映画『バーニング』と『ドライブ・マイ・カー』について」では、村上春樹のアダプテーションを考察する。村上の映画愛好に言及しつつ、短編「納屋を焼く」を映像化した映画『バーニング』と、短編集『女のいない男たち』のいくつかの作品を混ぜながら映像化した映画『ドライブ・マイ・カー』の特徴を指摘する。その際、補論で述べた自閉スペクトラム症に関する議論を踏まえて、それぞれの作品を対比的に位置づける。

第八章「ポップカルチャーの文学的トポス」では、村上春樹とサブカルチャーの関係を論じる。村上のマンガ愛好や村上に影響を受けたアニメ創作者たちの影響関係を考察し、「新しい文学史」を遠望する。

おわりに

筆者の本来の専門はドイツ文学研究で、そこに軸足を置きながらも比較文学研究や文学一般の研究に考察対象を広げてきた。本書で提示する村上春樹研究は、その最初の実践と言える。筆者が日本文学の専門家でないことは、ひとつの弱みとして認めるしかないものの、見えてくる風景が多くの村上研究者と異なることは、ひとつの強みとも言えるだろう。読者の諸兄姉が本書の内容にできるだけ多く納得してくれれば、ありがたい。

なお引用に際して原点の強調の多くを省略した。ゴシック体や傍点によって強調されている引用は、すべて原文に即している。筆者が文字修飾によって強調しようとした箇所は、本書のうちにまったくない。

I

「大江・筒井・村上」が結ぶ星座

第一章　大江健三郎の「ファン」としての村上春樹

村上は一九九七年に刊行された『若い読者のための短編小説案内』で、吉行淳之介の「水の畔り」、小島信夫の「馬」、安岡章太郎の「ガラスの靴」、庄野潤三の「静物」、丸谷才一の「樹影譚」、長谷川四郎の「阿久正の話」を論じた。丸谷と長谷川のほかは「第三の新人」と呼ばれた作家たちだ。村上は日本文学の伝統を継承していないアメリカ文学かぶれの作家だというイメージが広まっていたなかで、作者自身がそれを相対化してみせたのだった。

これらの作家たちのほかにも、村上は日本文学史上の一部の作家や作品に対する愛好を表明してきた。たとえば、夏目漱石についてこう語る。「漱石を系統的に読んだのは、二十歳を過ぎてからなんです。好きなのはなんといっても『三四郎』『それから』『門』の三部作。描かれているのは、『三四郎』は学生時代、『それから』になるともう少し上の三十前後、『門』は三十代ですよね。その三つがとても好きだった。どうしても好きになれないのは『こゝろ』と『明暗』。〔…〕『坑夫』と『虞美人草』、あの二つは個人的に好きです。客観的な作品評価とかそういうのはべつにして」（2010c: 62）。

一部の日本文学への愛好は、近代以前の作家にもさかのぼる。村上は上田秋成について語る。「小学生のころ、熱を出して学校を休んでいて（小さい頃はなぜかわりに病気がちでした）、布団の中でひとりで本を読んでいたのですが、それが子供向きにリライトされた『雨月物語』でした。で、そのとき読んだのが『夢応の鯉魚』で、本を読みながらそのまま寝入ってしまって、ものすごく濃密でヘビーな夢を見ました。汗だくになって目を覚ましました。きっと刺激が強すぎたんですね。それ以来僕は『雨月物語』にとりつかれているようなものです。ついこのあいだ京都で上田秋成のお墓参りをしてきました。とても素敵なお墓でした。個人の敷地内にあるので、一般の人がそこに入るのはむずかしいかもしれませんが」（村上 2015a: 2015-02-08）。

しかし多くの日本の作家に対して、村上の態度は曖昧と言える。初期には村上龍との親しい交流があり、中上健次に対する敬愛のような感情を抱き、後年は川上未映子と密接に交流したが、これらは例外的事象に属する。本書では独自に、村上と大江健三郎の関係に注目してみたい。

一　大江派と村上派

村上（一九四九年生まれ）と大江（一九三五年生まれ）は、村上がデビューした当初から比較されてきた。詳しくは後述することになるが、村上のデビュー（一九七九年）直後から川本三郎（一九四四年生まれ）が類似を指摘し、三浦雅士（一九四六年生まれ）がこれに続き、その後、加藤典洋（一九四八年生まれ）が長くふたりの仕事を包括的に理解するようにと要請するようになった。この三者は一様に、青少年の頃に新時代の文学的スターとして大江の作品に惹きつけられ、そして村上の登場によって、やや年少の世代あるいは同世代の作家としての村上に魅了されたのだった。

少し考えただけでも、大江も村上も、保守的な文学観から断罪されることが多かった作家という共通点がある。大江の異様な前衛性と特異性は長年論争の的になっていたが、村上の登場によって、村上に「燔祭の生贄」（スケープゴート）が移行した。しかも大江がそれを積極的に遂行したという事情がある。一九六〇年代に大江が若い読者たちから熱狂的に歓迎されたのち、それに匹敵するほどのスター作家はなかなか登場しなかったが、村上が一九八〇年代にそれを上回る熱狂を得てしまった。

村上が若い作家だった時代、村上龍、田中康夫、高橋源一郎、島田雅彦、山田詠美、吉本ばななど、村上と同じく旧世代から敵視されがちだった新進作家は多数いたのだが、一九八七年の『ノルウェイの森』が日本の文学史上で空前の成功を収めてからは、狙いが村上に絞られやすくなった。大江と同世代に生まれつつ、一九八〇年代に大きな影響力を持つようになった蓮實重彦（一九三六年生まれ）は一九八〇年の『大江健三郎論』で大江を礼賛し、一九八九年の『小説から遠く離れて』で村上を酷評してみせた。大江と村上の両者のあいだの時期に生まれた柄谷行人（一九四一年生まれ）は、一九九〇年の『終焉をめぐって』で同様の立場を示した。

その後、大江が一九九四年にノーベル文学賞を受賞しつつも、新しい作品が未知の読者層をなかなか開拓できない状況が続くなかで、村上は『ねじまき鳥クロニクル』（一九九四〜一九九五年）、『海辺のカフカ』（二〇〇二年）、『1Q84』（二〇〇九〜二〇一〇年）と、刊行した著作がいずれも多くの読者を獲得し、二〇〇〇年代以降は国際的な成功を収めるようになった。私たちは、日本人作家が、日本人よりも多くの読者を海外で獲得していくというかつてなかった事態を体験したのだ。

福田和也（一九六〇年生まれ）は村上よりも一世代下に属するが、大江か村上かで言えば、歴然と村上を高く評価した批評家で、『作家の値うち』で大江の『万延元年のフットボール』を82点、『宙返り』を64点、『芽むしり仔撃ち』を62点、『懐かしい年への手紙』を55点、『燃えあがる緑の木』を51点、『人生の親戚』を43点、『治療塔』を31点、『同時代ゲーム』を26点と採点した。村上の作品では、『ねじまき鳥クロニクル』を96点、『世界の終りとハードボイルド・ワンダーランド』を91点、『ダンス・ダンス・ダンス』と『神の子どもたちはみな踊る』を87点、『羊をめぐる冒険』を86点、『風の歌を聴け』を82点、『1973年のピンボール』を79点、『国境の南、太陽の西』を77点、『ノルウェイの森』を76点、『スプートニクの恋人』を67点と採点した（福田 2000）。

二〇〇〇年代には、村上より少し下の世代の小森陽一（一九五三年生まれ）が『歴史認識と小説――大江健三郎論』と『村上春樹論――『海辺のカフカ』を精読する』で蓮實や柄谷の立場を反復し、二〇一〇年代には福田と同世代の小谷野敦（一九六二年生まれ）が、『病む女はなぜ村上春樹を読むか』（二〇一四年）と『江藤淳と大江健三郎――戦後日本の政治と文学』（二〇一五年）でこの系譜に連なった。

現代文学に関心を寄せる多くの論者が大江派か村上派かに分かれ、対立的な関係を築いてきた。大江派は大江作品を称えて、村上作品を貶すか軽んじる。村上派は村上作品を称えて、大江作品を貶すか軽んじる。だが現代文学に本質的な関心を持たない層では、事情は異なる。ＳＮＳには、大江と村上の政治的立場の近さ、つまり彼らの「左派」としての立場に着目して、まとめて嘲笑する言説があふれている。村上はノーベル文学賞が欲しくて大江を模倣しているのだろうとか、大江も村上も薄っぺらい哀れな売国作家だとかいった非難を、文学を理解しない者たちが叫びたてている。

ジェイ・ルービン（一九四一年生まれ）は村上の作品の翻訳者で、この問題に関して多くの日本人よりも冷静な態度を見せている。ルービンは、村上と大江は比較する価値がある優れた作家同士だと主張し、そのような研究が提出されてほしいと期待を寄せているのだ（ルービン 2006: 283）。日本人にはなかなか持てない慧眼と言える。

筆者は先行する議論をさまざまに参照したが、大江と村上の関係について、納得できる議論に出会わなかった。たとえば、柄谷は『1973年のピンボール』と大江健三郎の『万延元年のフットボール』という、ふたつの作品の題名が似ていることに注目して、前者は後者のパロディだと指摘し、かつ両者の作品がどれほど隔たっているかを論じている。このふたつの著作になんらかの関係があり、おそらく前者は後者のパロディだろうとは誰でも気がつくことだろう。筆者は高校生のときに学校の図書室でこの二冊の本を見て、そうなのだろうと判断しつつ、両者の作風の乖離に困惑した。村上自身は最近、真実を吐露した。「店を経営しながら二作目を書きました。『１９７３年のピンボール』。このタイトルは大江健三郎さんの『万延元年のフットボール』のもじりですね。ちょっと拝借しました」（村上 2021c）。

さまざまな書物を博捜すると、村上が厚く信頼してきた柴田元幸の本の一冊におもしろい箇所があると気づく。村上はそこで大江の「ファン」だったと公言しているのだ。二〇〇四年一一月一五日、柴田の大学での授業に、村上が特別講師として登場したときの発言だ。村上は自分の作品のどこかに大江を登場させたことがあった気がすると語り、その発言に対して柴田が違和感を表明する。

村上　昔書いた小説の中で大江健三郎が……たしか『羊をめぐる冒険』で大江健三郎が出てきたような気がするんだけど……。
柴田　だれか覚えてる？　手が挙がらないですねえ。
村上　うーん、僕も、書いたものって読み返さないから……。
柴田　いや、大江健三郎は出てきてないと思いますけどねえ。（一同笑）
村上　『羊をめぐる冒険』に三島由紀夫は出てきたかな？
柴田　三島由紀夫は出てきましたよ。〔…〕でも村上さん、三島由紀夫はキャラクターとしていかにも出てきそうだけど、大江健三郎は村上さんの小説には登場しそうにないんじゃないですか。
村上　いや、でも僕、十代の頃、大江健三郎のファンだったんですよ。よく読んでました。
（柴田 2006: 162–163）

俗な言葉で言えば、これは「激白」ではないか。村上本人が大江の「ファン」だったと公言しているのだから、村上研究で反響がありそうなものだが、それはどうもなかったようだ。問題の書物の著者名には柴田のみがクレジットされていて、村上はあくまでゲスト扱いになっている。実際に読まなければ村上が登場していると気づかない仕組みになっている。本の主題は英訳の研究だから、日本文学の専門家や文芸評論家の眼にとまらなかったと考えられる。この発言を収録した書物が出たのは二〇〇六年だが、それからかなりの時間が経っても、本章のもとになった筆者による二〇一八年の論文が刊行されるまで、村上と大江の関係は考察されないままになった。

二　「大江か村上」から「大江と村上」へ

一九八二年、三浦雅士は新進作家だった村上を大江とつぎのように比較した。「村上春樹の『風の歌を聴け』や『1973年のピンボール』を特徴づけるのはきわめて巧みな会話であるが、これらの会話は大江健三郎のとくに『日常生活の冒険』以降の作品に見られる会話のありように酷似している。その延長上にあるといっていいだろう。会話だけではない。いささか大仰だが、大江健三郎の作品から語り手の分析的思考を拭い取ると、村上春樹の作品になるといっても必ずしも過言ではない」（三浦 1982: 272）。

このように指摘する三浦は、『1973年のピンボール』と『日常生活の冒険』を比較して、両者の作品で文体の親和性がきわめて高いことを例証しようとしている。三浦の村上論は『羊をめぐる冒険』よりも前に発表されたから、この長編小説は考察の対象にされていない。『羊をめぐる冒険』は、さらに「大江的」な作品と言えるかもしれないのだが。

村上の小説に見られる人工的な印象の強い会話を「巧み」と表現する三浦の意見には異論もあるはずだが、つまりむしろ「ぎこちない」と感じる読者や批評家も多いはずだが、それからずっとあとの時代の二〇二〇年代になっても、SNSで「村上風の会話」は頻繁にパロディの対象になっていることに鑑みると、村上作品の会話の臨場感の高さは証明済みと言えよう。

三浦の指摘は先駆的なものだが、村上の経歴がそれほど積みあがっていないからこそ、大江との類似性は気づかれやすかったと言える。その後、村上の作品が増え、その独自性が確立され、固定した愛読者が増えると、作風も読者層も大江とはかなりの距離があることが明らかになった。特に一九八七年に『ノルウェイの森』が大ヒットしてからは、村上を軽薄な通俗作家と見る通念が広まり、両者を近しいと見る論者は減った。『１９７３年のピンボール』を『万延元年のフットボール』のパロディと見なした柄谷行人は、このふたりの作家がどれほど断絶した価値観のもとにいるかを強調した（柄谷 1990: 75–79）。

だが、ここで疑問が生まれる。大江の作品を愛読していれば誰でも知っていることだが、大江自身もかつては風俗小説の名手だった。加藤典洋は三浦雅士も上で挙げた『日常生活の冒険』を例に挙げて、「昔、大江健三郎も十分に軽薄で、読んで面白かった」と強調している（加藤 2009）。大江はかつてまことに軽薄な、つまりポップな作家だった。加藤の言う「軽薄」なこの風俗小説を、一九九四年にノーベル文学賞を受賞したのちに刊行した『大江健三郎小説』全一〇巻から大江が排除したのは、象徴的なことだったと言える。軽薄な風俗小説の作家だった過去を抹消しようとする動機が働いたと推測することができるからだ。

とはいえ、二〇一八年から二〇一九年にかけて刊行された『大江健三郎全小説』全一五巻で、事態は改善された。当初、『日常生活の冒険』は第一回配本（二〇一八年七月）の第三巻に収録されると告知されていた。結局、第七回配本（二〇一九年二月）として第一四巻に回されることが決まったのだが、第一回配本として一度告知されたのは、大江や編集部がかつての読者たちの忿懣を汲みあげようとしたからかもしれない。なお、実際に第一回配本の対象になったのは、大江の作品として最重要と見なされることが多い『万延元年のフットボール』が収められた第七巻と、政治的な理由から五七年ものあいだ単行本化されなかった『政治少年死す――セヴンティーン第二部』を含んだ第三巻だった。

大江がノーベル文学賞を受賞し、全集に準じる書物を二回刊行しても、村上が大江以上の世界的に読まれる作家になっても、大江派と村上派は分裂したままだった。加藤は二〇〇四年に刊行した二冊の書物の両方で大江と村上について論じていた。その二冊の書物とは、『テクストから遠く離れて』と『小説の未来』で、前者では『取り替え子（チェンジリング）』と『海辺のカフカ』が、後者では『取り替え子（チェンジリング）』と『スプートニクの恋人』が比較されていた。『海辺のカフカ』に関しては、大江の作品との「類縁」が目立つとも指摘している（加藤 2004a: 142）。

その後も加藤は、ふたりの名前を書名に入れた『文学地図——大江と村上と二十年』を二〇〇八年に刊行し、そろそろ「大江か村上」という二者択一ではなく、「大江と村上」という大きな枠組が必要だと訴えた（加藤 2008: 208–252）。加藤はそこで、両者の「能動性」と「受動性」を考察し、「この評価の地勢図の書き換えは、単なる思いつきめいた提案に終わるかもしれない。しかしもしこれに応答があるなら、今後、筆者の手を離れて、戦後文学史の書き換えをすら要請する新しい動きに、つながるかもしれない。筆者は後者の可能性に、批評の一つの希望を見たいと考えている」と書いたが（: 252）、この試みは大きな反響を呼ぶに至らなかった。

二〇一五年、文芸評論家の市川真人は状況を変えようとして発言した。「柄谷行人は春樹を大江と対置して、優位に立つための超越論的な自己意識にすぎぬと批判しましたが、加藤さんは大江と春樹が決して背をむけるものではないと捉える。柄谷さんの春樹批判はいまにいたるまで多々参照されますが、加藤さんの分析も、それを併せ読まれるべきだと思います」（東ほか 2017: 261–262）。市川は加藤の独特なスタンスを的確に指摘している。

加藤は二〇一九年に生涯を終えた。筆者は加藤のこの遺志を継ぎたいと考え、この文章を書いている。まずは、「大江と村上」に関する共通点を挙げておこう。文学的モティーフの共通性については後段に譲り、ここでは作家性に注目する。

【1】村上も大江も、いわゆる「左派」「リベラル」、あるいは「戦後民主主義」の側の作家だ。大江は「一九六〇年安保」に関与し、村上は「一九七〇年安保」の体験を作品と思想の中核に置いている。太平洋戦争、オウム真理教、原発などを批判的に語る。

【2】大江も村上も、「私小説」の伝統に背を向けた作家だった。大江は日本の小説の一人称単数としては一般的ではない「僕」によって、鮮烈なデビューを果たし、さまざまな人称を模索した。村上は、大江のその軌道を辿りなおした。村上はそのことに言及しないし、村上研究でも問題にされてこなかった。

【3】村上も大江も海外文学と、自身の活動に先行する翻訳者たちの文体にあからさまな影響を受けた作家として登場した。その後、それぞれに独自の文体を彫琢したが、翻訳調という当初の個性は固く守られた。会話が翻訳調であるために、それは多くの読者に違和感を与える。比喩も日本の伝統から乖離していることが多い。
また登場人物の命名法が特殊だ。たとえば大江は「ギー兄さん」を好んで登場させたし——全員が同一人物とは考えられない——、「叫び声」で「呉鷹男」、『日常生活の冒険』で「＊＊＊鷹子」、『性的人間』で「蜜子」、そして『万延元年のフットボール』で「根所蜜三郎」と「根所鷹四」を登場させた。『日常生活の冒険』に「卑弥子」、『個人的な体験』に「火見子」が登場した。名前の音が重なっていたり、漢字の使い方が異様だったりする。これはまた欧米社会では日本に比較して名のヴァリエーションがかなり限定的であることと、翻訳においてしばしば既存の日本語に逆らうような訳出がなされることの影響なのだろう。
村上は初期作品で「鼠」にこだわっていた。安西水丸の本名、渡辺昇を霊感源として、『ノルウェイの森』の主人公をワタナベトオル、『ねじまき鳥クロニクル』の主人公を岡田亨（オカダトオル）、そのライバル役を綿谷昇（ワタヤノボル）と名づけた。『色彩を持たない多崎つくると、彼の巡礼の年』に登場した「色彩を持たない」主人公と、「シロ」こと「白根柚木」も、『騎士団長殺し』の「免色渉」および「柚」（ユズ）に変形した。

【4】大江も村上も現実において展開する幻想的な文学という作風を持つ。たとえば、大江作品に登場する「アルコール水槽の死体」「「胎水しぶく暗黒星雲を下降する」純粋天皇」「空の怪物アグイー」「アトミック・エイジの守護神」「スーパーマーケットの天皇」「月の男（ムーン・マン）」「縮む男」「壊す人」「両性具有のサッチャン」などを、村上の「羊男」「やみくろ」「ねじけ」「なんでもなし」「緑色の獣」「ねじまき鳥」「皮剝ぎボリス」「かえるくん」「みみずくん」「カラスと呼ばれる少年」「顔のない男」「リトル・ピープル」、「メタファー（顔なが）」「白いスバル・フォレスターの男」などと比べてみるとわかりやすい。作品名に奇抜なものが多いところも共通する。

両者の単行本の題名を比べてみよう。大江の『われらの狂気を生き延びる道を教えよ』（一九六九年）、『みずから我が涙をぬぐいたまう日』（一九七二年）、『臈たしアナベル・リイ総毛立ち身まかりつ』（二〇〇七年）は、小説の表紙に掲載される作品名として異様なほど長いが、村上は張りあうかのようにして、この伝統を更新した。すなわち『世界の終りとハードボイルド・ワンダーランド』（一九八五年）と『色彩を持たない多崎つくると、彼の巡礼の年』（二〇一三年）によって。

【5】大江も村上も暴力と性愛を主題にしている。『海辺のカフカ』や『ねじまき鳥クロニクル』は残虐描写で話題になったが、大江作品では残虐描写が頻出する。特に『洪水はわが魂に及び』（一九七三年）は凄惨だが、村上はこれらに張りあおうとしたのではないか。インターネットでは「セックス」や「射精」を用いた村上作品のパロディが氾濫しているが、大江作品も「セックス」と「射精」だらけだ。村上が愛好するジョン・アーヴィングの作品にも「射精」という言葉が頻出し、村上はアーヴィングの翻訳『熊を放つ』を刊行したから（一九八六

年）、一般的にはアーヴィングの影響だと推測されやすい。だが、文学的モティーフは複数の源泉を持つほうが普通で、また見えにくいもののほうがたいていは本質的だろう。村上の小説では主人公は、ヒロイン以外に年上の女性（特に人妻）と性的関係を持つことが多く、ふかえりなど未成年の少女への関心も示す。

加えて、女同士の性交渉への憧れがあることを窺わせ、『ノルウェイの森』『スプートニクの恋人』『1Q84』で、これについてのエロティックな場面が描写される。大江がこだわる「男色」や「肛門性交」は村上作品では影をひそめているが、『色彩を持たない多崎つくると、彼の巡礼の年』には本格的な男性同性愛の描写——主人公が男性の口内に射精する——が描かれた。これに関して、福嶋亮大は、村上は自分に関わる同性愛を「罪と汚れ」として排除しようとしていると指摘する。「村上は男どうしの親密な関係に対して憧れを抱きつつ、ホモセクシュアルについては潜在的な犯罪行為と見なしているのだ」（福嶋 2013: 399）。川上未映子は、村上の主人公がほんとうに求めているのは「男性同士の関係」ではないのかと勘ぐる（村上／川上 2017: 202–203）。

村上は、自作でセックス描写をする意図について、つぎのように説明する。「セックスのことを書くときには、読者に性的な揺さぶりをかけたいのです。それが僕の物語にとってのひとつのキーなのです。／ただ僕にとって大事なのは、それはまったくセクシュアルであると同時に、まったく非セクシュアルでなくてはならないということです。これを説明するのはとてもむずかしいので、しません。でもそうすることによって、はじめてそれは文学になるのです。ただエッチなことを書いていたら、それはポルノですよね。きわめてエロチックでセクシュアルでありながら、同時にきわめて透明で清潔である、というのが僕のめざしている性描写のひとつのかたちです」（村上 2000b: 123）。

【6】大江も村上も「魂」を鍵語として愛用する。両者は最初期から現在まで、「魂の片割れ」（ソウルメイト）

という文学的素材にも拘りつづけてきた。男同士ふたり、女同士ふたり、男女の恋人同士が「魂」に導かれ、運命的な体験に向きあう物語を、ふたりの作家は憑かれたように書きつづけた。

このように考えていくと、大江と村上が、じつは魂を共有しあった一組の人間たちではないのか、という想像――妄想?――に囚われそうになる。ふたりの近似性には、三浦や加藤に先駆けて、川本三郎が眼を向けていた。以下ではこれを見てみよう。

三　大江と新人時代の村上

村上は『群像』の新人賞を受賞し、同誌の一九七九年六月号に『風の歌を聴け』が掲載されて、作家としてデビューした。ここで興味深いのは、直後に村上が受けたインタビューだ。聞き手は、村上がデビュー前から経営していたジャズバーの客でもあった川本だった。ここではすでに、第一作に特に顕著だったヴォネガットの影響だけでなく、フィッツジェラルドとカポーティという村上の生涯にわたって重要な意味を持つ作家が話題になっている。川本は当然ながら嗅覚を鋭くして、日本作家の影響を嗅ぎとろうとするが、村上は大江に関しては特に入念に反撥を表明している。

村上　けっきょくうちのクラスなんかでも何かをやろうって思ってた連中は、ジャズ喫茶にいって、暗いとこでコーヒー飲みながら大江健三郎とか吉本隆明読んでるやつっていうのがやっぱりメインだったわけです。だからぼくなんか異端だった。ピット・インでジャズ聴いて名画座まわって、ピンボールやって帰ってくるってのはやっぱり異端ですよね。ばかにされるし突きあげられるしね(笑)。みんな『万延元年のフットボール』とか、読んで、学校へ来てその話をしてるわけですよね。そんなわけで面白くないんで大学にはあまり行かなかった。
川本　大江の小説はだいぶ読んだんじゃないですか。
村上　いや読まなかったですね。短編集を一冊読んだっきりで。
川本　ちょっと感じが似たとこあるな、という気もしたんだけど。
村上　どっちかっていうと、アンチっていうほうを、ぼくは自分では感じてたんだけど。けっきょくあの時代終っちゃって振り返ってみると、大江健三郎がいったいなにしてくれたのかっていう開き直りみたいなのがむしろありますよね。たしかにあの人は作家としては立派だし、いいものを書いてはいると思うし、巨大な才能だとは思うんだけど、じゃあ、ぼくらになにをしてくれたかっていうと、なにもしてないじゃないかという……。もちろんこれは読み手としての気持ちで、書き手とすれば、こういう言い方はいかにも甘いかもしれないけど。（村上／川本 1979: 201）

デビュー直後の村上に、つまりこの作家の実態がまったく知られていなかったときに、川本が「大江の小説はだいぶ読んだんじゃないですか」「ちょっと感じが似たとこがあるな、という気もしたんだけど」と追及しようとした事実は、改めて注目されて良い。大江が一時代前の人気作家だったこと、川本も大江の愛読者だったことも関係しているが、実際に大江と村上の作風はごく近いのではないかという事実が再検討されて良いということだ。現在、村上の作品の愛読者は大江の作風との乖離を感じるかもしれないが、それは村上が作品を発表するにつれて独自の読者を開拓し、大江とは読者層が異なっていったからということかもしれない。つまり、両者は似ていないという認識が、錯覚ではないかということだ。

　大江は六〇年安保の頃に全盛期を体験し、その後も若者に愛された作家だったが、村上が二〇歳前後だった七〇年安保の頃には人気や影響力に翳りが見えていて、また障害児との共生というテーマが前景化することで、その共生も政治との関わりが探求されたものの、少なくとも政治的な問題に直接コミットメントするという姿勢は失われていき、七〇年代半ばからは、明白に人気作家の地位から滑りおちた。だから、村上の大江についての「けっきょくあの時代終っちゃって振り返ってみると、大江健三郎がいったいなにしてくれたのかっていう開き直りみたいなのがむしろありますよね」という発言は、人気が落ちていった作家を煽ろうとした発言だ。

村上のこの発言は、大江に対する単純な不信感として受けとるのが普通だ。実際、坪内祐三や加藤典洋はそのように受けとっている（坪内 2007: 218; 加藤 2008: 211）。安保闘争時の大江の存在感のなさなどに村上が何らかの期待はずれを感じた可能性は、もちろんある。しかし、それだけを読みとるのは早計と言うしかない。なぜなら、村上は反撥に満ちた口ぶりにもかかわらず、つぎのように言っているからだ。「たしかにあの人は作家としては立派だし、いいものを書いてはいると思うし、巨大な才能だとは思うんだけど」と。デビュー時点で、村上がどのような個性の人物かは知られているはずはなかったから、この部分は村上が大江のことをほとんど読んだことはない、もしくは読んでも受けいれられないと判断したが、しかし高く評価されているということは常識として知っていて、その事実に言及し、かつ世代的な問題で反感を感じる、と述べているように見える。しかし、村上の現在の愛読者なら、村上の独自の誠実さを知っている。村上は、安易に「作家としては立派」だとか、「いいものを書いている」とか、「巨大な才能」などと表現する人だろうか。答えは否だ。

大江は当初はＳＦの娯楽作家と見なされていたカート・ヴォネガットを、純文学の文脈で評価した最初の日本人のひとりだった。エッセイ集『状況へ』（一九七四年）は、彼がヴォネガットを礼賛した最初期の記録だったし、『ピンチランナー調書』（一九七六年）では実作への応用も試みていた。この作品の三年後、ヴォネガットの作風を全面的に取りいれた新人の純文学作家が日本に出現した。それが村上春樹だ。だから、川本はこの方向性からも村上を執拗に追及する。

川本　日本の作家でボネガット読んでるのは大江健三郎ですね。
村上　そうですか。
川本　ボネガットすごく好きらしいんです、あの人。それで一時ちょっとまねしてるようにみえた時期があった。ほらボネガットのなかによくハイホーみたいな言葉が出てくるでしょう、一種の幼児言葉が。
村上　そうそう。
川本『ピンチランナー調書』だったっけ、リーリーリーとか、あれはなんかボネガットのまねやってるなってうれしくなるね。
村上　ボネガットっていうのは二十世紀以降のアメリカ文学のなかで寓話性というのをいちばん強く浮き彫りにした人だと思うんですよ。寓話性というのは、日本の文学風土には少いしね。そういうの出てくるの、時間かかると思うんですよね。けっきょくいまあるものを全部バラしちゃって再構築して、それをひとつの寓話の世界まで持って行くっていうのは、十何年、何十年かかると思いますけどね。
川本　大江健三郎にはあるよ。そういう寓話的な小説を書くという工夫というか仕掛けというか、その意識は大江は強いし、ボネガットに共通するところじゃないのかな。それにどちらもエンタテイメントの要素もある。
村上　大江さんのは、あんまり読んでないんです。この前『万延元年……』をちょっと読んでみたんだけど、読めないんですよね。
川本　文体が独特だからね。
村上　それから、名前でまいっちゃうんですよ。鷹四とか、ああいうのをみるとね。ちょっと本当にまいっちゃう。個人的な好みだから、なんともいえないけどね。
川本　短編で『空の怪物アグイー』っていうのがあるんですけど、これはぼくは大江のなかでいちばん好きな小説なんだけど、あれなんかお読みになるといい。

村上　そうですか。（村上／川本 1979: 203）

村上は大江の作品について「短編集を一冊読んだっきりで」「どっちかっていうと、アンチっていうほうを、ぼくは自分では感じてたんだけど」「大江さんのは、あんまり読んでないんです」「読めないんですよね」と否定する。ヴォネガットが話題になると、「そうですか」と距離感を見せたり、ヴォネガットについての私見をまとめて述べて、話を逸らせようとしたりする。途中の「そうそう」という同意がかわいらしい印象だが、とりあえず、この四半世紀のち、ほんとうは一〇代の頃に大江のファンだったと告白したことを思えば、村上がここで大江について語った内容を信じる必要はまったくない。

なお「名前でまいっちゃう」という発言は、江藤淳と大江の対談「現代をどう生きるか」をほのめかしている（江藤 1974: 2）。そこで江藤は「蜜三郎」や「鷹四」のような命名法を指弾して、大江の作家としての資質をこきおろした。後年、大江は「蜜三郎」という名を武田泰淳の小説『風媒花』に登場する「蜜枝」から採ったと弁明し、「ちょっと禍々しくてエロティックな気配もあるような、奇怪な名前、それを付けるのに特別な才能を持っていた人ですよ、武田泰淳は」と述べた（大江 2007a: 252）。だが同時に「「鷹四」という名は初めから決めていた」と語っているから、武田泰淳の命名法が大江に与えた影響は副次的かもしれない。

村上は江藤の側にくみしたわけで、大江に対して批判的な立場だとアピールしたのだが、そのような凝った言動は逆説的に村上の大江マニアぶりを暴露してしまっている。また村上の読者なら誰でも知っているとおり、村上自身も大江に劣らず登場人物に奇怪な名前を与える名手だ。『ねじまき鳥クロニクル』の加納マルタ、加納クレタ、赤坂ナツメグ、赤坂シナモンを思いだしてみるだけでも良い。このような命名法に嫌悪感を抱く読者はけっして少なくないだろう。

なお先の説明に関して、村上が関心を寄せていたのは大江ではなく、むしろ江藤だと考える人もいるかもしれない。というのも江藤は、村上がこよなく愛するF・スコット・フィッツジェラルドの研究を名目として一九六二年から一九六四年までロックフェラー財団研究員としてプリンストンに滞在したことがあり、経歴のこの部分で一九九一年から一九九三年までプリンストン大学の客員研究者だった村上と重なっているからだ。江藤には「第三の新人」を研究した著作『成熟と喪失』(一九六七年)があり、村上はこの著作を副読本としてプリンストン大学の学生に「第三の新人」について論じたことがあった(村上 2003b: 463)。

ここで川本によるインタビューで、村上がサリンジャーについてつぎのように発言する箇所に眼を向けてみよう。

川本　いわゆるアカデミズムのやってる文学ってのは、せいぜいアップダイク、サリンジャーどまりでしょう。それ以降の作家ってのはぜんぜん無視されているんですよね。

村上　サリンジャーはつまんない。(村上/川本 1979: 203)

村上は自身のこのサリンジャー評価を、やがて完全にくつがえす。二〇年以上のちの村上は「とにかく僕が言いたいのは、『キャッチャー』という本は、だれがなんと言おうと本当に神業なんだということです」とサリンジャーへの心酔ぶりを語ったから(村上/柴田 2003: 44)、デビュー当初に実施されたこの川本との対談での村上の発言はよく吟味されないといけないのだ。坪内祐三は、村上が初期にサリンジャーに対して否定的な発言をしていたのに、年を経てサリンジャーの翻訳者に変貌したことを、転向としてではなく、愛憎が半ばする葛藤の解消、隠された本心との和解として考察しているが(坪内 2007: 216–219)、この心理は村上と大江の関係にもそのまま当てはまると考えて良い。

村上のデビュー作は、直後に開催された第八一回芥川賞選考委員会で候補作になった。選考委員だった大江の評価はそっけなく、作者名にも作品名にも言及せずに、関心がなさそうに書いた。

今日のアメリカ小説をたくみに模倣した作品もあったが、それが作者をかれ独自の創造に向けて訓練する、そのような方向性づけにないのが、作者自身にも読み手にも無益な試みのように感じられた。（大江 1979b: 381）

「作者自身にも」「無益な試みのように感じられた」と決めつけているのが恐ろしいが、三〇年近くのちの二〇〇七年、「芥川賞候補になった村上春樹さんの「風の歌を聴け」を評価されなかったのはなぜでしょう」というインタビューに対して、大江は答えた。

私はあのしばらく前、カート・ヴォネガット（ジュニアといっていた頃）をよく読んでいたので、その口語的な言葉のくせが直接日本語に移されているのを評価できませんでした。私は、そうした表層的なものの奥の村上さんの実力を見ぬく力を持った批評家ではありませんでした。（大江 2007a: 310）

芥川賞の落選から約半年後、『群像』一九八〇年三月号に、村上の第二作『１９７３年のピンボール』が発表され、これは第八三回芥川賞の候補作になった。書名からすでに自分の作品へのオマージュを暗示するこの中編小説に、大江はどのような評価をくだしただろうか。

やはり詩的な領域になかば属する感覚、清新な文章によって、新世代のスタイルをあらわしているが、散文家としての力の耐久性には不安がある。そのような作品として、村上春樹の仕事があった。そこにはまた前作につなげて、カート・ヴォネガットの直接の、またスコット・フィッツジェラルドの間接の、影響・模倣が見られる。しかし他から受けたものをこれだけ自分の道具として使いこなせるということは、それはもう明らかな

才能というほかにはないであろう。（大江 1980: 312）

絶賛と表現しうる評価ではなく、「力の耐久性には不安がある」「影響・模倣」といった否定的な言葉を織りまぜつつも、「明らかな才能」という言葉で賛辞を与えている。これはなぜだろうか。おそらく作品名に自作『万延元年のフットボール』への媚態を見て、態度を軟化させる気になったのではないか。

なお数年後、村上はインタビューで「怪奇幻想小説を読み出されたのはいつ頃から？」と尋ねられて、学生結婚をしたのちにも大江の読者だった事実を漏らしてしまっている。

女房が『澁澤龍彥集成』とか夢野久作やポオの全集とかラヴクラフトのものとか、すごく集めてたんですよね。で、二人の本がはっきり半々に分かれちゃってて、あちらは吸血鬼ものとか幻想ものとかばっかりあって、こっちはわりにアメリカ文学とか、純文学系ばかりあったので、お互いに交換しながら読んでたんですよね。その影響が強いと思います。ちょうど七十一、二年かなあ。いわゆる学生運動が終わった時代ですね。別にやることもないし、本でものんびり読もうという時代で、そういう時に、すごく、幻想文学というのは心の中に滲みこんできたというか……その前だとね、やっぱり外の動きが大きすぎて、うまく読めなかったんじゃないかな、という気はしますよね。だから純文学的なものはね、その時に自分の中で力を失っちゃったようなところがあるんですよね。大江さんなんか読んでても、ちょっとずれてきちゃったのね、七十二年くらいになると。（村上 1983a: 10–11）

「大江さんなんか読んでても、ちょっとずれてきちゃったのね、七十二年くらいになると」という発言は、「七十二年くらい」までは大江を愛読していて、それまでは「ずれて」いると感じなかったことを意味しているはずだ。澁澤龍彦や夢野久作に言及するのも、村上としては稀なことだ。気が緩んでいたのかどうかわからないが、このインタビューは単行本に収録されたことがない。

四　村上春樹が大江健三郎をサンプリングする――『万延元年のフットボール』

村上は川本との対談で、大江のある作品に二度も言及していた。「みんな『万延元年のフットボール』とか、読んで、学校へ来てその話をしてるわけですよね。そんなわけで面白くないんで大学にはあまり行かなかった」「この前『万延元年……』をちょっと読んでみたんだけど、読めないんですよね」。

さて、多くの人が、つぎの一般的な事実を知っているだろう。それは、人は嘘をつくときに、何かを自分にはまったく無関係であり、自分はそれが嫌いだと主張することがあるが、そのように否定的に言及されたものは、多くの場合、その人が隠した真実への扉を開く鍵になっている、という事実だ。

加藤典洋は『万延元年のフットボール』の講談社文芸文庫版（一九八八年）の「解説」を担当したが、そこでは村上の作品との関係に言及していない（加藤 1988: 458–473）。この頃の加藤はまだ経歴の浅い批評家だったし、後年にそうなるほどの村上作品の支持者ではなかった。そして加藤はもういないのだから、筆者が現在の知見をもとにしてこの問題について考えてみよう。

『万延元年のフットボール』は、大江の作品のうち、特に文学的に評価され人気も高い作品のひとつと言える。村上の『1973年のピンボール』という作品名は、内容を知らないと、大江の作品を露骨に意識しているかのように見える。だが実際にこれを読んでみると、作品の雰囲気といい文体といい大江の作品から懸けはなれている。だが本書では、村上春樹が『1973年のピンボール』にこだわらず、『万延元年のフットボール』を創作の霊感源のひとつとしていた可能性はないか、という仮説を立ててみよう。ただし、村上がこの作品を何度も読みかえしながら自身の創作に役立てたというのではなく、かつて愛読したこの作品が、村上の血肉となっていて、それが何度も創作に浸透してきているのではないかという仮説だ。

『万延元年のフットボール』は一九六七年に『群像』に連載され、単行本として刊行された。この時期、村上は大学受験に失敗し、いわゆる大学浪人として受験勉強に励んでいて、まだ一八歳だった。そして村上自身が柴田元幸たちの前で述べたように、彼は「一〇代の頃、大江健三郎のファンだった」。受験勉強に励みながら、村上が大江のこの小説を夢中で読んだ可能性は大いにありそうだ。

『万延元年のフットボール』が、ドストエフスキーの『カラマーゾフの兄弟』を意識して作られた作品であることも、村上研究で注意を引いてこなかった。この作品は蜜三郎と鷹四、そしてふたりの死んだ兄「S次」の三人をめぐる根所家の男たちの物語、大江版『カラマーゾフの兄弟』なのだ。実際、この作品は当初ドイツでは『カラマーゾフの兄弟』（*Die Brüder Karamasow*）を連想させる『ネドコロの兄弟』（*Die Brüder Nedokoro*）として刊行された。のちには、英訳（*The Silent Cry*）をドイツ語に置きかえた『静かな叫び』（*Der stumme Schrei*）に改題されたのだが。

『カラマーゾフの兄弟』には、私生児として第四の兄弟スメルジャコフが登場するが、『万延元年のフットボール』には、死んだとされる兄が正体ではと想像させる「義一郎」という名の隠遁者が登場し、加えて同様に死んだ妹が話題になる。村上が、自分の文学的目標を『カラマーゾフの兄弟』に置いていること、いつかそのような作品を作りたいと繰りかえして述べてきたことは、「序」でも示した。日本版『カラマーゾフの兄弟』として、埴谷雄高の『死靈』は有名な部類に属するが、大江は埴谷を敬愛していたから、自分でも独自に日本版『カラマーゾフの兄弟』を作ってみたいと考えたのだと思われる。大江の「ファンだった」村上が、『万延元年のフットボール』を読んで、同じような夢を抱いたとしてもおかしくはない。そして、死者の多さという共通点もある。作中で鷹四も死ぬから、五人兄弟（ひとりは妹）のうち蜜三郎だけが生きのびる。人が死にすぎると揶揄されることが多い村上作品とは、このような点でも共通している。

蜜三郎の妻は「菜採子」という。ほかの主要な女性の登場人物には「桜子」がいる。植物を意識したこれらの名前が、『海辺のカフカ』の「さくら」を連想させると主張したら、牽強付会と見なされるだろうか。それでは、鷹四を崇拝する青年「星男」はどうだろうか。この人物が『海辺のカフカ』の「星野」を連想させると主張するのも牽強付会だろうか。

さらに言えば、蜜三郎のニックネームは「ネズミ」なのだ。初期の村上作品に登場した人物の名前と同じ。この類似は柄谷行人が指摘していたが（柄谷 1990: 76）、のちの研究ではほとんど無視されている。村上のお気に入りの映画に、ジョン・シュレシンジャー監督の『真夜中のカーボーイ』（一九六七年）があり、その主人公は「ネズミ」〈Ratso〉「ラッツォ」）と呼ばれるから、それが源泉ではと推測されている（ナカムラ／道前 2014: 16）。だが、大江とアーヴィングの「射精」についても指摘したように、文学的モティーフが複数の源泉を持つこと、また見えにくく隠されたものに真実が潜んでいやすいという事実が無視されてはならない。さらに『真夜中のカーボーイ』では「オカマ」や「男娼」が本筋に関係してきて、作品中ではこれらに関する言葉が飛びかうという点で、この映画は大江の多くの作品とも共通していることを補足しておこう。

菜採子は義理の弟に当たる鷹四と姦通する。また鷹四は蜜三郎に、彼らの実妹が自殺したのは自分が彼女を強姦したからだと告白する。『ねじまき鳥クロニクル』で、主人公の妻は実兄に強姦されていたが、これを大江の村上への影響と解釈するのは強引だろうか。しかも『騎士団長殺し』で、主人公には少女のまま死んだ妹がいたと設定されているのだが、これも『万延元年のフットボール』と重なっている。

義一郎は「ギー爺さん」と呼ばれ、大江のほかの作品には繰りかえして登場する「ギー兄さん」の祖型の役割を果たしている。村上の作品には、複数の作品に「鼠」や「牛河」が登場するという、同じ仕掛けがある。そしてS次の従軍中の過酷な逸話が紹介される。『ねじまき鳥クロニクル』では、間宮中尉の過酷な逸話が紹介される。

村上の中編小説「街と、その不確かな壁」でも『世界の終りとハードボイルド・ワンダーランド』でも、主人公の「僕」は一度は「影」と離ればなれになり、のちにこれを取りもどす。ところで『万延元年のフットボール』には、蜜三郎についての描写として、つぎのものがある。

僕の周りを赤黒く濃い影が充たした。それは雪が降りはじめて以来、谷間の周辺からすっかり消え去っていた影の帰還である。（大江 1967: 286）

村上はのちにアーシュラ・K・ル＝グウィンの『空飛び猫』を翻訳し、刊行した（一九九三年）。ル＝グウィンのもっとも有名な著作『ゲド戦記』を村上は好んでおり（後述）、その第一部は「影との戦い」と題されている。だから村上の愛読者は、「世界の終り」の「僕」と「影」の関係は、ル＝グウィンに由来するのではないかと推測してしまう。その可能性を否定するわけではないが、先に『真夜中のカーボーイ』で述べたように、もっと見えにくい、そしておそらくもっと本質的な源泉として、『万延元年のフットボール』が推測されて良いのではないか。

村上の作品では、しばしば悲惨で奇妙な死が描かれる。たとえば『風の歌を聴け』で、デレク・ハートフィールドは、ある晴れた日曜日の朝に、右手にヒトラーの肖像画を抱え、左手に開いた傘を持って、エンパイア・ステート・ビルの屋上から投身自殺し、地面では蛙のように潰れたと説明される。ところで『万延元年のフットボール』には、つぎのような自殺が紹介される。

この夏の終りに僕の友人は朱色の塗料で頭と顔をぬりつぶし、素裸で肛門に胡瓜をさしこみ、縊死したのである。（: 7）

これは「ムラカミエスク」にして、「オオエスク」（大江的）なわけだ。村上のカタカナ語の多用は、日常の日本語から乖離した印象をもたらすことが多く、それがしばしば揶揄の対象になる。『色彩を持たない多崎つくると、彼の巡礼の年』では、人と人の交流の妙が「ケミストリー」と表現されたが、Amazon.co.jp の「カスタマーレビュー」に、「ドリー」の筆名で二〇一三年五月三日にこれを揶揄する書評が投稿され、話題になった（二〇二二年現在は削除されているが、インターネット上のさまざまな場所に転載されている）。他方、『万延元年のフットボール』にはこんな一節がある。

しかも娘は、おまえのペニスが burning なのか？ といったんです。僕は、この実感的な表現に一撃うけて、羞恥心の炎で躰中が burning なのを感じましたよ、はっは！（: 25）

外来語を投入し、日常的な仕方とは異なる日本語空間を作りだすという手法――この実験精神に鑑みるなら、村上は大江の直系の後継者と言える。そして大江の翻訳調の文体には、ヒュー・ロフティングの「ドリトル先生」シリーズの翻訳者でもあった井伏鱒二や、安部公房、埴谷雄高、そして数々の翻訳文学の訳者たちの影響が流れこんでいるから、村上をこの系譜に位置づけることも可能なのだ。

村上作品の女性たちが、巫女的な役割を担わされて、画一的で人工的な話し方をするということもよく指摘され、フェミニズムの観点から非難されることもあるが、『万延元年のフットボール』の菜採子はこのように語る。

私も、バスに乗って以来、この森の力は増大していると感じつづけていたの。私はその森の力に圧迫されて気が遠くなりそうだったもの。もし私が隠遁者ギーなら、この恐ろしい森に逃げこむことを忌避して、喜んで軍隊に行くわ。（: 84）

これだけ読めば、村上作品の一部と錯覚する村上ファンもいるのではないか。彼女は鷹四が死んだあとで蜜三郎の元に戻り、人生を組み立てなおしたいと語る。その時の菜採子の様子は『国境の南、太陽の西』の主人公の妻、有紀子を思いださせる。

あなたが無事にそこから出て来さえすれば、私の申し出は受けいれてもらえると、いわば自分に賭をしていたのよ、夜の間ずっと、恐しい賭だったわ、蜜」と妻は幼く不安な涙声でいってひとしきり震えた。(: 392)

村上の長編小説『ダンス・ダンス・ダンス』に登場する「僕」の友人「五反田くん」は、カリスマ的な人物だが、心に闇を抱え、多くの猫を殺していた。最後は娼婦のキキを殺したことを打ちあけ、かつ同じく娼婦であるメイを殺したかどうかははっきりさせないまま、自殺してしまう。『万延元年のフットボール』では、カリスマ的な鷹四が実妹を犯して、それが原因で妹は死んだことを告白し、また村の娘が死んだのは自分の犯行かをはっきりさせないまま、死んでしまう。この平行関係は、偶然の産物だろうか。

『万延元年のフットボール』に登場する根所家の兄弟たちは「義一郎」「S次」「蜜三郎」「鷹四」だった。彼らの名に含まれた「一」「次(二)」「三」「四」の数字を引きつぐかのようにしての、「〈五〉反田くん」の「五」と言えば、言いすぎだろうか。村上春樹の作品に多数の意味ありげな数字が現れるということについて、柄谷行人は、無意味なものを意味ありげに示することによって、意味のあるものを見下そうとする性質を持つと非難したが(柄谷 1990: 96–98)、多くの研究者が村上作品に埋めこまれた数字の謎を解こうとしてきた。筆者もここで、それを試みたことになる。これは、「序」で引用した村上による批評家を愚弄するための罠に嵌ってしまったのか。それとも、そうではないのか。

村上はデビュー直後の川本との対談で、なぜ『群像』の新人賞に送ったのかと問われて、答えた。

川本　ところで、「群像」を選んだっていうのは、なんか意味があるんですか。
村上　いや締切の日が合うのが「群像」と「文学界」しかなかったんですよ。で「群像」のほうが名前が良さそうだし（笑）（村上／川本 1979: 203）

この発言は、どこまで信じて良いのだろうか。川本は、この話題によっても、村上が好む日本作家を詮索したかったのだろう。村上の作品が新人賞を受賞したときに、最終選考委員には、佐々木甚一、佐多稲子、島尾敏雄、丸谷才一、吉行淳之介がいた。このうち丸谷と吉行は、のちに村上が『若い読者のための短編小説案内』で愛着を露わに語った作家たちだ。『文學界』に応募していたら、最終選考の委員は阿部昭、清岡卓行、柴田翔、田久保英夫、古井由吉だった。これらの作家について、村上が愛着を表明したことはない。最終選考の委員は応募の時点で公示されているから、村上が『群像』に応募した理由には、丸谷や吉行なら自分の作品を高く評価してくれるのではないかと期待したからとしか考えられない。結果としては、選考委員の五人全員が好意的な評価を与えた（佐々木ほか 1979: 115–119）。

だが、さらに筆者は、つぎの事実に改めて注意を促しておきたい。それは『万延元年のフットボール』が一九六七年に連載された雑誌は、まさしく『群像』だったということだ。村上が、この作品を雑誌掲載のときから読んでいて、作家になる前にはこの雑誌に特別な思い入れがあったという可能性はないか。これは純粋な推測あるいは憶測にすぎないが、可能性としては充分にあるだろう。ちなみに加藤典洋は、一九六三年に『文學界』に連載された大江の『日常生活の冒険』を雑誌で読んで、大江の作品と、さらには戦後の日本文学のおもしろさに初めて開眼したと語ったことがある（加藤 1988: 458–459）。村上はそれに似た体験を『群像』に連載された『万延元年のフットボール』をつうじて得たのではないか。のちに村上は、自分は先行する有名な作品の「換骨奪胎」をすることがあると説明した。

実を言うと、僕はカバーソングのマニアなので、カバーでちょっと違うテイストで聴きたいなということが多くて、つい集めちゃうんです。カバーの鬼と呼ばれてます（笑）。小説の世界で言えば、芥川龍之介も昔の説話を小説にしていますよね。僕もある種のトリビュートみたいなのはやることはあります。誰でも知ってる有名な小説の部分を換骨奪胎して変えて書くのです。（村上 2018）

音楽を創作原理とする村上については、第六章で考察する。いずれにせよ、この「トリビュート」としての「換骨奪胎」こそ、本書で「サンプリング」と呼ぶものだ。

五　大江のその他の作品への視線

前節では、大江の作品のうち『万延元年のフットボール』に焦点を当てた。それでは、大江のほかの作品に、村上の作品との関係を推測できるものはどれほど存在するだろうか。

加藤典洋は『海辺のカフカ』に関して、「ナカタ」さんと「イーヨー」（脳機能障害を有する大江の長男、光がモデル）の話し方の類似性、「ナカタさん」と主人公の「田村カフカ」の組み合わせが、大江の『ピンチランナー調書』の父子（いわゆる「奇妙な二人組」）を連想させること、そして主人公の向かう先が、大江が初期から繰りかえし舞台にした「四国の森」であることを指摘している（加藤 2004a: 142）。村上の作品のなかでも、この長編小説は大江の作品との共通点が目立っている。主人公が一五歳の語り手なのは、村上の小説としては異例に若く、話題になったが、大江も同種の実験を試みたことがあり、それは一七歳の語り手を選んだ短編小説「セヴンティーン」とその続編「政治少年死す──セヴンティーン第二部」だ。

村上の作品に注目すれば、『海辺のカフカ』と後述する「街と、その不確かな壁」および『世界の終りとハードボイルド・ワンダーランド』に大江の小説を暗示させる記述が多いが、大江の作品に注目すれば、前述した『万延元年のフットボール』についで、川本が村上へのインタビューで言及していた一九七六年の『ピンチランナー調書』が目立つ。川本は村上に対して、ヴォネガットに絡めて大江のこの作品を話題にしていた。

『ピンチランナー調書』のように「奇妙な二人組」が描かれるのはこの作品を含めて大江の作品では常套手段であり、それは村上の作品にも共通している。というのも、ここには大江も村上もこだわってきた「魂の片割れ」の問題があるからだ。大江の場合は『芽むしり仔撃ち』などの「僕」と「弟」、『万延元年のフットボール』の「蜜三郎」と「鷹四」、『ピンチランナー調書』の「森」と「森・父」、『懐かしい年への手紙』の「K」と「ギー」、『燃えあがる緑の木』の「サッチャン」と「ギー兄さん」、『取り替え子（チェンジリング）』の「長江古義人」と「塙吾良」、『同時代ゲーム』などでの「妹」属性への愛着などがそうだ。村上の場合は、「僕」と「鼠」、「二〇八」「二〇九」のトレーナー・シャツを着た双子の女の子、さまざまな恋人たち、「ワタナベトオル」から枝分かれした「岡田亨」と「綿谷昇」、「ファミリー・アフェア」や翻訳をとおして関わった『キャッチャー・イン・ザ・ライ』での「妹」属性への愛着などがそうだ。大江はこのモティーフを主役に絡めて描くが、村上の場合には敵役や端役にも広がっている。『世界の終りとハードボイルド・ワンダーランド』の「大男」と「チビ」、『騎士団長殺し』の「イデア（騎士団長）」と「メタファー（顔なが）」などを想起されたい。

細かなことを言えば、『ピンチランナー調書』ではC・G・ユングの「私」の存在の意味に関する引用が出てくるのだが（大江 1976: 23）、村上の『1Q84』では「タマル」が「牛河」を殺すときにユングの「神」の実在に関する引用が出てくる。村上は、ユングの研究から出発した河合隼雄に傾倒したから、その影響と見えるところだが、大江の作品は、まったく意識されていなかっただろうか。さらに細かいことを言えば、『ピンチランナー調書』ではナチスの「突撃隊」が話題になるのだが（: 56）、村上の『ノルウェイの森』には「突撃隊」という渾名の登場人物がいなかったか。「反キリスト」としての「ヒットラー」というオカルト思想が説明されるのだが（: 60）、この作品の三年後、村上はヒットラーの肖像画を抱えて――崇拝の対象にしていたのだろう――自殺するデレク・ハートフィールドという架空の作家について語ったのだった。またヴォネガットの影響があからさまで宇宙的な展開をするこのアメリカ小説風の物語は、日本の古典にも言及し、『往生要集』が参照される（: 16）。この感覚は、村上のアメリカ的な印象が強い作品で、たとえば『海辺のカフカ』では『雨月物語』が、『1Q84』では『平家物語』が好んで言及されるのに並行している。

大江の『日常生活の冒険』（一九六三〜一九六四年に連載）も見逃せない。英雄的な「冒険」が「日常」レベルで起こる。その二〇年近くのちに、この作品は『羊をめぐる冒険』に変転したのではないか。『日常生活の冒険』の主要人物は、大江の妻の兄、伊丹十三をモデルにした主人公「斎木犀吉」、その父親（伊丹万作に該当する）「斎木獅子吉」、それからなぜか姓が伏せ字の「＊＊＊鷹子」、「雉子彦」などほとんどが動物の名を持ち、寓話を感じさせる。冒頭はこのように始まる。

あなたは、時には喧嘩もしたとはいえ結局、永いあいだ心にかけてきたかけがえのない友人が、火星の一共和国かと思えるほど遠い、見知らぬ場所で、確たる理由もない不意の自殺をしたという手紙をうけとったときの辛さを空想してみたことがおありですか？（大江 1964a: 3）

「火星の一共和国」かと思うほど遠い場所で自殺した親友についての物語。この作品の一五年後、村上のデビュー作は、それが「火星の井戸」という作品を残して自殺したデレク・ハートフィールドという作家の影響で書かれたと主張する内容だった。「斎木犀吉」と「ぼく」が訪れる喫茶店の場面（: 32–33）はどうか。「ノーレンドルフプラッツというドイツ風の食料品店の二階」にあり、主人公は「カキのコクテール」「タータル・ステーキ」「ドイツ麦酒」

「特別にいれた紅茶とブランデー」「コオフィ」、練習している「バッハの無伴奏パルティータの一番」について語る。オシャレで美食趣味で、高級芸術も出てくる村上の作品のようだが、もちろん真実は、村上の作品が大江の作品のようなのだ。比喩も豊富で、主人公は「鯨がプランクトンを食べるように」食事をし、年齢がかなり上の大学生が「禿げ頭を気にしながら学生服を着こんだチェホフの万年大学生みたい」と表現される。

「ぼく」が食事に夢中になっている相手の弱みをつくと、このような超現実主義的な比喩が出現する。

「ああ、あれか！」と斎木犀吉はいい、満足感のキノコがびっしりうわっていた彼の大きな顔から、お菓子と紅茶とブランデーの影がさっとぬぐいさられて、悲しげにみえるほどの鋭い忿懣の表情がうかびあがった。(: 33)

うれしそうな顔を、「満足感」がキノコのように繁茂した状態と表現するその凄まじい個性に、ノーベル文学賞受賞作家の天才性が現れている。別の場面では、主人公が「ぼく」を卓抜な比喩で攻撃する。

「ああ、おれはきみの小説をふたつ読んだよ。きみは女が裸のうえに着ている短くて薄い肌着ほどの抵抗感の文体といっていたが、実際にきみの発表した小説ときたら中世のスラヴ騎士の甲冑くらいも抵抗感のある文章でのたくってあるじゃないか！」(: 42)

この作品の一五年後、村上のデビュー作は、すなわち作家としての村上のあらゆる仕事の第一歩は、この一節への応答のような文章から始まった。

完璧な文章などといったものは存在しない。完璧な絶望が存在しないようにね。（村上 1979: 3）

続いて、一九六三年の中編小説『性的人間』に眼を向けたい。この小説は、いわゆる「地獄めぐり」の枠組みを持っている。「地獄めぐり」は東アジアでもほかの文化圏でも伝統的な文学的素材だが、ヨーロッパにも見られ、たとえば第二章と第八章で注目するエルンスト・ローベルト・クルツィウスの主著『ヨーロッパ文学とラテン中世』は、ヨーロッパでもっとも典型的かつもっとも影響力があった「地獄めぐり」の作品、ダンテの『神曲』に繰りかえし立ちかえりながら論述を進める。大江はのちに、そのダンテの『神曲』を下敷きにして長編小説『懐かしい年への手紙』（一九八七年）を書く。『性的人間』では、「耳梨湾」といういかにも怪談めいた名の土地の山荘へ行くところから物語が始まり、乱交パーティーなどが展開され、最終的に主人公の「J」は電車内の痴漢行為で捕まる。「地獄めぐり」はもちろんアメリカ文学にも多く、村上自身が、自身が翻訳したサリンジャーの『キャッチャー・イン・ザ・ライ』を「地獄めぐり」として説明している（村上／柴田 2003: 30–41）。そもそも、村上の『羊をめぐる冒険』以降の長編小説――一部は中編小説や大長編小説と言った方がふさわしいかもしれないが――を、『世界の終りとハードボイルド・ワンダーランド』『ノルウェイの森』『国境の南、太陽の西』『ねじまき鳥クロニクル』『スプートニクの恋人』『海辺のカフカ』『アフターダーク』『1Q84』『色彩を持たない多崎つくると、彼の巡礼の年』『騎士団長殺し』と思いだしていくと、じつはいずれも「地獄めぐり」の枠組みを利用していることがわかるだろう。『性的人間』のような乱交パーティーは『ノルウェイの森』や『色彩を持たない多崎つくると、彼の巡礼の年』で――後者には性夢の形で――登場する。『性的人間』で主人公たちは象牙色のジャガーで山荘を目指し、『騎士団長殺し』では、主人公は赤のプジョー205で北海道と東北――前近代的な価値観から見れば地獄めいた異界――を放浪する。

さらに言えば、一九七二年の短編小説『月の男（ムーン・マン）』は、アポロ計画の月面着陸を題材として、月面世界の幻想と孤独が描かれる。村上は月への幻想を共有し、『1Q84』にはふたつの月が現れた。この作品を執筆した動機を語ったときに、村上はオウム真理教の幹部で死刑囚になった林泰男に言及し、「気がついたときにはいつ命を奪われるかわからない死刑囚になっていた」という、「そんな月の裏側に一人残されていたような恐怖を自分のことのように想像しながら、その状況の意味を何年も考え続けた」と述べた（村上 2009c: 23）。『同時代ゲーム』で語り手は、「妹よ」と実妹に繰りかえし語りかけるが、両者の関係はエロティックな雰囲気に満ちていて、近親相姦を読者に想像させるようになっている。村上が翻訳した『キャッチャー・イン・ザ・ライ』では、主人公の妹が重要な位置づけにある。呼びかけの〈you〉は一般的には読者を想定していると見なされるが、村上はこれを語り手にあたるホールデンによる実妹への呼びかけとして解釈した。この解釈については、村上の作品の英訳者であるジェイ・ルービンからも母語話者の立場から異論が出たことを村上自身が紹介している（柴田 2006: 159–160）。

初期の村上作品によく登場した「羊男」の霊感源が、大江の初期短編「人間の羊」という作品名と、そこで描かれる「僕ら《羊たち》」だと主張したら、非難を受けるだろうか。だが『村上さんのところ』で、村上はまさに「羊男」と大江健三郎の関係を仄めかした。一二歳の「羊女子」を名乗る読者が「双子とドーナツと羊男がよく登場するのは、なぜですか?」と尋ね、村上は答える。「羊男が好きなのは、中に誰が入っているのか見えないからだと思います。見えちゃうと「なんだ、こんなやつか」とか思ってがっかりしますよね。中身はキムタクさんかもしれないし、所ジョージさんかもしれない、大江健三郎さんかもしれません。そういう「かもしれない」という可能性がわくわくして楽しいのです」（村上 2015a: 2015-03-08）。村上らしいユーモラスな、はぐらかすような書き方だが、「キムタク」（木村拓哉）、所ジョージというふたりの人気芸能人に混じって、大江健三郎はあまりにも唐突に見える。しかも村上と大江の個人的関係は、作品外で気安く戯れあうような親しげなものではない。

さらには、村上の短編小説「我らの時代のフォークロア──高度資本主義前史」という作品名はどうだろうか。村上は通常「我ら」という一人称複数を使用しない。七〇年安保を大学生として体験した世代として、村上は、当時は広く使われたこの一人称複数を忌避しているものと推測される。だから、この作品名は自分の青年時代に流布していた思想圏に対する一種の当てこすりなのだ。そしてその際、大江の一九五九年の長編小説『われらの時代』が意識されていた可能性は充分にあるだろう。「我らの時代のフォークロア」とは、「大江的な「われらの時代」の民衆風俗」を意味する作品名なのだ。

山根由美恵が主宰する村上春樹とアダプテーション研究会で、本章のもとになった論文が検討対象になったとき、出席していた小林由紀が『1Q84』の一章「気の毒なギリヤーク人」を話題にしてくれた。小林が指摘するとおり、これは大江の決して有名ではない短編「幸福な若いギリアク人」を明らかにサンプリングした章題だろう。村上の大江マニアぶりが透けて見える。

六　死者と獣――「世界の終り」と「街と、その不確かな壁」

芥川賞の再度の落選の直後、『群像』一九八〇年九月号に、中編小説「街と、その不確かな壁」が発表された。『1973年のピンボール』よりも大江へのオマージュが露わになった作品だが、そのことを指摘した先行研究は本章の原型になった論文以前には存在しなかった。まず、この中編小説を村上の作家としての経歴の中に置きなおしてみたい。

村上の小説は、一般読者のあいだでは「長編」と「短編」の二種類に類別されることが多いが、村上自身はつぎのように述べている。「僕がこれまで書いてきた小説はおおまかに言って、長さや内容の傾向から次の三種類にわけることができると思う」、「(1) 長いめの長編小説」、「(2) 中編小説、あるいは短いめの長編小説」、「(3) 短編小説」(村上 2003a: 479)。のちには、「『スプートニクの恋人』は1999年に刊行された僕のいわゆる「中編小説」です」と発言したこともある(村上 2021e)。

しかし筆者としては、村上の創作は「超短編」「短編」「中編」「長編」「大長編」と分けたほうが理解しやすいと感じる。作者の創作の道筋を整理しやすいからだ。この分類を採用するなら、「大長編」は『ねじまき鳥クロニクル』と『1Q84』だろう。「長編」と言われることが多い第一作『風の歌を聴け』(一九七九年)と第二作『1973年のピンボール』(一九八〇年)は、ともに「中編」小説に属する。第三作が短編小説「中国行きのスロウ・ボート」、そして第四作が「封印」された第三の中編小説「街と、その不確かな壁」(一九八〇年)となる。その後は短編の「パン屋襲撃」や「午後の最後の芝生」、超短編の「四月のある晴れた朝に一〇〇パーセントの女の子に出会うことについて」などが発表された。研究者からも躊躇なく「長編第三作」と呼ばれることが稀ではない『羊をめぐる冒険』(一九八二年)は、上の分類では「長編第一作」になる。それ以前の三つの「中編」と、同作以後の長編の『世界の終りとハードボイルド・ワンダーランド』『ノルウェイの森』の分量を比べるならば、そのように見なすのが、より妥当だからだ。

上記の三つの「中編」は、村上の作家としての経歴を開いたのに、曖昧な位置づけに苦しんだ作品たちと言える。第一作と第二作は国内では一貫した人気を保ったが、英訳は一九八五年にアルフレッド・バーンバウムによって翻訳されたのち——村上作品の英訳の始まり!——長らく絶版になっていて、テッド・グーセンによる新訳の合本によって再刊されたのは二〇一五年だった。「街と、その不確かな壁」は『文學界』一九八〇年九月号に掲載されたのち、ついに単行本化されず、全集にも収録されなかったし、翻訳も存在しないままになった。いまでも私たちは、この作品を図書館の薄暗い書庫に探しに行かないと発見できないが、二〇二三年になって、この作品を大幅に——『世界の終りとハードボイルド・ワンダーランド』とは異なった仕方で——書きなおした長編小説『街とその不確かな壁』が刊行された。

「街と、その不確かな壁」について、村上は第二作『1973年のピンボール』が芥川賞を受賞したときに備えて、受賞第一作として書いたことを語り、そのような形で未熟な作品を発表するべきでなかったと後悔している(村上 1991: 42)。第二作は第一作に続いて同賞に届かず、村上はそれまでの中編三作とは規模が異なる長編『羊をめぐる冒険』に取りかかった。この事情について、村上は芥川賞を二度受賞できず、長編に移行したとしばしば説明されるが、実際には芥川賞は「三度」受賞できなかったと見るべきだろう。『1973年のピンボール』が受賞できなくても、「街と、その不確かな壁」が新たにその候補となりうる分量だったからだ。しかし、この作品は芥川賞の候補にもならなかった。だから、村上は芥川賞に「三連敗」と言うことができる。もっとも、芥川賞を受賞できなかった重要な作家には、一九八〇年代だけで松浦理英子、高橋源一郎、吉本ばなな、島田雅彦、田中康夫などがいる。村上だけを特別に云々するのは無意味かもしれない。

村上は、「街と、その不確かな壁」について、つぎのように注釈している。「雰囲気としてはアーシュラ・K・ル＝グインの影響を受けているところがあるかな。ぼくはル＝グインも好きでね。いちばん最近読んだのでは、『ゲド戦記』なんか特にいいな。童話ですけれど」（村上 1983a: 13）。

だが、この作品の「壁」のある街という設定は、やはり大江健三郎が最初の単行本『死者の奢り』の「後書」に記したつぎの一節を思いおこさせる。「監禁されている状態、閉ざされた壁のなかに生きる状態を考えることが、一貫した僕の主題でした」（大江 1958a: 302）。つまり初期の大江にとって「壁」こそ最大の文学的主題だったのだ。

さらに、『世界の終りとハードボイルド・ワンダーランド』にせよ、その原型となった「街と、その不確かな壁」にせよ、死の匂いが横溢している。前者で「ハードボイルド・ワンダーランド」にいる「私」は、小説の結末近くで脳の奥の「世界の終り」に封じこめられ、死なないまま死んだ状態に陥る。小説の冒頭近くで、主人公は「僕」へと姿を変え、「世界の終り」の情景を語りはじめる。その場所は死の世界を思わせるが、上のような事情を理解すれば、納得がいく。その世界は初めから死の気配が指摘されながらも、不思議な明るさも強調されている。たとえば、それはつぎなような描写に如実に現れている。

門番の小屋には大小様々の手斧やなたやナイフが並び、彼は暇さえあればそれをいかにも大事そうに砥石で研いでいた。研ぎあげられた刃はいつも白く凍りついたような不気味に白い光を放っており、外的な光を反射させているというよりは、そこに何かしら内在的な発光体がひそんでいるように僕には感じられたものだった。（村上 1985a: 27）

「世界の終り」はカフカの作品のようなイメージを有し、壁によって周囲を取りかこまれる。森があり、そこには「獣」――のちに一角獣だと明かされる――がいて、彼らは互いを傷つけ、大地に血を流して、「新しい秩序と新しい生命」を作りだすという。彼らを描写する光景には、死の気配と生命の輝きが融合された荘厳さがある。

秋の獣たちはそれぞれの場所にひっそりとしゃがみこんだまま、長い金色の毛を夕陽に輝かせている。彼らは大地に固定された彫像のように身じろぎひとつせず、首を上にあげたまま一日の最後の光がりんご林の樹海の中に没し去っていくのをじっと待っている。やがて日が落ち、夜の青い闇が彼らの体を覆うとき、獣たちは頭を垂れて、白い一本の角を地面に下ろし、そして目を閉じるのである。（: 29）

死の印象に生命感が混じり、暗さにはほのかな明るみが差している。この作品のつぎの長編『ノルウェイの森』とは作風がかなり異なるが、その方向性へ向かう準備にもなっていたことに気づかされる。対して、「世界の終り」の原型になった「街と、その不確かな壁」は、大いに異なっている。やや長いが、この作品の冒頭を引用してみたい。

語るべきものはあまりに多く、語り得るものはあまりに少ない。
おまけにことばは死ぬ。
一秒ごとにことばは死んでいく。路地で、屋根裏で、荒野で、そして駅の待合室で、コートの襟を立てたまま、ことばは死んでゆく。

お客さん、列車が来ましたよ!

そして次の瞬間、ことばは死んでいる。

可哀そうに、ことばには墓石さえもない。ことばは土に戻り、その上に雑草が茂るだけだ。報い、と人は言う。当然のことさ、あいつは他人や自分自身をあまりに利用しすぎたんだもの。まるで屍肉を喰うようにね。

しかしそもそも、それがことばなのだ。誰にそれを批難することができよう?

僕もそんな死者の列の中にいる。そしてその死臭はいつまでも僕の体から去りはしない。

死臭、か。


大学時代、水泳の授業で初めて温水プールに入った。生まれて初めて温水プールに入るというのがどういうことなのか、わかるだろうか? 暖かくも冷たくもない不思議な水、過去もなく未来もなく、自我を喪失した羊水が僕をぼんやりと取り囲んでいた。なんだか表と裏が逆転した宇宙の中にすっぽりと呑み込まれてしまったような気がしたものだった。きっと僕は、ずいぶん長いあいだそこにじっとしていたのだろう。

おい、そこの学生、ぼんやりするんじゃない! ここは風呂場じゃないんだ!

教官が僕に向ってそう叫んだ。

そうとも、ここは風呂場なんかじゃない。僕は我に帰った。僕の中で、過去と未来が思念によってもう一度結び合わされる。そしてそこには、やはりあの死臭が漂っている。

死臭に慣れることのできる人間なんて、どこにもいやしない。皮膚がはじけ、肉が溶けて、臓器が腐り、そこに白い虫が蠢き始める。これが死臭だ。いったい誰が、自分自身を憎むことに慣れることができよう?

僕は駅の待合室で、ストーヴに当たりながら列車を待ちつづける。ことばは相変らずコートの襟を立てたまだ。

お前の体には死の臭いがするよ、とことばは言う。いくら手を洗ったところで無駄さ。その臭いは絶対に落ちやしないよ。もう誰もお前のことなんて好きになりゃしないぜ。みんながお前を憎み始める。俺はな、そういうのを数え切れぬほど眺めてきたよ。お前だけが例外なんて理由は何ひとつないんだぜ。とにかく、お前の体は臭うよ。（村上 1980b: 46–47）

死、そして言語への不信感という前二作の中編に通じる問題意識が、新しく考案された奇妙なイメージによって統合されている。「ことばは死ぬ」という着想から、それは「死臭」に包まれたものだと位置づけられる。言葉の濫用が「屍肉を喰う」こととして非難される。唐突に大学時代の温水プールの記憶がフラッシュバックする。そこにも「死臭が漂っている」と感じられたという。言葉が死んでいく世界にいるために、「僕もそんな死者の列の中にいる」「死臭に慣れることのできる人間なんて、どこにもいやしない」。しかし、「僕」からは言葉の死臭が落ちない。

この作品を全面的に再検討する余地はここにはないが、村上のこの作品は失敗した野心作という印象を与える。「皮膚がはじけ、肉が溶けて、臓器が腐り、そこに白い虫が蠢き始める」というようなグロテスクな描写は後年の村上の作品に珍しくなくなるが、ここでは単に陰惨な印象を与え、文学的な洗練がない。先に「世界の終り」から引用した「獣」の描写には原型があり、このようになっている。

秋の獣たちはそれぞれに決められた場所にひっそりとしゃがみこんだまま、金色の毛なみを夕陽に輝かせている。闇があたりを包むまでの僅かな時を彼らはそのままの姿勢で送りつづける。まるで黙考する僧侶のように、ぴくりとも動かず鳴き声ひとつ立てず、りんご林の中に太陽が没し去る時を待つのだ。その数はおそらく千を下るまい。僕は飽きることなくその千の瞑想と千の輝きを眺めつづける。やがて日が落ち、最初の青い闇がはっきりと一筋流れるころ、獣たちは目を閉じる。こうして街の一日も終る。そして季節が終り、年が終り、時代が終る。（: 52）

ここには「世界の終り」のような成熟した筆致がない。言葉の主題、獣の描写、死の主題と描写。それらも習作の域にある。村上は何を目指して、この作品を書いたのだろうか。『風の歌を聴け』と『1973年のピンボール』に続く第三の中編小説は、それまでの二作と作風が違いすぎる。短編小説「中国行きのスロウ・ボート」はすでに発表されていたが、この作品を勘案しても、飛躍が大きすぎる。

さて引用にあった「ストーヴ」という語が、いかにも大江風だということに読者は気づいただろうか。大江は「テレヴィ」や「メムバー」などという独特なカタカナ語を用いる人で、「ストーヴ」も使う。そこで念のために、『万延元年のフットボール』のページをめくりなおしてみると、この作品でも大江はまさに――この作品に限ったことではないが――「ストーヴ」という語を使っていた（大江 1967: 130）。それにゴシック体は、大江が好んで作品中に多用してきた手法なのだ。つまり、「街と、その不確かな壁」は、大江の小説の不出来なパロディのようにして始まる作品なのだ。

七　死者と獣――大江の『死者の奢り』とピエール・ガスカール

なぜ村上は「街と、その不確かな壁」の冒頭で、突然「死臭」のする「プール」を連想したのだろうか。この時期の村上が「羊」に拘っていたことから、これは「羊水」ではないかという見立てがあるが、苦しい解釈に見える

（久居／くわ 1991: 229–232）。先に「羊男」が大江の短編小説「人間の羊」に由来する可能性を指摘したが、この「死臭」は、もっと歴然と大江の文壇デビュー作『死者の奢り』に繋がっている。

大江のデビュー作は——村上登場以前にはいかにも大江的と見なされていた一人称——「僕」によって語られる。大学生の彼は、医学部の実習のために、人間の死体を運搬するアルバイトに従事している。死体は濃褐色のアルコール溶液で満たされた大きな水槽に浮かべられている。そう、つまり「死臭」のする「大学」の「プール」である。

死者たちは、厚ぼつたく重い聲で囁きつづけ、それらの數かずの聲は交りあつて聞きとりにくい。時どき、ひつそりして、彼らの全てが默りこみ、それからただちに、ざわめきが囘復する。ざわめきは苛立たしい緩慢さで盛上がり、低まり、また急にひつそりする。死者たちの一人が、ゆつくり躰を囘轉させ、肩から液の深みへ沈みこんで行く。硬直した腕だけが暫く液の表面から差出されてい、それから再び彼は靜かに浮かびあがつて来る。（大江 1958a: 7–8）

陰惨なはずの光景が、強調された物質的な量感によって不思議な生命力を与えられていて、大江の作風の原型としてふさわしいデビュー作と言えよう。大江は「獣」をとおして死と生の両面を描きだすことにこだわる作家でもあった。初期の中編『芽むしり仔撃ち』に眼を移したい。

夜更けに仲間の少年の二人が脱走したので、夜明けになつても僕らは出發しなかつた。そして僕らは、夜のあいだに乾かなかつた草色の硬い外套を淡い朝の陽に干したり、低い生垣の向うの舗道、その向う、無花果の数本の向うの代赭色の川を見たりして短い時間をすごした。前日の猛だけしい雨が舗道をひびわれさせ、その鋭く切れたひびのあいだを清冽な水が流れ、川は雨水とそれに融かされた雪、決壊した貯水池からの水で増水し、

激しい音をたて盛りあがり、犬や猫、鼠などの死骸をすばらしい早さで運び去つて行つた。（大江 1958b: 2–3）

先に引用した「世界の終り」は荘厳、大江のこの描写は清新という違いはあるが、死と生を不可分のものとして描きだす。その際に「獣」を用いるという点で、根本には共通の関心がある。

「死者」や「獣」を描写する大江の文学的野心は、上に挙げた『死者の奢り』と『芽むしり仔撃ち』にとどまらず、生涯にわたって変奏されたが、初期にはそれが特になまなましく現れている。村上の「街と、その不確かな壁」はその大江の野心に感化されている。

ただし、突き抜けて独創的に見える作品にも、たいていの場合は先駆者がいる。村上が大江をサンプリングしただけでなく、大江もフランス文学をサンプリングしていた。大江は一九五四年に東京大学に入学したが、翌年、岩波書店からピエール・ガスカールの短編集『けものたち・死者の時』が刊行された。その翌年、この短編集の訳者のひとりだった渡辺一夫のゼミで、大江はフランス文学を専攻することになる。さらに翌年、つまり一九五七年に、『死者の奢り』が発表された。大江はまず「獣たちの声」という戯曲を書き、それを短編小説「奇妙な仕事」に改作し、さらに短編小説『死者の奢り』に改作した。ガスカールの短編集の「けものたち」「死者」は、大江の作品の題名の「獣たち」「死者」にそのまま反映されている。ガスカールの「死者の時」はこのように始まる。

死んでしまったからといって、死者たちはそう簡単に時の流れから解放されはしない。彼らの残した想い出があるからというだけではなく、彼ら自身、季節の環のなかへ入りこむからだ。そのリズムは、殆ど判らないのだが、どちらかといえば三拍子になっていて、いずれにせよかなり緩慢で、遠い間を置いては振動と休止とが繰返され、死者たちは大きな車輪に釘附けにされたまま、暫くの間止まり、ついで重さを増して低く下降しては、また身も軽やかに上昇するのだが、彼らはやがて、記憶の地平線の遥か彼方に、骨ばった太陽の光線、季

節の車輪の矢骨になってしまう。（ガスカール 1955: 205）

ここでは「死者」が「時の流れ」に煽られ、「重さを増して低く下降しては、またも身も軽やかに上昇する」と言われている。これはあくまでも頭のなかのイメージだが、これを大江は死体がいくつも浮かんだ水槽へと実体化したのだ。このとき、フランス文学を専攻していた大江はガスカールの原文も読んだ可能性が高いが、フランス語の原文よりはむしろ渡辺らの訳に影響されていたはずだ。なぜなら、上で引用した箇所の最初の一文は原文はこのようになっている。

Pour morts qu'ils soient, les morts ne sont pas de sitôt libérés de l'âge.（Gascar 1953: 171）

すなわち――

死者だからといっても、その死者たちがすぐさま時代から釈放されるわけではない。

渡辺たちの翻訳は、「死んでしまったからといって、死者たちはそう簡単に時の流れから解放されはしない」と訳している。特に「時代」（l'âge）を「時の流れ」と訳したことが重要だ。大江はこの意訳に近い「流れ」という語感に想像力を刺激されて、水中で浮き沈みする死者たちという連想を働かせ、それが『死者の奢り』という作品に結実したと考えられる。

村上が、ガスカールの作品自体を意識していた可能性はある。筆者が、本稿のもとになった論文を二〇一八年に書いた時点では、村上が以前にガスカールの作品に言及したことはなかったと考え、そのように記したのだが、村上が二〇二一年に雑誌『BRUTUS』の村上春樹特集で公表した「手放すことができない51冊の本」の一覧で、なんと一冊めとして、ガスカールの『街の草』が挙げられていたのだ。村上はやはり、自分を研究する人々の論文を読んでいるのだろうかと戸惑いつつ、村上がその一覧で「ガスカールという作家のことはまったく知らなかったのだが、題名（素敵なタイトルだ）に惹かれ、手にとって読んでみて、すっかり気に入ってしまった」と語るのをムラカミエスクな韜晦だと感じた。村上はほんとうは、大江への傾倒からガスカールに辿りついたのではないか。だから彼は、「死臭」のする「大学」の「プール」を「僕」に思いださせたわけだ。つぎに、同じガスカールの同じ短編集に収録された連作「けものたち」の「馬」も見てみよう。戦場で馬が解放される。

> 無数の蹄が立てる物音は、今では空中に消えゆく爆音を圧倒し、地上全体がこの響きのなかで喘いでいた。他の馬よりも一人ぼっちなのか、それとも普段から皆と違ったことをやる癖があるのか、一頭の馬が何か眼に見えない岸辺に向って追い立てられて、その場で飛び跳ね始め、空中に繁る神話の葉繁みに咬みついては、また流れる群のなかに戻って行くというようなことも時々あった。（ガスカール 1955: 32）

「獣」を通じて生と死を表現する手法が、大江に受けつがれ、それが村上にまで流れついた。戦場の馬が「一人ぼっちなのか、それとも普段から間違ったことをやる癖があるのか」と愚かそうに表現されつつも、馬が跳ねた先には「空中に繁る神話の葉繁み」があるというように、幻想的で荘厳な要素が紛れこんでいる。

大江の突きぬけた才能は新人時代からですでに明らかではあったものの、それでも大江はガスカールに、そして何よりも渡辺たちの翻訳によって大きく支えられて、出発した。大江が村上の『１９７３年のピンボール』に向けた外国の作家からの「影響・模倣」は、ブーメランのようにして大江自身に返ってくる評言なのだ。

八　「穴ぼこ」の継承

『死者の奢り』も『芽むしり仔撃ち』も、大江の有名な作品だから、「ファンだった」村上は当然のように読んでいただろう。だが調べてみれば、「街と不確かな壁」には大江の作品の暗示がほかにも目につく。たとえば大江の短編小説「他人の足」では、物語の舞台となる病棟が「厚い壁」によって外界から閉鎖されている。これは村上の「街と、その不確かな壁」で描かれた「壁」の「街」の原型ではないか。あるいは、大江の短編小説「飼育」では、「町」から死者を焼く匂いがしてくる。村上の「街と、その不確かな壁」には「死臭」がする「街」が登場する点で、ほとんど同じだ。そして「世界の終り」の森には、大江作品の「森」が反響していないだろうか。

『万延元年のフットボール』の冒頭を見ると、「街と、その不確かな壁」との素材の共鳴がはっきりする。第一章は「死者にみちびかれて」と題されていて、大江自身による『死者の奢り』のサンプリングの要素もある。数箇所を抜きだしてみよう。まずは――

躰のあらゆる場所で、肉と骨のそれぞれの重みが区別して自覚され、しかもその自覚が鈍い痛みにかわってゆくのを、明るみにむかっていやいやながらあとずさりに進んでゆく意識が認める。そのような、躰の各部分において鈍く痛み、連続性の感じられない重い肉体を、僕自身があきらめの感情において再び引きうける。（大江 1967: 3）

ついで――

ある朝、僕が街を歩いていると、怯えと怒りのパニックにおちいった小学生の一団が石礫を投げてきた。僕は片眼を撃たれて歩道に倒れたまま、この事故についてなにひとつ理解することがなかった。(:4)

それから――

穴ぼこの底には、ところどころはだしの踝を埋めるほどにわずかな水がたまっている。肉を絞った液のようにわずかな水。地面にじかに腰をおろしながら、水がパジャマのズボンと下穿きをとおして尻を汚すのを感じ、しかも自分がそれを拒むことのできない者のように従順に受けいれていることに気がつく。(:6)

さらに――

僕と老女たちは、弔問客をすべて拒み、三人だけで、間断なく隠微、迅速に、かれ固有の特性をもった厖大な数の細胞を破壊されつつある死者の通夜をした。どろどろに溶けてなにかえたいのしれぬものにかわった甘酸っぱい薔薇色の細胞を、枯渇した皮膚がダムのようにせきとめている。(:8)

かつ――

発酵した細胞群が肉体そのものの真に具体的な死を、酒のように醸している。生き残った者らはそれを飲まねばならない。(:8)

蜜三郎は投げつけられた石で右眼を失明したのだが、これは「世界の終り」で「僕」が「門番」に両眼にナイフを突きたてられ、「夢読み」の能力を与えられるという展開の霊感源だった可能性はないか。

いや、ここは何よりも「水たまり」や「穴ぼこ」に注目すべきだろう。蜜三郎は暗闇を放浪する。不意に暗闇のうちに、昨日人夫たちが浄化槽をつくるために掘った直方体の穴ぼこが見えてくる（大江 1967: 4）。村上の愛読者は誰でも知っているように、『ねじまき鳥クロニクル』で「僕」は「井戸」に籠もり、『世界の終りとハードボイルド・ワンダーランド』で「私」は東京の「地下」の暗闇をさまよい、『騎士団長殺し』でも主人公は「横穴」や「石室」に深く関わる。『万延元年のフットボール』は、蜜三郎が寝苦しい夜に起きだして暗闇の中をさまよい、「水たまり」のある「穴ぼこ」で過ごす。「街と、その不確かな壁」には「不気味なばかりに青い水面」の「たまり」が登場し、それは『世界の終りとハードボイルド・ワンダーランド』の「世界の終り」にも引きつがれた。

九　「ちょっと無防備すぎるところがある」

「街と、その不確かな壁」は、文藝春秋の『文學界』一九八〇年九月号に発表されたが、そののちいかなるかたちでも再刊されていない。単行本はなく、文庫や全集に収録されず、翻訳もない。エッセイならば、単行本未収録のものはそれなりにあり、一度も翻訳されたことがないエッセイは非常に多いが、村上の大長編、長編、中編のうち、ここまで表に出てこない村上作品は本作が唯一の例だ。この中編小説は、一九八五年に『世界の終りとハードボイルド・ワンダーランド』の「世界の終り」の雛形として採用され、発展的に解消されたのだが、それはこの作品に陽が当たらない理由の説明にはなっていなかった。というのも、長編小説『ノルウェイの森』の雛形になった短編小説「螢」や、長編小説『ねじまき鳥クロニクル』の導入部の雛形になった短編小説「ねじまき鳥と火曜日の女たち」は、単行本にも文庫版にも全集にも収められていて、さまざまな言語へと翻訳されているからだ。だから、この作品は村上の作品全体を理解する上での「隠された鍵」になりうるのだが、それには機会を改めて、二〇二三年になって刊行された長編小説『街とその不確かな壁』について考察しなければならない。

なお、村上はのちに彼らしいことに、この作品を「失敗作」ではないと主張した。「僕は「街と、その不確かな壁」を失敗作だとは思っていません。それなりによく書けてはいるけど、「何かが足りない」と思っていただけです。その何かが足りないから、これは広く人の心に届く話にはなっていないのだと。だから本にしないでとっておいたんです。そしてその「何か」を見つけ出すまでに数年かかりました。そして大きく書き直しました。そうすることによって、僕は作家としての自分の器を広げられたと思っています」(村上 2015b: 2015-03-25)。だが、この作品を誰にでも読める仕方で世にふたたび送ろうとしなかった事実は、村上が本作を結局は失敗作と見なしている証左だろう。失敗ではなくて「何かが足りない」だけだと強弁しているから、「不足作」と呼ぶべきか。

大江と村上の作品を重ねて読めば読むほど、そうやって文学史に充満する多声性に耳を傾ければ傾けるほど、本稿で記してきたような際立った類似性を確認することができる。しかし、ここでは論述を進めよう。「街と、その不確かな壁」は、発表された時期を考えると、第八五回芥川賞の候補作に選ばれる可能性もあった。しかし、この作品は候補として選ばれなかった。大江が、雑誌のみに掲載されたこの作品を読んでいたかどうかはわからない。

村上が、デビュー前から懇意にしていた——村上が経営していたジャズ・バーの客だった——村上龍と対談をおこなったのは、この頃だった。その内容は『ウォーク・ドント・ラン』という書名の対談集として刊行されたが、この書物は村上の無防備な発言を多く含んでいる。

村上は、龍の『コインロッカー・ベイビーズ』をゲラで読んで「ある種のショック」を受けたこと、「立ち直れないでいる」こと、「小説を書くからにはやっぱり長いものって書いてみたい」と感じたことを率直に述べている(村上/村上 1981: 55–60)。この称賛と羨望が、『羊をめぐる冒険』以降の長編小説への道を開いた。龍がデビュー作『限りなく透明に近いブルー』で社会現象を起こし、大作と言って良い『コインロッカー・ベイビーズ』を完成させたのに対して、もうひとりの村上は——龍の三歳年長だ——まだ中編三作と短編が一作で、最新作が不出来な「街と、その不確かな壁」だった。ふたりの対談を抜きだしてみよう。

龍　『風の歌』と『ピンボール』がさ、けっこう強固でね。だから、まあ、枚数とか、そういうのはまったく関係ないけれども、僕は裏地としての『街とその不確かな壁』の続編とかね、あれに類するものをもっともっと書いたほうがいいと思うんですよね。僕は、あれだけじゃちょっと弱いし、下手すると見すかされるんじゃないかという気がするんです。もっと違うんじゃないかってぼくは思ってるんですけどね。
春樹　うん、それはある。ちょっと無防備すぎるところがある。
龍　うん。
春樹　ただ、自分ではね、さっぱりしたな、という気がする。
龍　でも、ああいうのをぼくはあと一つか二つ長いので書いてほしいなという気がするんですけどね。
春樹　ぼくはいまの予定では『壁』の話を少し作り変えてね、あれにコラージュみたいな、そういうものいっぱいくっつけて、それでまとめたいなという気はあるんです。（村上／村上 1981: 106）

年下の龍は年長者に対して気を遣った語り口だが、「もっと違うんじゃないか」という発言は失敗作だと感じていることを伝えているし、両者が「うん」を交わすところは、お互いの思いが共有された部分だ。龍は「下手をすると見すかされる」と懸念を表明し、村上も「ちょっと無防備すぎるところがある」と賛同する。

この作品のどこに不備があったのだろうか。「街と、その不確かな壁」は、内閉世界からの脱出という安易な結論に落ちついている、寓意の関係性が短絡的だった、逆に寓意の関係性が弱かった、あるいは人物の造形や配置に改善の余地があった、などの指摘がある（加藤 1996: 95–98; 今井 1990: 210; 山根 2007: 112–131; 小島 2017: 153–196）。筆者は、これらの見解に反対しない。しかし特に重要な事実のひとつが、村上の最初のふたつの中編にあった大胆なコラージュ的な様式が、この作品では採用されていないから、村上がその方法に限界を感じていたとは言えるだろう。村上はこの作品ののちに、はじめて聖杯伝説や探偵小説に見られる失われたものの探索と回復のテーマ——いわゆる「シーク・アンド・ファインド」（川本／村上 1982: 112–113; 河合／村上 1996: 75）——を長編小説の基本原理として採用し、そこから『羊をめぐる冒険』が生まれる。上で見た村上龍との対談で、「街と、その不確かな壁」は「コラージュ」によって改作する可能性が語られていたが、その構想は捨てられ、『羊をめぐる冒険』のような「シーク・アンド・ファインド」の形式で書きなおされて、『世界の終りとハードボイルド・ワンダーランド』が成立した。また、この作品では、二つの世界が交互に語られるという個性的な様式が採用されたが、村上はのちにこれを「ツイン・ターボ」と表現した（村上 1991: 48）。二つのターボが連携して、「シーク・アンド・ファインド」を達成するという応用的方法だ。このような技術は、「街と、その不確かな壁」の時点では村上に獲得されていなかった。それを村上自身が知っていて、不安を抱えながら、この「不足作」を書いたのだろう。結果、村上龍との対談で「下手すると見すかされるんじゃないかという気がする」「ちょっと無防備すぎるところがある」というやりとりが生まれた。

ふたりの村上は、初期の頃からノーベル賞を受賞する以前の大江を大いに意識していた。村上龍は対談で、「大江健三郎っていうのは、とにかく特殊な感じがするんですよね、日本文学といっても」と発言している（村上／村上 1981: 124）。文体に関して言えば、龍は大江にかなり近い資質がある。村上がドライヴする文体、つまり疾走感のある文体の名手だとすると、大江や龍はオーヴァードライヴする文体、つまり爆走感のある文体の名手だからだ。村上は、この同姓の年少の、そして作家としては先輩にあたる男に、大江健三郎の再来を見ただろう。龍も村上の背景——言うなれば文学的出自——を正しく見抜いたはずだ。ヴォネガットやフィッツジェラルドの影響を受けているが、日本文学の伝統もたっぷりと吸収しており、そしてそのなかに大江が君臨しているのだと。ふたりにとって大江の存在感は大きく、また当時の大江が際立って意識されてしまうという事態は、文学に興味がある人間には当たり前のことだった。だから、彼らは対談で大江の作品と自分たちの関係について直接的な発言を避けながら、語りあったのだろう。「下手すると見すかされるんじゃないかという気がする」「ちょっと無防備すぎるところがある」と。

ただし、この対談で村上は大江の作品そのものについて語らないままに、遠回しに大江への敬慕の念を表明している。

この前非常に、感動といったらおかしいけどね、感心した話があってね。どっかの編集の人に聞いたんだけど、大江さんというのはものすごくわかりにくい文章書くじゃない。大江健三郎さん。でも、あの人はね、だれにでもわかる文章を書きたいと思って書いているらしいのね。例えば土方にでも、バアのホステスにでも、だれにでも本当にわかるやさしい文章を書きたいと思って努力してるんだって。で、そう思えば思うほどああいう文章になっちゃうんだって（笑）。それ聞いてぼくはすごく感激したのね。そういうところって、大江さんって偉いんだなあって思うのね。ぼくはああいう文章を好きで書いているのかと思ったら、べつにそうでもないみたいですね。最近いちばん感動した話です。そりゃね、多くの人に読まれる文章というのは多かれ少なかれ名文ですよ。ただ自分にあった酒や自分にあった音楽があるように、自分にとっての名文というのはある。（村上／村上 1981: 128–129）

屈折した語り口を取ってはいるものの、内容は率直な共感の表明だ。『風の歌を聴け』『1973年のピンボール』、そして「街と、その不確かな壁」はいずれも大江健三郎の作品のサンプリングを含み、その濃度は深まっていった。『風の歌を聴け』では大江が最新の文学的実験として活用したヴォネガットの作品を自分でもサンプリングしてみせ、『1973年のピンボール』では『万延元年のフットボール』という書名をサンプリングし、そして「街と、その不確かな壁」では大江のデビュー作『死者の奢り』をサンプリングしようとした。しかし、村上はこのような単純なサンプリングでは挫折するほかないと知ったのではないか。村上はサンプリングによって大江に挑んだものの、まだ歯が立たないという敗北感を抱いたのではないか。しかも眼の前にいる年下の村上龍は、大江の実質的な後継者としての地位を確立しつつあった。

ふたりの村上の対談は、単行本として刊行されたが、再刊されたことも文庫になったこともなく、もちろん翻訳されていない。同じような単行本は珍しくないが、初期の村上が大江について心情を吐露したこの本も、「街と、その不確かな壁」に似て「封印」されている。

村上と大江の関係は、お互いにギクシャクしたものだった。筆者はときどき考える。『ダンス・ダンス・ダンス』の羊男が村上と大江の両方の前に現れて、あの台詞を言いながら、ダンスに誘っていれば良かったかもしれないと。「きちんとステップを踏んで踊り続けるんだよ。そして固まってしまったものを少しずつでもいいからほぐしていくんだよ。まだ手遅れになっていないものもあるはずだ。使えるものは全部使うんだよ。ベストを尽くすんだよ。怖がることは何もない」（村上 1988: 上 151）。しかし、そのようなことは現実では起こらない。

一〇　「あとは大江健三郎とかあのへんがはやりでしょ」

上のふたりの村上の対談から約一年後、村上は執筆中の『羊をめぐる冒険』について雑誌『宝島』のインタビューに答えた。聞き手は編集者で劇作家の高取英だった。

高取　三島由紀夫が死んだ時は大学ですね。読みませんでしたか？

村上　ええ、読まないし、わかんないですね。でも、今度の三作目の小説は、三島由紀夫の死から始まるんです。一九七〇年・11月25日から。アメリカの雑誌なんか読んでると、友達と話できないですよね。みんな吉本隆明とかね。（笑）あとはジョルジュ・バタイユとか、ジャン・ジュネとかね。あとは大江健三郎とかあのへんがはやりでしょ。

高取　安部公房、倉橋由美子とかね。

村上　ええ（笑）。だから僕は、割と異端だったですね。（高取 1981: 109）

村上は、大江の作品には無関心だったという素振りを、ここでも見せている。日本の文学界に距離を置いたアメリカ文学風の作家という自画像を、村上は立ちあげようと苦慮したし、それはおおむね成功した。完成した長編で、「僕」は昔の恋人を思いだしながら、彼女が読んでいた本を紹介する。

ある時にはそれはミッキー・スピレインであり、ある時には大江健三郎であり、ある時には「ギンズバーグ詩集」であった。（村上 1982: 13）。

あの「シーク・アンド・ファインド」の手法によって、村上は「街と、その不確かな壁」で味わった苦い「壁」を乗りこえた。村上はその直後に、川本三郎との対談で、ヴォネガットよりもチャンドラーの方が自分にとっては重要だと説明し、『羊をめぐる冒険』はチャンドラーの『ロング・グッドバイ』を下敷きにしたのだと自分から説明した（川本／村上 1982: 110–113）。前述したふたりの村上の対談で、村上は「個人的な感性的、生理的バイブレーションをどこまで普遍化できるか」という問題を「バイブレーションの危険性」と呼び、「村上龍の場合はその危い境界線をパワーでグッと押し切った」ことを「凄い」「尊敬」「頭がグラッときた」「今もまだうまく立ち直れないでいる」といった言葉で称賛し、他方で「僕はどちらかといえば、いわゆる生理的なバイブレーションを回避した小説を書いていきたい」が、しかも「小説を書くからにはやっぱり長いものって書いてみたい」と願望を語っている（村上／村上 1981: 57–60）。『羊をめぐる冒険』で、その願望は実現されたのだ。

長い物語を紡ぎながら、「生理的なバイブレーション」を回避する、しかもそこに村上の「換骨奪胎」の手法が結合された。村上の発言には、かつても現在も「脱構築」という言葉がよく出てくる。この「脱構築」はフランスのジャック・デリダの用語だ。それは、ドイツのマルティン・ハイデガーの哲学的技法を独自に発展させたもので、ポストモダン思想の要だった。村上の場合には、この「脱構築」という言葉はサンプリングを意味する。村上は語る。「もしお望みなら、ちょうど脱構築の作業のようなものだと言ってもいい。僕は内容ではなく、容器を借りうけているんです」（村上 2010d: 153）。村上の以下の「脱構築」についての解説は、彼のサンプリング論と言っても良い。「簡単に言ってしまえば、意味を一定の枠内でどんどん積み上げていって、発展させていって、そこに立派な構築物を作ろうとする縦ノリの人は「構築的な人」です。たとえばジョン・コルトレーンです。それに比べて、「枠のことはよくわからんけど、その中におさめられていることは面白いから、とにかくそれを使って、枠なんて関係なく、わくわくすることを（だじゃれを言っているんですね）やろうぜ」という横ノリの人が「脱構築な人」です。たとえばソニー・ロリンズですね。／でも枠と中身に関しては、逆のことも言えます。たとえば僕がハードボイルド・ミステリーの枠だけを使って、中身をそっくり自前のものと取り替えて「純文学」を書こうとするとき、それも一種の「脱構築」になるわけです。日本語にも「換骨奪胎」という表現がありますが」（村上 2006c: 132）。

ここでは、二種類のサンプリングが問題になっている。構成要素を扱う、より単純なサンプリングと、物語構造を扱う、より複雑なサンプリングだ。村上は物語の構造は、探偵小説や聖杯伝説から大きくサンプリングすることにし、さまざまな構成要素は先行する小説、映画、音楽などからサンプリングすることで、独自の作家に成長していった。

ところで「脱構築」を踏みこんで理解すると、この「脱」という日本語は英語での〈off〉に対応しているから、村上は「脱構築」を「オフ・ビートへの再構築」という意味で使うことが多いことに思いあたる。この「オフ・ビートへの再構築」としての「脱構築」が、村上自身の基本的なサンプリング戦略だ。

上で述べたように、村上は『羊をめぐる冒険』はチャンドラーの『ロング・グッドバイ』を下敷きにしたものだとみずから種明かしをしたのだが、作家が自分から進んで「元ネタ」を明かすときに、それはしばしば読者をあえて誤読させようとするためだ。しかも村上のようにパズル・ゲームを好む作家が、そのような発言をするときには、慎重に対応するのが原則だろう。たとえば加藤典洋は、この作品は前半部分は確かに『ロング・グッドバイ』を下敷きにしているが、後半は『地獄の黙示録』を下敷きにしていることを正しく指摘した（加藤 1996: 60–61）。筆者がさらに付けたすならば、これは前述したように大江健三郎の長編小説『日常生活の冒険』を暗示している。大江の短編小説「人間の羊」に由来すると思われる「羊男」と、この長編小説を合体すると、「羊男」に行きつく「冒険」という『羊をめぐる冒険』の図式が生まれる。

村上と大江を関係づける筆者の見解になお懐疑的な読者のために、村上が発表したあるエッセイのことに注意を促したい。それは第三章で扱うドイツ旅行について書かれたもので、雑誌『BRUTUS』に発表されたのち、単行本に収録されなかったものだ。このエッセイの題名は「日常的ドイツの冒険」という。これはどこからどう見ても、大江の『日常生活の冒険』を暗示している。このようなものはほんとうにいくらでもある。『ピンチランナー調書』を先ほど、大江から村上への影響が明瞭な一冊と紹介したが、この作品には「右翼の親方（パトロン）」が登場する。これが『羊をめぐる冒険』の「右翼の先生」と比較されないことに、筆者は以前から疑問を抱いてきた。

『羊をめぐる冒険』に続く長編『世界の終りとハードボイルド・ワンダーランド』にも眼を向けたい。「壁と、その不確かな壁」になかったモティーフがさまざまな登場していて、以下のように比較できる。大江の短編小説「後退青年研究所」は「傷ついた学生運動家」を「後退青年」と呼び、その調査をおこなうアメリカ人学者の「研究所」が登場する。『世界の終りとハードボイルド・ワンダーランド』では、「ハードボイルド・ワンダーランド」はアメリカ風の世界観で、青年の脳に特別な手術をほどこす博士が登場する。大江の短編小説「下降生活者」には、人生に挫折した青年が「下降生活者」と呼ばれ、主人公はもうひとりの自分である《架空の僕》を空想する。『世界の終りとハードボイルド・ワンダーランド』では、「下降」するエレベーターの描写から物語が始まり、それとは別の世界の「僕」は、物語の進行によって、いわば架空の存在であることが明らかになっていく。

これらの短編小説よりも知名度の高い、大江の長編小説群との共通性も多い。一九六三〜一九六四年の『日常生活の冒険』で、一二月——つまりクリスマスの前後——「僕」は「卑弥子」がロシア民謡の「ペチカ」を歌っている場面に出くわす（大江 1964: 107）。『世界の終りとハードボイルド・ワンダーランド』で、「私」は「ピンクのスーツを着た太った娘」になんでもいいから歌いなさいと言われ、「ペチカ」と「ホワイト・クリスマス」を歌って聞かせる（村上 1985a: 315–316）。偶然の一致だろうか。すぐ上で言及したエッセイ「日常的ドイツの冒険」を発表して数ヶ月のち、村上は『世界の終りとハードボイルド・ワンダーランド』の執筆を開始したのだ。しかも、「私」の二曲に続いて、相手の娘は「自転車の唄」なるものを歌いはじめ、「森」が主題になる。

森に行くのはよしたがいいよ、あんたと／おじさんは言う／森のきまりは獣たちのためのもの（: 319）

そして——

それでも私は／自転車で森へ向う（: 320）

「ピンクのスーツを着た太った娘」は、歌の中で「森」へ向かい、「僕」は「世界の終り」で「森」へ向かい、村上は大江の文学世界の根源たる「森」へ向かう。

一九六四年の『個人的な体験』では、「鳥（バード）」という渾名を持つ主人公は、自分の新生児に対する脳の外科手術が成功したことを知って、そこで物語が終わる。『世界の終りとハードボイルド・ワンダーランド』の最終章は「鳥」と見出しがつけられていて、脳の外科手術によって生まれた「僕」は、空を飛ぶ鳥の一羽を見あげながら物語を終える。本章のもとになった論文を書いていたとき、加藤典洋は筆者宛てのｅメールで、『個人的な体験』のアフリカに憧れる主人公が、愛人の「火見子」から家族を捨ててともにアフリカに行こうと誘われ、これを断ることが、『世界の終りとハードボイルド・ワンダーランド』の結末と対応していると書いたことがある（二〇一八年一一月四日）。大江の『個人的な体験』では「火見子」だけをアフリカに行かせ、村上の『世界の終りとハードボイルド・ワンダーランド』では「影」だけを現実に返すことも考えると、平行性の高さはさらに際立つ。加えて言えば、一九七三年の『洪水はわが魂に及び』で、登場人物たちは核爆発による世界の滅亡を恐れて核シェルターに籠る。村上の『世界の終りとハードボイルド・ワンダーランド』では、「世界の終り」が「壁」によって守られ、人々は平安に生きている。また、この作品では「樹木の魂」や「鯨の魂」といった言葉が現れ、「魂」は大江の作品の最大級の鍵語となっていく。大江と同様に「魂」を探求する新しい作家、村上春樹が登場したのは、その作品から六年後のことだ。

『世界の終りとハードボイルド・ワンダーランド』を刊行した後に、村上は川本三郎を聞き手とするインタビューで、「街と、その不確かな壁」を「書いてはいけないものを書いちゃった」「ある部分では裏がすけて見える」「客を家に呼ぶときはきちんと家を掃除してから呼んだほうが良いということですね」と振りかえった（村上 1985b: 75）。この中編小説は封印され、図書館の書庫を利用しないと読めない作品になったから、大江の村上への影響は、ますます気づかれなくなっている。『世界の終りとハードボイルド・ワンダーランド』では、「街と、その不確かな壁」にあった『死者の奢り』からのサンプリングは消滅している。

『世界の終りとハードボイルド・ワンダーランド』が刊行されたのは一九八五年六月だった。村上は翌年の一〇月からヨーロッパに移住し、一九八七年九月に『ノルウェイの森』を刊行する。注目すべきはその二ヶ月前に刊行されたポール・セローの短編集『ワールズ・エンド（世界の果て）』の翻訳だ。村上の読者は、この作品《World's End》（一九八〇年）が『世界の終りとハードボイルド・ワンダーランド』の冒頭に掲げられた〈The End of the World〉とともに、村上の霊感源だと考えてしまう。それはもちろん完全な「誤読」ではないかもしれないが、真に比較すべき対象は大江健三郎の作品だという、より深層にある「元ネタ」が見えなくなってしまったのだ。しかも、村上はのちにはセローの息子マーセルの『極北』も翻訳したから（二〇一二年）、村上とセローの『ワールズ・エンド』の結びつきをどうしても重視する論者が多くなる。

ところで、『世界の終りとハードボイルド・ワンダーランド』の挿画と装丁を担当したのが、『同時代ゲーム』を含めて大江の多くの作品で挿画と装丁を担当してきた司修だという事実は、なぜ注目されないのだろうか。司は、一九七〇年版の『叫び声』（講談社）で大江の作品を担当してから大江に重用されるようなり、一九八〇年には大江へのオマージュとして『壊す人からの司令』という画集を刊行し、二〇一五年には大江の随伴者としてその作品の魅力を語った回顧録『Ōe――60年代の青春』を出版した。『世界の終りとハードボイルド・ワンダーランド』に司の挿画と装幀が採用されたのは、村上の大江へのなんらかの思いが関係しているのか、それとも単純に新潮社の意向だったのか、筆者には判断がつかない。現在では挿画が落田洋子、装幀が新潮社装幀室に変更されているということも注目に値するだろう。村上、新潮社、あるいは大江に近い司、いずれの意向なのかはわからない。

一一　亀裂

『世界の終りとハードボイルド・ワンダーランド』は、一九八五年の第二一回谷崎潤一郎賞を受賞したが、三六歳だった村上はこの賞の受賞者としては異例の若さだった。その一八年前に、『万延元年のフットボール』で第三回の同賞を受賞したのが三二歳だった大江だ。この史上最年少記録は現在も維持されている。日本では、文学賞というと長らく芥川賞、直木賞、そしてノーベル文学賞への関心が突出して高かった。最近では新興の本屋大賞が芥川賞や直木賞にも勝る注目度を獲得しつつあるが、谷崎賞は成熟した「純文学」の作家に与えられるもので、文学の愛好家には広く認知されていて、もちろん作品の質は一般に芥川賞の受賞作よりも高い。村上が芥川賞の候補になり、落選したときの選考委員は一〇名、谷崎賞を受賞したときの選考委員は六名。偶然か必然か、そのうち大江健三郎、吉行淳之介、丸谷才一、遠藤周作、丹羽文雄と五名が両方の審査委員として重なった顔ぶれだった。大江は自身の選評で述べた。

村上春樹氏の『世界の終りとハードボイルド・ワンダーランド』について、やはり自分なら、ということを考えました。ここでふたつ描かれている世界を、僕ならば片方は現実臭の強いものとして、両者のちがいをくっきりさせると思います。しかし村上氏は、パステル・カラーで描いた二枚のセルロイドの絵をかさねるようにして、微妙な気分をかもしだそうとしたのだし、若い読者たちはその色あいと翳りを明瞭に見てとってもいるはずです。／冒険的な試みをきちょうめんに仕上げる、若い村上春樹氏が賞を受けられることに、すがすがしい気持を味わいます。シティ・ボーイの側面もあった谷崎になぞらえて、ここに新しい「陰翳礼讃」を読みとるともいいたいような気がします。（大江 1985: 585）

「ハードボイルド・ワンダーランド」と「世界の終り」の書き分けが中途半端だと評価しているわけだが、吉行淳之介も同様のことを述べている。一般読者でも同様に感じる人は多くいるだろう。受賞者は受賞の喜びを語るのが慣例で、礼儀と見なされる。目次には「〈受賞のことば〉苦情の手紙・その他の手紙」と掲載されている。ところが、それを実際に読むと、見出しは「〈文学的近況〉苦情の手紙・その他の手紙」となっていて、苦情の手紙やラブレターについてのエッセイのみが掲載され、「受賞のことば」はどこにもない。融通無碍の態度を示したのかもしれないが、幼稚で大人気ないと批判されても仕方のない態度だ。のちに村上がエルサレム賞を受賞した際、授賞する側のイスラエル政府の政策を、村上が授賞式で批判したことが国際的に報道されたが、谷崎賞のときの彼の心境はどのようなものだったのだろうか。

谷崎賞の選考委員は円地文子、遠藤周作、大江健三郎、丹羽文雄、丸谷才一、吉行淳之介で、このうち円地以外の全員が、芥川賞の選考委員として村上を当選させてくれなかった——丸谷はかなり好意的だったが——作家たちだ。村上が拗ねていたとは考えたくないが、複雑な思いがあったのだろうか。もしかすると、日本の文学的状況に、それまでよりも冷めた見方を固めつつあったのかもしれない。というのも、この年、一九八五年には村上の作品が初めて英訳されたからだ。前年、バーンバウムによって村上が「発見」され、講談社の英語教材という位置づけだったものの、英語版の『風の歌を聴け』と『1973年のピンボール』が刊行された。

若い読者のあいだでの村上の人気は高まりゆくばかりだった。そんな折、事件が起こる。一九八五年一二月に立教大学で開かれたシカゴ大学との国際共同シンポジウム「戦後日本の精神史——その再検討」が村上研究で話題になることはほとんどないが、まさにこの講演で大江は日本の現代文学に対して危機感に溢れた講演をおこない、村上を批判したのだった。

一九八〇年代の日本のいわゆる純文学で、若い世代の——わが国の純文学を支えてきた読者層の中心はつねに二十代中心の若い世代でした。日本の戦後文学が、兵士としての戦争体験を持つ三十代の知識層にまで、真面目な関心に立つ読者層をひろげていたこと、その読者層をつうじて実社会にモラリティーに関わる影響力をそなえていたことも、戦後文学者の能動的な姿勢ということに直接結んで、注意される必要があるでしょう——もっとも強い注目をあびた作家は、村上春樹という、一九四九年生まれで高度成長期にあわせて成人した、新しい才能です。／村上春樹の文学の特質は、社会に対して、あるいは個人生活のもっとも身近な環境に対してすらも、いっさい能動的な姿勢をとらぬという覚悟からなりたっています。その上で、風俗的な環境からの影響は抵抗せず受身で受けいれ、それもバック・グラウンド・ミュージックを聴きとるようにしてそうしながら、自分の内的な夢想の世界を破綻なくつむぎだす、というのがかれの方法です。戦後文学者たちの能動的な姿勢に立つそれぞれの仕事から、ほぼ三十年をへだてて、それとはまったく対照的な受動的な姿勢に立つ作家が、今日の文学状況を端的に表現しているのです。さきにあげた戦後文学者たちの、多様な、しかも同時代の問題点をすくいあげる主題性の明確さに対して、この新時代を代表する作家は、自分には主題というものに関心はない、ただ、よく書く技術のみが大切なのだとも語っています。もっとも彼の文学は、その作家としての自覚を越えて、世界、社会に対して能動的な姿勢に立つ視点――つまり主題――を失っている同時代人という、もうひとつのレヴェルの主題をよく表現している点で、今日の若い読者たちを広くとらえているのです。いかなる能動的な姿勢も持たぬ人間が、富める消費生活の都市環境で、どのように愉快にスマートに生きてゆくか？　そのモデルを、いくばくかの澄んだ悲哀の感情とともに――それは同時代の世界、社会からさす淡い影を、しかしくっきり反映している感情です――提示しているのが村上春樹の文学です。／しかしそれが若い世代への風俗的影響を越えて、わが国の広い意味での知識層に向けて、今日から明日にかけての日本、日本人のモデルを提示するものであるかといえば、やはりそれはそうでないのではないでしょうか？　太平洋戦争の敗北を契機に、日本の知的地平を作りかえる作業に文学の側から参加した、戦後文学者たちとその同行者としての読者たちとの時代から、はっきり様がわりした文学的状況のうちに、つまり窮境に、今日の僕らは立っているのです。

（大江 1986: 243–244）

村上春樹は、「戦後文学者たちの能動的な姿勢」を否定して「受動的な姿勢」を示す作家、「富める消費生活の都市環境で、どのように愉快にスマートに生きてゆくか」を「いくばくかの澄んだ悲哀の感情」とともに示す作家、「今日から明日にかけての日本、日本人のモデルを提示する」ことから見放された作家と見なされ、当時の「純文学」の「窮境」の、いわば最大の戦犯という位置づけが与えられたのだった。

大江のこの批判は、村上が谷崎賞の受賞を喜び感謝する場で、無礼なことをしたことへの不満から出たものだろうか。それとも、村上が人気作家になってゆくことへの焦燥と嫉妬が原因だったのだろうか。二〇年前の自分のような状況を、自分の作風を否定するかのような新しい作家が作りだしてゆく。

しかも、大江は村上が自分の作品をサンプリングしている——オフ・ビートへと再構築している——ことに、勘づいていたはずだ。それが先行する作家にとって気障りであっても不思議ではない。大江自身も、サンプリングを好んだ作家だった。本稿でも、『死者の奢り』がピエール・ガスカールの「死者たち」を、『万延元年のフットボール』はドストエフスキーの『カラマーゾフの兄弟』を、『ピンチランナー調書』はヴォネガットの作品を、『懐かしい年への手紙』がダンテの『神曲』をサンプリングしていることを述べた。おそらく大江は公言したことがないが、『個人的な体験』が、ジョン・アップダイクの『走れウサギ』をサンプリングした作品だということは、よく指摘される。早い時期では大岡昇平、河盛好蔵、白井浩司、中村光夫との座談会「外國文学の毒」で、江藤淳がこの事実を指摘していた（江藤ほか 1965: 50）。

「森」の物語群という構想は、ウィリアム・フォークナーの手法をサンプリングしたもので、大江自身も——もちろんサンプリングという言葉は使わないが——率直にそう説明する。『新しい人よ眼ざめよ』はウィリアム・ブレイク、『キルプの軍団』はチャールズ・ディケンズ、『燃えあがる緑の木』はウィリアム・バトラー・イェイツ、『臈たしアナベル・リイ総毛立ちつ身まかりつ』はエドガー・アラン・ポーの作品をサンプリングすることで作られた。このように見ていくと、村上とどこがどう違うのかという疑問が湧く。むしろ大江の方が深刻にこのサンプリングの手法にどっぷり浸っている。島国の日本では、海外の作家からサンプリングしても国内の作家からはサンプリングしないという暗黙の「仁義」めいたものがありそうな気もするが、しかし『万延元年のフットボール』は『死靈』のサンプリングと読むこともできる。

おそらく要点は「オフ・ビート」という点にあるだろう。自分が本気で取りくんだものが他者によって「裏返し」にされてしまうことへの不快感、それが広く評価されるということへの反撥は多くの人が理解できるはずだ。それはかつて、ジャズが全世界で流行したときにクラシック音楽を愛する者たちが見せた反撥に似ていて、年をくだれば同じようにして、ロックに対してジャズを愛する者たちが、そしてヒップホップに対してロックを愛する者たちが、この反撥の構図を反復した。

大江の講演は、岩波書店の雑誌『世界』一九八六年三月号に収録され、大江のエッセイ集『最後の小説』(一九八八年)で単行本になり、同年、この講演がおこなわれた国際共同シンポジウムの論集『戦後日本の精神史』(ナジタほか 1988)にも収められた。つまりこの講演は機会を改めて四回も公開されたことになる。大江の忿懣がどれほどのものだったか、この量的情報からも察することができる。

一二　分水嶺としての一九八七年?

一九八七年、『ノルウェイの森』が刊行され、日本近代文学史上で最大の社会現象を起こした。そのなかには、つぎのような一節がある。

僕が当時好きだったのはトルーマン・カポーティ、ジョン・アップダイク、スコット・フィッツジェラルド、レイモンド・チャンドラーといった作家たちだったが、クラスでも寮でもそういうタイプの小説を好んで読む人間は一人も見あたらなかった。彼らが読むのは高橋和巳や大江健三郎や三島由紀夫、あるいは現代のフランスの作家の小説が多かった。だから当然話もかみあわなかったし、僕は一人で黙々と本を読みつづけることになった。（村上 1987b 上 : 55）

相変わらず、大江に対して村上は本心を伏せている。ところが、緑は「僕」に言う。

「『戦争と平和』もないし、『性的人間』もないし、『ライ麦畑』もないの。それが小林書店。そんなもののいったいどこがうらやましいっていうのよ？　あなたうらやましい？」（: 113）

一般的にはそれほど知られていないが、村上のエッセイの愛読者であれば、『戦争と平和』は村上が一〇代の頃から偏愛してきた小説として頻繁に言及していることを知っている。デビューしたばかりの村上が、サリンジャーの小説に対して否定的な態度を見せていたことについては、すでに言及した。『ノルウェイの森』が社会現象を起こしていた頃には、約一五年後にその『ライ麦畑』の新訳を村上が刊行することになろうと、誰に予想できただろう。そして『性的人間』は大江の代表作のひとつだ。大江の「ファンだった」村上はそれを当然ながら読んでいた、と推測できる。つまり「僕」でなく緑が関心を持っているという体裁で名が挙げられた三作品は、じつはすべて青少年だった頃の村上を形成した小説ばかりなのだ。さらに言えば、そもそもこの小説の題名に採用されたビートルズの《Norwegean Wood》の意味合いは、本来は「ノルウェイ製の家具」だと言われるが、村上は「ノルウェイの森」でも「ノルウェイ製の家具」のどちらにも定まらないイメージがあること、なおかつ曲名としてはあくまでも「森」のイメージをともなって日本に届けられたと説明する（村上 1994d: 82–85）。この「森」への愛着に大江との関係性を見ても良いだろうか。大江の「四国の森」は、ビートルズを介して、村上の「ノルウェイの森」となったと。

『ノルウェイの森』と同じ年に、大江は『懐かしい年への手紙』を刊行した。この作品は文学的に高く評価されたが、売れなかった。その一九八七年を、二〇年後の大江は自分の人生の分水嶺として回顧した。

家から遠くない大きい本屋さんに行ってみたんです。そうしたら、真っ赤な本と緑色の本という二冊組の装丁の、クリスマスプレゼントみたいな本が、こんなに積んであって、その山の向こうに、哀れな『懐かしい年への手紙』が、数冊、こちらを恥ずかしそうに見ていた。ダンテの『神曲』のボッティチェリの挿絵を装丁に使った、きれいな本が。いうまでもなく、こちら側の山のような本が、『ノルウェイの森』。私の作家生活に次の世代の脅威の影が差す最初の、決定的な危機となった年が、この年であった、ということです（笑）。（大江 2007b: 121）

最後に「（笑）」とあるが、この笑いを大江は本心から放ったのだろうか。

一九八七年が分水嶺だったという大江の感慨は、彼の経歴にとってもそうだったが、日本文学のあり方の分岐点だったという考え方がある。上で大江が書いたことについて、坪内祐三と加藤典洋も同意しながら回顧している（坪内 2007: 216–219; 加藤 2008: 211）。しかし、一九八七年に『ノルウェイの森』と自作の売れ行きの落差を眼にして「私の作家生活に次の世代の脅威の影が差す最初の、決定的な危機となった年」だと述べるのは、いささか欺瞞的かもしれない。大江の村上への非難は、先に見たように一九八五年に初めて本格的に語られ、一九八六年に雑誌に掲載されていたからだ。一九八八年に立て続けに二冊の単行本で改めて公開されたのは、『ノルウェイの森』に衝撃を受け、それに対抗したいという心の炎を燃やしていた結果ではないか。

一九八八年、『ノルウェイの森』が売れつづけていくなかで、村上はヨーロッパに在住していたが、心が不安定になっていたことを回顧する。

僕が四十歳のころは『ノルウェイの森』がすごいベストセラーになり、その反動がずいぶんきつく、現実的にいやなことがたくさんありました。おかげで人間関係みたいなものも少なからずこじれ、精神的にかなり落ち込んでいました。僕にとっては一種のクライシスだった。だから四十歳になったという微妙な「心境の変化」みたいなものは、幸か不幸か、とくに何も感じませんでした。あの頃は本当に、ひとりぼっちで暗い井戸の底に座っていた、みたいな感じでした。（村上 2015a: 2015-01-26）

村上の「井戸」の比喩はいつものことだが、本稿ではそれが大江の文学世界を源流とする可能性が高いと指摘したから、それを踏まえれば、村上の当時の状況は複雑だったと言えよう。『万延元年のフットボール』で「穴ぼこ」にいた蜜三郎のようにして、村上はヨーロッパに暮らしながら、みずからの心の「井戸」の底に沈んだ。大江を意識していた村上は、大江が『ノルウェイの森』をどのように評価しているかも察することができただろう。二〇〇六年四月二日に、村上はつぎのようにぼやいた。

たぶん日本では『ノルウェイの森』が突出して売れたので、それに対する反感や反動のようなものが、社会全体にまだ残っているのだと思います。あるいはまた、僕が正統的な「日本文学」をだめにした張本人、「戦犯」として捉えられている部分もあるような気がします。だからそのぶん、風当たりもきつくなります。しかし僕ごときにだめにされるような「日本文学」なら、僕がいなくたってきっと早晩だめになっていただろうと、僕は思うんです。そうですよね？（村上 2006c: 167）

日本文学をだめにした戦犯という表現から、大江が村上に投げつけた非難が村上自身の耳にも届いていたことがわかる。

一三　「十代のころ、大江健三郎さんがスターだった」

一九九四年、大江はノーベル文学賞を受賞する。かつての読者が戻ってきたり、新しい読者が開拓されたりすることも多少はあったはずだが、社会現象になるほどのリバイバルをもたらしたわけではなかった。とはいえ筆者は、このときに大江に興味を持った友人の影響で大江の作品を読みはじめ、夢中になったから、ある程度の少年が同様の大江体験を味わったのだろうと思う。村上は同年から翌年にかけて大長編小説『ねじまき鳥クロニクル』を刊行した。村上の代表作のひとつで、本格的に左派の知識人としての顔を見せはじめた転機になった作品でもあった。

ここまでで、村上はデビューしてから一五年ほどだ。最初期の村上はセックスと死と暴力を重視しない文学を模索していた。『風の歌を聴け』では、「鼠の小説には優れた点が二つある。まずセックス・シーンの無いことと、それから一人も人が死なないことだ。放って置いても人は死ぬし、女と寝る。そういうものだ。」と語られる（村上 1979a: 28）。一九八三年には、大江健三郎が感化されていたノーマン・メイラーを引きあいに出して皮肉を述べたことがあった。「ノーマン・メイラーがね、これからの文学においてはセックスが、最後に残された可能性だって言ったけれど、いまやセックスといったって、なんにも無いですよね。何書いたって同じようで、出口がない」（村上 1983a: 6）。私たちがみな知るように、村上はこの立場からすっかり転向してしまった。

村上は一九九〇年代半ばに河合隼雄と親しくなり、のちには自身の創作原理の最大の理解者と見なすようになった。『ねじまき鳥クロニクル』を完成させた村上は、一九九五年一一月の河合との対談で、大江に言及しながら、このセックスと死と暴力という大江の文学的主題を引きついだ、あるいは引きつがざるをえなかったことを打ちあける。

ぼくの十代のころ、大江健三郎さんがスターだった。彼はセックスとか死とか暴力に対して、非常に主体的に取り組んで書いていたのですね。ぼくが書きはじめたときにはもう八〇年代になっていたから、それとは違うものを書いてみたいという気持ちがありました。／結局、でも、行き着く先はそれしかなかった。『ノルウェイの森』を十年後に書いたのですが、あの小説の中ではセックスと死のことしか書いていないのです。もちろん大江さんとは書き方はまた違うのですが、それでもまだ暴力は出てこなかったのです。／それから五年か六年たって、やっと暴力というものを書くようになったのです。（河合／村上 1996: 167）

この文章をすなおに読めば、村上が大江に対して特別な関心を示しているとは感じられないかもしれない。村上が一〇代の頃、つまり六〇年代に文学的「スター」だったこと、「セックスとか死とか暴力に対して、非常に主体的に取り組んで書いていた」ことが指摘されていて、それらは一般的な事実を要約しただけにも見えかねないからだ。村上自身は八〇年代において、「それとは違うものを書いてみたいという気持ち」があったと語っているから、出発点で大江を意識し、それとは異なる道を行きたいという抱負を抱いていたことがわかる。そして「結局、でも、行き着く先はそれしかなかった」と語られる。「セックスとか死とか暴力」という普遍的な主題に村上も行きついたのであり、それは奇しくも大江健三郎と同じ方向性に向かっただけであり、特別な事情がなかったというように読めるが、筆者はそうではないと断言したい。村上は、大江に感化され、距離を置こうとし、独自の様式を形成し、それを深化させながらも、大江の軌道をなぞったのだ。そこに村上なりの感慨があったことは想像に難くない。

『ねじまき鳥クロニクル』は第四七回読売文学賞を受賞し、選考委員のひとりは大江だった。ジェイ・ルービンがそのときのふたりの様子を描いている。

九六年二月二三日に東京で、村上は長年自分の作品を批評してきた人物と同じ部屋に立ち、その人が『ねじまき鳥クロニクル』の一節を朗読した上にそれを「重要」で「美しい」と称えるのを聴くという奇妙な体験をした。続いて大江は第2部第四章「失われた恩寵」の一節を朗読した。間宮中尉が死ぬべくモンゴルの井戸に放置されたとき、井戸に光がどっと流れ込み、啓示と恩寵が訪れる、しかし何もできずそれが過ぎさっていくのに耐えなければならなかったあのすばらしい一節だ。大江は村上について、自分にとって必然的なテーマを真摯に探求しつつ、大きな読者層の機体に応え得ている、と述べた。〔…〕大江は明るく微笑んで、村上に挨拶するのが心底うれしそうで、村上も緊張しているように見えたが、微笑みを返した。二人とも大好きなジャズに話が移ると、残っていた緊張感も消えたようだった。大江はピンストライプの青い背広姿で、トレードマークの丸い眼鏡をかけていた。村上は白いテニスシューズ、だぶだぶのスポーツコート、チノパンという服装だった。この一瞬を後世に残そうと、カメラマンが集まった。見物人にとり囲まれていては、村上も大江も踏み込んだ話や深い話はしようがなく、十分ほど歓談したのち、和やかに別れた。（ルービン 2006: 282–283）

大江と村上の服装の対照が鮮やかなユーモアを生みだしているが、ルービンは大江と村上のあいだにあった複雑な葛藤を知らないのだろうか。きわめて日本文学について理解が深い人だが、日本の作家たちのややこしい人間関係にはやはり眼が届かないところがあるのかもしれない。あるいは、ルービンも村上と大江の葛藤をある程度まで把握していて、あえてそれについて触れなかったのだろうか。

ルービンが描写する大江は、「明るく微笑んで、村上に挨拶するのが心底うれしそう」だったという。ノーベル賞を受賞したことが、余裕を作りだしたのか。物語の佳境で主人公が井戸に降りて籠るというこの作品が、『1973年のピンボール』と同様に『万延元年のフットボール』のサンプリングだと気づき、自分の作品への露わな媚態を感じたのか。もちろん、大江が率直に『ねじまき鳥クロニクル』を実際に好ましく思った可能性もある。一九八六年、大江が講演で村上を弾劾したとき、大江は村上のいわゆる「デタッチメント」を非難したのだから。『ねじまき鳥クロニクル』で村上はいわゆる「コミットメント」へと転轍した。それは大江好みの作家の在り方だった。青年時代の大江は、日本版のサルトルとして振るまおうとした作家だった。ただし、よく指摘されるように、サルトルはノーベル文学賞の権威を否定して受賞を辞退し、大江はこれを喜んで受賞したのだが。

一四 「そんなことも気になった」

この授賞式の六年後に、村上のつぎの大作、長編小説『海辺のカフカ』が刊行された。先に見たように、加藤典洋はこの作品に大江の作品との「重なり」を見た。加藤が気づかなかったことを補足すれば、『海辺のカフカ』の「大島さん」は、女性の体を持って生まれたが、男の心を持ち、かつ男を愛する二一歳の若者で、この作品で使われない言葉で言えば「FtM ゲイ」ということになる。大江の『燃えあがる緑の木』は、村上の『ねじまき鳥クロニクル』と同時期の作品だが、その語り手「サッチャン」は、男として生まれたものの心と体がなかば女性化し、「両性具有」となる人物だ。男女間の性別の揺らぎをふたりの登場人物は体現しているのだが、これは、村上が成熟した作家になった時期でも大江の新作によって感化されていたか、あるいは、大江の新作を客観的に読んで対抗意識を燃やしていたことを意味しているのではないか。

大江は日本人で当時の唯一のノーベル賞作家として、その栄誉を生かした仕事を多くおこない、この頃にはまだ小説を精力的に書いていたが、少ない固定の読者を抱えた作家のままであり、村上の読者は増えつづけた。大江と村上の関係を思うとき、『海辺のカフカ』は感動的ですらある。「カフカ」という偽名を名乗る一五歳の「僕」は、四国の森を目指す。それは、一〇代の村上が、大江が構築した四国の森の物語群に魅惑されたことに対応しているのだ。このような仕方で、村上は自身が隠蔽しようとした自身の文学的出自へと帰還した。

あえて言うまでもなく、人生にはさまざまな別れがつきまとう。一九八〇年代の村上をもっとも支えた評論家、川本三郎は、一九九〇年代後半から村上とは疎遠になっていった。川本は、『海辺のカフカ』を中心がない作品、既視感を覚える箇所が多い凡庸な作品と批判した。ほかの小説や映画に類似したモティーフがあることを指摘しながら、川本は最後に大江に言及して、この書評を締めくくる。

ナカタさんの丁寧な喋り方は、大江健三郎のイーヨーにそっくり。そんなことも気になった。(川本 2002: 116)

これは加藤典洋も、『ピンチランナー調書』の作品名を挙げて指摘することになるものと同一の事柄だ。川本が、作家となった村上が初めて受けたインタビューで、この作品を挙げて、ヴォネガットと大江の関係を指摘したことも思いだそう。村上のデビュー作も、それに関係があるのではないかと探りを入れるために、川本はそのように話題を展開した。つまりここで川本は村上に、もう本心を明かしてはどうかと言おうとしたのではないか。最初から大江のフォロワーだったと告白してはどうか、と。

「序」に記したように、村上は書評のたぐいをある時点からまったく読まなくなったと語り――それが真実かどうかはともかく――、「作家には批評家の書いたものを読む義理はまったくない」と語る。そうだとしても、親身に接していて、その後に離れた評論家の意見は、気になるものだろう。柴田元幸の前で大江の「ファン」だったことを口にしたのは、『海辺のカフカ』の刊行と川本の書評から二年ほどのちのことだった。そして柴田は、川本三郎と替わるようにして、村上の――河合隼雄が存命中は彼に次いで、没後にはおそらくもっとも――信頼を寄せるに至った人物だ。だからこそ、かつて自分は大江のファンだったと告白するあの発言が出てきたと推測するのは、考えすぎだろうか。

日本の文学状況に収まらない斬新な作風を持った作家として登場した村上に、川本は尋ねた。「大江の小説はだいぶ読んだんじゃないですか」「ちょっと感じが似たとこがあるな、という気もしたんだけど」と。それに対して村上は、「短編集を一冊読んだっきりで」「どっちかっていうと、アンチっていうほうを、ぼくは自分では感じてたんだけど」「大江さんのは、あんまり読んでないんです」「読めないんですよね」と否定していた。このときの村上が採用しえた別の、そして真実の答えは、三〇年以上のちに、柴田に与えられた。——「僕、一〇代の頃、大江健三郎のファンだったんですよ。よく読んでました」。

村上のこの発言は、新人作家として川本の前で語った内容と正反対の方向を向いている。村上が、大江に対してチラつかせてきた態度、あるいは無関心の装いと、まったく矛盾している。村上は、いわば「ちゃぶ台返し」をして、デビュー直後からの自己規定をリセットしたことになる。もしも、この「真実の回答」とでも言うべきものを、村上が川本に返していたならば、その後の村上は作家としてどのような軌道を進んでいただろうか。否、そのような「真実の回答」を出さないから、村上は村上だったのだろう。確実に言えることは、大江がいなければ村上は存在しなかったということだ。そして、村上が大江を否定しながらサンプリングすることで、村上は村上になることができた。ふたりの「魂」はあまりにも近すぎて、年少の作家として出発した村上は、自分が自分になるために、己に似た「魂」を否定せねばならなかった。

「大江健三郎のファンだった」という村上の発言を収録した柴田の『翻訳教室』は、二〇〇六年に刊行されたが、その翌年には大江へのインタビューが刊行された。いささか予想外にも、そこで大江は村上について多くを語っている。

> 現在、とくに村上さんは、自分の口語体を新しい文章体に高めるというか、固めることもしていられて、それが世界じゅうで受け止められている。その新しいめざましさは、私など達成することのできなかったものですね。（大江 2007a: 195）

大江はつぎのようにも語る。

村上春樹さんの小説はうまく書かれた文章で、翻訳しやすいということもあるかもしれませんが、英語、フランス語の翻訳者は非常に注意を払っていて、いい翻訳を作っています。翻訳賞を選ぶ仕事をやっていたので、十年ほど何種類か読みましたが、それらがフランス語、英語の文学として受け止められていることは確実で、それは安部公房さんも三島由紀夫さんも、そして私もできなかったことです。日本文学始まって以来のことなんです、村上さんの仕事の受け入れられ方は。この国でどんなに評価されても、されすぎということはありません。ノーベル賞の授賞も十分ありうるでしょう。(大江 2007a: 280)

最後の「ノーベル賞の授賞も十分ありうるでしょう」という部分については、大江が村上について抱いている本心がいかなるものか、邪推したくなりそうだが、大江のこの発言は、普通に読むならば村上に対する敗北宣言だ。実際には、ノーベル文学賞は、ジョイス、プルースト、カフカなども受賞せず、それどころか小説というジャンルの全歴史でもっとも重要な作家と見なされることも稀ではないトルストイすら、候補になりながら受賞できなかったという、きわめて怪しげな「名のみ大きな賞」だが、威光の強烈さは折り紙つきだ。大江はその威光に包まれて、精神の安定を得たと考えられる。

一五　真剣なパズルゲーム

村上が愛好し翻訳したチャンドラーの『ロング・グッドバイ』を読むと、結末近くで、主人公マーロウは、魂を分け合ったかのような相手レノックスを「君はいいやつだ」が「まっすぐな心をどこかで失った人間なのだ」と非難する。そして、相手がつぎのように語るのを聞く。

「よくわからないな」と彼は言った。「本当に理解できないんだ。君には申し訳ないと思っているし、その償いを支払おうとしている。しかし君はそうさせてくれない。わかってくれ。君にあのとき真相を明かすわけにはいかなかったんだ。もし本当のことを知ったら、君の性格からして黙ってそれを見過ごせなかったはずだ」（チャンドラー 2007: 531）

「真相」を愛するマーロウと、それを明かしてはならないと考えるレノックス。このふたりについて、村上自身が注釈している。

これはあくまで僕個人の意見であって、ただの推測・仮説に過ぎませんが、作者のチャンドラーは自分自身を「マーロウ側」と「レノックス側」という二つの人格に分裂させていたのではないでしょうか。だからこそその両者は強く惹かれ合ったのではないでしょうか。そう考えると、いろんなことのつじつまがあいます。そして最後に二つの人格は統合されないまま、永遠に分かれていきます。それが「長くかけたさよなら」という現代の深い意味ではないのか、と思います（村上 2015a: 2015-5）。

村上はこの主題と技法に執着している。再三話題にすることだが、「ワタナベトオル」を『ねじまき鳥クロニクル』で、主人公の「僕」こと「岡田亨」と、その「僕」に異世界で殺される悪役の「綿谷昇」に分裂させたことは典型的だ。この作品と『海辺のカフカ』と『騎士団長殺し』で、主人公たちは夢のなかのような異世界に行き、「悪」と見なした相手を殺害してしまう。『色彩を持たない多崎つくると、彼の巡礼の年』でも、多崎つくるはかつての親友「アオ」から、つくるに強姦されたと主張した「シロ」の伝言として、「おまえには表の顔と裏の顔がある」「表の顔からは想像もつかないような裏の顔があるんだ」と指摘される（村上 2013a: 163）。

作品と作者を同一視するのは暴挙と言えるが、無縁のものだと考えるのも事実に反する。村上は、一面では真剣なパズルゲームを楽しみ、一面では真剣な文学的主題を探求している。世の中には、そして文学の世界にも、真剣に作られたパズルゲームは無数にある。だから、それは非難すべきこととは言えない。

二〇一〇年代、村上は自分の作家としての本心を開けっぴろげにするかのような書物を立て続けに刊行した。『夢を見るために毎朝僕は目覚めるのです』（二〇一〇年）、『村上さんのところ』（二〇一五年）、『職業としての小説家』（二〇一五年）、『みみずくは黄昏に飛びたつ』（二〇一七年）。しかし、これらの著作で、村上は大江について、そして大江と自分の作品の関係について、ふたたび沈黙を続けた。なぜ、村上は河合隼雄や柴田元幸の前で、彼らを信頼しているとはいえ、明け透けな本音を漏らしたばかりか、印刷されることを容認したのだろうか。村上の中の「マーロウ側」と「レノックス側」の複雑な葛藤の結果だろうか。否、そんなに大袈裟に考える必要もない。真剣に作った難解なパズルゲームが、誰にも解かれないままになると、作者はかえって落胆し、業を煮やして、「ヒント」を与えたくなるものだ。なんらかの犯行に手を染めた者が、どうして自分はなかなか捕まらないのだと不審がって、犯行現場に戻ってきてしまうように。

本章のもとになった二〇一八年の論文で、筆者は村上の中編「街と、その不確かな壁」に対する大江の影響の大きさを論じつつ、つぎのように記した。「かつて、都甲幸治は二〇〇七年に「村上春樹の知られざる顔」と題する論文を発表し、村上が国内向けと海外向けとで異なる発言をしている事実を明らかにした。二〇一〇年、村上は『夢を見るために毎朝僕は目覚めるのです』で、みずから海外向けの発言を開示したが、都甲は柴田元幸の教え子だから――この論文を収めた単行本の帯文も柴田が担当――、都甲の論文の内容が村上に届き、そのような展開になったのだろう。本稿の内容も、なんらかの経路で村上に届いて、村上がどれほど大江の作品を内面化しているか自己分析を始めてくれれば面白いのだが、それを期待するのは無理なのか」。

本章のゲラ作業中に、村上は新作長編『街とその不確かな壁』の刊行を告知し、二〇二三年四月に同作は刊行された。これを筆者は、筆者に対するひとつの応答（でもあるもの）として受けとったが、この作品に対する考察は本書に含める余裕がなかった。後日の課題とできたことを、むしろ喜んでいる。

二〇一八年九月、村上作品の翻訳者ジェイ・ルービンは日本の小説の短編集を英語で刊行した。この書物に収録された短編の作者は、村上が愛好を表明してきた夏目漱石や谷崎潤一郎、親交があった中上健次、川上未映子、柴田元幸、作風への懐疑を表明してきた川端康成、三島由紀夫、これまでに言及したことが（おそらく）皆無だった源氏鶏太や星新一など多彩だ。村上自身の作品も「一九六三／一九八二年のイパネマ娘」（一九八三年）と「UFOが釧路に降りる」（一九九九年）が収録されている。だが、大江の作品は収録されていない。序文を担当したのは村上で、そこではこのように書かれている。

At the urging of friends, I read several works by Oe Kenzaburo (b. 1935), who was the young people's hero in those days.
(Murakami 2018: xii)

すなわち「友人たちに促されて、僕は大江健三郎（一九三五年生まれ）の作品をいくつか読みました。彼はその時代の若者たちのヒーローだったのです」。この短い言及によって、海外の読者も、大江と村上の関係を理解できないままになってしまう。村上のパズルゲームは続くのだ。

付録

大江と村上を比較する一覧表を以下に掲げる。表は「森」までが、両者の創作の全体に関わる「比較すべき事柄」だ。「森」から下は大江の作品を軸として、時系列の表にしている。大江の長編小説『同時代ゲーム』が発表された一九七九年で表を終えているが、この年に村上がデビューしたことに着目して、区切りとした。ただし、一九八〇年以後の大江の作品を村上が意識していない、と主張する意図はない。なお以上で言及した内容のすべてを含んでいるわけではないし、以上で言及しなかった内容も含んでいる。

大江健三郎	比較すべき事柄	村上春樹
初期から活発な政治的言動	リベラル、戦後民主主義	途中から活発な政治的言動
さまざまな小説様式と人称を実験	反私小説、出発点は「僕」	さまざまな小説様式と人称を実験
作品多数。『万延元年のフットボール』[1967]の「おまえのペニスがburning」「躰中がburning」など	翻訳調の文体。会話も人工的な印象があり、口にされる外来語がしばしば不自然	作品多数。『色彩を持たない多崎つくると、彼の巡礼の年』[2013]の「ケミストリー」など
たとえば「満足感のキノコがびっしりうわっていた彼の大きな顔」「女が裸のうえに着ている短くて薄い肌着ほどの抵抗感の文体」（『日常生活の冒険』[1963-1964]）	日本の伝統から離れた比喩	たとえば「彼女の体には、まるで夜のあいだに大量の無音の雪が降ったみたいに、たっぷりと肉がついていた」（『世界の終りとハードボイルド・ワンダーランド』[1985]）
多数の「ギー兄さん」、「蜜子」と「蜜三郎」、「呉鷹男」と「＊＊＊鷹子」と「鷹四」、「卑弥子」と「火見子」など	名前の選択の幅が少ない。特殊な漢字の人名	渡辺昇とそのヴァリエーション、「（色彩を持たない）多崎つくる」と「免色渉」、「白根柚木」と「柚」（ユズ）など
ほとんどの作品	現実世界の幻想文学	ほとんどの作品
アルコール水槽の死体、「（胎水しぶく暗黒星雲を下降する）純粋天皇」、「空の怪物アグイー」、「アトミック・エイジの守護神」、「スーパーマーケットの天皇」、「月の男（ムーン・マン）」、「縮む男」、「壊す人」、「両性具有のサッチャン」	幻想文学に出てきそうな異界の者たち、あるいはそのような印象の名を与えられた奇怪な登場人物たち	「羊男」「やみくろ」「ねじけ」「なんでもなし」「緑色の獣」「ねじまき鳥」「かえるくん」「みみずくん」「カラスと呼ばれる少年」「顔のない男」、「リトル・ピープル」「メタファー（顔なが）」「白いスバル・フォレスターの男」
『われらの狂気を生き延びる道を教えよ』[1969]『みずから我が涙をぬぐいたまう日』[1972]『臈たしアナベル・リイ総毛立ちつ身まかりつ』[2007]	小説に長すぎる題名をつけ、書物としても刊行する傾向（荒唐無稽な印象）	『世界の終りとハードボイルド・ワンダーランド』『色彩を持たない多崎つくると、彼の巡礼の年』
一貫したテーマ	性愛と暴力	性愛を描かない作家からそれを積極的に描く作家へ。過激な暴力描写も
一貫したテーマ	「魂」の探求	一貫したテーマ
一貫したテーマ。「僕」と「弟」、「蜜三郎」と「鷹四」、「森」と「森・父」、「K」と「ギー」、「サッチャン」と「ギー兄さん」、「長江古義人」と「塙吾良」、「妹」への拘りなど	「魂の片割れ」（ソウルメイト）とその変奏としての「奇妙な二人組」のモティーフ。大江は主役に絡めて描く。村上の場合には敵役や端役にも広がっている	一貫したテーマ。「僕」と「鼠」、「208」と「209」のトレーナー・シャツを着た双子の女の子、さまざまな恋人たち、「ワタナベトオル」から枝分かれした「オカダトオル」と「ワタヤノボル」、「妹」へ拘りなど
「四国の森」として多数	森	「街と、その不確かな壁」と『世界の終りとハードボイルド・ワンダーランド』の「森」、『ノルウェイの森』[1987]、『海辺のカフカ』[2002]の四国の森
「死者の奢り」[1957]	死体が浮かぶ大学の水槽	
	死臭がする大学のプール	「街と、その不確かな壁」[1980]
「他人の足」[同]	厚い壁に囲まれた病棟	「街と、
	厚い壁に囲まれた街	その不確かな壁」『世界の終りとハードボイルド・ワンダーランド』
「飼育」[1958]	死者を焼く《町》	「街と、その不確かな壁」
	死臭がする《街》	

「人間の羊」[同]	僕ら《羊たち》	
	羊男	『羊をめぐる冒険』[1982]『ダンス・ダンス・ダンス』[1988]など
「芽むしり仔撃ち」[同]	獣たち（家畜など）	「街と、その不確かな壁」『世界の終りとハードボイルド・ワンダーランド』
	獣（一角獣）	
『われらの時代』[1959]	作品名（長編小説）	
	作品名（短編小説）	「我らの時代のフォークロア」[1989]
「後退青年研究所」[1960]	「後退青年」(傷ついた学生運動家)の「研究所」	
	青年の脳に特別な手術をほどこす「研究所」	『世界の終りとハードボイルド・ワンダーランド』
「下降生活者」[同]	「下降生活」する（挫折した）青年と《架空の僕》	
	エレベーターで「下降」する青年の「私」と脳内の架空の存在としての「僕」	『世界の終りとハードボイルド・ワンダーランド』
「セヴンティーン」[1961]	17 歳の語り手	
	15 歳の語り手	『海辺のカフカ』
	ナチスとヒトラーへの関心と言及	作品多数
『日常生活の冒険』[1963-64]	作品名（長編小説）	
	作品名（長編小説、紀行文）	『羊をめぐる冒険』「日常的ドイツの冒険」[1985]
	動物めいた名前の登場人物	
	動物人間「羊男」	『羊をめぐる冒険』など
	火星のような遠い場所×自殺	
	『火星の井戸』×自殺	『風の歌を聴け』[1979]
	悪文！	
	「完璧な文章などといったものは存在しない」	『風の歌を聴け』
	クリスマスの時期に「卑弥子」が「ペチカ」を歌う	
	「私」が「ペチカ」と「ホワイト・クリスマス」を歌う。直後に「森」の歌	『世界の終りとハードボイルド・ワンダーランド』
「性的人間」[1963]	地獄めぐり	
	地獄めぐり	作品多数
	乱交パーティー	
	乱交パーティーもどき	『ノルウェイの森』『色彩を持たない多崎つくると、彼の巡礼の年』『1Q84』[2009-2010]
	象牙色のジャガーで「耳梨湾」の山荘へ	
	赤のプジョー205 で北海道と東北を放浪	『騎士団長殺し』[2017]
『個人的な体験』[1964]	主人公「鳥（バード）」の新生児は脳の手術で生き延びる	
	主人公は「鳥」に導かれ、脳手術でできた世界から脱出	『世界の終りとハードボイルド・ワンダーランド』
	主人公は今いる世界を選び、「火見子」だけがアフリカへ	
	主人公は今いる世界を選び、その「影」だけが現実へ	
『万延元年のフットボール』[1967]	作品名（長編小説）	
	作品名（中編小説）	『1973 年のピンボール』[1980]

『万延元年のフットボール』	四国の森（愛媛）	
	四国の森（高知）	『海辺のカフカ』
	大江版カラマーゾフの兄弟	
	村上版カラマーゾフの兄弟	最大の創作目標として繰りかえし言及
	5人の兄弟姉妹、4名死亡	
	主要登場人物の半数が死亡	『ノルウェイの森』
	主人公の渾名「ネズミ」	
	「僕」の友人「鼠」	『風の歌を聴け』など
	貯水槽「穴ぼこ」	
	井戸、地下道、穴など	作品多数
	「星男」／「菜採子」「桃子」	
	「星野」／「さくら」	『海辺のカフカ』
『性的人間』[1968]	短編集の単行本	『ノルウェイの森』
「月の男（ムーン・マン）」[1972]	幻想的な月面世界	
	幻想的な2つの月	『1Q84』
	月面の孤独	
	月の裏側で孤独	『1Q84』
『洪水は我が魂に及び』[1973]	核爆発、人類滅亡の恐怖 核シェルターに籠る	
	「世界の終り」は 壁によって囲われている	『世界の終りとハードボイルド・ワンダーランド』
『ピンチランナー調書』[1976]	1976年の和製ヴォネガット	
	1979年の和製ヴォネガット	『風の歌を聴け』
	右翼の「親方（パトロン）」	
	右翼の「先生」	『羊をめぐる冒険』
	「イーヨー」の話し方 （以後の作品も同様）	
	「ナカタさん」の話し方	『海辺のカフカ』
	C.G.ユングの引用（「私」の 存在の意味について）	
	C. G. ユングの引用（「神」の 実在について）	『1Q84』
	ナチスの突撃隊への言及	
	渾名が「突撃隊」の学生	『ノルウェイの森』
	反キリストとしてのヒトラー	
	ヒトラーの肖像と「デレク・ ハートフィールド」	『風の歌を聴け』
	アメリカ小説風の物語で 参照される『往生要集』	
	アメリカ小説風の物語で 参照される『雨月物語』や 『平家物語』など	『海辺のカフカ』『1Q84』など
	ゴシック体による多数の強調 （以後の作品も同様）	「街と、その不確かな壁」など多数。
『同時代ゲーム』[1979]	「妹」に語りかける物語	サリンジャーの小説の翻訳『キャッチャー・イン・ザ・ライ』[2003]

追記

本章で展開した村上と大江との関係に関する議論は反響が大きく、この問題について論じる研究論文が続々と現れることになった。研究史に貢献できたことを誇りに思う。

本書のゲラ作業中、二〇二三年三月に大江健三郎が逝去したとの訃報に接した。本書がまにあわなかったことが残念でならない。

第二章　村上が「好きな作家」としての筒井康隆

前章では村上春樹と大江健三郎の関係を追った。村上作品を理解する上で不可欠な作家は、これで尽きたわけではない。本章では、村上と筒井康隆の関係を考察する。管見のかぎり、この問題を扱うのは、本章のもとになった論文が初めてだった。

一　筒井康隆と大江健三郎

日本ではかつて星新一、小松左京、筒井康隆がＳＦ小説の三大作家と見なされていたが、星はこれを嫌がって北杜夫、遠藤周作、星新一という並びを希望した。これに筒井も応じて、大江健三郎、井上ひさし、筒井康隆という組み合わせを希望した（筒井 2018: 111）。たしかに、このように組みあわせれば、星や筒井は「ＳＦ作家」という固定観念でのみ論じられる因襲から解放されて、それぞれがSF小説という様式を利用することで文学として何を目指した作家だったのかが判然としてくる。筆者はこれに倣って、大江健三郎、筒井康隆、村上春樹という組み合わせを主張してみよう。

大江と村上が結ばれていることに関しては、前章で説明した。大江と筒井が結ばれていることは、両者の仕事に詳しい者にとってはほとんど常識に属する。筒井は語る。

大江健三郎さんの『同時代ゲーム』っていう本が出まして。これを読んでぶっ飛んだんですね。これはすごいなと思って。で、そしたら、次々と批評が出るんだけど、悪い批評ばっかりなんだよね。僕もそれ読んでなるほどと思ったんだけど、たいていの人が最初の第一章でもう投げてしまう。確かに第一章は分かりにくいんです。だけど第二章以後は、もうものすごく面白いんですね。こんなに面白いのに、なぜこんなに評判が悪いのかと思って腹が立ってね。なんとかこの作品をショーアップする方法はないかと考えて、そうだ、これに賞を差し上げようと。日本SF大賞というのを作って差し上げたら、ちょっとは評価が変わるだろうと思いついた。で、私そのころSF作家クラブの事務局長をやってたので、すぐ会長の小松さんのところへ行って、実はこういうすごい作品があると。なんとかこれに賞をあげたいと。ついては日本SF大賞というものを創設して、第一回目の賞をこの作品にやってほしいと小松さんに言ったんですけどね。小松さんは、その大江健三郎とか『同時代ゲーム』とかいうのが全然耳に入ってきてないんです（笑）。日本SF大賞というのだけが頭にある（筒井 2018: 90）

このようにして日本SF大賞は始まったのだった。筒井は大江の『同時代ゲーム』に同賞を進呈しようとして、その策略は失敗に終わった。

それからときが流れた二〇一一年、大江は筒井と丸谷才一が同席する座談会でつぎのように語った。

丸谷さんや筒井さん、大江、そこに村上春樹を加えて、我々はモダニズムの文学をつくりだそうとしてきた作家であり、それが昭和における日本文学の同時代性と言うべきものなのでしょうね。（大江ほか 2011: 93）

村上との葛藤を克服した大江にとって、日本現代文学でモダニズム志向を先導した作家は大江、丸谷、筒井、村上なのだった。丸谷の作家としての重要性は自明なものだが、本書では論点を絞るために、「大江・筒井・村上」という星座を措定してみたいと思う。

二　文学的トポス「時空を超える精液」

二〇〇〇年代末から、村上の小説に「時空を超える精液」とでも呼ぶべき奇妙なモティーフが導入されるようになった。『1Q84』（二〇〇九〜二〇一〇年）で主人公の川奈天吾は一七歳の難読症の美少女「ふかえり」（深田絵里子）と性交し、射精した精子は遠く離れた場所にいるヒロインの青豆を受胎させる。『色彩を持たない多崎つくると、彼の巡礼の年』（二〇一三年）では、多崎つくるが「シロ」こと白根柚木を夢の中の性交によって妊娠させた可能性が示唆される。『騎士団長殺し』（二〇一七年）では、「私」は失踪した妻と再会して、相手が妊娠しているのを知るが、「私」は自分をその子の遺伝的な父であると感じ、妻が眠っているままに強姦した夢を見たことが原因だと考える。「時空を超える精液」というモティーフだけを見れば、まるで筒井康隆の作品のような奇想天外なものだが、村上と筒井を比較考察することは普通おこなわれない。

二〇一五年に刊行された『村上さんのところ』は、村上と読者の対話の金字塔と言える。そのなかに「好きな作家は筒井康隆さんです」という見出しのやりとりがある。村上はデビューからずっと公言してこなかった事実に言及した。

僕は高校時代から筒井さんの小説はよく読んでいますよ。僕がよく覚えているのは、マスターベーションをするたびになぜか空間移動してしまう青年の話で、その青年の名前が「千益夫（せん・ますお）」でした。「よくもまあ、こんなくだらないことを考えるなあ」というのが僕の感想でした。面白かったけど。当時の筒井さんはとにかくぶっ飛んでいましたね。

村上春樹拝

（管理人註）千益夫が登場する作品は「郵性省」。『陰悩録――リビドー短編集』（角川文庫）所収です。
（村上 2015b: 2015-03-26）

ここで「管理人」が挙げている角川文庫の『陰悩録――リビドー短編集』の「郵性省」を読むと、村上が指摘した物語は、「オナポート」として登場する。初出は『オール讀物』一九七一年六月号だ。つぎのような記述がある。

射精の寸前、身がふんわり宙に浮くような感じがしたかと思うと、だしぬけに、今の今まで空想していたしのぶちゃんの家の応接室の、まさにそのソファの上へ落下したのである。（筒井 2006: 43）

さらに、このような描写もある。

落下した瞬間に射出された益夫の精液は、テーブルの上空に弾道軌跡を描き、しのぶちゃんの父親、造船会社重役の襞地氏が持っていたブラック・コーヒーのカップの中へ白い波頭を立ててぼちゃん、と、とびこんだ。（筒井 2006: 42）

村上は、「マスターベーションをするたびになぜか空間移動してしまう青年の話」と説明し、「その青年の名前が「千益夫（せん・ますお）」」――一九六五年にデビューした演歌歌手の千昌夫と手淫（センズリ、マスターベーション）をほのめかす姓名――だということに注意を促している。この「オナポート」の物語は、精液が時空を超えることを描いてもいる。村上の「時空を超える精液」のモティーフは、筒井のこの作品をサンプリングしたものだったと考えられる。

筒井は大阪生まれの大阪育ち、村上は京都生まれの芦屋育ちで、「お笑い文化」が浸透した関西の出身だ。ふたりとも、多くの出来事をユーモアとして処理する能力に長けている。村上は筒井のこの同質性に惹かれたのだと推測することができる。村上は言及していないが、筒井の同じ短編集に収録された「モダン・シュニッツラー」も引用してみよう。

あはあは。あは。あかん。もう辛抱たまらん。うぐぐ。どは。やった。出してしもうた。あ。わいの精液が拡がって行きよる。真っ白けの精液が、宇宙全体へ拡がって行きよる。精虫の一匹一匹が、あないにでこう見える。ここは何でも、こない大きゅう見えるんでっか。え。ここは大きさのない世界ですて。さよか。ああ。ああ。こら、精液宇宙や。（筒井 2006: 301）

宇宙的な、あるいは超時空的な射精の光景だ。関西弁は村上にとって、いわば「母語」だ。だから、筒井の「精液宇宙」が「オナポート」とともに村上の世界観に抵抗なく沈殿し、それが時を経て『1Q84』と『騎士団長殺し』に辿りついたと考えられる。

以上の「精液」モティーフの系譜は、エルンスト・ローベルト・クルツィウスが唱えた「文学的トポス」だと言って良い。クルツィウスは『ヨーロッパ文学とラテン的中世』で、たとえば文学作品のなかで、「悦楽境」と呼ばれる文学的トポスがあると主張する。「悦楽境」とは、草木と水が備わり、花が咲き、鳥が歌い、愛が紡がれる場面を描く場面を指し、古代と中世と近代のヨーロッパに普遍的に見られた（クルツィウス 1971: 281）。クルツィウスは、古代から近代まで伝統が受けつがれたのは、何よりも、中世のヨーロッパで知識人の国際語だったラテン語によって可能になったのだと論じた。この思考方式に倣えば、「時空を超える精液」が筒井の娯楽作品から関西弁を経由して村上の純文学作品に受けつがれた、そしてこの継承に際して、第一章で言及した大江健三郎やジョン・アーヴィングの純文学的な「射精」のモティーフも流れこんだと考えられる。

三　208と209

村上は「村上春樹のクールでワイルドな白日夢」と題する短いエッセイで、個性的な願望を披露している。「僕の夢は双子のガール・フレンドを持つことです。双子の女の子が両方とも等価に僕のガール・フレンドであるということ――これが僕のこの十年来の夢です」（村上 1989: 62）。これは『1973年のピンボール』、短編小説の「スパゲティー工場の秘密」（一九八二年）と「双子と沈んだ大陸」、絵本『羊男のクリスマス』（一九八五年）に登場した「208」と「209」のトレーナー・シャツを着た双子の女の子のことを読者に思いおこさせる発言だ。双子の女の子をまとめて恋人にしたいというのはいかにも非難を招きそうだが、村上は一九八〇年代にはこのような語り方を好んだ。この時代にはなかった言葉だが、現在では、村上のこのような発言をうまく説明するための言葉がある。「炎上商法」だ。

それはさておき、この「２０８」と「２０９」という意味ありげな数字はなんなのか。「序」では村上がこのような「記号」で批評家を翻弄して楽しんでいると発言する様子を引用した。第一章では、柄谷行人が村上の数字への愛好を批判したこと、しかし研究者が数字の裏には何かが隠れていると探ってきたことに言及した。しかし、村上作品を研究するものは記号や数字の謎解きをやめられない。村上は大学時代の「ヒーロー」だったアメリカ人作家たちについて語ったことがある。

カート・ヴォネガット・ジュニアと、リチャード・ブローティガンは大学時代の僕のヒーローでした。はじめて読んで、「なーんだ。こんなんで小説になっちゃうんだ！」と目からうろこがぼろぼろ落ちたというかね（もちろん簡単そうに見えて、実際に文体を真似するのはまったく至難の業なんですが）。ですから、もちろん影響はあります。とくに『風の歌を聴け』はそうですね。そのあとはどんどん離れていったように思いますけれど。（村上 2000b: 38）

ブローティガンの『アメリカの鱒釣り』を読むと、「保釈関係の事務を扱う部屋」として「二〇八」という部屋が登場し、それが猫の名前に転用されたという物語が出てくる（ブローティガン 1975: 114–115）。小島基洋は、村上はこれをサンプリングして「２０８」の少女を作りだしたのだと指摘する（小島 2009: 28）。この見解は、一般的にも賛同を得ている（ナカムラ／道前 2014: 24）。だが、それでは「２０９」とはなんなのだろうか。これは『アメリカの鱒釣り』には無関係だ。この数字は、気まぐれで持ちだされただけなのだろうか。第一章で、村上の作品に見られるモティーフが、しばしば海外文化に由来するように見えて、もっと深層にある日本文学の影響が見えづらくなっていることを指摘したが、これは村上と筒井康隆の関係にも指摘できる。

先に『村上さんのところ』の「管理人」が名を挙げた『陰悩録──リビドー短編集』の奥付を見てみよう。これは二〇〇六年に出版された書物だということがわかるが、収録された短編がいつ書かれたものなのかという情報はない。古い作品だと明らかにしないことで売れやすくしたいという戦略だったと思われるが、収録された諸作品からは、明らかに一九六〇年代後半から一九七〇年代前半の香りがしてくる。村上と大江だけでなく筒井の作品も愛読しているならば、「管理人」の意向に逆らって（?）、この短編集の元になった本をどうしても読みかえしてみたくなるものだろう。上に引用した「郵性省」と「モダン・シュニッツラー」を含めて、その短編集の多くの作品は『日本列島七曲り』という別の短編集から採用されている。すると、そこには「公害浦島覗機関《たいむすりっぷのぞきのからくり》」という作品が収録されていて、これは二〇〇六年の新しい短編集には採録されなかった。この作品は、なにか怪しいのではないか。

それでは、この作品を読んでみよう。三階建てのホテルの平面図があって、一階と二階の柱型が異なっていて、奇妙な設計だということが話題になっている。その部屋の番号は、なんと「２０８」と「２０９」なのだ（筒井 1971: 196）。上に、その該当ページの写真を示し、模式図の拡大図と『羊男のクリスマス』（村上／佐々木 1985: 35）に収録された「２０８」と「２０９」の挿画を比較しておこう。

『日本列島七曲り』（左）と『羊男のクリスマス』（右）より

この作品が刊行された一九七一年、村上は大学生だった。政治の季節が冷えこむ最中、村上はこの書物に笑いころげ、慰められたのだろう。その四年後の一九七五年には、ブローティガンの『アメリカの鱒釣り』が刊行され、奇しくも「二〇八」という部屋番号と、その名をつけた猫が登場する。このふたつの書物が刊行された年の真ん中にあるのは一九七三年。やがて、その年号を冠した『１９７３

年のピンボール』が執筆され、「208」と「209」のトレーナー・シャツを着た双子の女の子が登場してくる。村上は、この中編小説を一九八〇年の『群像』三月号に発表し、六月一七日にその単行本が刊行された。まったくの偶然だが、「公害浦島覗機関」を収録した『日本列島七曲り』は同年同月の末日に角川文庫として再刊された。村上自身も書店で見かけてヒヤリとしたか、あるいはニヤリとしたのではないか。筒井の――愛読者のあいだでもそれほど話題にならない――この短編小説と、村上の単行本の関係は、その三八年後、筆者が二〇一八年に本書の原型となった論文で指摘するまで、誰にも気づかれないでいた。

結局のところ、村上が初期作品で登場させた「208」と「209」の少女たちは、筒井とブローティガンの両者へのオマージュと考えるのが適切だろう。ただしブローティガン以上に筒井がより深みにあり、根底的と言える。ブローティガンは「209」についてては何も語らず、筒井がそれを語ったのだから。

改めて、強調しておきたい。大江健三郎や筒井康隆の書物には、否、ほかの日本の作家の書物はもちろん、さまざまな場所に、村上春樹の作品を理解するための鍵が転がっている。

四　青山、世界の終り、あちら側とこちら側

村上の『世界の終りとハードボイルド・ワンダーランド』で、「ハードボイルド・ワンダーランド」の「私」は地下の研究所を出て地下道をさまよい、最終的には営団地下鉄（現・東京メトロ）銀座線の青山一丁目の駅から地上に出てくる（村上 1985a: 485–489）。この経路は、作品中の別世界「世界の終り」の地理に対応している可能性があることを浦澄彬が指摘している（浦澄 2000: 64–67）。青山周辺には村上がかつて開いていたジャズ喫茶「ピーター・キャット」が立地していたし、彼が始めて創作をおこなおうと思いたった場所だと語る神宮球場がある（村上 2015b: 41–43）。だからひとまずは、青山やその周辺は村上にとって個人的に愛着のある場所だったという点は重要だろう。だが、

ここでさらに別の事実がある。それは筒井康隆のある作品で「青山」と「世界の終り」が繋がっているという事実だ。

筒井の長編小説『霊長類南へ』（一九六九年連載、同年に単行本刊行）を見てみよう。この作品で主人公の「おれ」は「北青山三丁目」の「青山通りに面した明るい喫茶店」で恋人と待ちあわせ（筒井 1969: 21）、車でドライヴを楽しみ、海辺のホテルに入って性行為を始めようとする。すると恋人は「どうしたっていうの」、「まだ日も暮れていないのよ」とくすくす笑って指摘する。

「世界の終りがくるわけでもあるまいし」（筒井 1969: 33）

これはまったくの偶然で、筆者は深読みをしているだけだろうか。村上が青山一帯への個人的な愛着から『世界の終りとハードボイルド・ワンダーランド』の先に述べた設定をおこなったことは疑いないと思われるが、その際に村上が筒井のこの作品を思いだして、あるいは読みかえして、オマージュとしての趣向を凝らしていたと考えることはできないだろうか。

筒井の同時期の作品『脱走と追跡のサンバ』（一九七〇～七一年連載、一九七一年単行本）では、主人公の「おれ」は恋人と下水道のなかをボートで彷徨うという状況に置かれてしまう。つまり彼らは、地下の世界にいる。「おれ」がふと頭上を見上げると、そこにはマンホールの蓋の穴がある。鼻先にはマンホールに続く鉄梯子の下の先端が見えている。そこから彼らは出てゆく。「おれ」はのちにこの出来事を思いかえす。

そうだ。あの時にこそおれは、はじめて**この世界**に足を踏み入れたのだったかもしれない。あの時にこそおれは、だまされて、こちら側の世界へ連れてこられたのだったかもしれない。下水道、そしてあのマンホールこそ、**あっちの世界**と**こっちの世界**をつなぐ通路であったのかもしれない。（筒井 1971a: 16）

『世界の終りとハードボイルド・ワンダーランド』を含めて、村上の作品に筒井がここで設定した「あっちの世界」と「こっちの世界」が登場することは、周知のとおりだ。「おれ」は「マンホール」を昇ることで元にいた世界から別世界に移動するが、村上の多くの作品で、主人公が井戸を降りる、エレベーターで下降する、非常階段を降りるなどの行為によって、別世界への移動が起こることを思いだしていただきたい。

『脱走と追跡のサンバ』の最後で、「おれ」は異世界からの脱走に失敗するが、元の世界に戻ることは本意ではなかったと考える。そして、死んでゆく「おれ」とは別のもうひとりの「おれ」がいて、「あとは生きているおれにまかせる他はない」と考える。

あの男なら、つまり、生き残ったおれなら、うまくやるだろう。(: 254)

『世界の終りとハードボイルド・ワンダーランド』の結末で、「世界の終り」の「僕」は、自分がほんとうにするべきことは元にいた世界に戻ることではないと自分の「影」に打ちあけ、たまりの水面から「影」だけを元の世界に送りだす。

たまりがすっぽりと僕の影を呑みこんでしまったあとも、僕は長いあいだその水面を見つめていた。(村上 1985a: 618)

村上はこの結末部について「五回か六回は書き直した」「僕と影が最後にどうなるかという結末のつけ方は書き直すたびにがらっと違っていた」と説明しているが(村上 1990: IX)、最終的な形が、もうひとりの自分自身を送りだし、自分はその場に残るという、筒井の『脱走と追跡のサンバ』の結末にきわめて似たものになったことは、まったくの偶然なのだろうか。『世界の終りとハードボイルド・ワンダーランド』は村上の作品のなかでも特にSF色が強いものだが、この作品を彼は、SF作品を中心に作家としての経歴を築いた筒井に影響を受け、またオマージュを込めて書きあげたのではないだろうか。

五　火星とニーチェ

村上は、「火星」のモティーフによっても筒井と結びついている。

村上のデビュー作『風の歌を聴け』では、空想上の作家デレク・ハートフィールドの作品として『火星の井戸』（一九三八年）という「まるでレイ・ブラドベリの出現を暗示するような短編」（村上 1979: 154）が言及されている。火星の地表には、おそらく何万年も前に、いまは消えさった火星人による井戸が無数にあり、ことごとく水脈から離れている。ある自殺願望者がそれを降り、横穴をさまよい、地上に出ると、一五億年が過ぎている。彼は太陽と語らったのち、自殺する。

これもいかにもムラカミエスク（村上流）だが、また第一章で述べたようにオオイエスク（大江流）でもあるのだが、ツツイエスク（筒井流）も残響している。というのも、筒井の初期短編には「火星のツァラトゥストラ」（一九六六年）という作品が実在するのだ。

フリードリヒ・ニーチェが忘れられた時代、火星植民地の文献学者が地球の古文書から「二十一世紀初期地球語」の軽い文体に翻訳された『ツァラトゥストラはこう言った』を発見し、自伝と誤解する。文献学者はこれを、さらに軽薄な文体の一人称による語りへと変換し、火星語に翻訳して出版したところ、同書は爆発的に売れる。地球から火星にやってきた別人のゾロアスターが本人と誤解され、芸能界にデビューし、歌手や俳優として活躍するが、やがては落ちぶれる。いかにも筒井らしいスラップスティック作品と言えるだろう。
この「火星のツァラトゥストラ」が、村上が創案した「火星と井戸」の霊感源になったことは、『風と歌を聴け』の末尾に暗示されている。というのも、そこでは「火星と井戸」の空想上の作者ハートフィールドの最後が語られているからだ。

1938年に母が死んだ時、彼はニューヨークまででかけてエンパイヤ・ステート・ビルに上り、屋上から飛び下りて蛙のようにペシャンコになって死んだ。／彼の墓碑には遺言に従って、ニーチェの次のような言葉が引用されている。／「昼の光に、夜の闇の深さがわかるものか。」（村上 1979: 196）

「昼の光に、夜の闇の深さがわかるものか」という文言は、そのままではニーチェの作品のどこにも見当たらない。だが、『ツァラトゥストラがこう言った』には、その源泉と推測される歌が登場する。同書の第三部「もうひとつの踊りの歌」で初めて登場し、第四部に収められた「夢遊病者の歌」で、ツァラトゥストラが「高級な人間たち」に輪唱せよと呼びかける歌だ。

おお人間よ！　耳を傾けよ。深遠な真夜中は何を語るのか？
「私は眠った、眠ったよ――深遠な夢から目覚めるんだ――世界は深遠だ。
昼が考えるよりも深遠なのだ世界の痛みは深遠だ――
快楽――それは心の懊悩よりなおさら深遠だ
痛みは「失せろ！」と語る。
でも、あらゆる快楽が永遠を望む。

――深遠な、深遠な永遠を望む！」

(Nietzsche 1988b: 404)

ニーチェは『ニーチェ対ヴァーグナー』で「苦痛はまさに精神の究極の解放者だ」(Nietzsche 1988c: 436)、「まさに大いなる苦痛」が「私たち哲学者を無理やりに究極の深みへと辿りつかせる」(: 436) と主張しているのだが、上に引用した歌では、永劫回帰の思想が快楽を教えてくれ、その快楽が苦痛を凌ぐと主張している。世界の「夜」の側面は「昼」の側面より苦痛が深く深遠だが、しかしその苦痛よりも悦楽の方が深遠で、それは多くの人に理解されていないということになる。村上がニーチェのこの主張の真意をどこまで理解していたかは定かではないが(本章末尾の補説を参照)、村上にとって少なくとも夜の深遠さという主題は共感できるものだった。その「夜」は、人間の心の深淵としての「イド」を暗示する「井戸」と考えられるからだ(「序」を参照)。

蓋然性の高い推測は、つぎのようなものだろう。まず村上はどこかで筒井の「火星の井戸」を読んでいた。この短編は一九六七年六月、村上が大学浪人中だったときに、早川書房の「ハヤカワ・SF・シリーズ」三一四五番の『ベトナム観光公社』に収録されたから、村上はこれを読んだ可能性が高いだろう。『風の歌を聴け』にもっとも影響を与えている作家はカート・ヴォネガットだということは、村上自身も認めるところだが、そのヴォネガットの代表作のひとつ『タイタンの妖女』が同シリーズの三二八七番に収められていることは強調して良い。村上は、このシリーズに親しんでいた可能性が高い。

それから村上は、筒井の「火星のツァラトストラ」を『風の歌に聴け』で二箇所に分割して放りこんだ。片方は、彼の「井戸」(イド)のモティーフと結合させたハートフィールド作の「火星の井戸」として、もう片方は『ツァラトゥストラはこう言った』の文言を翻案したハートフィールドの墓碑銘として。

ハートフィールドのモデルについて質問された初期の村上は、「ぼくはヴォネガット好きだし、R・E・ハワードも、ラヴクラフトも好きだし、そういう好きな作家を混ぜあわせてひとつにしたものですね」（村上 1983a: 9）と答えた。久居つばきとくわ正人が指摘するように、ドイツの写真家ジョン・ハートフィールド（本名はヘルムート・ヘルツフェルト）のイメージも混じっているかもしれない（久居／くわ 1991: 62）。ヴォネガットの作品によく登場する架空のSF作家キルゴア・トラウトを変奏したものと見なす見解も説得力を持つだろう（斎藤 2004: 107）し、村上自身もそれを仄めかしたことがあった（村上／川本 1979: 202）。

平野芳信は、村上の祖父、村上弁識がハートフィールドのモデルだった可能性を指摘している。村上は二〇二〇年に刊行した『猫を棄てる』で、京都の東山にある安養寺の住職だった弁識が、電車にはねられて死んだことを読者に伝えた（村上 2020a: 244–245）。その悲惨な死は、ハートフィールドに重なっている。そして平野は「ハートフィールド」という名の由来を「おそらく、京都の東山界隈は春樹にとって、心のふるさと《ハートフィールド》だったのではあるまいか」（平野 2019: 64）と仄めかす。ヴォネガット、ハワード、ラヴクラフトなどアメリカの作家の混淆、ジョン・ハートフィールド、村上弁識、それに加えて筒井康隆が混淆してハートフィールドが生まれた、と考えることができる。

六　壁抜け、同時存在、マルセル・エイメ

ここまでの論述から読者は、村上が筒井から影響を受けていたのは、おもに作家としてデビューする前のことだと考えてしまうかもしれない。ところが、じつはそうではない。村上は作家として活動を始めたのちにも、筒井の新しい作品のモティーフを自身の作品に取りこんでいる。

筒井の『旅のラゴス』（一九八四～一九八六年連載、一九八六年に単行本刊行）にはウンバロという「壁抜け芸人」が登場する。彼は語り手の「おれ」に対して語る。

壁を抜けたいという欲望をふくれあがらせるわけだ。そのためには常に空腹でなきゃあならなかった。壁の向こうにたとえば食いものがある。それを食いたいという切実な欲望でもって壁を抜けるのさ。（筒井 1986: 48）

そのあと「おれ」は教わったことを試してみる。

ウンバロと別れてドリド亭の一室に戻り、夕食を待っている間に、もしかすると自分にも壁抜けができるのではないかという気になってきた。ウンバロにできるのならおれにも、いや、たいていの人間にもできるのではないだろうか。（筒井 1986: 49）

「おれ」は仮想の部屋にいる裸の美女を思いうかべ、幼なじみの少女デーデの顔を与えて「壁抜け」に成功する。村上の読者ならば、ここで即座に『ねじまき鳥クロニクル』第二部（一九九四年）の「8　欲望の根、208号室の中、壁を通り抜ける」に記された一節を思いだせるだろう。失踪した妻を探す岡田亭は考える。

部屋の番号は208だった。そうだ、208だ、と僕は思った。どうして今までそれが思い出せなかったんだろう。（村上 1994c: 134）

さきほど述べたように、「208」号室は筒井の「公害浦島覗機関」に登場するモティーフだ。つまり、この部屋の番号そのものが筒井へのオマージュになっている。同じようなことを村上は「めくらやなぎと眠る女」でもおこなった。この短編の末尾で「僕」は「いとこ」に「二百八十円分」を渡し、「二八番」のバスが来るのを待つ（村上 1984d: 154–155）。「280」と「28」は、もちろん「208」を暗示している。

しかし、ここは『ねじまき鳥クロニクル』に話を戻そう。その部屋で、謎の女（正体はのちに主人公「僕」の妻だと判明する）との対話のあと、「僕」と彼女は暗い部屋のなかを歩いてドアへと向かう。

> ゆっくりとドアノブが回る音が聞こえた。その音はわけもなく僕の背筋をぞっとさせた。部屋の暗闇の中に廊下の光がさっと差し込むのとほとんど同時に、僕らは壁のなかに滑り込んだ。壁はまるで巨大なゼリーのように冷たく、どろりとしていた。僕はそれが口の中に入ってこないように、じっと口をつぐんでいなくてはならなかった。やれやれ僕は壁を抜けているんだ、と僕は考えた。僕はどこかからどこかに移るために、壁を通り抜けているのだ。でも壁を通り抜けている僕には、壁を通り抜けることはものすごく自然な行為に思えた。（村上 1994c: 140）

こうして「僕」は初めに腰かけていた井戸の底に戻ってくる。

のちに村上は語った。

> 僕にとって『ねじまき鳥クロニクル』のなかでいちばん大事な部分は「壁抜け」の話です。堅い石の壁を抜けて、いまいる場所から別の空間に行ってしまえること、また逆にノモンハンの暴力の風さえ、その壁を抜けてこちらに吹き込んでくるということ、隔てられているように見える世界も、実は隔てられてないんだということ、それがいちばん書きたかったことです。（村上 2010c: 26）

村上の最大の代表作と言える『ねじまき鳥クロニクル』で「いちばん大事な部分」は筒井作品のサンプリングによって成立していたのだ。村上は筒井の「壁抜け」という着想を借りうけながら、その内実をすっかり作りかえている。

物質的な壁抜けから精神的な壁抜けへ。「隔てられているように見える世界も、実は隔てられてないいんだということ、それがいちばん書きたかったことです」。これこそムラカミエスクなサンプリングの本質だ。

日本の作家同士の秘められた緊密な関係性が、村上と筒井のあいだにはある。しかし、ここで議論を単純化するのはやめておこう。村上も筒井も外国の文学作品を大いに摂取し、自身の作品に吸収して発展させてきた書き手たちだ。村上と筒井の関係性だけを強調するのは、決して公平な議論とは言えない。

たとえばフランスの作家マルセル・エイメの作品として、まさしく「壁抜け男」という短編小説がある（エイメ 1963: 9–20）。筒井と村上のいずれも、エイメのこの作品から「壁抜け」の着想を得た可能性が高い。この作品は一九四三年のエイメの短編集に収められ、日本では中村真一郎によって一九六三年に刊行された。出版社は、筒井も村上も関わりが深い早川書房だ。一九六三年、村上は中学生で、筒井はまだそれほどの人気を獲得していない新進作家だった。ということは、村上は筒井の「壁抜け」のモティーフが、自分が密かに好んでいたエイメの「壁抜け」にもとづいていると見抜いて、それをさらに自作にも採用したということではないだろうか。

管見の限り、村上はエイメについて何かを語ったことはないが、彼がエイメから影響を受けたことはまちがいないと思われる。村上の短編小説「納屋を焼く」を見てみよう。そこでは、つぎのように「僕」と「彼」の会話が描写されている。

「僕は判断なんてしません。観察しているだけです。雨と同じですよ。雨が降る。川があふれる。何かが押し流される。雨が何かを判断していますか？　いいですか、僕はモラリティーというものを信じています。モラリティーなしに人間は存在できません。僕はモラリティーというのは同時存在のことじゃないかと思うんです」

「同時存在？」

「つまり僕がここにいて、僕があそこにいる。僕は東京にいて、僕は同時にチュニスにいる。責めるのが僕であり、

ゆるすのが僕です。それ以外に何がありますか?」(村上 1984d: 61)

「同時存在」は、日本語の従来の表現としてはけっして普通ではないから、村上の独創的な語彙に属するかのように見える。しかし、村上が読んだと思われるエイメの短編集『壁抜け男』をよく確認してみよう。するとそこに収録された短編「サビーヌたち」で、つぎのように語られているのだ。

昔、モンマルトルのアブルボワール街にサビーヌという名前の若い女が住んでいた。この女は同時存在の才能の持主で、自分を好きな数だけ増やすことができると同時に、肉体と精神を望む場所に存在させることができるのだった(エイメ 1963: 169)。

おそらく村上はエイメからいくつかのモティーフを得た。そして、そうであるとしても、それは村上に対する筒井の影響を低く見積もらせるものではない。村上は筒井からもエイメからも影響を受けたと考えるべきだからだ。村上に読みとれる大江の影響が、表層的には欧米の作家からの影響に見えることが多いという点、208と209の女の子にしても、筒井からのサンプリングだけでなく、リチャード・ブローディガンからのサンプリングでもあった事実を想起されたい。

七 思想としてのサンプリング

村上の『1Q84』では、一九八四年の平行世界にあたる「1Q84年」でふたつの月が登場する。

> 空には月が二つ浮かんでいた。小さな月と、大きな月。それが並んで空に浮かんでいる。大きな方がいつもの見慣れた月だ。満月に近く、黄色い。しかしその隣にもうひとつ、別の月があった。見慣れないかたちの月だ。いくぶんいびつで、色もうっすら苔が生えたみたいに緑がかっている。（村上 2009a: 351）

作中で何度も言及されるこの「二種類の月」という文学的モティーフは、やはりムラカミエスクなものに見えてしまうが、同時にツツイエスクなものでもある。『1Q84』（二〇〇九～二〇一〇年）より二〇年近く前に、筒井の『朝のガスパール』（一九九一～一九九二年連載、一九九二年に単行本刊行）では、つぎのように物語の舞台が説明されている。

> 月がふたつ出ていた。／二個の衛星を持つこの星の半径は約四千キロ、比重六・六八。比較的小さな惑星だから、表面重力は０・８Ｇと少ないのだが、それでも重装備で歩けば戦闘靴は砂にめり込み、稀薄な大気が息苦しい。（筒井 1992: 6）

これは偶然の一致に見えかねないが、ここまでの議論を踏まえれば、村上が筒井の作品を意識していた可能性は大いにあるはずだ。また、ここで用いたふたつのテクストにはふたりの作家としての資質の違いがよく現れている。つまり村上はＳＦ的モティーフを表面的にのみ利用して、独自の「純文学」を構築しようとする。筒井はＳＦ的世界観を「純文学」に融合させようとする。

村上は述べる。

> 僕の教養の基礎は、古典と、大衆文化《ポップカルチャー》につながる文学との混淆なんですよね。ミステリーやＳＦなんかの図式と構造を使うのが好きなのは、それが僕にとってとても使い勝手がいいからです。（村上 2010d: 153）

第一章で、村上と大江健三郎との関係について、前者は後者のモティーフをサンプリングしながら採用していること、ビートに満ちた大江の作品が、村上の作品では外形だけ写しとられながらも、「オフ・ビート」にされていることを述べた。そのサンプリングという形式的手法にこそ、村上の思想的核心が表明されている。先行する作品からモティーフ等の形式的要素を採用し、それを組みあわせて村上は独自の物語と思想を紡ぐのだ。そのこと自体に、村上の思想と倫理の大半がある。つまり、世界の多くの部分はサンプリングによって成りたっているという事実の洞察が村上にはある。

それゆえに、ここまでに述べてきた筒井やエイメから村上が採用したモティーフをひとつひとつ検証し、筒井やエイメが込めた元来の意味合いを村上の思想と比較しても、得られるものは少ないかもしれない。たとえば村上は『村上春樹全作品』を出す際に、前述の短編「納屋を焼く」を改稿している。山根由美恵は、両者を比較し、元の「納屋を焼く」の「同時存在」が改稿されて独特な曖昧さをなくし、物語性の犠牲にされたことや、「同時存在」のモティーフが「納屋を焼く」に先行する「カンガルー通信」や後年の『１Ｑ８４』に――「同時存在」という表現は使われずに――反響していることを指摘している（山根 2009: 63–64, 69）。このような考察の延長線上に、エイメの短編を考察しても、その営為はほとんど無為なものになる。村上はモティーフをサンプリングし、自分の物語を乗せるものとして、それらを自家薬籠中のものにしている。そして、同時存在とは、おそらく本書で扱うサンプリング、翻訳、アダプテーション、批評の問題と近しい関係がある。つまり個々の人間には分身的な存在がいるということ、第一章で述べた「魂の片割れ」（ソウルメイト）がいるということ、空想的でありながら現実的でもあるということの見解を村上は提示している。

村上と筒井の作品には、荒唐無稽でＳＦ的な発想という共通点があることは無視できない。影響関係に先立って、彼らには創作者としての気質的な近さがある。村上と同様、筒井もオマージュやパロディを大いに楽しんできた作家だ。小松左京の『日本沈没』をもじった『日本以外全部沈没』は有名だが、大江の『万延元年のフットボール』（一九六七年）をもじった「万延元年のラグビー」（一九七二年）という短編もある。『筒井康隆全集』第一六巻の「付録」（月報）で、マンガ家の山藤章二は、筒井が三題噺を得意としていることを一枚漫画で描写している（筒井 1984: 3）。他方で村上に視線を転じると、彼は二〇〇五年のインタビューでつぎのように語っている。

脈絡なく頭に思い浮かんだことを二十ほど書き溜めておくんです。リストにしておく。それで短編を五本書くとしたら、そこにある二十の項目の中から三つを取り出し、それを組み合わせて一つの話をつくります。そうすると五本分で十五項目を使うわけですね。そして残った五つは、使わなかったものとして捨てるわけ。不思議だけど、こうやると短編小説ってわりにすらすら書けてしまいます。（村上 2010d: 319–320）

三題噺の手法が、村上と筒井を繋ぐ奇想の根底にある。

村上は、同時代の日本作家に好意的な意見を述べることにはかなり慎重な立場を取ってきた。それなのに、先に述べたように村上は「好きな作家は筒井康隆さんです」と表明した。この見出しが編集者によるものだという可能性はあるが、村上の確認は当然ながら入っているはずだ。だから、村上の筒井に対する態度はきわめて肯定的だと考えてよい。

何より、筒井は娯楽小説の分野から純文学の分野に進出した作家だから、娯楽小説の形式を用いて純文学の内容を表現する村上にとって、創作上の先駆者と言える。筒井は『大いなる助走』（一九七七〜一九七八年連載、一九七九年刊行）で、自分の直木賞受賞を阻止しつづけた文壇に対して恨みつらみを晴らすような物語を書きつらねたから、芥川賞に連続して落選した村上は筒井の心境にひそかに同感を抱いていた可能性もある。村上は、思うに筒井の人格あるいは内面性にも惹かれている。村上と筒井の思想性は、かなり異なったものに見えるとはいえ、両者には個人主義への根強い執着、反権威主義的な姿勢を揺るがせないことといった共通性がある。さらに言えば、内田康に指摘されたのだが、筒井も大江や村上と同様に、ジャズ音楽の愛好家だ。思えば筒井のスラップスティックな作風に、村上はジャズに通じる魅力を見てとってきたのかもしれない。

おそらくこれらの事情にもとづいて、迂闊なことをなかなか言わない村上があえて表明した「好きな作家は筒井康隆さんです」という告白を導いている。

八　筒井のフットワーク

村上、大江、筒井を比較すると、筒井のフットワークの軽さは際立っている。村上も大江もかなり「世代」の問題に囚われた書き手で、下の世代に「降りて」作品を書くようなことはほとんどしない。たとえば村上の『海辺のカフカ』では、一五歳の少年が一人称単数によって物語の語り手の片方を務める。初めて村上を読む一五歳ならその主人公を自分と同世代と感じるかもしれないが、村上の作品に慣れている読者は、一五歳の少年の語り口に「いつもの村上」を感じるのが普通で、「おじさんが無理をして少年のふりをしている」という感覚を捨てられないだろう。何より、その少年の価値観や趣味が、いつもの村上とほとんど同一なのだ。大江もこの点で、基本的に村上と同質的な作家だ。

しかし筒井は異なる。筒井はライトノベルという少年をおもな読者層に据えたジャンルの作品『涼宮ハルヒの消失』（二〇〇四年）について、つぎのように語っている。

小生はこの作品に限らずシリーズ全体からライトノベルに対する姿勢が変わり、ついに自分でも「ビアンカ・オーバースタディ」なる作品を書いてしまったほどだ。／蛇足だが、「ハルキとハルヒ―村上春樹と涼宮ハルヒを解読する――」という著書の中で土居豊は「筒井康隆の作品が、谷川流の作品にどのように影響を与えているかは、今後の研究課題」と書いているが、申しあげた通り、影響を受けたのはこっちなのである。尚、土居氏は小生が認めたのは映画「涼宮ハルヒの消失」と言っているが、小生あいにく映画の方は見ていない。（筒井 2014: 111）

筒井がライトノベルというジャンルに与えた影響は大きいはずだが――なんと言っても筒井は、ライトノベルの祖型と言って良いジュヴナイル小説の名作『時をかける少女』の作者だ――、筒井自身は自分がライトノベルから影響を受けたことを明示し、批評家（土居豊はかつての浦澄彬）にも誠実に対応している。「序」で示した村上の批評家に対する「アリジゴク」作戦とは対照的だろう。

村上という作家のおもしろいところは広く公開する情報と、非公開にする、あるいは大っぴらには公開しない情報をかなり意識的に分けているように見えることだ。大江の「ファン」だったことも、筒井が「好きな作家」だということも、村上はけっして大っぴらな仕方では公開しなかった。他方で、村上にはさまざまな機会に偏愛を口にする創作者が多数いる。アメリカ、ヨーロッパ、ロシアの作家たち、日本の一部の作家たち。そのなかに大江や筒井は属していない。この落差が、筆者を刺激してやまなかった。村上が秘密の扉を意味ありげに開け閉めする様子に、心を奪われてしまったのだ。

開けるか閉めるか、あるいは大っぴらに開けるかこっそり開けるかの基準は、それほど難しいものではないはずだ。誰にでも、他者に向かって積極的に表明したい嗜好と、できれば隠しておきたい嗜好があるだろう。創作者の場合ならば、表明して受け手から感動や尊敬を得られそうな嗜好ならば公開しようと判断するはずだし、表明して受け手から軽蔑や失笑を得ることが予想される嗜好ならば、隠しておくだろう。村上が上田秋成や、夏目漱石や、吉行淳之介を好きだと言ったら、多くの人はその落差に驚き、村上への関心を高める。神秘的な村上が、ますます神秘的に見えてくる。だが村上が大江や筒井の愛読者だという情報はどうだろうか。「なあんだ、やっぱりそうか」と安堵の溜め息を吐く、つまり村上を過小評価したくなる受容者は確実にいるのではないか。「結局はありがちな自己形成をした人だったのね」と、村上の底が割れた気がしてくる。このために、村上は大江や筒井に関する扉に慎重だったのだろう。

おわりに

現在、村上の作品は国際的に受容されており、にもかかわらず、いわゆる純文学として読まれているから、彼の作品は世界文学と呼ぶにあたいするだろう。辛島デイヴィッドの労作『Haruki Murakamiを読んでいるときに我々が読んでいる者たち』によって、村上が英語圏で国際的な作家として受容された経緯も、以前より明快に叙述されるようになった。だがこの動向のために、村上と日本文学との関係はかつてよりも、さらに見えにくくなりつつあると思われる。それはもしかすると、国際的作家となった者の運命なのかもしれない。欧米の読者は、欧米的な日本作家の作品に、欧米の作家たちからの影響をますます読みとるようになりそうだからだ。だが、そのような潮流に安易に流されないことが、日本の研究者、あるいは東アジアの研究者に求められるのではないだろうか。

筆者は、村上と日本文学の関係が、これまでよりもさらに多面的に考察されることを願っている。ブローティガンやエイメが村上に与えた影響に関して述べたとおり、村上の日本作家との繋がりの研究は、決してそれだけで完結するものではない。村上と日本の作家たちとの関係が新たに光を当てられつつ、そこに海外の作家たちからの影響が、あるいは海外の作家たちへの影響が、どのように絡みあっているかという多層的な構造が、これまで以上に究明されていくことを、筆者は期待する。

補説

村上は、マーラーの交響曲第三番ニ短調に関する何かの情報を通じて、ニーチェの思想を知ったのかもしれない。この楽曲の第四楽章では『ツァラトゥストラはこう言った』の歌詞が使われており、本章第五節に引用した箇所がアルト独唱で歌われる。『小澤征爾さんと、音楽について話をする』（二〇一一年）で、小澤征爾がマーラーはドイツ音楽の潮流で反逆者だったと説明したのに対して、村上は「そういう意味では、マーラーは本当にワン・アンド・オンリーの人だったんですね」と好意的な返答を述べている（小澤／村上 2011: 251）。リヒャルト・シュトラウスの交響詩『ツァラトゥストラはこう言った』には歌詞がないが、これもなんらかの形で関係しているかもしれない。この曲が冒頭で使われるスタンリー・キューブリック監督の『２００１年宇宙の旅』について、村上春樹は『世界の終りとハードボイルド・ワンダーランド』や『１Ｑ８４』で言及しているし（村上 1985a: 117、村上 2010b: 369）、『騎士団長殺し』の主人公「私」は、作中でシュトラウスの『薔薇の騎士』を繰りかえし聴いている。村上が若い頃からシュトラウス周辺のさまざまなことに関心を燃やしていたとしても不思議ではない。

II

海外体験と外国語訳

第三章　渡独体験を考える
――「三つのドイツ幻想」と「日常的ドイツの冒険」

村上の最初の渡独体験を主題とする論文は、本章の原型になった筆者の論文（二〇二一年）が初めてのものだった。ただし、少し遅れて刊行された山根由美恵の二〇二二年の論文も、同じ主題を部分的に扱っている。筆者は、その拙論のもとになった講演を二〇一八年におこなったが、その際には村上のテクストに詳細に立ちいる作業は限定的だった。他方で、山根は詳細なテクスト読解を果たしている。本章は、筆者自身の研究と山根の研究を踏まえて、新たな展望を与えたい。

なお、その二〇二一年の論文を刊行する直前、脱稿した直後に雑誌『BRUTUS』二〇二一年一〇月一五日号（マガジンハウス）に、そのテクスト「三つのドイツ幻想」と「日常的ドイツの冒険」が復刻掲載された。約三五年ぶりにそのような復刻がなされた訳だが、これは筆者にとってひとつの驚きだった。村上は批評のたぐいを読まないと公言しているが、やはり実際には彼は私たち研究者の動向を追っているのではないか、と考えこんでしまう。

一　村上の精神形成とドイツ

一九六〇年、アメリカのジャーナリストのW・L・シャイラーによる『第三帝国の興亡』（*The Rise and Fall of the Third Reich*）が刊行された。その内容と書名は、一八世紀イギリスの歴史家エドワード・ギボンによる『ローマ帝国衰亡史』（*The History of the Decline and Fall of the Roman Empire*）の系譜に連なっている。正確には、一九世紀の南北戦争でアメリカ連合国の大統領を務めたジェファーソン・デイヴィスが、ギボンの書名をもじった『アメリカ連合国の興亡』（*The Rise and Fall of the Confederate Government*）と題する回顧録を刊行したことがあった。シャイラーはこの書名をさらにもじって、『第三帝国の興亡』を書いたのだ。

『第三帝国の興亡』は反響を巻きおこし、早くも一九六一年には日本語訳が刊行された。一九六一年と言えば、村上は中学一年生になった年にあたる。ナチスドイツの歴史のような悪夢的現実が、もっとも心に響く年頃ではないだろうか。村上は翌年、それを読んだ。中学二年生、いわゆる「中二病」の思春期だ。

僕は中学校二年生のときにウィリアム・シャイラーの『第三帝国の興亡』（名著です）を読破し、しばらくナチの歴史にのめり込んでいました。あの時代の歴史は本当に面白いです。面白いといってはなんだけど、濃密というか、普通じゃないというか、学ぶべきことが山ほどあります。今でもナチものはかなり熱心に読み続けています。「憲法改正の手口はヒットラーに学ぶべきだ」みたいな趣旨のことを抜かしたボケ大臣がいましたが、世の中は冗談抜きでだんだんおそろしくなっています。そういうときには歴史を正確に振り返ることが大事になると思います。（村上 2015a: 2015-03-24）

「ボケ大臣」は、二〇一三年八月一日、憲法改正問題に関して、ナチス政権を引き合いに出して、その「手口を学んだらどうか」と発言した麻生太郎を指している。村上は思春期に「しばらくナチの歴史にのめり込んで」いたこと、初老を迎えても（二〇一五年三月当時は六六歳）、「ナチものはかなり熱心に読み続けてい」ることを告白した。一九六〇年代の出版界では「世界文学全集」や「世界の歴史」といった叢書が全盛期を迎えていたから、村上のナチスへの関心はそれと呼応していたと考えられる。村上は回顧している。

当時（1960年代前半）僕の家は毎月河出書房の「世界文学全集」と中央公論社の「世界の歴史」を一冊ずつ書店に配達してもらっていて、僕はそれを一冊一冊読みあげながら十代を送った。おかげで僕の読書範囲は今に至るまで外国文学一本槍である。要するに三ツ子の魂百までというか、最初のめぐりあわせとか環境とかで、人の好みというのはだいたい決定されてしまうのである。（村上／安西 1984：131）

話題になっている叢書の片方は、一九六〇年から一九六一年にかけて中央公論社から刊行されていた『世界の歴史』（全一七巻別巻一巻）を指している。その第一五巻には「ファシズムと第二次大戦」という表題が冠されている。この本で村上はナチスに興味を抱き、それが翌年の『第三帝国の興亡』の読書に結びついたと推測できるだろう。さて、上で言及されたもうひとつの叢書「世界文学全集」に眼を向けよう。これは一九五九年から一九六六年にかけて河出書房が刊行した全一〇〇巻に及ぶ『グリーン版世界文学全集』を指している。この全集が完結した年、村上は高校三年生になった。秋草俊一郎も注意を促すように、村上は思春期にこの世界文学全集によって基本的な精神形成を促された「世界文学全集黄金期の申し子」の作家と言って良い（秋草 2000: 7）。

この全集の「第一集29」は「カフカ『城』『変身』」と題されている。ドイツ文学（正確に言えばドイツ語文学）で村上にとって最重要の意味を持つカフカの作品との出会いがここにある。というのも、彼は二〇〇六年に受賞したフランツ・カフカ賞の授賞式で語ったのだ。

カフカの作品に出会ったのは一五歳の時で、それは『城』だった。とてつもなくすごい作品で、大変な衝撃を受けた。（時事ドットコム 2006）

村上は二〇〇二年、カフカへのオマージュ作『海辺のカフカ』を刊行した。村上がカフカの作品を「ドイツ文学」と認識していたかどうかは曖昧な面がある。二〇〇四年一一月一五日に柴田元幸の授業に登壇したときの会話を見てみよう。

村上　僕は大学でドイツ語をやったんだけど、ドイツ語で読んでみたいものはほとんどなかったですね。むしろ大学出てからフランス語を勉強して、それはまあ読めるようになった。フロベールは、フランス語ができるようになったら訳してみたいですね。

〔…〕

J〔学生〕　柴田先生、すべての言語ができるとしたら訳してみたい作家はだれですか？

柴田　いや、僕のことはどうでもいいよ（笑）。でも……たぶんカフカ。

村上　カフカってドイツ語でしたっけ？

柴田　ドイツ語ですね。チェコの人だけど書いてるのはドイツ語。

（柴田 2006: 167–168）

この対談の約一年半後の二〇〇六年三月、カフカ賞の村上への授賞が決まった。

『グリーン版世界文学全集』の「第一集31」にはヘルマン・ヘッセ、「第一集32」にはトーマス・マンの作品が収められていたが、これらも村上春樹の素養になったドイツ文学と言える。上に引用した発言に即せば「ドイツ語で読んでみたい」というほどではなかったかもしれないものの、『ノルウェイの森』では主人公ワタナベ・トオルがマンの『魔の山』を持って京都の療養施設「阿美寮」を訪れる。

レイコさんは僕が読んでいた本に目をとめて何を読んでいるのかと訊いた。トーマス・マンの『魔の山』だと僕は言った。／「なんでこんなところにわざわざそんな本持ってくるのよ」とレイコさんはあきれたように言ったが、まあ言われてみればそのとおりだった。（村上 1987b 上：191）

『魔の山』はスイスの療養施設（サナトリウム）を舞台にしている。ワタナベは不謹慎さを疑われる行動を取って、施設の利用者レイコさんに呆れられてしまう。同作ではワタナベがヘッセの『車輪の下』を読む場面もある。彼は読みながら思う。

『車輪の下』はいささか古臭いところはあるにせよ、悪くない小説だった（村上 1987b 下：153）

先に見たように、村上は大学でドイツ語を履修したが、その理由は混みいったものではない。村上が大学に入学した一九六八年ごろ、日本の大学生のほとんどは第二外国語としてドイツ語を選んだという現実がある。現在の第二外国語教育の現場からはその時代の跡形もない。

ある資料は、一九七一年から二〇二〇年の半世紀にかけて日本の大学生の数はほぼ二倍になったと指摘する（旺文社教育情報センター 2020：2）。別の資料は、一九六七年から二〇一四年の半世紀弱にかけて、ドイツ語の履修者の数は約1／2になったと述べる（三瓶 2018: 132–133）。大学生の数は二倍になり、ドイツ語履修者は半分になった。大学で学ぶ第二外国語として、ドイツ語は凄絶な没落を体験したと言える。

村上はもしかするとナチスドイツに対する関心もあって、ドイツ語を選んだのかもしれない。そのとおりか否か、村上が発言したことはない。『ノルウェイの森』でも、ワタナベはドイツ語を選択している。阿美寮で彼は何度も口にする。「明後日の夕方までに東京に戻りたいんです。アルバイトに行かなくちゃいけないし、木曜日にはドイツ語のテストがあるから」（村上 1987 上：181）、「いいですよ、ドイツ語の勉強してますから」（：187）、「ドイツ語やってますよ」（：245）。東京に帰ってきたのちも、親密な仲の緑と語りあう。


「ねえワタナベ君、午後の授業あるの？」

「ドイツ語と宗教学」

「それすっぽかせない？」

「ドイツ語の方は無理だね。今日テストがある」

（村上 1987b 下：40）


村上がこの頃のワタナベのような熱心なドイツ語学習を続行していたならば、村上が「とてつもなくすごい作品で、大変な衝撃を受けた」と語った『城』や、小説の主人公に「いささか古臭いところはあるにせよ、悪くない小説だった」と語らせた『車輪の下』を原書で読んだり、翻訳できたりしていたかもしれない。残念と言えよう。

二　最初期の海外体験、行き先はドイツ

覚悟を括って恥を晒すが、筆者は二〇一八年の論文でも、本章のもとになった二〇二一年の論文でも、村上の初の海外旅行の行き先がドイツだと憶測していた。だが敬愛する内田康が、それは誤解だと正してくれた。ジェイ・ルービンは「『羊をめぐる冒険』を書き終えて一年後の一九八三年に、村上は初の海外旅行に出かけた。アテネ・マラソンのコースを一人で走り、その後同じ年にホノルルで初めて競技マラソンに出た」と書いている（ルービン 2006: 113）。ルービンに対する村上の信頼は厚いから、この「初の海外旅行」という説明を疑うことはできない。平野芳信による村上春樹の伝記も、ルービンのこの記述を採用している（平野 2011: 69）。内田は村上のそのアテネ・マラソンを報告する雑誌記事を教えてくれ、筆者はそれをオンライン古書店で購入した。そこには、そのマラソンへの出発日が一九八三年七月九日だったことが記されていた（村上 1983d: 67）。

村上の渡独は一九八三年秋だから、おそらくこれは第二の海外旅行だったのだろう。それにしても村上らしいのは、このアテネ・マラソンの記事を通読しても、どこにも「初の海外旅行」だと知らせる文言がないことだった。他方、それ以前に海外に出たことがあると仄めかす文言も皆無だ。

雑誌『BRUTUS』の「ドイツ特集」取材班に同行するという企画で、現地での体験に依拠した小説とエッセイを寄稿することが村上に課せられた。旅行当時の村上は三四歳だった。村上は一九九〇年、『村上春樹全作品 1979〜1989』第三巻の「自作を語る」で「『ブルータス』のスタッフと二週間、それから僕だけあとに残ってまた二週間ほどドイツを回り、いろんな取材をした」と述べている（村上 1990c: XV）。『BRUTUS』四月一五日号特集「ドイツの『いま』を誰も知らない！」に掲載された問題の小説は「三つのドイツ幻想」、エッセイは「日常的ドイツの冒険」と題された。後者の題名が大江健三郎の『日常生活の冒険』に対するサンプリングだということは第一章でも指摘した。

「日常的ドイツの冒険」は単行本に収録されなかったため、長らく『BRUTUS』本誌に当たらないかぎり、読むことはできなかったが、二〇二一年現在は、先に言及した復刻版がインターネット上でも公開されている（村上2021d）。エッセイは二一ページにわたって一〇分割され、雑誌のページ数に換算すると計五ページ分ほどになる。先にも書いた通り、二〇二一年の『BRUTUS』に復刻掲載されたため、それからアクセスの難度が急にさがったと言えるが、なんとなく読んで村上が体験したことや、村上のその後の人生や作品への反響がすぐにわかるものではないから、本章の価値は揺るがないと信じている。

さて、そのエッセイで村上は「ハンブルクからケルン、ジルト、ベルリン、フランクフルト」に移動した、と旅程を説明する（村上1984c: 19）。彼はハンブルクの印象から始めて、ヨーロッパの整いすぎた街並みに反感を抱くこと、ポルノ・バーで「二十代半ばのすっきりしたブロンド」の「女の子」が「そちらに行っていいかしら?」と語りかけてきたが、言い寄られたと思ったのは誤解だったという冗談（:25）、ケルンの映画館でアメリカのB級映画を鑑賞したこと、ドイツのB級グルメ事情、フランクフルトとベルリンの動物園にあるレストランのこと、大きな駅のショッピング・アーケードのこと、ベルリンで見るナチス関連の映画の魅力、ドイツの中古レコード店事情などを語っていく。

もっとも注目すべきは、秋のドイツの空気感だろう。

「秋のドイツ」という映画があったけれど、それとはべつにドイツの秋はひどく寒い。ほんとうに嫌になってしまうくらい寒い。日なんてまるでささないし、おまけに天井の雨もりみたいなかんじのしょぼしょぼとした雨が降る。（村上1984c: 19）

この陰鬱な肌触りの空気は、長編小説『世界の終りとハードボイルド・ワンダーランド』に影響を与えた。村上は一九九〇年、「三つのドイツ幻想」について、つぎのように述べているのだ。

僕にとっての最初のドイツ旅行だったので、日本に帰ってからもしばらくのあいだは、こういうファンタジーがくっきりと頭に残っていた。／今読み返してみると、『世界の終りとハードボイルド・ワンダーランド』の〈世界の終り〉に通じる雰囲気がうかがわれる部分もあるように思う。（村上 1990c: XV–XVI）

村上は秋のドイツの陰鬱な空気を体験し、それを「三つのドイツ幻想」に注ぎこみ、構築された文体がすでに発表していた未単行本化作品「街と、その不確かな壁」を、『世界の終りとハードボイルド・ワンダーランド』の「世界の終り」へと進化させる役割を果たしたのだ。

なお、その際にはH・P・ラヴクラフトの影響も入ったのではないかと筆者は推測する。初期の村上はラヴクラフトへの偏愛を公言する作家だった。

昔から本読むのがすごく好きだったから、いろんな本読んでたわけですよね。幻想的な小説もね。たとえばラヴクラフトなんてすごく好きだしね。（村上 1983a: 4）

ラヴクラフトの場合はまず文体ね。あのメチャクチャな文体（笑）あれ好きですねえ。めったにお目にかかれない文体でしょう。それと世界ね。ラヴクラフト自身の、ひとつの系統だった世界を作っちゃってますよね。完結した世界性というもの、そのふたつだと思うんですよ。（: 10）

この発言は『羊をめぐる冒険』を刊行し、『世界の終りとハードボイルド・ワンダーランド』に向かっていく途上になされたから、彼がこの頃は隠さなかったラヴクラフトへの愛好を同作の作成に活用したことは容易に想像できる。逆に、彼が以後はラヴクラフト愛をピタッと口にしなくなったのは、『世界の終りとハードボイルド・ワンダーランド』の元ネタと見なされるのを嫌ったから、と推測することもできる。

いずれにせよ、一九九〇年に村上は書く。

ドイツという国にはたしかに何か濃厚なものがある。何かしら人の心を乱すものがある。（村上 1990c: XV）

ドイツ旅行の影響は村上の作品にしばらく影を落とした。彼は一九八六年一〇月から三年ほどヨーロッパに移住し、そのあいだに『ノルウェイの森』を書き、刊行した。この作品はつぎのように始まっている。

僕は三十七歳で、そのときボーイング747のシートに座っていた。その巨大な飛行機はぶ厚い雨雲をくぐり抜けて降下し、ハンブルク空港に着陸しようとしているところだった。十一月の冷ややかな雨が大地を暗く染め、雨合羽を着た整備工たちや、のっぺりとした空港ビルの上に立った旗や、BMWの広告板やそんな何もかもをフランドル派の陰うつな絵の背景のように見せていた。やれやれ、またドイツか、と僕は思った。／飛行機が着地を完了すると禁煙のサインが消え、天井のスピーカーから小さな音でBGMが流れはじめた。それはどこかのオーケストラが甘く演奏するビートルズの『ノルウェイの森』だった（村上 1987b 上: 5）

「三十七歳」は、村上がヨーロッパに移住したときの年齢に一致する。ワタナベが乗る飛行機はハンブルク空港に降り、彼は「やれやれ、またドイツか」と思う。「またドイツか」とは、何を示唆しているだろうか。

村上はヨーロッパ移住経験について記した『遠い太鼓』で「ローマは今回の長い旅の入り口であると同時に、海外滞在中の僕の基本的なアドレスでもあった」（村上 1990b: 25）と書いている。東京からハンブルクを経由してローマに着くという航路は充分にありえる。村上のドイツ旅行がハンブルクから始まったことを思いだそう。そこで彼はハンブルクに、あるいはドイツに縁があると感じ、「やれやれ」と思ったのではないか。その思いを作品のワタナベに転移させたという推測が成りたつ。第一章でも述べた村上の「パズルゲーム」だ。

ワタナベが乗る飛行機でビートルズが流れるのは、このバンドが売れる前にハンブルクで活動していた――自分たちの曲をドイツ語で歌うこともあった――からにほかならない。村上はもちろん、その事実を知っている。「日常的ドイツの冒険」で彼は書いている。

ハンブルクというと、日本ではレパバーンだ飾り窓だビートルズだと相場が過激に決まっちゃうみたいだけど、総体としての都市ハンブルクは、これはもう日本の同規模の都市とは比較にならないくらい静かでひっそりとしている。（村上 1984c: 21）

このようにして、『ノルウェイの森』はドイツに関する記憶から始まり、ドイツに関するモティーフ――前節で書いたようにドイツ語とドイツ文学――によって飾られる。

三　ハンブルクの性風俗

「三つのドイツ幻想」は、三編の超短編小説で構成されている。第一の作品は「冬の博物館としてのポルノグラフィー」と名づけられている。

あらすじはつぎのとおり――「セックス、性行為、性交、交合」といった「ことば・行為・現象」から「僕」はつねに冬の博物館を想像する。「セックスが街の話題となり、交接のうねりが闇を充たすとき」、「僕」はその博物館に入り、仕事を始める。館内を周って、ルーチンワークをこなし、ホットミルクを飲みながら、郵便受けに届いた手紙を読む。手紙を分類し、最後の手紙に書かれた「博物館のオウナー」の指示に従う。そして「僕は洗面所の鏡の前で髪をとかし、ネクタイの結びめをなおし、ペニスがきちんと勃起していることをたしかめた」。「36番の壺」、「A・52の台座」、「電球」、「勃起」、すべてが整っている。「セックスが、潮のように博物館の扉を打つ」。頭上では男たちが靴音を響かせ、博物館の戸口の前には誰かが立っている。だが「僕」は気にかけない（村上 1984b: 7–11）。

この謎めいた短編にはどのような秘密が隠されているのだろうか。村上は一九九〇年、つぎのように書いている。

> 最初の博物館の話なんていったいどこがドイツと関係があるのだと言われても困る。ドイツの記憶について考えていると、こういう話がふっと出てきてしまったのだ。（村上 1990c: XV）

村上らしい韜晦癖がここに現れている。彼はドイツ旅行でまずもってハンブルクを訪れていた。彼はとても寒い思いをしたと「日常的ドイツの冒険」で書いていた。つまり、季節は冬に近い晩秋だったと推測できる。そして、作品では性を主題とする博物館が語られている。ハンブルクを訪れたことがある者は、ただちにエロティック・アート・ミュージアムを思いだすだろう。村上は冬のように寒い日にハンブルクのエロティック・アート・ミュージアムを訪れて、この短編の霊感源としたのではないか。そのような予感が湧く。

だが、その推測は外れている。なぜならその博物館は一九九二年に開設されたからだ（Erotic Art Museum Hamburg 2002）。つまり村上がドイツ旅行をしたときには、この博物館は存在していなかった。

正答は、この博物館があるベルンハルト・ノホト通りではなくて、その少し北に位置するドイツ屈指の歓楽街レーパーバーンにある。有名になる前のビートルズが活躍していたことでも知られる区画だが、ここにはさまざまな性風俗店が並び、女性が窓から姿を見せて誘う飾り窓と呼ばれる売春宿も存在する。すなわち、それは「性の博物館」さながらなのだ。

「日常的ドイツの冒険」の先に引用した一節で、村上は「ハンブルクというと、日本ではレパバーンだ飾り窓だビートルズだと相場が過激に決まっちゃうみたいだけど、総体としての都市ハンブルクは、これはもう日本の同規模の都市とは比較にならないくらい静かでひっそりとしている」と書いていた。彼は「レパバーン」や、その一角の「飾り窓」、そしてその一帯で活躍していた「ビートルズ」といった派手派手しい話題を押しのけるようにして、すぐに「静かでひっそりとした」ハンブルクの多くの地区に話題を転じている。だが、これは村上の眼くらましと言って良い。村上が眼くらましを企てたとしても、『BRUTUS』の編集部が、一種の種明かしをしている。「冬の博物館としてのポルノグラフィー」が掲載されたページには、ハンブルクの風俗街を壁にして撮影されたモデルたちの写真が掲載されていて、つぎのようなキャプションもついているのだ。

レパバーンに棲息するプロ、顔役たちが一杯ひっかけにくる店〈リッツェ〉。〝リッツェ〟とは、なんと〝裂け目〟という意味である（BRUTUS 1984: 7）

そして〈リッツェ〉の地下には秘密ボクシングジムがある。女が客をとっている間、ヒモたちはここで己の身体に磨きをかける（: 8）

レパパーンのどんづまりの〈エロスセンター〉。その四方を壁に囲まれた空間は、夜の到来とともに〝女の市〟

と化する（:10）

〃飾り窓〃で有名なヘルベルトシュトラッセにあるSM部屋には、もうたくさんと言いたくなるほどにそのテの器具が揃えられている（:11）

これらは、村上が冬のように寒いハンブルクで体験した「博物館」なのだ。村上が「『ブルータス』のスタッフと二週間、それから僕だけあとに残ってまた二週間ほどドイツを回り、いろんな取材をした」と書いていたことを思いだそう。これを踏まえるならば、村上はスタッフと一緒にレーパーバーンを体験した可能性が高い。

村上の脳裏では、さらにナチスの歴史と当時の西ドイツと性のイメージが錯綜していたかもしれない。一九七四年、リリアーナ・カヴァーニ監督の『愛の嵐』が世界的に成功し、日本でも多くのファンを生んでいた。この映画を観たことがなくても、シャーロット・ランプリングがナチス将校の制服を羽織ってセミヌードを見せている写真は、多くの人が知っているはずだ。そのヒロインは強制収容所でナチス将校の性的倒錯のおもちゃにされた過去を持っている。つまりそこには、「冬の博物館としてのポルノグラフィー」という奇想に通じる独特の倒錯がある。

管見のかぎり、村上がこの映画に言及したことはないが、思春期の頃に「ナチの歴史にのめり込」み、初老になっても「ナチものはかなり熱心に読み続けて」いると語った村上が、二〇代半ばのときに公開されたこの映画に関心を寄せなかったと考えるのは難しい。このような事情も、「冬の博物館としてのポルノグラフィー」の背景を構成しているのだ。

村上はその後しばらく「ドイツ」あるいは「ハンブルク」と「性」の関連づけに拘っていた。一九八五年に発表された短編に「レーダーホーゼン」という謎めいた作品がある。ある女性が「ハンブルグから電車に乗って一時間ほどの小さな町」（村上 1985c: 25）にある店まで、夫へのおみやげとしてレーダーホーゼンを買いに行く。レーダーホーゼンとはドイツの民族衣装で、肩紐がついた革製の半ズボンを指す。その女性は、夫に似た体格のドイツ人の協力を得てレーダーホーゼンを採寸してもらうのだが、それを見ているうちに「自分がどれほど激しく夫を憎んでいるかということ」（: 32）を知って、帰国してから離婚する。

いわくありげな小説だが、同作で女性の夫は「性格は悪くないし、きちんと仕事もする人だったんだけれど、女関係では比較的だらしのない人」と語られる（: 22）。そしてレーダーホーゼンは、見方によっては男性の性的な暴力性と幼児性をともに象徴してしまう衣類だ。半ズボンは性的にも幼児的にも見える。しかもそのような半ズボンが革製であり、体にぴったりとくっつき、特に下腹部の体型を強調するために、男性器を連想させなくもない。それが女性の内部で夫への嫌悪感を膨らませたと解釈することができる。

レーダーホーゼンはドイツ語圏の南部、ドイツのバイエルン州やオーストリアのチロル地方の民族衣装だ。ドイツは長いあいだ国が多数の領邦国家へと分裂していたために地域差が大きく、民俗もかなり異なる。そしてハンブルクは北部ドイツに属する。つまりハンブルクは一般的にレーダーホーゼンと結びつかない。それでも、村上は「ハンブルク」と「レーダーホーゼン」を結びつけた。そこには村上のドイツ体験、あるいはレーパーバーン体験が作用していると考えられる。

四　ハンブルクの大麻の夜

渡独体験で秋のドイツに「博物館」の印象を得たことは、村上が帰国して書いた長編『世界の終りとハードボイルド・ワンダーランド』に余波を残した。「冬の博物館としてのポルノグラフィー」には、つぎのように書かれている。

冬の博物館は決して大がかりな博物館ではない。コレクションも分類も運営の要領も、何から何までほんとうに個人のレベルのものなのだ。だいいち、ここには一貫したコンセプトというものがない。エジプトの犬の神の彫像があったり、ナポレオン三世の使った分度器があったり、死海の洞窟で見つかった古代の鈴があったりする。（村上 1984b: 9）

このようなガジェットと同種のものとして、『世界の終りとハードボイルド・ワンダーランド』に登場する一角獣の頭骨が考案されたと思われる。正確に言えば、この素材は明治神宮外苑の聖徳記念絵画館の前にある二頭の一角獣の彫刻をも参考にしていると考えられるため（ナカムラ／道前 2014: 38）、両者が結びついたものとして、一角獣の頭蓋骨が考案されたと推測することができる。村上はその頭骨が包まれているさまを、「現代美術のオブジェを思わせ」るとも表現しているから（村上 1985a:100）、彼がその頭骨を博物館に陳列されてありそうなものとして印象づけたいのは明らかだろう。

さらに、村上のハンブルクでの体験は四半世紀のちの『１Ｑ８４』にも影響を与えている。これについて見ていこう。

海外旅行にまだ慣れていない日本人が、現地でゆったりと時間を使えるとなると、日本では体験できないことをできるだけ体験しておこうと考えるのは、誰しも同じではないだろうか。村上も例に漏れなかった。彼はハンブルクで性に関する観光だけではなく、日本で禁止されているドラッグも体験した。この事実について、村上自身がじかに語ったことはないのだが、三〇年後の二〇一四年に『週刊アサヒ芸能』がスクープした。

取材に同行したドイツ人カメラマンのペーター・シュナイダー氏が当時を振り返る。／「写真に写っているのはハンブルク郊外にあるクラブを経営するオーナーの自宅。クラブ取材が終わった後にスタッフ全員で招かれたのです。最初はビールを飲んでいたのですが、そのうちオーナーが〝一服どうだ〟と大麻を勧めてきました。

もちろんドイツでも大麻は違法ですが、当時この手の業界の人々が自宅でこっそりとハッシシ（大麻樹脂を固めたもので、通称『チョコ』）やマリファナを楽しむのは日常茶飯事でした。〔…〕おどける男女に並んで写っているサングラスをかけた男性が、当時36歳の村上春樹氏だ。「彼は吸っている間、ほとんど無口で時々、テーブルの上にあった小熊の形をしたグミキャンディを口にしていた。照明も暗かったのにサングラスを外そうとしなかった。どっぷりと自分の世界に浸っていたのではないか」（前出・シュナイダー氏）」（週刊朝日芸能 2014: 4–5）

「当時36歳」は「当時34歳」が正しいが、記事には村上のさまざまな写真がカラーでも白黒でも掲載されていて、なまなましい。この大麻の体験は、「レーダーホーゼン」と同様に「ハンブルク郊外」で起こった。

村上はこのことについて直接的に書いたことはなかったが、大麻を吸った経験がないという嘘はつかなかった。ヨーロッパから帰国したのち、彼は直後の一九九一年から一九九五年までアメリカに移住していたが、その日々を報告した『うずまき猫のみつけかた』（一九九六年）でつぎのように報告している。

アメリカに住んでいると、けっこうマリファナを吸う機会はある。とくに団塊の世代の大学の先生に会うと、「おい、ハルキ、いいのがあるけど、一服やらんか？」ということになって、もちろんあえて断る理由もないから「やろう」ということになって、彼の部屋に行って、古いディランなんかをほのぼのとなごんで聴きながら「いいじゃん懐かしいじゃん」ということになる。〔…〕経験的に言って、マリファナというのは煙草なんかより遥かに害が少ない。煙草と違って中毒性もない。だからマリファナをちょっと吸ったくらいで、まるで犯罪者みたいに袋叩きにあうなんていう日本の社会的風潮は、まったく筋が通らないのではないか。〔…〕でも断っておくけれど、僕は日本では絶対にマリファナは吸わないです。それほどのリスクを犯す価値のあるものでも

ないから。（村上 1996a: 196–197）

「日本では絶対にマリファナは吸わないです」という記述を信じるならば、村上の「大麻初体験」はハンブルク滞在の際にあったと考えるのが自然だ。それは村上の初めてに近い海外旅行の当面の滞在先だったからだ。ハンブルクで村上は大麻に目覚め、その後、アメリカで吸引を重ねたのだった。

現在、大麻は海外のさまざまな場所で解禁が進んでいるが、日本では政府側の啓発が重く受けとめられ、普通の日本人の感覚では大麻はきわめて危険なものという印象がある。だから村上の作品の愛読者でも、彼の大麻への好意的態度は違和感を覚えるのではないか。だが歴史に関する知識と村上のロック音楽に対する嗜好を知っていれば、彼の大麻への親近感を理解するのは難しくない。

村上の青春時代、フラワー・ムーブメントあるいはヒッピー・カルチャーと呼ばれるものがアメリカから世界各地に波及した。既成の伝統や社会の因習を否定し、性愛と友愛と平和を尊重し、戦争に抗議し、伝統的権威よりもひとりひとりの個性を尊重し、ロック音楽などのポップカルチャーを愛する。しかし彼らのコミュニティは、しばしばドラッグによって汚染されていた。彼らの意識では「ドラッグによってよりよき生を」（ウルフ 2012: 232）探求することが重視されていた。

ヒッピーのサブカルチャーに加わるためにはドラッグを服用、それも絶対に服用しなければならなかった。知性を働かせずに一般社会から単に脱落するだけでは十分ではなかった。脱落、ドロップアウトは、ドラッグを服用すること、少なくともマリファナを吸い、ＬＳＤを飲まなければ成立しない。この二つのドラッグを服用しない者は、ヒッピーのコミュニティーでは歓迎されなかった（: 232–233）。

一九四九年生まれの村上は、日本では「団塊の世代」と呼ばれるが、アメリカではその世代は「ヒッピー・ジェネレーション」や「フラワー・チルドレン」と呼ばれる。アップルを創業したスティーヴ・ジョブズは村上より六歳年下の一九五五年生まれだが、彼もこの世代に属しているという自覚が濃厚だった。彼の世界観の一側面はきわめて村上に近く、村上は熱心な「アップル信者」だ。二〇一五年に村上は書いている。

僕は今でもマックをつかっています。１９９１年以来ずっとマックです。iPhone、iPad、iPod。まったくアップルにどれだけお金を使ったか。しかしジョブズのいないときのマックは暗黒時代だったですね。思い出すと心が暗くなります。（村上 2015a: 2015-01-20）

ジョブズの霊がアップルを護ってくれるといいのですが。各地のアップル・ストアにジョブズ地蔵を建立したいものです。（村上 2015a: 2015-03-03）。

ここにはヒッピー・ジェネレーション同士の共感がある。この心性は、たとえばジョブズのつぎのような逸話からも透けて見えてくる。一九八〇年代前半、スタンフォード大学で学生に話をする機会を得た際、ジョブズはウィルクス・バシュフォードのブレザーと靴を脱いで、机の上で座禅の姿勢を取る。村上作品に通じる自由さと言えるかもしれない。

アップルの株価はいつごろ上昇しそうかといった学生の質問は無視し、いつか、本のように小さなコンピュータを作りたいなど、将来的な製品に対する情熱について語る。ビジネスに関する質問が少なくなると、逆に、きっちりした身なりの学生たちに質問をはじめた。／「君たちのなかで、童貞や処女はどのくらいいるのかな？」

／居心地悪そうな笑いがかすかにおきる。／「じゃあ、ＬＳＤをやったことがあるのは何人くらいいる?」／さらに居心地悪そうな笑いとともに、ひとり、ふたりの手があがる。このころの学生は、自分の時代よりも物質的でキャリア志向が強いようだとジョブズは不満を感じたらしい。（アイザックソン 2011 I: 179）

性愛とドラッグの体験を人生で最重要のものと見なす価値観。それはハンブルクで風俗街と大麻を体験した村上の姿と交差している。

ジョブズは自分の世代に強い誇りを抱いており、語った。「僕らは六〇年代の理想主義的な風をいまも背中に感じているし、僕くらいの年代の人は、その風をずっとまとっている人が多いと思う」（: 179）。この誇りを村上も共有していたのだろう。村上が人前に出る姿を見たものは、そのヒッピー的な印象に驚く。

僕がときどき行く近所の鮨屋がありまして、このあいだそこの大将と話していたんですが、僕が十数年前、その店に最初に行ったときの話になりまして、彼が言うには、「村上さんって、最初にうちに見えたとき、この人ほんとに勘定が払えるのかなって心配で、けっこうびびりました」ということでした。／「へえ、そんなに貧乏そうに見えたかな?」って聞くと、「ええ、見えました」とはっきり断言されました。／たしかに、よれたＴシャツと、ショートパンツに野球帽というかっこうで、一見でふらっと一人で鮨屋に入って、カウンターに座ったら、それはさすがに警戒されるかもしれないですね。／僕はとくに旅行をしているときなんか、知らない店に一人で入って、お酒を飲んだりするのが好きなんですが、たしかにしばしば断られます。「すみません、予約でいっぱいでして」とか言われてね。見た所、お店はがらがらなんだけどね。でもうまく入れてもらえて、その結果いろいろと面白い体験をすることもあります。思いもよらず美味しいものを食べられたり、面白い話を聞けたり。怖い思いをしたり、勘定をぼられたりしたことはまだ一度もありません（村上 2021f）。

都会的でおしゃれな村上作品は、村上が見る夢であって、現実の村上の姿や生活様式を反映していない。村上はかつて海外で、インタビューに応じて語った。

作家にとって書くことは、ちょうど、目覚めながら夢見るようなものです。それは、論理をいつも介入させられるとはかぎらない。法外な経験なんです。夢を見るために毎朝僕は目覚めるのです。（村上 2010d: 157）

村上の大麻体験に話を戻そう。村上の長編『1Q84』は一九八四年を舞台にしている。村上が「三つのドイツ幻想」と「日常的ドイツの冒険」を発表した年だ。『1Q84』の「BOOK3」は同年の一〇月から一二月を取りあげる。村上がドイツ旅行を経験した時期の一年後だ。このなかで主人公のひとり天吾は、看護婦（現在の看護士）の安達クミとハッシシを吸う。

秘密のスイッチをオンにするようななかちん、、、という音が耳元で聞こえ、それから天吾の頭の中でなにかがとろり、、、と揺れた。まるで粥を入れたお椀を斜めに傾けたときのような感じだ。脳みそが揺れているんだ、と天吾は思った。それは天吾にとって初めての体験だった。——脳みそをひとつの物質として感じること。その粘度を体感すること。フクロウの深い声が耳から入って、その粥の中に混じり、隙間なく溶け込んでいった（村上 2010b: 180）

村上は自分の初の大麻体験を、このような形で作品化した。『週間アサヒ芸能』は永江朗の談話を紹介している。「むしろ、あの世代で文化活動をしている人物で大麻などの違法行為を経験していない人たちのほうがモグリと言える時代だったのです。それは『カルチャー』だったのです」（週刊アサヒ芸能 2014: 56）。

このような感性は現在の日本の若者には理解不可能なものになっている。『1Q84』は大ベストセラーになったが、現在の若い世代が村上の大麻に対する「緩さ」をどのように受けとるかには、興味を惹かれてやまない。

五　ベルリンとナチスの傷跡

「三つのドイツ幻想」の第二の作品は「ヘルマン・ゲーリング要塞1983」と題されている。

あらすじはつぎのとおり――「ヘルマン・ゲーリングはベルリンの丘をくりぬいて巨大な要塞を構築し」た。彼はこの要塞は不落だと豪語したが、独ソ間のベルリン市街戦でこの要塞は沈黙したままだった。「僕」はビザを取得して、西ベルリンから東ベルリンに日帰り旅行を楽しむ。カフェテリアで英語ができる東ベルリンの青年と出会い、戦跡を案内してもらう。ヘルマン・ゲーリング要塞の丘をくだって、「僕」と青年はウンター・デン・リンデンの通りにある古いビアホールに入る。美人のウェイトレスがいくつものビールジョッキを抱えて運んでいるさまは、巨大なペニスを讃えているかのようだ。夜の一〇時になり、日が変わればビザが切れてしまうので、西ベルリンに戻らなければならない。

この作品に先立って、村上はすでにナチス絡みの小説をいくつか書いていた。まずは一九七九年に発表されたデビュー作の『風の歌を聴け』がそれだ。「僕は文章についての多くをデレク・ハートフィールドに学んだ」（村上 1979: 5）と主人公は語る。そのハートフィールドは、つぎのように説明される。


8年と2ヶ月、彼はその不毛な闘いを続けそして死んだ。1938年6月のある晴れた日曜日の朝、右手にヒットラーの肖像画を抱え、左手に傘をさしたままエンパイア・ステート・ビルの屋上から飛び下りたのだ。（：6）

デビュー作からナチスを素材として取りいれた事実は、村上のナチスへの思い入れ——というのは語弊があるかもしれないが——を雄弁に語っている。

ハートフィールドのモデルのひとりとしてジョン・ハートフィールドが想定されることを第二章に記した。彼はフォトモンタージュの開拓者で、ナチスを批判する多くの作品を製作した。そのハートフィールドがヒトラー信奉者のような行動を取るところに、ムラカミエスクな味わいがある。

同様のムラカミエスクなナチス素材が、一九八一年に発表された短編「パン屋襲撃」（単行本『夢で会いましょう』には「パン」として収録）にも現れる。

> パン屋を襲うことと共産党員を襲うことに我々は興奮し、そしてそれが同時に行われることにヒットラー・ユーゲント的な感動を覚えていた。（糸井／村上 1981: 156）

主人公の「僕」は「パン屋を襲うことと共産党員を襲うことに我々は興奮し、そしてそれが同時に行われることにヒットラー・ユーゲント的な感動を覚えていた」とある。この一節は「パン屋再襲撃」と合わせて訳出され、収録されたドイツ語の絵本《Die Bäckereiüberfälle》（『パン屋諸襲撃』）では、ダミアン・ラーレンスによって〈我々はパン屋を襲い、共産党員を襲う！　しかも同時に！　このことは我々をヒトラー・ユーゲントのように熱くし、たかぶらせた〉とドイツ語に訳され（Murakami 2012: 12）、さらに村上がその日本版を作成した際に、「パン屋を襲うことと共産党員を襲うことに我々は興奮し、そしてそれが同時に行われることに無法な感動を覚えていた」へと変更された（村上 2013a: 13）。村上がナチスに対する理解を深めて、登場人物たちを「ヒットラー・ユーゲント」に重ねることを自粛するようになったと読むことができる。

ヒトラー・ユーゲントとは、ナチス時代に入団を義務付けられていた青少年団体を指している。パン屋は共産党員であるため、ナチスの敵対勢力と見なされる。ヒトラーの政治的綱領『わが闘争』をめくると、つぎのように記されている。

ユダヤ人がマルクス主義への信仰を告白して、この世界の諸民族に対して勝利を収めるならば、ユダヤ人は戴冠し、それが人類にとっては死の踊りになり、この惑星は数百万年前のように砂漠化して、宇宙空間をさまようことになってしまうだろう。（Hitler 2016: 231）

ヒトラーにとって、マルクス主義はユダヤ人の新種の宗教であり、全地球規模の災厄をもたらすものだった。ところが、「パン屋襲撃」のパン屋は、ヴァーグナーの熱狂的な愛好家に設定されている。ここにもムラカミエスクがある。

共産党員がワグナーを聴くことがはたして正しい行為であるのかどうか、僕にはよくわからない。（糸井／村上 1981: 157）

ヒトラーは熱狂的なヴァーグナー愛好家で、ヴァーグナーの楽劇はユダヤ人と共産主義を滅ぼして、ドイツを再生する夢を励ましてくれるものだった。ヒトラーは特に好んでいた『リエンツィ』について、つぎのように語ったことがある。

リエンツィは二四歳で、宿屋の息子に過ぎなかったが、ローマ帝国の豪壮な過去をローマの人々に思いおこさせて、それで元老院を打ちたおすことができたのだ。私は若いころ、この神聖な音楽をリンツの歌劇場で聴いて、自分もいつかドイツ帝国の統一を成しとげて、その帝国をふたたび偉大なものにするというヴィジョンを得たのだ。(Speer 1976: 88)

ヒトラーから撲滅の対象にされた共産党員が、ヒトラーが心酔していたヴァーグナーを偏愛する。この奇想の着想は、フランシス・コッポラ監督の『地獄の黙示録』から得られたと推測される。村上は一九八一年、中央公論社の雑誌『海』に、「方法論としてのアナーキズム——フランシス・コッポラと『地獄の黙示録』」と題するエッセイを掲載した。そこで彼はこの映画を四回も見たと説明しており(村上 1981b: 163)、二〇〇三年には「僕は『地獄の黙示録』の圧倒的なファンです。もう20回くらいは見たと思います」(村上 2003b: 255)と述べた。

『地獄の黙示録』で、主要人物のひとりキルゴア中佐が率いる九機の米軍ヘリコプターがベトナムの村落を蹂躙していく場面を想起していただきたい。この作戦を、彼らはヴァーグナーの「ヴァルキューレの騎行」をオープンリールでけたたましく鳴らしながら敢行する。ヴァルキューレとは、ゲルマン神話で戦場を飛びかいながら、戦死者を決めていく運命の女神たちだ。米軍は自分たちの殺戮用ヘリコプターをその戦争の女神たちに見立てた。だが、その音楽はヒトラー好みという点に倒錯がある。かつてナチスを倒した軍隊が、今度はナチスのイメージをまといつつ、ナチスさながらの蛮行をおこなっている、という皮肉が表現されているのだ。このコッポラの奇想あるいは倒錯を、村上は独自の仕方でサンプリングし、「パン屋襲撃」の皮肉な設定へと昇華したのだと考えられる。

だが、村上のナチスに関する知識はどこまで本格的だったのだろうか。「ヘルマン・ゲーリング要塞１９８３」では、つぎのように語られる。

八方に構えた砲台は首都に迫り来る敵軍の姿を捉え、それを撃破できるはずだった。どんな爆撃機もその要塞の厚い装甲を破壊することはできず、どんな戦車もそこをのぼりきることができないはずだった。／要塞の中には二千人のＳＳ戦闘部隊が何ヵ月もたてこもれるだけの食料と飲料水と弾薬が常に配備されていた。秘密の地下道が迷路のごとくめぐらされ、巨大なエア・コンディショナーが新鮮な大気を要塞の中に送り込んでいた。たとえロシア軍・英米軍が首都を包囲しようとも我々は敗れることはない、とヘルマン・ゲーリングは豪語した。我々は不落の要塞の中に生きるのだ、と。（村上 1984b: 12）

ゲーリングは空軍の最高司令官で、陸軍のではなかった。もしかすると、ゲーリングがヒトラーの後継者だったという知識が、村上に強く意識されていて、この短編を着想させたのだろうか。村上が「名著です」と絶賛していたシャイラーの『第三帝国の興亡』では、一九四五年五月八日の終戦が近づいたときでも「ヒトラーが死ねば、ゲーリングがあとを継ぎ、また総統が統治の能力をなくすれば、ゲーリングがその代理をつとめる」という一九四一年六月二九日の総統命令が——一九四五年四月二三日にこの命令を踏まえてゲーリングが総統権限の移譲をヒトラーに要求し、反逆罪で逮捕されるまで——生きていたことが記されている（シャイラー 1961: 284）。その記述から受けた印象が村上の記憶に生きていて、ナチス第二の男としてのゲーリングが「首都防衛のための要塞」に重ねられたのではないか。

ヘルマン・ゲーリング要塞は村上の空想上の産物で、ベルリンにはそのような戦跡は実在しない。山根由美恵は、「このように「ヘルマン・ゲーリング要塞」は、かつてのヘルマン・ゲーリング通りに存在するベルリンの壁と現実《リアル》に存在した高射砲塔・総統地下壕を基盤にすることで細部の記述にリアリティを持たせ、あたかも本物であるかのような記述をしながら、虚構の建物を描いている」（山根 2022: 101）と指摘しているが、的確な指摘だ。ベルリンにはティーアガルテン、フリードリヒスハイン、フンボルトハインに高射砲塔が設置されたが、「軍事的な観点から言って、それらの高射砲塔は従来の高射砲より成功したとは言えない」という事実がある（Berliner Unterwelten.

e. V. 2023a)。またヒトラーが自殺したベルリンの総統防空壕は、「その厚い鉄筋コンクリートによって、連合軍の現時点までにドイツで知られている最強度の爆撃に耐えることができる」ものとして完成した（Berliner Unterwelten. e. V. 2023b)。最強の強度と、軍事的な不成功という両者の特徴は、「ヘルマン・ゲーリング要塞１９８３」のつぎの記述と重なる。

たとえロシア軍・英米軍が首都を包囲しようとも我々は敗れることはない、とヘルマン・ゲーリングは豪語した。我々は不落の要塞の中に生きるのだ、と。／しかし１９４５年の春にロシア軍が季節の最後のブリザードのような格好でベルリンの街に突入してきたとき、ヘルマン・ゲーリング要塞はじっと黙したままであった。ロシア軍は地下道を火炎放射で焼き、高性能爆薬をしかけて要塞の存在そのものを消滅させてしまおうと試みた。しかし要塞は消滅しなかった。コンクリートの壁にひびが入っただけだった。（村上 1984b: 12）

さらに「ヘルマン・ゲーリング要塞１９８３」で、案内役を買ってくれた東ベルリンの青年はつぎのように語る。

「でもヘルマン・ゲーリング要塞はすごかったでしょう」と青年は言って、静かに微笑む。「四十年間かけて、誰にもあれを壊すことができなかったんだ」（: 15）

要塞は一九八三年の四〇年前、一九四三年に作られたという設定になっている。この年、総統防空壕の原型となった施設がイギリス軍の空襲に対して使用され、その空襲の結果、高射砲塔の建設が決定された（Berliner Unterwelten. e. V. 2021a; 2021b)。村上がこれらの知識を備えていて、作品に応用した可能性もある。

だが「ヘルマン・ゲーリング要塞」のモデルになった建築物あるいは自然物が、おそらくさらに計三件存在する。

まずはベルリン中央駅だ。現在では改修され、ベルリン中央に位置する鉄道ターミナルだが、東西分断時代には西側のベルリンの壁付近に位置したことから、廃墟のまま放置されていた。『BRUTUS』でも「かつての中央駅も、西ベルリンにありながら放置され、今も爆撃の跡をとどめる」(BRUTUS 1984: 15)と説明されている。しかもその説明は、「ヘルマン・ゲーリング要塞1983」が掲載されているページに刻まれているのだ。つまり雑誌が作品の種明かしをしてしまっている。廃墟となった中央駅を霊感源として、無用の長物となった要塞が構想されたわけだ。

さらに、ベルリンの壁が霊感源になっている。先に引用したように、ヘルマン・ゲーリング要塞は「四十年間かけて、誰にもあれを壊すことができなかった」と設定されている。ベルリンの壁は、ちょうどその半分ほど過去の二二年前、一九六一年に建設が始まった。村上が見た一九八三年まで誰にも壊すことができないまま不動で聳え、一九八九年にそれが突如として壊されるとは、直前まで誰にも想像できなかったはずだ。これに関しても『BRUTUS』は種明かしをしてしまっている。なぜなら、「ヘルマン・ゲーリング要塞」が掲載された最初の二ページには、見開きでベルリンの壁の写真が添えられているからだ(村上 1984b: 12–13)。

最後に、クロイツベルクが考えられる。クロイツベルクは後述するように「三つのドイツ幻想」の第三の超短編に登場するが、「日常的ドイツの冒険」でも、現地で知りあった音楽好きの青年に関連づけて、つぎのように言及される。

> ヴォルフガング君のアパートはベルリンの壁際のトルコ人街のまんなかにある。(村上 1984c: 37)

この「トルコ人街」があるのがクロイツベルク地区で、この地区名は地区内のヴィクトリアパークにあるクロイツベルク(「十字山」を意味する地名)から取られている。この「十字山」の標高六六メートルは、平坦なベルリン市街地では自然の地形としては最高峰にあたる。ヘルマン・ゲーリング要塞はつぎの一文で始まる。

ヘルマン・ゲーリングはベルリンの丘をくりぬいて巨大な要塞を構築しながら、いったい何を想っていたのだろう？（村上 1984b: 12）

この「ベルリンの丘」は、誰がどう考えてもクロイツベルクにほかならない。ちなみに、その丘からはベルリンの壁が間近に見える、という状況があった。村上も得たこの景観が「巨大な要塞」の着想に繋がったと考えられる。

村上のナチスへの関心は、ドイツから帰ったあとも継続した。正確に言えば、ドイツ旅行を経て、むしろ深まったと言える。一九八六年には「ローマ帝国の崩壊・一八八一年のインディアン蜂起・ヒットラーのポーランド侵入・そして強風世界」という短編が発表された（同年、短編集『パン屋再襲撃』に収録）。一九九四年から一九九五年にかけて刊行された『ねじまき鳥クロニクル』はノモンハンでの戦争を描いていたが、その興味にしても、――二〇二〇年の『猫を棄てる』で説明された父親の問題などと合わせて――ナチスへの関心が作用していた可能性が高い。ソ連は西の端ではドイツと、東の端では日本と戦ったことを、思いだしていただきたい。

そして二〇一七年に刊行された『騎士団長殺し』ではまたもやナチスの主題が前景化された。この作品ではナチスによるオーストリア併合が重要なモティーフとして利用されている。

なお『騎士団長殺し』にいたるまで、村上はヒトラーをつねに「ヒットラー」と表記してきた。かつての日本では「ヒットラー」表記のほうが多かったが、現在ではほとんど「ヒトラー」に統一されている。Twitter のインフルエンサー、PsycheRadio（その正体は心理学者の渡邊芳之）は、二〇二一年一月二三日に「「ヒットラー」と書く人は60代以上。」とツイートしたが、まさにそのとおり、村上がどれだけ精神的に若々しくあろうとしても、「ヒットラー」と書くたびに、村上作品には老人の匂いのする霧がかかるのだ。村上が名著と呼んだ『第三帝国の興亡』ではすでに「ヒトラー」と表記されている。村上の家が購読していた『世界の歴史』でも「ヒトラー」と表記されている（村瀬 1962）。村上はどこから、この「こだわり」を得たのだろうか。編集者が「ヒットラーでは古すぎる」と進言すれば済む話だが、大ベストセラー作家がへそを曲げるのを恐れて指摘できないのだろうか。出版業に関わる者たちとしての倫理が問われる。

六　空中庭園と世界の終り

「三つのドイツ幻想」の第三の作品は「ヘルWの空中庭園」と題されている。

あらすじはつぎのとおり――西ベルリンにある壁のすぐそばのクロイツベルク地区の四階建てのビルの屋上に、ヘルWの空中庭園がある。一一月なので、その庭園は地味な外観だ。一見すると普通の屋上庭園に見えるが、一五センチ浮いている空中庭園だ。東側から監視が簡単な場所にあるため、冷や冷やすることもある。「どうしてもっと安全なところに庭園ごと移らないんですか？」と「僕」は尋ねる。ケルン、フランクフルト、せめて西ベルリンでももっと壁から離れた内側へ。ヘルWは「私はここが好きなんだよ」と答える。レコードからヘンデルの「水上の音楽」が流れる。夏の空中庭園は底抜けに楽しいから「今度は夏に来なさい」と彼は語る。ここにポリーニが来てシューマンを弾いたこともあった。「夏のベルリンは素敵だよ」とヘルWはさらに言う。「そんなわけでヘルWの空中庭園はベルリンの六月を待ちながら、今もクロイツベルクの上空に十五センチだけ浮かんでいるのだ」（村上 1984b: 61–62）。

「ヘルW」（ヘル・ヴェー）とは「ヴェルナー氏」（Herr Werner = Herr W.）を意味する。『BRUTUS』には、ペーター・ヴェルナー（表記はなかば英語風に「ピーター・ヴェルナー」となっている）が立つ屋上庭園の見開きの写真、複数のベルリンの壁の写真、ブランデンブルク門の写真などが掲載されていて、「ヘルWの空中庭園」はそれを眺めながら読むことができる。『BRUTUS』の編集部はつぎのように説明する。

ベルリンの町のほぼ中央を、曲がりくねりながら不作法に壁は築かれている。壁の何か所かに設けられた〝チェックポイント〟と呼ばれる検問所の一つ、モーリッツプラッツのチェックポイントのすぐ脇に、古びた大きな建物がある。ザロメ、キャステリ、フェッティングといったベルリンのニュー・ペインティングの旗手たちがこのビルディングに集まってアトリエを設け、いわゆる〈モーリッツプラッツ・グループ〉として世界の美術界にその名を知らしめた。その何人かは今ではニューヨークに移り、何人かは別のアトリエに移っているが、彼らの大兄とでもいうべきアーティスト、ピーター・ヴェルナーは、現在でも最上階に居を構え、妻のスザンヌ・マールハイマーと共に制作を続けている。（BRUTUS 1984: 60）

ライナー・フェッティング、ザロメ、ルツィアーノ・カステリ（ほかにベルント・ツィンマー、ヘルムート・ミッデンドルフなど）が集まり、「ニューペインティング」「新野獣派」「青年野獣派」「モーリッツ・ボーイズ」などの言葉で語られる前衛芸術運動に参加したことは歴史的事実だ。しかし「彼らの大兄というべき」ペーター・ヴェルナーやその妻スザンヌ・マールハイマーとは何者なのか。『BRUTUS』の編集部はさらに続ける。

1960年代、ピーター・ヴェルナーはドイツでも屈指の建築家だった。巨大企業のためにいくつもの高層ビルを設計し、名声を博していたのだが、ある日ふと嫌気がさして建築を捨て、インドに渡って心を澄ませてからベルリンに戻ってアーティストとして暮すようになった。この荒れ果てたビルディングを見つけたのもそのころである。彼はまず最上階を借りると、天井に開けられた小さな穴に梯子をかけ、土を買い、草の種を買って屋上に運び上げて、3年間かかって立派な庭園に仕上げたのである。晴れた日にはチェックポイントから東ベルリンのはるか彼方まで見おろすことができて、この草原はまるでベルリンの壁の上に浮かんだ空中庭園の

ヘルWとその庭（『BRUTUS』1984年4月15日号より）

ようになる。（: 60）

『BRUTUS』では見開きの写真（上図）が視覚的な効果を高めている。ヴェルナーに関する経歴はどこまで事実だろうか。関連しそうなドイツ語を使ってインターネットを検索しても、彼に関する情報は何も出てこない。おそらくヴェルナーは「モーリッツボーイズ」が集まっていたビルに入居した無名の日曜芸術家だったのではないだろうか。もしそうだとすると、『BRUTUS』の記事がムラカミエスクなものということになる。村上、『BRUTUS』取材班、編集部、ヴェルナーによるささやかな「共犯」と言って良い。

なお『世界の終りとハードボイルド・ワンダーランド』の「世界の終り」で「僕」とチェスをする大佐は、ヴェルナーをモデルとしていると思われる。

> 老人は何度か肯いて、また盤面をじっと睨んだ。勝負の趨勢はもう殆んどきまっており老人の勝利は確定したようなものだったが、彼はそれでもかさにかかって攻めたてることはせず、熟考に熟考をかさねた。彼にとってゲームとは他人を負かすことではなく自分自身の能力に挑むことなのだ。（村上 1985a: 121–122）

「自分自身の能力に挑む」ために真剣にチェスをやる大佐は、ベルリンの壁の近くで屋上庭園にいそしむヴェルナーと重なってくる。どちらも命懸けと言って良い心構えで遊んでいるからだ。さらにつぎのような記述がある。

僕が考えているあいだ、老人は窓際に行って厚いカーテンを指で小さく開け、その細いすきまから外の景色を眺めていた。(: 122)

窓から外の景色を眺める大佐の姿は、西ベルリンのビルの屋上から東ベルリンを展望するヴェルナーを想起させる。大佐は語る。

「私だってものごとのなりたちを何から何まで把握しておるというわけではない」と老人は静かに言った。「また口では説明できないこともあるし、説明してはならん筋合のこともある。しかし君は何も心配することはない。街はある意味では公平だ。君にとって必要なもの、君の知らねばならんものを、街はこれからひとつひとつ君の前に提示していくはずだ。君はそれをやはりひとつひとつ自分の手で学びとっていかねばならんのだ。いいかね、ここは完全な街なのだ。完全というのは何もかもがあるということだ。(: 123)。

謎めいているが独特の完結性を持っている街「世界の終り」は、壁で囲われている(村上 1985a: 164–167)。遠藤信治も指摘するように、この街が東西分断時代のベルリンをモデルにしていることは疑いようもない(遠藤 2007: 209)。『世界の終りとハードボイルド・ワンダーランド』の巻頭には、壁に囲われた「世界の終り」の地図が折りこまれている(次頁の上図を参照)。これはベルリンの壁によって分断されていたベルリン(次頁の下図、PIOSB 1962)を変形させたものだろう。村上は「三つのドイツ幻想」と「日常的ドイツの冒険」を発表した翌年に、『世界の終りとハードボイルド・ワンダーランド』を発表した。そしてヴェルナーの姿から、壁に囲まれた街を静かに眺め、

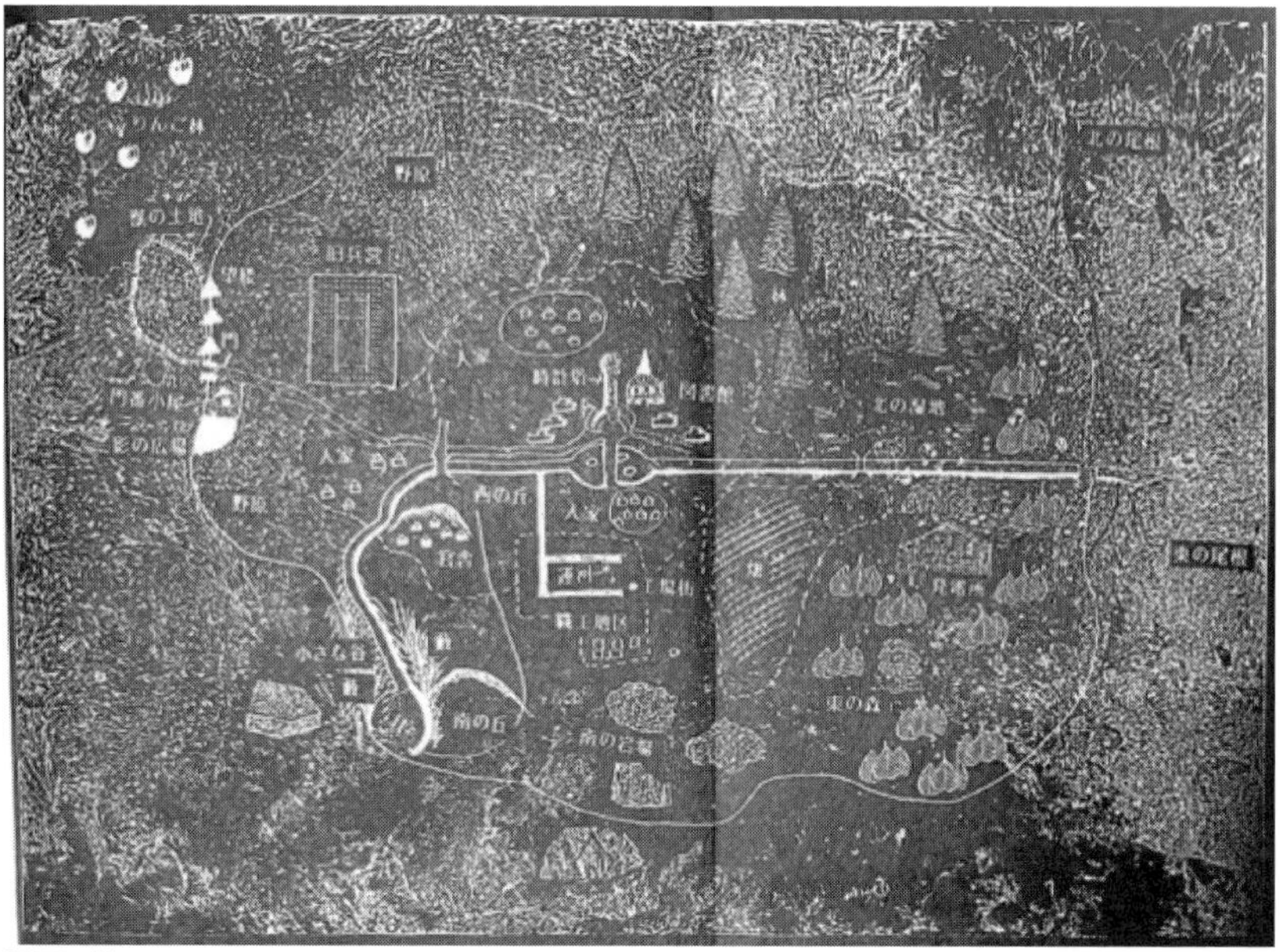

「世界の終り」

壁があった時代のベルリン

思いをめぐらせる年配の男性を造形したのだ。

ベルリンで村上が見た「壁」のイメージは、政治的な断絶の象徴へと育った。村上は二〇〇九年のエルサレム賞受賞講演で、イスラエル政府を批判して、つぎのように語ることになる。


ひとつだけメッセージを言わせて下さい。個人的なメッセージです。これは私が小説を書くときに、常に頭の中に留めていることです。紙に書いて壁に貼ってあるわけではありません。しかし頭の壁にそれは刻み込まれています。こういうことです。／**もしここに硬い大きな壁があり、そこにぶつかって割れる卵があったとしたら、私は常に卵の側に立ちます。**／そう、どれほど壁が正しく、卵が間違っていたとしても、それでもなお私は卵の側に立ちます。正しい正しくないは、ほかの誰かが決定することです。あるいは時間や歴史が決定することです。もし小説家がいかなる理由があれ、壁の側に立って作品を書いたとしたら、いったいその作家にどれほどの値打ちがあるでしょう？（村上 2011: 77–78）

おそらく、村上がここで直接的にイメージしているのは、エルサレムの「嘆きの壁」だろう。ユダヤ教で神聖視されてきた神殿を持ちだすことで、イスラエル政府を皮肉りたかった可能性がある。だが村上はやはり、国家と国民を分断したかつてのベルリンの壁を、嘆きの壁のイメージに重ね、ドイツのことを思いだしながら、この壁と卵の講演を語ったのではないか。

いずれにせよ、村上がかつてベルリンで実際に見た圧倒的な壁が、村上の脳裏に深く刻まれたことはまちがいない。一九八〇年代なかば、ベルリンの壁のイメージは、すでに発表されていた「街と、その不確かな壁」という「不足作」（第一章を参照）の壁を補強し、「世界の終り」の壁へと再構成された。

おわりに

「日常的ドイツの冒険」には、つぎのような一節がある。

一般のドイツ人に言わせるとトルコ人街に住むやつなんか反社会的ドロップアウトの屑だということになるのだけど、僕がトルコ人街で知りあった連中にはヴォルフガング君をはじめとして親切でインテリジェントでナイーブな人たちが多かった。東京には「あんなところに住むやつはみんな屑だ」と言われるような場所がなくて、それはそれで良いことなんだろうけれど、そのぶんいろんなことがほどほどに内向してしまうみたいだ。（村上 1984c: 37）

村上は「内向」的でないクロイツベルクに共感を抱いている。ベルリンのこの区域は、『BRUTUS』の編集部によってつぎのように説明されている。

壁際の汚らしいトルコ人街、爆撃と破壊の痕跡が未だ残る廃墟の町……真昼の暗闇に、甘く饐えた匂いが漂う町、クロイツベルク。常識人なら足を踏み入れない無法な解放区に、飛び切り生きのいいベルリンがある。失われた自由精神を求めて、創造の子たちはいまクロイツベルクに還る。（BRUTUS 1984: 70）

「自由精神を求めて、創造の子たち」が集まった当時のクロイツベルク。そこから村上は刺激を受けた。トルコからの移民たちが暮らす区域は、私たち日本人にとっても安らぎをもたらす。筆者はベルリンに研究滞在をしていた際、住んでいた学生の町フリードリヒスハイン地区（旧東側）と、すぐ隣のクロイツベルク地区（旧西側）を歩きまわり——両方の地区は二〇〇一年以降「フリードリヒスハイン・クロイツベルク区」としてひとつの行政区に統合されている——、疲れた心の回復を味わっていた。芸術が栄え、若者が多く、移民が活気づく場所は、いわば「よそ者の止まり木」のような役割を果たす。

繰りかえすとおり、本章で扱った渡独体験は村上にとってほとんどごく最初期の海外旅行だった。クロイツベルクで、外国に住んでも「よそ者の止まり木」を見つけることができると実感できた経験は、二年後からヨーロッパへ、そしてそのあとはアメリカへ移住するための心の支えになったと考えられる。「日常的ドイツの冒険」は単行本に収められず、一九八四年の『BRUTUS』は復刻掲載されても、単行本ではなく雑誌に載った。「三つのドイツ幻想」にしても、村上の作品として特に強烈な印象を残すことがないと考えられるから、彼のドイツ旅行はほとんど注目されない。しかしその旅行は、村上が作家として地歩を固めていく過程で、無視しえない里程標になった。村上はナチス・ドイツへの関心を高め、それはおそらく二〇年近くのちの、『世界の終りとハードボイルド・ワンダーランド』の続編として構想された『海辺のカフカ』や、三〇年以上のちの、ナチス・ドイツによるオーストリア併合を重要モティーフとして選んだ『騎士団長殺し』にまで影響を及ぼしただろう。

海外に旅行し、やがては海外で生活してみたいと村上は考えながら、海外の習慣や言語をサンプリングし、自分の体を通して日本語と外国語が交錯するという翻訳状況を体感し、自分を新しい存在へとアダプテーションしようと試み、海外にも日本にも批評的な眼差しを投げかけただろう。村上はそのような行為を無際限に繰りかえしたはずだ。そのような彼の生身を使ってのサンプリング、翻訳、アダプテーション、批評、研究という一連の活動の初期に、本章で扱った渡独体験は位置しているのだ。

第四章　『国境の南、太陽の西』とその英訳、新旧ドイツ語訳

一　はじめに

村上春樹の作品は、いまでは世界各地で読まれている。ドイツの翻訳家ウルズラ・グレーフェは、村上の作品が人気を博している理由をこのように語っている。

村上は、あちらこちらの都市に住むたくさんの孤独な人々の生活態度を、完璧に捉えています。それらの人々は、必ずしも孤独に苦しんでいるわけではないけれど、自分自身をどうすれば良いのかよくわかっていません。加えて、村上の支配者的ではない主人公が、多くの女性読者にアピールしているようです。（Messmer 2002）

村上作品が都市生活者の生き方を的確に捉えていること、男性的権威から解放された村上作品の主人公――この見解に異論のあるフェミニストも珍しくないと思われるが――が、人気だということ、特に女性の読者にとってそうだということが指摘されている。

このように述べるグレーフェは、本章の中心に据える村上の長編小説『国境の南、太陽の西』の新訳を含めて、多くの村上作品を翻訳してきた実力者だ。この作品の旧訳は、ドイツで有名な論争を起こした。この騒動から二〇年以上が経ったいま、全体の状況を振りかえるだけの時は熟していると言えるだろう。

二　作品に関する基本事項

まず長編小説『国境の南、太陽の西』の梗概を記す。

一九五一年に生まれた主人公の「僕」は、20世紀後半の最初の年に生まれたということから、「始」という名前を持つ。主人公はこの世代には珍しいひとりっ子だということに、ひそかな劣等感を抱いている。

主人公は小学五年生のとき、左足に小児麻痺の後遺症を残す少女・島本さんと交流し、彼女の家でナット・キング・コールの「国境の南」を聴く。ふたりは中学で離ればなれになり、主人公は高校二年生のときにイズミという初めての恋人を持つ。しかし主人公はイズミを介して知りあった彼女の従妹と性的な享楽をむさぼるようになり、イズミを取りかえしがつかないほど深く傷つけてしまう。

主人公は大学に入り、結婚し、ふたりの娘に恵まれる。妻の父親の援助を受けて、東京の青山でジャズバーを二軒も経営しているが、失意と孤独を感じている。二八歳のとき、街中で島本さんらしき女性を発見したが、謎の男に追跡を阻止されたという出来事があった。それから八年が過ぎて、島本さんはついに主人公のバーに姿を現す。主人公は島本さんと石川県に行き、彼女は死んだ赤ん坊の灰を川に流す。帰り道で島本さんは仮死状態に陥り、その瞳の奥に主人公は死の世界を見る。

島本さんは主人公の前からふたたび姿を消すが、半年後にバーにまた現れる。主人公は彼女を箱根の別荘に誘い、妻に電話で嘘をつく。主人公と島本さんは別荘で愛の交歓に耽る。島本さんは、明日になったら謎めいた彼女の秘密をすべてを明かすと約束しつつ、朝になると彼女の姿はもはやどこにもない。

それからしばらく経って、主人公はタクシーの窓越しにイズミの姿を目撃する。以前、主人公はかつての同級生からイズミが近所の子どもたちに怖がられながら生きていると聞いたことがあったのだが、主人公にその理由が明らかとなった。彼女は、その顔にいかなる表情もない人間になっていたのだ。主人公はじぶんの孤独、苦悩、過ちを受けいれてくれた妻とともに生きることを決意するものの、物語は茫洋とした印象とともに終わる。

村上の人気はすでに確立していたために、『国境の南、太陽の西』はかなりの部数を売りあげたが、当初の批評には否定的なものが多かった。『週刊文春』は以下のように、それをよく伝えている（週刊文春 1992a: 228–230）。

典型的には、初期の村上と親交を築き、村上らの原稿を無断で流出させたために、死後に村上らから批判を受けた安原顯が、「ハッキリ言って、これは安っぽいハーレクイン・ロマンスですぞ」と――安原自身の話ぶりが安っぽいが――攻撃した。『週刊文春』側はハーレクイン・ロマンスの前編集長、椎名芙美枝にも取材し、「ハーレクインとは全然違いますよ」と否定的なコメントを得ている。だが当時は、人気作家だった山田詠美と吉本ばなな、文芸評論家の川村湊と向井敏らも否定的だった。加藤典洋は「ほめるのは僕くらいじゃないかな」と応答する。「砂漠のような状態で人はどう生きるか。大事なものを抉り取られて生きていく、このリアリティーが伝わるかどうかが問題なんですが、僕にはそれが感じられた」（週刊文春 1992a: 230）。

この記事に続いて、作者の村上がコメントを寄稿している（週刊文春 1992b: 231–232）。曰く、「この作品は何年かたつとだんだん味が出てくるんじゃないかな。ワインでもあるでしょう。最初飲んであまり印象的じゃないんで、台所の隅に置いておいて、何ヵ月かたって飲んでみたらがらっと味が変わっておいしくなっていたというようなのが」。実際、村上の予見どおり、この作品の評価は現在では高まっている。早い段階では、福田和也が『ダンス・ダンス・ダンス』（一九八八年）から『ねじまき鳥クロニクル』（一九九四〜一九九五年）に至るまでの村上の作風の変化について、適切な見取り図を提示した。それによると、この小説が見せたのは「村上的個人が少しずつ育んできた「闇」の領域を、「見ることも感じることもできないもの」として小説の核心に据えるための、つまり描く対象が「関係」から「衝動」へと変化する上での、否応の無い作風の変化であり、対象をめぐる転回だった」（福田 1994: 291）。『村上春樹作品研究事典』で、初期の研究史を整理した森本隆子は「本作の読みは、タイトルでもある〈国境の南〉と〈太陽の西〉の解明に尽きるように思われる」と指摘する（森本 2007: 72）。作中で島本さんが「国境の南、太陽の西」と口にする（村上 1992: 239）。ナット・キング・コールは「国境の南」でメキシコのことを歌っていたが、子どもの頃の「僕」はそのことに思いいたらず、「国境の南にはいったい何があるんだろう」と思案した（村上 1992: 20）。島本さんは「太陽の西」について、「ヒステリア・シベリアナ」――村上が創作した精神疾患――を説明する。シベリアの農夫が、太陽が東から昇り西に沈むのを毎日観察しているうちに、その農夫の内部で「何かがぷつんと切れて死んでしまう」。農夫は太陽の西を目指して歩きつづけ、地面に倒れて死ぬ（: 239–241）。

国境の南には謎めいた何かではなく、メキシコがある。だが太陽の西には死が広がっている。『国境の南、太陽の西』は、この死の世界に直面する物語だ。作品のクライマックスは「僕」と島本さんの性交場面だが、「僕」は島本さんの瞳の奥に「地底の氷河のように硬く凍りついた暗黒の空間」があったことを思いだし、「それは僕が生まれて初めて目にした死の光景だった」、「死はありのままの姿で僕のすぐ前にあった」と考える（: 251）。内田樹は「村上春樹の作品はほぼすべてが「幽霊」話である」と指摘したが（内田 2007: 58）、本作は村上の全作品中でもその特徴をとりわけ明瞭に見せた一作と言えるのではないか。

三　ドイツでの論争

一九八七年に刊行された『ノルウェイの森』の効果で、それまで国内でマニアックな人気を集めていた村上は、一挙にベストセラー作家にのしあがった。これを受けて、講談社は村上を海外市場に乗せるために協力し、世界的作家になるためのエンジンを吹かせた（辛島 2018: 71–74）。

村上の作品が初めてドイツで紹介されたのは、その少し前になる。短編小説「ローマ帝国の崩壊・一八八一年のインディアン蜂起・ヒットラーのポーランド侵入・そして強風世界」が一〇〇年以上の歴史を誇る権威ある文芸誌『ディー・ノイエ・ルントシャウ』に掲載された（Murakami 1987）。長編小説のうちでは、村上の最初の長編作品、日本では一九八二年に刊行されていた『羊をめぐる冒険』が、一九九一年に『野生羊狩り』として翻訳された（Murakami 1991b）。つづいて、一九八五年に刊行されていた『世界の終りとハードボイルド・ワンダーランド』が、一九九五年に『ハードボイルド・ワンダーランドと世界の終り』としてドイツ語訳が刊行された（Murakami 1995）。

村上作品がドイツに紹介されるこれらの初期段階で、翻訳者としてもっとも活躍したのはユルゲン・シュタルフだった。彼は「村上春樹は、簡潔に言えば、ドイツ人読者がそれまでに見知っていた日本とは、全く異質なものを与えてくれる」、「彼の短篇や長篇を形づくるのは、着物でも満開の桜でも、また研ぎ澄まされた東洋の美学でも、不可解な闇に閉ざされた日本精神の底流でもない」と述べ、「缶ビールを片手に、自分が（さもなくば誰かが）最初に失ったもの――超能力と権力への飽くなき野望を秘めた神秘的な羊や、かつての相棒〈鼠〉であり、あるいは自身の心であり、象であり、ときにはただのパンである――を常に探し求めて、インディ・ジョーンズばりの冒険を次から次へと繰りひろげるクールな主人公」が活躍することに魅力があると要約した（シュタルフ 1995: 105–106）。

だがドイツ語翻訳には、問題のある作品がいくつか含まれていた。一九九八年に『ねじまき鳥クロニクル』が『ミスターねじまき鳥』として、二〇〇〇年に『国境の南、太陽の西』が『危険な愛人』として刊行されたのだが、この長編二作は英語からの重訳だったのだ（Murakami 1998a; Murakami 2000a）。そして、ドイツで村上が大きく注目されたのは、後者の『危険な愛人』をめぐってだった。というのも、この作品は二〇〇〇年六月三〇日にZDF（ドイツ第二テレビ）が放映した人気番組『文学カルテット』（*Das Literarische Quartett*）で激しく議論され、それがスキャンダルとして報道されたからだ。

この放送で、「文学界の教皇」と呼ばれていた八〇歳のマルセル・ライヒ・ラニツキは『危険な愛人』を「尋常ではない繊細さと最高の強度を持つ、高度にエロティックなみずから高まりゆく小説」だと絶賛し、それに対して女性批評家ジーグリット・レフラーは同作を「この作品には退場宣告をしたい。文学版ファーストフード、マクドナルドです。こんなものは文学じゃない。言語じゃない。非言語的で非芸術的な世迷言です」と罵倒し、低俗なポルノグラフィーに過ぎないと否定した。彼らの激論の背景には両者の長年の確執が横たわっていたのだが、その経緯や当日の状況については詳細な紹介があるため、本書では割愛したい（遠山 2001: 86–95）。

番組の放映後、ドイツのさまざまな専門家たちが『危険な愛人』について見解を提出した。トーマス・ポイスは、読者は読後に「皮肉を込めて振りかえる」ことによってのみ、この小説の「ゲテモノぶり」を耐えられると批判した（Poiss 2000: 41）日本学者のヘルベルト・ヴォルムは冷静に、『危険な愛人』は日本語原文を直訳したものではなく、アメリカ英語の重訳だということに注意を促した。彼によると、ドイツ語訳の「異様に引きつった、やりすぎで、誇大な言葉づかい」は原典に忠実ではなく、むしろアメリカ英語訳——訳者はフィリップ・ゲイブリエル——に呼応していて、「いずれの翻訳も誤りを犯すために全力を尽くしていて、肌触りをつかめていない」と語る（Worm 2000: 41）。宮谷尚実は、村上の日本語がアメリカ英語で俗語に訳され、それがドイツ語にそのまま流れこんでいることに注意を促した（宮谷 2001: 283）。ズザンネ・メスマーは、アメリカ英語版では、会話の雰囲気にすてきでくつろいだ印象の、やや愛想よく聞こえる要素があるが、それがドイツ語に訳されると「致命的に下品になってしまう」と指摘している（Messmer 2002）。

村上は当時、この論争について、日本の雑誌『anan』でユーモラスに応答した。彼は、自分が作家としてデビューした時点から、作品に「かなり問題がある」と言われてきたことを話題にして、「だからさ、もともとかなり問題あるんですよ、ほんとの話」と語る（村上 2001: 106–109）。『ノルウェイの森』冒頭に出てくる表現で言えば、村上は「やれやれ、またドイツか」と思っていたかもしれない。

ところで村上は、『危険な愛人』が刊行される前の一九九九年一一月に、柴田元幸と対談し、重訳について意見を述べる機会があった。

> 僕は実を言いますと、重訳ってわりに好きなんですよね。僕はちょっと変なのが好きだから、重訳とか、映画のノベライゼーションとか、興味あります。（村上／柴田 2000: 82）
>
> バルザックを英語で読んだりとか、ドストエフスキーを英語で読んでるとね、けっこうおもしろいんですよね。不思議な味わいがある。（: 84）
>
> 僕の小説がそういうふうに重訳をされているということから、書いた本人として思うのは、べつにそれでもいいじゃないかって（笑）。多少誤訳があっても、多少事実関係が違ってても、べつにいいじゃない、とまでは言わないけど、もっと大事なものはありますよね。僕は細かい表現レベルのことよりは、もっと大きな物語レベルのものさえ伝わってくれればそれでいいやっていう部分はあります。（: 84）

スピードって大事ですよね。たとえば僕がいま本を書いて、それが十五年後にひょいとノルウェー語に訳されたとして、それはそれでもちろん嬉しいんだけど、それよりは二年後、三年後にいくぶん不正確な訳であって

も出てくれたほうがありがたいですよね。（: 84–85）

これは賞味期限の問題だと思うんです。小説には時代的インパクトというものがあるし、同時代的に読まなくちゃいけない作品も、やはりあると思いますよ。（: 85）

重訳には「ちょっと変なの」としての独特な魅力があること、細部よりは物語全体が伝わることに関心があること、また新作には鮮度があるために、早く翻訳されることが重要だと持論を述べたのだった。

論争が一段落したのち、ドイツでの経緯を紹介したイルメラ・日地谷＝キルシュネライトは、村上を「英語ヘゲモニーを内在化させる作家」として非難した（日地谷＝キルシュネライト 2001: 198）。村上に英語帝国主義を思わせる側面があるのは否定しきれないが、村上は日地谷＝キルシュネライトによる批判の射程を超えた作家だということを、圓月優子が指摘している。というのも、村上はこの論争ののちに短編小説「レーダーホーゼン」の英訳（アルフレッド・バーンバウム訳）を典拠として、その誤訳も含めて日本語に忠実に再翻訳し、別の版を作りだしてしまったからだ（圓月 2010: 610–611）。それは重訳を焦点とした彼自身に関する論争への、ムラカミエスクな回答だった。

英語が得意な日本人が、ヨーロッパの古典的な小説を英語で読んで魅力的と述べるのは、いかにも野蛮で趣味の洗練を欠いたものに見えるが、村上が「言語は英語さえあれば充分」「自分は日本語と英語だけで良い」と考えるような単純な英語帝国主義者でないことは指摘しておきたい。それは村上がラジオで語ったつぎのような見解が示している。

僕は英語のヒットソングを、英語以外の言語でカバーしているレコードがなぜか好きで、けっこう熱心に集めています。翻訳の仕事もしているので、どうしてもそういう言語の置き替えみたいなことに興味があるんですね。／たとえばノルウェイ語で歌うビーチボーイズとか、中国語で歌うカーペンターズとか、そういうのってすごく面白い。日本では簡単に入手できないので、外国に旅行したときにレコード屋をせっせと回って漁ります。いつもタイトルが英語で書いてあるわけではないので、見つけるのは大変です。暇がないとなかなかできることじゃないけど、やってもあんまり人生の役に立つことじゃないしね。（村上 2019a）

村上が英語をこよなく愛している、もしかすると愛しすぎていることは疑えないとしても、「純正な英語だけを追いもとめる」「英語以外の言語を顧みない」といった愛し方ではなく、英語が別の言語に置きかわるさまも楽しんでいるのだ。ここには村上なりの英語に対する独特な公平さがある。

四　性描写と死の世界

『危険な恋人』を契機としてドイツでの村上人気は定着し、二〇一三年には日本語原典からの直接訳が刊行された。訳者はグレーフェで、訳題は *Südlich der Grenze, westlich der Sonne*、つまり原題の『国境の南、太陽の西』に忠実な書名だった。

この書名が仄めかすように、訳文も日本語にできるだけ忠実に整えられている。新旧の翻訳を比較すると、ジモーネ・ハムが指摘するように、新訳は旧訳に比べて「よりやわらかく、より丸みを帯びていて、無礼さが薄まっていて」、「より繊細で、より静けさがあり、より謎めいている」。ハムは、グレーフェの翻訳が「ほとんど臨床的」で、「ひんやりしてて、無菌的で、ときにはほとんど平凡」であると指摘している（Hamm 2014）。

『危険な愛人』で特に問題視されたのは、性的表現の下品さだった。番組のなかで、レフラーは具体例を挙げて弾劾した。「僕は君の従姉と寝たかった。脳みそがドロドロになるまで、彼女とエッチしちゃいたかったよ――

一千回、考えられるどんな体位でも」（Ich wollte mit deiner Cousine schlafen; ich wollte sie bis zur Hirnerweichung vögeln – tausendmal, in jeder erdenklichen Stellung）（Murakami 2000a: 50）。この一節は、原典では「僕は君の従姉と寝たい。脳味噌が溶けるくらいセックスをしたい。ありとあらゆる体位を使って千回くらいやりたい」と記されている（村上 1992: 62–63）。アメリカ英語版では「僕は君の従姉と寝たかった。脳みそが焼けつくまで彼女とヤリたかったんだ――一千回、考えられるどんな体位でも」（I wanted to sleep with your cousin; I wanted to screw her till my brains fried — a thousand times, in every position imaginable）（Murakami 1998a: 46–47）だったが、ドイツ語の旧訳はこれをさらに悪化させている。エリザベス・シェーラーの指摘どおり、旧訳は読者に――溶ける脳のイメージから――「梅毒を連想させる」可能性があり、また村上が女性を性的搾取の対象として描くのを好んでいるという印象を与えてしまう（Scherer 2014）。新訳ではどうか。グレーフェの訳は原典より簡潔なぐらいだ。「僕は君の従姉と寝たい。脳が溶けるまでセックスしたい。ありとあらゆる体位を使って千回でも」になっている（Murakami 2013: 50）。この一文はこの版では、可能なかぎり日本語原典が踏襲されている。

「僕」と島本さんの性交場面にも眼を向けてみよう。この場面は表面的には卑俗そのものだ。

彼女は僕のペニスと睾丸を手のひらでそっと包んだ。「素敵」と彼女は言った。「このままぜんぶ食べてしまいたい」

「食べられると困る」と僕は言った。

「でも食べてしまいたい」と彼女は言った。彼女はまるで正確な重さを測るように、僕の睾丸をいつまでもじっと掌に載せていた。そしてとても大事そうに僕のペニスをゆっくりと舐めて吸った。それから僕の顔を見た。「ねえ、いちばん最初は私の好きなようにさせてくれる？　私のやりたいようにさせてくれる？」（村上 1992: 250）

「僕」が同意すると、島本さんは独特な性交渉を始める。

彼女は僕に床に膝をつかせたまま、左手で僕の腰を抱いた。そして彼女はワンピースを着たまま片手でストッキングを脱ぎ、パンティーを取った。それから右手で僕のペニスと睾丸を持ち、舌で舐めた。そしてスカートの中に自分の手を入れた。そして僕のペニスを吸いながら、その手をゆっくりと動かし始めた。（: 251）

このように――ドイツで評価されたように――「ゲテモノぶり」がきわまった描写の最中に、しかしながら「僕」は死の世界に直面する。しかもそれはじっくりと書かれている。そしてその一部が、遠山義孝が指摘するようにドイツ語の旧訳では削除されていた（遠山 2001: 98）。日本語原典にあるこの一節だ。

僕はそれまでに身近だった誰かを亡くしたという体験を持たなかった。目の前で誰かが死んでいくのを目にしたこともなかった。（: 251）

そして、その理由は英訳がこの部分（Murakami 2013: 183）を割愛しているからなのだ。村上の叙述は、ときとしてくどい印象を与えるが、しかしキッチュな印象を与える性交の場面で、くどい仕方で、その性交が死への世界に直面することだと強調されている事実は、決定的な意味を持つ。このような記述をピンポイントで省略する翻訳は、やはり問題があるというほかないだろう。

シェーラーは、アメリカ英語版は、日本人の固定観念に同調しているのではないかという疑いを提示している。日本人――あるいは日本人を含めた東アジア人――は性的で下品だという偏見が欧米社会では広く流通している。アメリカ英語版が、この固定観念によって歪み、ドイツの旧訳がそれをそのまま採用したという見取り図だ。筆者は、この大きな問題に妥当な回答を与えることはできない。だがドイツの新訳で、旧訳にあった陳腐な表現や、越権行為じみた省略が回避されていることはたしかだ。

村上作品の重要な要素のひとつは、いくぶん具体的な、いくぶん抽象的なエロティシズムにある。エロティシズムは心を昂らせるものと見なされるのが普通だ。だが村上のエロティシズムは、心を萎えさせる死の要素と不可分という特徴を持つ。村上作品の主人公たちはエロスに耽溺しながら、死の寸前まで転落する。その絶妙な様子を、新訳は表現することができている。

五 「損なう」と「損なわれる」

『風の歌を聴け』の冒頭の文、「完璧な文章などといったものは存在しない。完璧な絶望が存在しないようにね」(村上 1979: 3)を本章の主題に照らし、つぎのように変形させてみよう。「完璧な翻訳などといったものは存在しない。完璧な原典が存在しないようにね」。

グレーフェによる新訳も完璧な翻訳ではない。彼女は、村上が「損なう」と「損なわれる」という鍵語を使用することを充分には理解していない。村上は、日本で二〇〇二年に刊行した長編小説『海辺のカフカ』で、この彼独特の用語法に言及している。一五歳の「僕」に、佐伯さんが「家出をしなくてはならない、はっきりした理由のものはあったの?」と尋ね、「僕」は答える。

「そこにいると、自分があとに引き返せないくらい損なわれていくような気がしたんです」と僕は言う。

「損なわれる?」と佐伯さんは言って目を細める。

「はい」と僕は言う。

彼女は少し間を置いて、それから言う。「あなたくらいの歳の男の子が損なわれるっていうような言葉を使うのは、私にはなんとなく不思議な気がするのよ。興味をひかれると言ってもいいんだけど……。それで、もっと具体的に言うとどういうことなのかしら。あなたの言う損なわれるってことは？」（村上 2002a 下：33–34）

佐伯さんの問いに対して、「僕」は答える。

「自分があるべきではない姿に変えられてしまう、ということです」

佐伯さんは興味深そうに僕を見る。「でも時間というものがあるかぎり、誰もが結局は損なわれて、姿を変えられていくものじゃないかしら。遅かれ早かれ」

「たとえいつかは損なわれてしまうにせよ、引き返すことのできる場所は必要です」

「引き返すことのできる場所？」

「引き返す価値のある場所のことです」

佐伯さんは正面から僕の顔をじっと見ている。（：34）

主人公は「損なわれる」の語義を「自分があるべきではない姿に変えられてしまう、ということ」と説明している。この作品をドイツ語に翻訳したグレーフェは、「損なわれる」を〈Schaden erleiden〉（損害を受ける）と可能なかぎり正しく訳している。ただしその語義は〈etwas zu werden, das ich nicht sein will〉と意訳されている（Murakami 2004: 339–340）。これは「僕がそうでありたくないものになってしまう」という意味だ。つまり原文にあった義務と受動の意味が失われているから、この意訳が的確かどうかについては、議論の余地がある。ゲイブリエルの英訳では「損なわれる」は〈damaged〉（損害を受ける）、語義は〈I'd change into something I shouldn't〉（僕がそうであるべきでは何かに変わってしまうこと）と訳されている（Murakami 2005: 325–326）。単語はやはり可能なかぎり正しく訳されているが、その語釈からは、義務が保たれつつも、受動が失われている。したがって、これも的確な訳出かどうかについては、議論の余地がある。

「損なわれる」が別の角度から叙述された村上作品として、短編小説「めくらやなぎと、眠る女」を見てみよう。この短編小説は当初、作品名に読点がない「めくらやなぎと眠る女」として発表され、のちに改稿されて別の版が生まれ、作品名に読点が付けられた。「めくらやなぎと眠る女」の結末は、つぎのように叙述されている。


僕といとこはそれ以上は何もしゃべらず、坂道の先の方にキラキラと光っている海を見ながら、ベンチに並んで二人でバスを待っていた。

僕は、その沈黙の中で、いとこの耳の中に巣喰っているのかもしれない無数の微少な蠅のことを考えてみた。六本の足にべっとりと花粉をつけていとこの耳に入りこみ、その中でやわらかな肉をむさぼり食っている蠅のことをだ。じっとこうしてバスを待っているあいだにも、彼らはいとこの薄桃色の肉の中にもぐりこみ、汁をすすり、脳の中に卵を産みつけているのだ。そして時の階段をゆっくりと上方に向ってよじのぼりつづけているのだ。誰も彼らの存在には気づかない。彼らの体はあまりにも小さく、彼らの羽音はあまりにも低いのだ。

「28番」といとこが言った。「28番のバスでいいんでしょ？」

坂道の右手の大きなカーブを一台のバスがこちらに向って曲がってくるのが見えた。見覚えのある古い型のバスで、正面に「28」という番号の札がかかっていた。僕はベンチから立ちあがって片手を上げ、バスの運転手に合図をした。いとこは手のひらを広げてもう一度小銭を数えなおした。そして僕といとこは二人で肩を並べるようにして、バスの扉が開くのを待った。（村上 1984d: 154–155）

平穏な現実の次元に、悪夢的な叙述が侵入してくる。ムラカミエスクな場面だが、ここには「損なわれる」という語は用いられていない。だが「めくらやなぎと、眠る女」では同じ場面がつぎのように改稿されている。

「28番」、少しあとでいとこが僕の方を向いて言った。「28番のバスでいいんでしょう?」

僕はずっと何かを考えていた。そう言われて顔をあげると、バスが上り坂のカーブを速度を落として曲がってくるのが見えた。さっきの新型のバスではなくて、見覚えのある昔のバスだ。正面には〈28〉という番号がかかっている。僕はベンチから立ち上がろうとした。でもうまく立ち上がれなかった。まるで強い流れの真ん中にいるみたいに、手足を思い通りに動かすことができなかった。

僕はそのとき、あの夏の午後にお見舞いに持っていったチョコレートの箱のことを考えていた。彼女が嬉しそうに箱のふたを開けたとき、その一ダースの小さなチョコレートは見る影もなく溶けて、しきりの紙や箱のふたにべっとりとくっついてしまっていた。僕と友だちは病院に来る途中、海岸にバイクを停めた。そして二人で砂浜に寝ころんでいろんな話をした。そのあいだ、僕らはチョコレートの箱を、激しい八月の日差しの下に出しっぱなしにしていた。そしてその菓子は、僕らの不注意と傲慢さによって損なわれ、かたちを崩し、失われていった。僕らはそのことについて何かを感じなくてはならなかったはずだ。誰でもいい、誰かが少しでも意味のあることを言わなくてはならなかったはずだ。でもその午後、僕らは何を感じることもなく、つまらない冗談を言いあってそのまま別れただけだった。そしてあの丘を、めくらやなぎのはびこるまま置きざりにしてしまったのだ。

いとこが僕の右腕を強い力でつかんだ。

「大丈夫?」といとこが尋ねた。

僕は意識を現実に戻し、ベンチから立ち上がった。今度はうまく立ち上がることができた。吹き過ぎてゆく五月の懐かしい風を、もう一度肌に感じることができた。僕はそれからほんの何秒かのあいだ、薄暗い奇妙な場所に立っていた。目に見えるものが存在せず、目に見えないものが存在する場所に。でもやがて目の前に現実の28番のバスが留まり、その現実の扉が開くことになる。そして僕はそこに乗り込み、どこか別の場所に向かうことになる。

僕はいとこの肩に手を置いた。「大丈夫だよ」と僕は言った。（村上 2009d: 38–39）

ここでは悪夢的世界の現実への侵入が、チョコレート菓子が「損なわれ、形をくずし、失われていった」と表現されている。「めくらやなぎと、眠る女」をドイツ語に翻訳したグレーフェは、この一節を〈Die ganze Zeit über hatten wir die Pralinen in der glühenden Augustsonne liegen lassen. Durch unsere Achtlosigkeit, unsere Selbstsucht waren sie ungenießbar geworden.〉、つまり「そのあいだずっと、僕らはチョコレート菓子を八月の炎天下で放置していた。僕らの不注意、私たちの利己心によって、それはおいしくなくなってしまった」と無邪気に訳している（Murakami 2008: 32）。しかし、ここは〈Durch unsere Achtlosigkeit und Arroganz haben sie Schaden erlitten, ihre Gestalt ist zerstört und verloren.〉、つまり「その菓子は、僕らの不注意と傲慢さによって、損なわれ、そのかたちが崩され、失われていった」と、原文に忠実に訳すべき箇所だ。もっともグレーフェのみを非難するのは公平さを欠いている。英訳者ゲイブリエルも同様の失態を見せている。彼は〈Our carelessness, our self-centeredness, had wrecked those chocolates, made one fine mess of them all.〉、つまり「僕らの不注意、自己中心的な行動が、チョコレートを台無しにしてしまっていた」と無邪気に訳していて、やはり「損なわれる」の語義に自覚的ではない（Murakami 2006: 18）。グレーフェもゲイブリエルも共通して、『海辺のカフカ』を訳したあとに「めくらやなぎと、眠る女」を訳したが、村上が「損なわれる」という語に込めようとしている独特の世界観を翻訳に反映できなかった。

ここで『国境の南、太陽の西』に戻りたい。「僕」は大学に入ったときに「もう一度新しい街に移って、もう一度新しい自己を獲得して、もう一度新しい生活を始めようとし」、「新しい人間になることによって、過ちを訂正しようと」考える。しかし、「結局のところ、僕はどこまでいってもやはり僕でしかなかった」と語られる。

僕は同じ間違いを繰り返し、同じように人を傷つけ、そして自分を損なっていくことになった。（村上 1992: 64–65）

グレーフェは「損なわれる」を〈Schaden erleiden〉と訳していたが、これに対応させるならば、「損なう」は〈Schaden zufügen〉が妥当と思われる。しかし、ドイツ語の新訳版『国境の南、太陽の西』でこの箇所を〈Ich beging dieselben Fehler, tat anderen weh und damit auch mir selbst.〉、つまり「でも結局は、僕はどこに行こうが、いつも僕自身だった。僕は同じ間違いを繰り返し、他者を傷つけ、そうやって自分も傷つけたのだった」と訳している（Murakami 2013: 52）。これは誤訳と言っても良いのではないか。ただし英訳でもゲイブリエルはこの箇所を〈Over and over I made the same mistake, hurt other people, and hurt myself in the bargain.〉、つまり「僕は何度も同じ失敗を繰り返し、人を傷つけ、おまけに自分も傷ついた」と訳しているから、同じ仕方で誤訳したと言える（Murakami 1998a: 48）。彼が『海辺のカフカ』で正しく用いた〈damage〉と言う語は用いられていない。

アメリカではゲイブリエルが『国境の南、太陽の西』を一九九八年に、『海辺のカフカ』を二〇〇五年に、「めくらやなぎと、眠る女」を二〇〇六年に翻訳した。しかし彼が、村上の「損なう」と「損なわれる」の語を、村上の世界観を踏まえて正確に訳したのは、『海辺のカフカ』だけだった。ドイツではグレーフェが『海辺のカフカ』を二〇〇四年に、「めくらやなぎと、眠る女」を二〇〇八年に、『国境の南、太陽の西』を二〇一三年に翻訳した、しかし、彼女の場合も同様だった。『海辺のカフカ』のあとに『国境の南、太陽の西』を翻訳したのに、村上の「損なう」と「損なわれる」の用語法に対して繊細になることができなかった。翻訳とは、このように困難を要する作業なのだ。

おわりに、あるいは装丁

グレーフェ訳は、以上に見てきたように旧訳の様々な欠陥を克服したが、やはり完璧な翻訳ではない。最後に、他方で旧訳もまったく評価できないたぐいのものではなかったことを弁護しておきたい。

『ノルウェイの森』は、スペイン語では *Tokio Blues*、カタロニア語では *Tòquio blues*、つまり『東京ブルース』と訳されている。この訳題には多くの日本人が首を傾げざるをえないはずだが、ドイツ語訳も負けていない。グレーフェによるドイツ語訳が二〇〇一年に刊行されたが、作品名は *Naokos Lächeln*、つまり『直子のほほえみ』だ。直子はヒロインの名前だが、この作品名には、ステレオタイプが含まれている。書名に〈Naoko〉を含みこんだのは、日本人女性には「〜子」という名前が多いという海外でも広く知られた知見を利用しているからだ。この措置によって、『直子のほほえみ』は読者に対して、エキゾチックな日本女性のイメージを喚起することができる。「ほほえみ」も同様の機能を帯びる。謎めいた微笑は、日本人や東アジア人に関する西洋の固定観念として定着している。だから『直子のほほえみ』は一種のオリエンタリズムなのだ。それに比べれば、この作品の前年に刊行されていた『危険な愛人』は決して悪くない作品名だった。

装丁に関しても述べておきたい。村上作品がドイツに紹介されてしばらくのあいだ、各書籍のジャケットデザインは、ステレオタイプを剝き出しにしていた。一九九一年に刊行された『野生羊狩り』（ズーアカンプ社【図1】）では、満員電車がジャケットに選ばれた。一九九五年の『ハードボイルド・ワンダーランドと世界の終り』（ズーアカンプ社【図2】）では、眼をうっすらと開いている少女がジャケットに選ばれた。一九九八年に刊行された『四月のある晴れた朝に僕はどのように100パーセントの女の子を目撃したか』（ローヴォルト社【図3】）では、よりによって浮世絵風の芸者だ。日本人の作品だということを示すためだけに、村上の作品の本質とは無関係なものが、図案に

図1『野生羊狩り』ズーアカンプ社

図2『ハードボイルド・ワンダーランドと世界の終り』ズーアカンプ社

図3『四月のある晴れた朝に僕はどのように１００パーセントの女の子を目撃したか』ローヴォルト社

選ばれていた。村上作品が人気を確立し、別の出版社のbtb社から廉価版が刊行されると、これらの表紙は洗練されたものへと置き換えられた（【図4】【図5】【図6】）。

村上作品のジャケットは、二〇世紀から二一世紀に転換する頃から改善されるようになった。一九九八年に刊行された『ミスターねじまき鳥』（【図7】）、二〇〇一年に刊行された『直子のほほえみ』（【図8】）、二〇〇二年に刊行された『スプートニクのスィートハート』（【図9】）、二〇〇四年に刊行された『海辺のカフカ』（【図10】）では、一挙にステレオタイプが洗いながされている。これらはすべてデュモン社から刊行されたから、この出版社がドイツの村上受容のために果たした大きな貢献と言えるのではないか。これらの書籍のデザインは、btb社から廉価版が刊行されたときには、やや変更されただけか、さらに洗練されたジャケットへと変化した（【図11】【図12】【図13】【図14】）。

ステレオタイプを消しさるには時間と労力が必要になる。『象が消滅する』という書名の村上の短編集（日本での『象の消滅』）はドイツで何度も刊行されてきたが、二〇〇六年にベルリン社から出た版のジャケット（【図15】）は、洗練されているように見えて、日本人に対するステレオタイプを表現している。描かれているのは、水中で写真を撮影する女性の姿。時と場所をわ

図４『野生羊狩り』btb 社

図５『ハードボイルド・ワンダーランドと世界の終り』btb 社

図６『四月のある晴れた朝に僕はどのように１００パーセントの女の子を目撃したか』btb 社

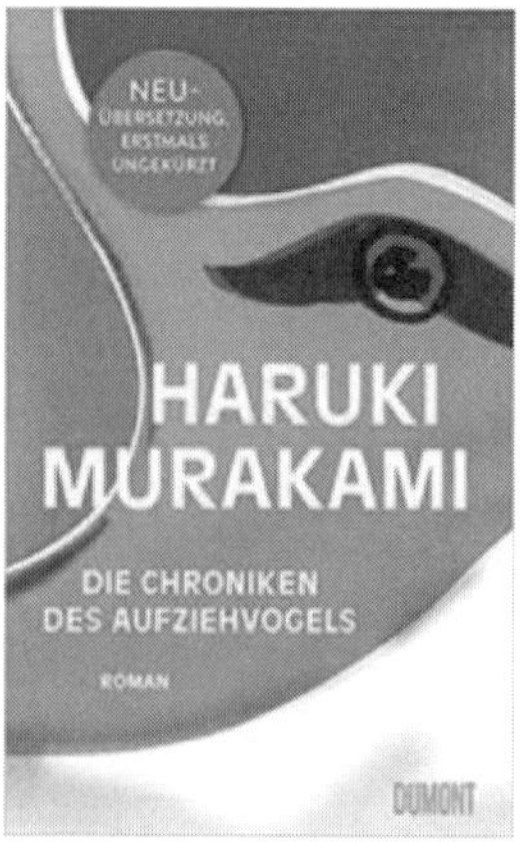

図７『ミスターねじまき鳥』デュモン社

図８『直子のほほえみ』デュモン社

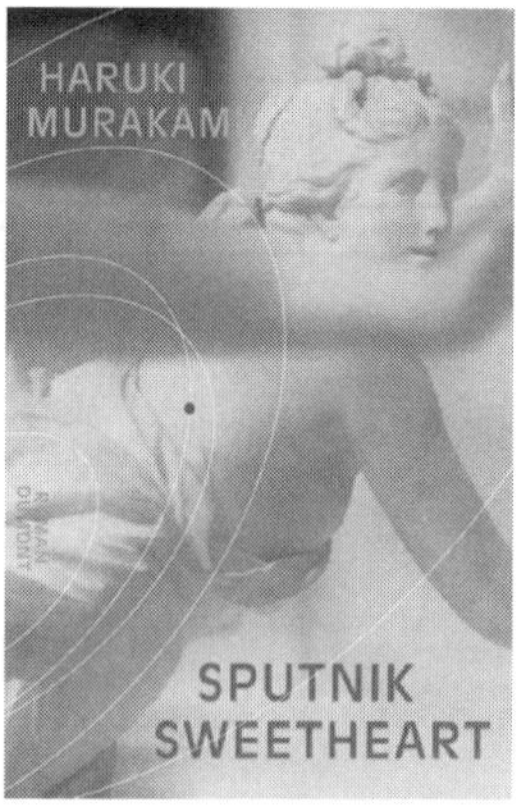

図９『スプートニクのスィートハート』デュモン社

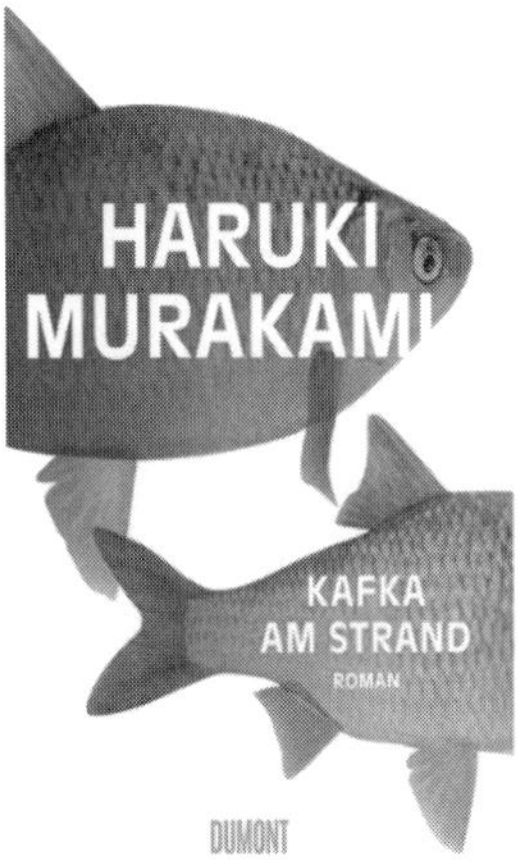

図 10『海辺のカフカ』デュモン社

図 11『ねじまき鳥クロニクル』btb 社

図 12『直子のほほえみ』btb 社

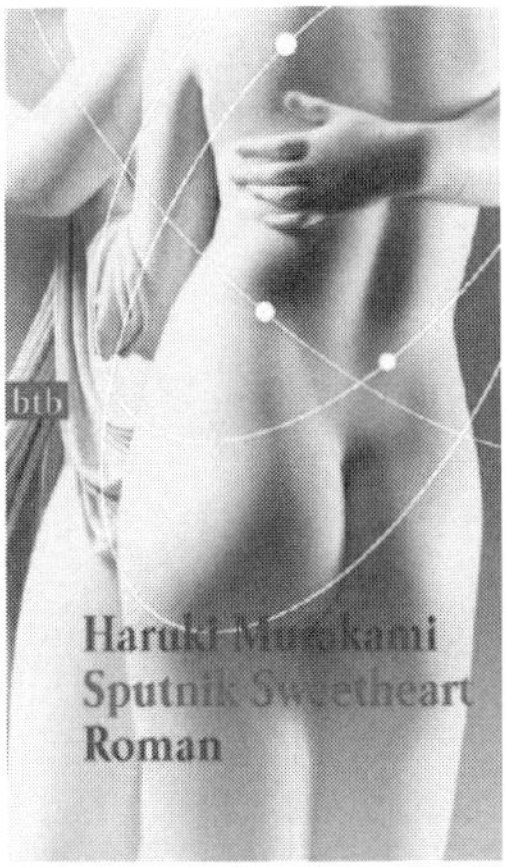

図 13『スプートニクのスィートハート』btb 社

図 14『海辺のカフカ』btb 社

図 15『象の消滅』ベルリン社

図 16『危険な恋人』デュモン社

図 17『危険な恋人』btb 社

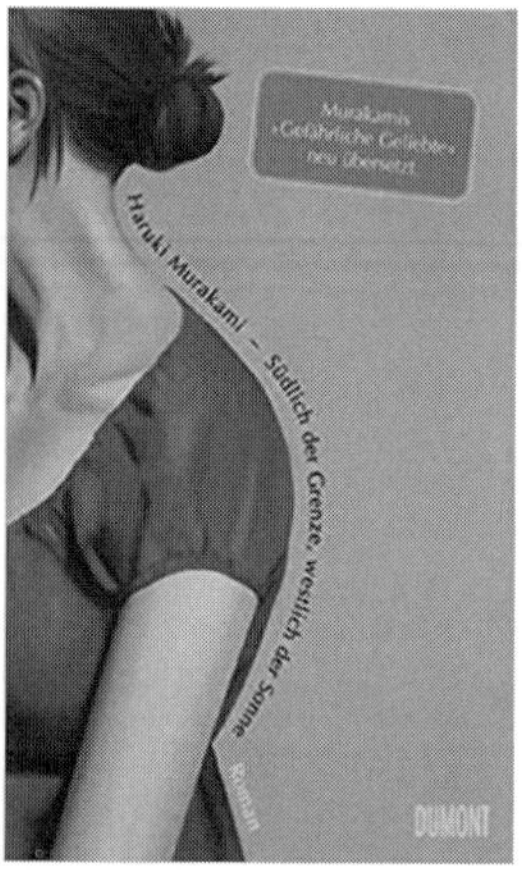

図 18『国境の南、太陽の西』デュモン社

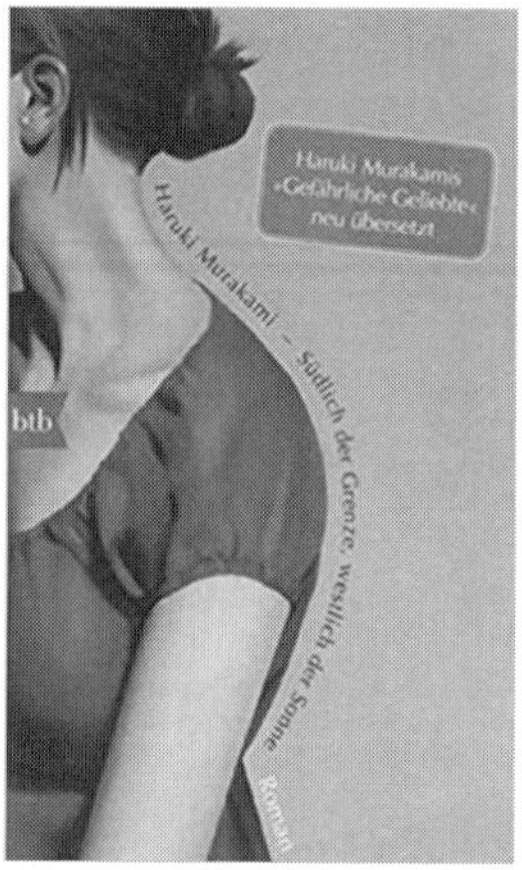

図 19『国境の南、太陽の西』btb 社

きまえずに、どこでも写真を撮りたがるというのは、日本人に対するヨーロッパ人の伝統的なステレオタイプ――未開の土地から文明社会へと観光旅行にやってきた「おのぼりさん」ということ――だからだ。

二〇〇〇年にデュモン社から刊行された『危険な恋人』（【図16】）は、のちにbtb社から廉価版が刊行された（【図17】）。二〇一三年にデュモン社から刊行された『国境の南、太陽の西』（【図18】）も、のちにbtb社から廉価版が刊行された（【図19】）。btb社はデュモン社のデザインをそのまま流用した。『危険な恋人』はすでにステレオタイプを排除していたが、『国境の南、太陽の西』では、洗練が増している。顔が隠れた女性の謎めいた存在感。それは村上作品にふさわしいものと言えるだろう。

追記

本章のもとになった論文を書いたあと、ドイツ語を母語とするオーストリア人と話していて、ふと『危険な愛人』（*gefährliche Gelibte*）を話題にしたのだが、彼女はこの作品を知らず、題名も初めて聞いたらしく、「危険な」（gefährlich）という形容に笑いころげた。この反応からすると、〈gefährlich〉は紋切り型の表現という印象を与えるのかもしれない。それならば、このドイツ語旧訳の書名は『アブない愛人』というニュアンスということになる。その場合、本章の最後で述べた『危険な愛人』という書名の擁護は撤回するしかなさそうだ。

第五章　『世界の終りとハードボイルド・ワンダーランド』の八つの翻訳

（英訳、フランス語訳、ふたつの中国語訳、ドイツ語訳、イタリア語訳、ロシア語訳、スペイン語訳）

『世界の終りとハードボイルド・ワンダーランド』はアルフレッド・バーンバウム（Alfred Birnbaum）によって訳され、一九九一年に刊行された。二〇二三年現在、ジェイ・ルービンが新訳を準備しており、この事実が暗示するようにバーンバウム訳には独自かつ顕著な特徴がある。塩濱久雄は、村上の英訳の問題点と見える箇所を列挙する仕事をしていて、『世界の終りとハードボイルド・ワンダーランド』の英訳についてもその作業をしているが、加筆された箇所や改変された箇所の指摘は少ないため（塩濱 2007: 250–273）、本章はこの問題を扱い、それはどのような訳なのかを提示してみたい。

一　日本語原典

『世界の終りとハードボイルド・ワンダーランド』は、一九八五年に新潮社の「純文学書下ろし特別作品」シリーズの一冊として刊行された。のちに新潮文庫に収められ、講談社の『村上春樹全作品 1979 ~ 1989』四巻（一九九〇年）にも収録された。文庫は同じ会社から出た「純文学書下ろし特別作品」版を収録しているが、別会社の『村上春樹全作品』版では加筆修正が施されている。本章ではこの考察を基本的な課題としないが、論述に関係がある箇所に関しては指摘をおこなう。引用に当たっては、「純文学書下ろし特別作品」版を使用する。

『世界の終りとハードボイルド・ワンダーランド』には、二種類の異なる世界と異なる主人公が登場する。片方の世界は「私」を語り手とし、奇数の章がこれを扱う。この世界の名前は作中では特に言及されないが、奇数の章には「ハードボイルド・ワンダーランド」という見出しが付いているから、これをこの世界の名称と考えて良いだろう。もう片方の世界は「僕」を語り手とし、偶数の章がこれを扱う。この世界は、作中で「世界の終り」と呼ばれ、偶数の章の見出しにもそのように書かれている。二種類の異なる世界と異なる主人公の関係は、物語の進行によって明らかにされてゆく。

「ハードボイルド・ワンダーランド」と「世界の終り」というふたつの物語が交互に語られるというこの構成について、野谷文昭はアルゼンチンの作家マヌエル・プイグの影響を推測している（野谷 1995: 51–52）。村上は中上健次との対談で「プイグは大好きだけど、あの人は全部読んで面白いと思った」と発言し、中上は「プイグはラテンアメリカの村上春樹（笑）」と相槌を打っている（中上ほか 1986: 113）。この手法はプイグから『世界の終りとハードボイルド・ワンダーランド』に採用され、そして『海辺のカフカ』と『1Q84』で発展した仕方で再登場した。『世界の終りとハードボイルド・ワンダーランド』は、「純文学書下ろし特別作品」版と後年の『村上春樹全作品』版のあいだで異同が限定的だが、目立った変更点としてつぎのものがある。地下を進みながら、「私」と「ピンクのスーツを着た太った娘」が会話する。

「何を考えていたの？」

「近藤正臣と中野良子と山崎努」

「忘れなさい」と彼女は言った。（村上 1985a: 466）

「純文学書下ろし特別作品」版のこの記述が、「村上春樹全作品」版では削除された（村上 1990d: 444）。ここで言及されている人名について、明里千章は、一九七二年に放映されていたテレビドラマ『地の果てまで』のことではないかと指摘し、主演は近藤正臣でヒロインが中野良子だったが、山崎努が繋がらないと注釈する（明里 2008: 233）。このテレビドラマの原作はスコットランドの作家A・J・クローニンで、原作の *Beyond This Place*（一九五三年）は『地の果てまで』という邦題で翻訳されていた。それで、村上の頭では、このテレビドラマと「世界の果てまで」という盤名で発売された楽曲「世界の終り」（End of the World）（村上 1985a: 112）とが結びついたのだ。「ハードボイルド・ワンダーランド」で「私」は地下を進みながらこのテレビドラマを思いだすから、まさに「私」は「地の果てまで」という気分だったのだろう。村上はまた、「私」のこの発言が、「僕」のいる「世界の果て」に呼応していることを暗示したかったはずだ。「地の果てまで」という単語は出てこないから、村上らしい凝った謎掛けだった。

それでは、これはなぜ「村上春樹全作品」版で削除されたのだろうか。理由のひとつは、あまりにも凝っていてわかりづらいということが考えられる。別の理由として、記憶違いから山崎努と書いてしまったことに気づいた（あるいは指摘された）ということがあったのかもしれない。その部分だけ修正するのはいかにも格好が悪いから、まとめて削除したのかもしれない。

日本人の、それも特定の世代にとってのみ通じる要素が外国語に翻訳されるのを嫌い、翻訳向きの原本を作者公認のもとに用意したかったからという可能性もある。柴田元幸が、『村上春樹全作品』版で加筆訂正がおこなわれたのは翻訳しやすいようにとの配慮からかと質問したのに対し、村上はそうではなく、加筆訂正したかった箇所をまとめて直せる機会だったからだと説明する（柴田 2006: 161）。しかし、韜晦癖の深い村上のこの発言を信用する必要はない。もっとも、実際には『村上春樹全作品 1979〜1989』刊行後も、「純文学書下ろし特別作品」版が翻訳の底本にされることは多い。

本件の異同に関しては、変更によって若干の面倒が発生した。というのも、「近藤正臣」は第二九章の見出しにも入っていたからだ。「純文学書下ろし特別作品」版では、「世界の終わり」の見出しは、「第二〇章　獣たちの死」のようにひとつの事物から成っている。「ハードボイルド・ワンダーランド」の見出しは、「第二九章　湖水、近藤正臣、パンティー・ストッキング」のように三つの事物を並べた体裁を取っている。これが全体にわたって統一されていた。だから「村上春樹全作品」版で、第二九章だけ「近藤正臣」を削って「湖水、パンティー・ストッキング」にするならば、不統一が生まれて格好が悪い。そこで、村上はこの版の目次を眺めるとわかるように、「ハードボイルド・ワンダーランド」の見出しを全体に調整して、二つまたは三つの事物が並ぶように変更している。目立たないながら、涙ぐましい努力があったというわけだ。

本書には「マッチだとか松田聖子なんて下らなくって聴いてらんないよ」（村上 1985a : 493）というような、やはり日本人にしかわからないだろう箇所がいくつかあるが、「村上春樹全作品」版でも残されている。それらは村上の対象物に対する突きはなしたような態度が示されているからだろう。海外の読者も「瑣末なことなんだな」と理解しながら楽しむことができる。近藤正臣の件に関しては、原作がイギリス人のクローニンとはいえ、それは読者にはすぐにはわからないようになっているから、村上は自身の作品から、日本のテレビドラマに距離感なく、つまり愛着を持って言及したように見える箇所を、洗練を欠いたものとして抹消したくなったのではないか。

二　諸外国語訳

村上の作品の英訳は、原則としてアメリカ英語へと翻訳される。イギリス英語版を有する作品もあるが、それらはイギリスで出版される際に、そのような調整がなされるのだ。両方の版で、村上の作品の英語がどのように異なっているかは塩濱が指摘している（塩濱 2007a; 2007b; 2008）。イギリス英語版の成立には、「編集をする編集者」として知られるクリストファー・マクレホーズが関わり、細かなところまで修正された（辛島 2018: 348–351）。

イギリス英語版が作成されることになったのは、『ねじまき鳥クロニクル』（原典一九九四～一九九五年、英訳一九九七年）からで、『世界の終りとハードボイルド・ワンダーランド』が英訳された時点（一九九一年）では村上は新人作家に準じる扱いだったから、そのような配慮はなされなかった。『世界の終りとハードボイルド・ワンダーランド』に続く長編『ノルウェイの森』は、アルフレッド・バーンバウムの英訳が一九八九年に出たものの、ジェイ・ルービンの新訳が二〇〇〇年に出て、その際にイギリス英語版も作成された。現在では『世界の終りとハードボイルド・ワンダーランド』もイギリスで人気のある作品だが、イギリス英語版はない。そこで、たとえばイギリスで同書の英訳を購入しても、「エレベーター」は〈elevator〉で〈lift〉ではなく、「中央」は〈center〉で〈centre〉ではない。

英訳を含む翻訳の刊行年の一覧を示しておこう。

一九九一年　英語
一九九二年　フランス語
一九九四年　オランダ語、中国語（繁体字）
一九九五年　ドイツ語

一九九六年　韓国語、ギリシア語
一九九八年　ポーランド語、ハンガリー語
二〇〇一年　ノルウェー語
二〇〇二年　イタリア語、中国語（簡体字）
二〇〇三年　ロシア語
二〇〇四年　タイ語
二〇〇五年　クロアチア語、リトアニア語、ルーマニア語
二〇〇七年　ラトヴィア語
二〇〇八年　ハンガリー語、ボスニア語、ヘブライ語
二〇〇九年　スペイン語、カタルーニャ語、セルビア語、ヴェトナム語
二〇一〇年　チェコ語
二〇一一年　トルコ語
二〇一三年　ポルトガル語
二〇一四年　デンマーク語

筆者はこれらのうち、読解でき、かつ入手できた言語のものを以下で活用する。それは英訳、フランス語訳、中国語訳（繁体字）、ドイツ語訳、イタリア語訳、中国語訳（簡体字）、ロシア語訳、スペイン語訳ということになる。

英訳は、先にも書いたとおり、アルフレッド・バーンバウムを訳者とする『ハードボイルド・ワンダーランドと世界の終り』（*Hard-Boiled Wonderland and the End of the World*）だ。日本語とは前後が逆にされているが、これは後述する編集者エルマー・ルークが、「ハードボイルド・ワンダーランド」のほうが「世界の終り」よりもアメリカの読者

に新鮮な印象を与えると判断したからだった（辛島 2018: 170–172）。「純文学書下ろし特別作品」版が底本として使用されている。当初は Kodansha International 社から一九九一年に刊行されたが、現在は Knopf 社系列の Vintage Books 社に版元が変更され、レーベル〈Vintage International〉に収められている。両者の間で翻訳の異同はなく、組版も同一なのだが、後者では前者になかった「世界の終り」の地図が追加され、一部の誤植は修正されている。本章では前者の一九九一年版を使用する。

フランス語訳は、コリンヌ・アトラン（Corinne Atlan）を訳者として『終末のとき』（*La fin des temps*）として刊行された。「世界の終り」が意訳されて書名になり、「ハードボイルド・ワンダーランド」の部分は表題から切りすてられたことになる。『村上春樹全作品』版が底本として使用されている。Editions du Seuil 社から一九九二年に刊行されたが、いくつかの版があり、ISBN も数種類あって版の全体像は複雑な様相を呈している。訳文は同一だが総ページ数などがずれている。本章では最初の一九九二年版を使用する。

中国語（繁体字）は、賴明珠訳によって『世界が終る日と冷徹な別世界』（世界末日與冷酷異境）として刊行された。「純文学書下ろし特別作品」版が底本として使用されている。時報文化からレーベル「藍小説」の〈九〇一〉として刊行された最初の版（一九九四年）を使用する。

ドイツ語訳は、アネリー・オルトマンス（Annelie Ortmanns、「世界の終り」担当）とユルゲン・シュタルフ（Jürgen Stalph、「ハードボイルド・ワンダーランド」担当）を訳者とする『ハードボイルド・ワンダーランドと世界の終り』（*Hard-boiled Wonderland und das Ende der Welt*）として刊行された。シュタルフはドイツ語圏での初期の村上受容を牽引した翻訳家で、第四章でも言及した。作品名は英訳に倣って、「世界の終り」と「ハードボイルド・ワンダーランド」が転倒している。底本は『村上春樹全作品』版が使用されている。ドイツ語版のみがコロフォン（洋書で奥付に相当する巻頭ページ）に底本を明示している。現在の「文献学」は一九世紀のドイツで形成されたが（日本の「国文学」研究もその潮流を導入して生まれた）、このような厳格な出典指示は、その文献学的伝統の残響と考えられる。一九九五年、Insel Verlag

社のレーベル〈Japanische Bibliothek〉からハードカバーで刊行されたが、現在では〈Random House〉グループ系列のbtb社からペーパーバック版が刊行されている。

ドイツ語は一九九八年から正書法が変わり、本章ではそれを反映した版（二〇〇七年）を使用する。なおこの正書法の変更に当たって、ドイツ語圏では多数の反撥の声が上がり、訳者の片方シュタルフもそれに同調した。シュタルフは翻訳が新正書法に切りかわる際に、自分の名を訳者の表記から削るように出版社に要求した結果、現在流通しているペーパーバック版ではオルトマンスの名だけが掲載され、もうひとりの訳者について許諾を得られなかったことが記載されている。

イタリア語訳は、アントニエッタ・パストーレ（Antonietta Pastore）を訳者とする『世界の終りとワンダーランド』（*La fine del mondo e il paese delle meraviglie*）。作品名から「ハードボイルド」が消えている。「純文学書下ろし特別作品」版が底本として使用されている。

中国語訳（簡体字）は、林少華を訳者とする『世界の果てと冷徹な仙界』（世界尽头与冷酷仙境）。「純文学書下ろし特別作品」版が底本として使用されていて、これは先行する繁体字版と変わらない。二〇〇二年に上海译文出版社からレーベル「村上春树文集」の一冊として刊行され、本章ではこれを使用する。

ロシア語訳は、ドミトリー・コワレーリン（Дмитрий Коваленин）を訳者とする『世界の終りとブレーキなきワンダーランド』（*Страна Чудес без тормозов и Конец Света*）。「純文学書下ろし特別作品」版が底本として使用されている。本章では二〇〇三年にTusquets Editoresから刊行された版を使用する。

スペイン語訳は、ロウルデス・ポルタ（Lourdes Porta）を訳者とする『世界の終りと慈悲なきワンダーランド』（*El fin del mundo y un despiadado país de las maravillas*）。「純文学書下ろし特別作品」版が底本として使用されている。二〇〇九年、Tusquets Editores社からレーベル〈Andanzaz〉に入れられて刊行されたが、のちに同社内でレーベル〈Maxi〉に移され、本章ではこれを使用する（二〇一五年版）。

これらの翻訳のほかにも、さまざまに傑出した、あるいは特徴的な翻訳も存在するはずだが、筆者の語学力が限られているため、あるいは諸本を入手する資力が潤沢ではないため、これらのみを使用するということで許していただきたい。これらの翻訳の言語はいずれも影響力が大きく、特に英訳、フランス語訳、中国語訳（簡体字）、ドイツ語訳は初期の翻訳として考察する価値が大きいように思われる。ドイツ語訳に先駆けて刊行されたオランダ語訳を使うことも検討したが、現物を確認したところ、英訳の重訳だということが確認できたので、原則として考察対象から外したものの、おりおり確認した。使用しなかった版本のうち、韓国語のものは日本の隣国の言語によっていて、かつ村上の受容を考える上でも重要な国の言語と言って良いが、単純に筆者の語学力の制約が理由で参照できなかった。

これらの諸訳のうち、影響力の大きさを考えると、英訳は日本語原典に匹敵するか、重訳もあることを考えると（前述したオランダ語訳のほか、ノルウェー語訳、クロアチア語訳、リトアニア語訳など）、それ以上と言えるかもしれない。英訳はまずコロフォンにあるつぎの断り書きが気になる。

Translated and adapted by Alfred Birnbaum with the participation of the author. / The translator wishes to acknowledge the assistance of the editor Elmer Luke.（Murakami 1991a: colophon）

すなわち——

本作は著者の協力を得て、アルフレッド・バーンバウムによって翻訳され、改作されている。訳者は、編集者エルマー・ルークの助力に謝意を表する。

まず「著者の協力を得て」の部分が気になる。バーンバウムが特別に名を挙げているルークという編集者のことも気になるだろう。この断り書きが意味するところは、辛島の著作によって明らかにされた。辛島は、バーンバウムがどのように村上を「発見」し、その英訳を手がけたのかということ（辛島 2018: 7–47）、『羊をめぐる冒険』の英訳（*A Wild Sheep Chase*）では編集者ルークがバーンバウムに協力し、訳文の作成に全面的な協力をおこなったこと（: 49–50）、ふたりの共同作業は『世界の終りとハードボイルド・ワンダーランド』にも引きつがれたこと（: 150–183, 319–320）、さらに、村上春樹が英訳原稿を刊行前に眼をとおさないまま承認したことを詳述している（: 263–264）。村上はこう語ったという。

『ワイルド・シープ・チェイス』でも、『世界の終り』でも、送られてきたゲラを確認した記憶はない。ゲラって読むの大変なんだよね（笑）。だから、でき上がった本は読む、きちっと。でもゲラの段階ではあんまり読まない。（: 264）

コロフォンの「著者の協力を得て」は、事情を知らないと、村上が翻訳に関与したと想像させる表記だが、実際にはそうではなく、村上は訳者と編集者に英訳を全面的に委ねていて、英訳に介入しなかったという意味での「協力」なのだ。

三　主語と時制

それでは、この「協力」によって、英訳はどのような個性を得たのだろうか。簡単に言えば、英訳だけが突出して日本語原典と乖離しているのだ。諸訳と比較すると、英訳の個性がなおさらわかるようになる。

まず「私」と「僕」の訳し方に注目してみよう。一人称単数は、多くの言語では日本語と異なって、特定の一種に決定されている。英語では「私」も「僕」も〈I〉、フランス語訳は〈je〉、中国語訳は〈我〉、ドイツ語訳は〈ich〉、イタリア語訳は〈io〉、ロシア語訳は〈я〉、スペイン語訳は〈yo〉だ。英訳では「私」がいる「ハードボイルド・ワンダーランド」は原則として過去形で、「僕」がいる「世界の終り」は原則として現在形で語られる。私たちが日本語で「私」として語るときの硬質な印象と、「僕」として語るときの親密な印象の違いが、英語でも時制によって再現された。

もちろん、この使い分けは原則であって、日本語でも過去のことを現在形で語ったり、現在の話を過去形や未来形を織り交ぜて演出したりすることがあるように、『世界の終りとハードボイルド・ワンダーランド』の英訳でもさまざまな時制が複雑に混交されている。たとえば、現在形の中に現在進行形が埋めこまれていたり、過去形と過去完了形が対照されていたりすることは稀ではない。

村上のこの作品を偏愛するジェイ・ルービンは、英語の現在形は時を超越する性質を与えることもできるから、この時制の工夫は作品の内容に即した措置だと称賛している（ルービン 2006: 139）。もちろん、どれほど工夫しても、日本語の「私」と「僕」が英語の現在形と過去形に完全に対応することはないのも事実だが、かなり有効な工夫であることは確かだろう。

それでは、この工夫の限界はどこにあるだろうか。『世界の終りとハードボイルド・ワンダーランド』の日本語原典で、「ハードボイルド・ワンダーランド」の「私」はときとして「僕」という一人称単数を使う。これは現実の日本人男性も、時と場所に応じて、そのような使い分けをしばしばおこなうことに対応する。「世界の終り」の「僕」には「影」という分身がいて、その一人称単数は「俺」だ。どの日本人作家もそうであるはずだが、村上は一人称単数の選択に大いにこだわっている（村上 2015a: 2015-02-27; 2015-04-21）。多くの外国語訳ではこのような差異は直接的には再現できないが、語調を柔らげたり荒らげたりして調整することができる。ただし、もちろんそれは明示的なものではない。

英訳に続いて刊行されたフランス語訳では、このような工夫は採用されず、原則として全体が過去形で語られている。日本語や英語でもそうだが、物語が一般的に過去のこととして語られるのが理由だ。フランス語訳は英訳の翌年に刊行されたから、英訳の工夫を参照できなかったか、参照できても訳文の形成に活用できなかった可能性が高い。

その後、ヨーロッパではオランダ語訳が刊行されたが、前述したようにオランダ語は英訳からの重訳だから、英訳と同じ工夫が発生している。その後のドイツ語訳は、書名も重なっているから英訳を参照したことは明らかだが、時制に関しても英訳の工夫が採用された。その際、ドイツ語訳の訳者たちは英訳だけでなくオランダ語訳を参照した可能性もあるだろう。オランダ語の言語系統は英語やドイツ語にごく近く（いずれも西ゲルマン語派）、かつては低地ドイツ語の方言と見なされることも多かったため、ドイツ人にはある程度まで理解しやすい言語と言える。

その後のイタリア語訳、ロシア語訳、スペイン語訳は、フランス語訳と同じで、全体にわたって過去形を基本的な時制に選んでいる。ヨーロッパ系の言語以外では、フランス語訳とドイツ語訳のあいだに中国語訳（繁体字）が刊行されていて、中国語はヨーロッパ系の言語とはまったく異なる言語系統に属し、他方で日本語とは漢字によって高い親和性を有するから、英訳を参照しなかった可能性も高いだろう。中国語の文法は、時制のあり方が欧州系の言語と大いに異なっていて、過去を表現する際に、普通は特別な表現形式を取らないから、英訳のような工夫は中国語訳にはなく、この点ではこの繁体字の翻訳も後年の簡体字の翻訳も同じだ。

時制に関する英訳の工夫はバーンバウムやルークらの才気煥発さが如実である。しかし、その才気煥発さは、翻訳の全体にわたっていて、英訳だけが突出して日本語原典の内容を改変している。ほかの言語の翻訳では、少なくとも上にあげた各言語では、そのようなことは起こっていない。フランス語訳が、英訳の時制の工夫を採用しなかったのは日本語原典に忠実だったとも言えるわけだが、それは訳文の全体に言えることで、ちょっとした表現を意訳したり、長い独白を丸括弧に入れたりといった工夫はあるものの、英訳よりも原典の改変に慎重な姿勢を見せている。書名や時制の工夫に関して英語に倣ったドイツ語訳は、それ以外の点ではフランス語訳よりもさらに日本語原典に忠実であろうとしている。イタリア語訳は、フランス語訳と同様に、英訳よりは日本語原典に忠実だが、ドイツ語訳ほどではなく、しばしば独自の工夫が見られる。ロシア語訳とスペイン語訳は忠実な訳だ。中国語のふたつの訳は日本語原典に忠実な訳だが、先行した繁体字の翻訳がその傾向をはっきりさせているのに対して、後発の簡体字の翻訳は対抗意識からか、ところどころに独自の工夫が現れる。いずれにしても、英訳のような際立った特殊性はない。

四　バーンバウム印の英訳

バーンバウムの英訳にはきわめて私的な「遊び」も含まれている。"for that was his name"（「名乗れというなら名乗ろうか」）という古めかしい言い回しが、ダグラス・アダムスのSF小説『宇宙の果てのレストラン』でパロディにされたことがあったらしく、詩人だったバーンバウムの父は、その古めかしい言い回しを未完の小説の冒頭に使用したのだそうだ。それをバーンバウムは思いだして、『世界の終りとハードボイルド・ワンダーランド』の訳業に組みいれた（辛島 2018: 157–160）。家族間の悪ふざけのようなものが英訳に混ざっているのだ。

『世界の終りとハードボイルド・ワンダーランド』の英訳について、筆者が長らく不可解と感じてきた箇所がいくつもあったが、バーンバウムの翻訳がそのようなものだと理解できて、多くが氷解した。「私」が搭乗したエレベーターの不具合について考察する。

機械の手入れを怠ったり来訪者をエレベーターに乗せたきりあとの操作を忘れてしまうような不注意な人間が

これほど手のこんだエキセントリックなエレベーターを作ったりするものなのだろうか？（村上 1985a: 14）

英訳はこうなっている。

Could any human being capable of designing this Tom Swift elevator fail to keep the machinery in working order or forget the proper procedures once a visitor stepped inside?（Murakami 1991a: 5）

すなわち――

機械が動かなくなるようなヘマをしたり、来訪者を中に乗せたまま適切な操作を忘れてしまったりする人間が、こんなトム・スウィフト的エレベーターを設計するものだろうか？

アメリカの少年向けＳＦ小説「トム・スウィフト」シリーズには、怪物めいた機械装置がしばしば登場するのだが（Swift 2016）それが引きあいに出されている。先に言及した『宇宙の果てのレストラン』の例を考えれば、これもバーンバウムの趣味や家族との思い出に関係していると推測できる。純粋にバーンバウムの趣味によるのか、ルークも関与しているのかは不明だが、改変箇所はこのように、村上とは無関係の、つまりムラカミエスクではない趣味も混入している。管見のかぎり、村上がこの「トム・スフィフト」シリーズの愛好を表明したことはないし、英語以外の翻訳では、もちろん「トム・スフィフト」は登場しない。

もっと本格的な改変もある。以下の内容について、塩濱は削除や加筆の事実だけを挙げて英訳を非難し、辛島はこの事実自体に言及していないから、本章で取りあげよう。

まず、『世界の終りとハードボイルド・ワンダーランド』の日本語原典に関して、その結末を受けいれがたいと感じる読者は珍しくない、という一般的な事実がある。これは日本人の読者でもそうだし、外国人の読者から同様の感想を聞くこともある。何が反撥を招いているのか。

最終的に「世界の終り」の「僕」は、「ハードボイルド・ワンダーランド」の「私」の脳のなかに閉じこめられた存在だと判明する。「ハードボイルド・ワンダーランド」部分の最終章で、「私」の意識は消滅する。読者は「私」が「世界の終り」の「僕」へと移行したことを察知し、続く「世界の終り」部分の最終章で「僕」がどのような行動を取るかに関心を集中させる。ところが「僕」の行動は意外をきわめるものだ。多くの読者の期待とは異なって、「僕」はみずから「世界の終り」からの脱出の機会を捨て、自身の「影」だけを現実へと、おそらく「ハードボイルド・ワンダーランド」へと送りだす。それなりの数の読者は、「僕」の最終的な選択に共感できず、物語に失望してしまう。村上自身、「最後の部分は五回か六回は書き直した」と創作時の難渋ぶりを語る（村上 1990e: IX）。

この結末に付随して、主要な女性登場人物三人の扱いが曖昧だということも読者の不満の種になる。「ハードボイルド・ワンダーランド」には、「リファレンス係の女の子」と「ピンクのスーツを着た太った娘」がダブル・ヒロインのようにして登場する。さらに、「私」のもとを去った――作品上には登場しない――前妻が話題になり、「革命運動家と結婚して二人の子供を産み、そのままどこかに消えてしまったかつてのクラスメイト」（村上 1985a: 604）という意味ありげな女性も言及される。「私」は「リファレンス係の女の子」と性的関係を持ち、「ピンクのスーツを着た太った娘」には性的欲望を覚えながら、関係を持つのを延期する。「私」は最後にはふたりに別れを告げるが、それは一時的なものに過ぎないという様子を見せる。他方「世界の終り」の「僕」は、もともとの居場所だっただろう「ハードボイルド・ワンダーランド」に戻らず、「世界の終り」の「森」で「図書館の少女」と過酷な生活に甘んじる未来を選ぶ。そこで、読者はつぎのように推測することができる。「ハードボイルド・ワンダーランド」の女性たちが、融合するようにして、「私」の夢の世界に似た「世界の終り」で、単一の女性の姿を得たのだろうと。

しかし、なぜ村上は、「ひとりの女性」をはっきりと目立たせなかったのだろうか。

村上は安易な読解をさせないように、解釈の可能性を開いたまま物語を閉じる、つまりオープンエンディングの名手と言える作家だ。村上は語る。

今ある結末を選んだのは、それが物語の流れからして、いちばん収まりが良かったからじゃないかな。そのときにはそれがいちばん自然な成り行きのように思えました。しかし今あの物語を書き直すとしたら、あるいは違う結末を選ぶことになるかもしれません。確信はないけれど。僕が言いたいのは、それが最終的な結末ではないということです。それは変更可能なものです。結末はオープンです。結末は最終的なものではない。僕はいつもそう考えています。（村上 2010d: 348）

このような価値観のゆえに、主人公と女性たちの関係も、読者の想像に任される。しかし、「図書館の少女」と「リファレンス係の女の子」は両方とも図書館の司書ということで繋がりがわかりやすい。他方、「ピンクのスーツを着た太った娘」は、物語の中盤で「自転車の唄」という自作の荒唐無稽な歌を披露するのだが、その歌詞が意味ありげに数ページにわたって提示される。それは「森」について歌うため、「世界の終り」にある「森」との繋がりを暗示する（村上 1985a: 317–320）。物語は「僕」が「世界の終り」に留まるところで終わるため、究極的なヒロインは「図書館の少女」かと思われもするが、元の世界に向かって「影」が脱出したことは、「ハードボイルド・ワンダーランド」で「私」が意識を回復させることを予測させる。そして、「私」はふたりの女性との関係を未決にしていたため、そちらの未来について読者は想像しようとするが、「影」の位置づけは曖昧なのだから、想像はどうしても阻まれる。結果として、読者は不満のなかに放置される。

だが、このような曖昧さにこそ、『世界の終りとハードボイルド・ワンダーランド』の重層性、あるいは決定不可能性という「美」ないし「芸術性」は存立する。筆者を含めて、この不満すれすれを感じさせるほどに空中に放りあげられてしまう感覚にこそ、村上作品の最大の魅力を感じる読者は多いだろう。だが、このようなムラカミエスクな結末が、バーンバウムの英訳ではどうなっているだろうか。以下で追ってみよう。

五　オープンエンディングの縮減

英訳では、「ピンクのスーツを着た太った娘」の「森」についての『自転車の唄』はまとめて削除されている（Murakami 1991a: 215）。これで、彼女が「世界の終り」「僕」「図書館の少女」に繋がる可能性がほとんど断たれている。辛島によると、バーンバウムは、「ピンクのスーツを着た太った娘」の描写が過剰だと判断して、特に熱心に削除したのだと語る。

> 正直、あのピンクの女の子の描き方は、少し大げさすぎると思った。小説の中でも明らかに突出していた。あのまま訳していたら、果たして読者が読み進めてくれたかどうか。アメリカ人は短気だからね。（辛島 2018: 163）

否定的に言えば、バーンバウムは村上の狙いに慎重に対処できなかったか、あるいは狙いを理解できても、理解しやすい作品へと仕立て直すために、その狙いを犠牲にしたということを意味する。だが肯定的に言えば、この改変によって、英訳版は独自の作風を確立することができている。

この「仕立て直し」の手口を見てみよう。「私」とこの娘は、地下を進みながら、つぎのように会話する。

「あなたって素敵ね。あなたのことすごく好きよ」
「年が違いすぎる」と私は言った。「それに楽器ひとつできない」(Murakami 1991a: 312)

英訳は、この会話の直後に、全編を通じてもほとんど使わない三つのアステリスクを挟み、読者の注意を喚起する。すなわち——

"Your really are one of a kind," she laughed. "I really like you."
"Thanks," I said, "but I can't play any musical instruments."

* * *

(: 213)

これを訳すと——

「あなたって本当に特別だわ」と彼女が笑った。「あなたのことが本当に好きよ」
「ありがとう」と私は言った。「でも僕は楽器ひとつできないんだよ」

* * *

このような強調によって英訳は何を狙っているのだろうか。さらに読み進めると、「世界の終り」の「僕」と「図書館の少女」が「手風琴」という楽器を手にいれる箇所がある。「僕」は森の小屋で手風琴を見つけ、試しに演奏し、持ち帰って(: 443–445)、さらに観察したり演奏してみたりするが(: 478–480)、日本語原典では一連の描写は特にどうということもなく進行する。ところが、英訳では発見したときに手風琴は単に「楽器」（musical instrument）と呼ばれ（: 294–295）、持ち帰ったあとに、楽器に書かれた名称を見て、その楽器が「手風琴」（accordion）だと判明する。

まずは日本語原典を引用する——

部屋があたたまると僕は椅子に腰を下ろしてテーブルの上の手風琴を手にとり、蛇腹をゆっくりと伸縮させてみた。自分の部屋に持ちかえって眺めてみると、それは最初に森で見たときの印象よりずっと精巧にしあげられていることがわかった。キイや蛇腹はすっかり古ぼけた色に変っていたが、木のパネルに塗られた塗料は一ヶ所としてはげた部分がなく、縁に書かれた精緻な唐草模様も損なわれることなく残っていた（村上 1985a: 478）。

英訳ではつぎのようになっている——

The room is now warm. I sit at the table with the musical instrument in hand, slowly working the bellows. The leather folds are stiff, but not unmanageable; the keys are discolored. When was the last time anyone touched it? By what route had the heirloom traveled, through how many hands? It is a mystery to me.

I inspect the bellows box with care. It is a jewel. There is such precision in it. So very small, it compresses to fit into a pocket, yet seems to sacrifice no mechanical details.

The shellac on the wooden boards at either end has not flaked. They bear a filigreed decoration, the intricate green arabesque well preserved. I wipe the dust with my fingers and read the letters A-C-C-O-R-D... This is an accordion!（Murakami 1991a: 314–315）

なお筆者が使用した版では〈filigreed〉が〈filligreed〉と誤植されているが、引用では正しい形に直した。

訳してみよう——

もう部屋は暖かい。僕は楽器を取ってテーブルにつき、ゆっくりと蛇腹を動かす。革製の折り目はしっかりしているが、扱いづらいということはない。キイの音はずれている。誰かがこれに最後に触ったのはいつのことなのだろう？　このお宝はどのような旅を経てきて、どのくらいの人手を経たのだろうか？　僕には謎だ。

僕は蛇腹をそっと確かめる。これはひとつの宝石だ。内部にそんな精密さがある。ものすごく小さくて、ポケットに収まるように圧縮されるけれど、だからと言って細部の装置に支障を来たしてはいないようだ。

木製の板の両端に塗られたシェラックは、剝げていない。精緻な装飾が施され、複雑な緑の唐草模様もしっかり残っていた。僕は埃を指でぬぐって、文字を読んだ。「て、ふ、う、き……」

これは手風琴なんだ！

英訳には随所に容赦のない省略が施されているだけに、日本語原典と読み比べると、加筆されたこの箇所は目立っている。楽器本体に「手風琴」（あるいは洋名の「アコーディオン」）という楽器名が書かれているのはかなり不自然に思えるが、英訳は何をしたいのだろうか。

答えは、先ほどの「ハードボイルド・ワンダーランド」で、「僕」が「楽器ひとつできない」と発言して、「＊　＊　＊」で読者の注意を喚起した場面との対照だ。「世界の終わり」の「僕」は「図書館の少女」と「手風琴」という楽器を手に入れた。ところが、「私」と「ピンクのスーツを着た太った娘」には、特別な楽器がない。だが、ここでもまだ英訳の独自の論理は全体像がわからない。私たちはさらに先を読まなければならない。

すると、「ハードボイルド・ワンダーランド」で「私」が「リファレンス係の女の子」と最後の夜を過ごす場面になる。ここで、ターンテーブルからビング・クロスビーの曲「ダニー・ボーイ」が聞こえてくる。この曲は、もとはさまざまな歌詞を持つアイルランド民謡「ロンドンデリーの歌」として知られ、のちにフレデリック・ウェザリーが「ダニー・ボーイ」という曲名を与えて歌詞を付けくわえ、ビング・クロスビーらを含めてさまざまな歌手に歌われた。「私」は声を合わせて歌う（村上 1985a : 562）。日本語原典でも印象的な場面だが、英訳ではこの場面で「ダニー・ボーイ」の歌詞をわざわざ提示する（Murakami 1991a : 365）。他方、日本語原典では、巻頭にこの小説の全体の内容を暗示する「この世の果てまで」の歌詞が掲げられていたが（村上 1985a : 8）、英訳ではこれが削除されている。この曲は、シルヴィア・ディーが作詞し、アーサー・ケントが作曲し、スキータ・デイヴィスが歌った。原題〈The End of the World〉は「世界の終り」や「世界の果て」と訳しうるが、日本では「この世の果てまで」として発売された。「この世の果てまで」を削除した英訳では、なぜ「ダニー・ボーイ」の歌詞があえて掲載されているのか。

すべての答えは、もう少し読みすすむと明らかになる。「世界の終り」の「僕」は思い浮かんだ曲の断片を忘れられず、手風琴を弾きながら、コードとメロディーを探りだす。それが「世界の終り」で初めて登場する曲「ダニー・ボーイ」だ。「僕」は「図書館の少女」のためにそれを何度も弾き、思いを高める。これは日本語原典でも（村上 1985a: 566–567）英訳でも（Murakami 1991a: 368）同様の展開を見せるのだが、こうして私たちは、英訳の独自の論理を理解する。「ピンクのスーツを着た太った娘」と「私」には楽器がないが、「図書館の少女」と「僕」には「手風琴」がある。「リファレンス係の女の子」と「私」のあいだには「ダニー・ボーイ」が流れるが、それは「僕」が「図書館の少女」のために「手風琴」で演奏する「ダニー・ボーイ」の反響に過ぎない。英訳は、「手風琴」と「ダニー・ボーイ」という小道具を活用することによって、「僕」と「図書館の少女」に特別なカップルという印象を与えるように演出を加えているのだ。これは、「僕」が最終的に「世界の終り」に留まったことの説得力を高める力を持つ。

「ピンクのスーツを着た太った娘」の描写が積極的に削除されたことはバーンバウムが証言したとおりだが、「リファレンス係の女の子」も決定的な場面で、いわば「割りを食った」形になっている。「私」が彼女と日比谷公園で最後に別れる場面がそれだ。いささか長いが、日本語原典から引用する。


「『カラマーゾフの兄弟』を読んだことは?」と私は訊いた。

「あるわ。ずっと昔に一度だけだけど」

「もう一度読むといいよ。あの本にはいろんなことが書いてある。小説の終りの方でアリョーシャがコーリャ・クラソートキンという若い学生にこういうんだ。ねえコーリャ、君は将来とても不幸な人間になるよ。しかしぜんたいとしては人生を祝福しなさい」

　私は二本めのビールを飲み干し、少し迷ってから三本めを開けた。

「アリョーシャにはいろんなことがわかるんだ」と私は言った。「しかしそれを読んだとき僕はかなり疑問に思った。とても不幸な人生を総体として祝福することは可能だろうかってね」

「だから人生を限定するの?」

「かもしれない」と私は言った。「僕はきっと君の御主人にかわってバスの中で鉄の花瓶で殴り殺されるべきだったんだ。そういうのこそ僕の死に方にふさわしいような気がする。直接的で断片的でイメージが完結してる。何かを考える暇もないしね」

　私は芝生に寝転んだまま顔を上げて、さっき雲のあったあたりに目をやった。雲はもうなかった。くすの木の葉かげに隠れてしまったのだ。

「ねえ、私もあなたの限定されたヴィジョンの中に入りこむことはできるかしら?」と彼女が訊いた。

「誰でも入れるし、誰でも出ていける」と私は言った。「そこが限定されたヴィジョンの優れた点なんだ。入るときには靴をよく拭いて、出ていくときにはドアを閉めていくだけでいいんだ。みんなそうしている」（村上1985a: 601）

英訳はこうだ——。

"Ever read *The Brothers Karamazov*?"I asked.
"Once, a long time ago."
"Well, toward the end, Alyosha is speaking to a young student named Kolya Krasotkin. And he says, Kolya, you're going to have a miserable future. But overall, you'll have a happy life."
Two beers down, I hesitated before opening my third.
"When I first read that, I didn't know what Alyosha meant," I said, "How was it possible for a life of misery to be happy overall? But then I understood, that misery could be limited to the furure."
"I have no ideas what you're talking about."
"Neither do I," I said."Not yet."（Murakami 1991a: 389）

すなわち——

「『カラマーゾフの兄弟』を読んだことは？」と私は尋ねた。
「一度、ずっと前にね」
「そう。最後の方で、アリョーシャはコーリャ・クラソトーキンという名前の学生に話しかけて言うんだ。「コーリャ、君の未来は惨めなものになるよ。でも、全体としては、君の人生は幸せだろう」って」二本のビールを飲み干してしまい、私は躊躇しながら三本めを開けた。「最初に読んだとき、アリョーシャの言いたいことがわからなかった」と、私は言った。「どうやったら、惨めな人生が全体としては幸せなものになるんだろう? でも、今ではわかったんだ。惨めさは未来に向けて限定されるのかもしれないと」

「何のことを言っているのか、私にはわからないわ」

「わからないのは同じさ」。私は言った。「いまはまだね」

日本語原典では、「私」は状況の苦しさに圧迫されて焦点の定まらないことを語っているという印象がある。しかし英訳では「私」が「世界の終り」へと移行することを意識して、「いまはまだ」「わからない」が、それは「惨めさ」でも完全にそうではなく、ある程度まで惨めさが「限定」された場所なのだと予感している。このような書き換え作業によって、英訳はここでも、「世界の終り」で「僕」が最終的にそこに留まる説得力を高めようとしている。また、「私」の発言を「リファレンス係の女の子」が理解できないように変形させることで、ふたりの関係が本質的に重要ではないという印象を読者に与える。

以上のように見てくると、英訳は良く言えば『世界の終りとハードボイルド・ワンダーランド』の弱点に見えかねないものを解消しようと努力したと言うことができ、悪く言えばムラカミエスクな作風を台無しにしてしまったと言うこともできる。念のために言っておくが、以上で英訳の工夫として言及した箇所は、英語以外の翻訳では、すべて日本語原典に準拠していて、英訳のような特殊な工夫はどこにも見られない。

六　冗長性、ユーモア、シュールレアリスム

日本語原典の『世界の終りとハードボイルド・ワンダーランド』の叙述は、硬質だったり、ユーモラスだったり、衒学的だったり禁欲的であったりする。全体としては、軽やかな文体と予測しがたいプロットが、ページをめくる高揚感を読者に与える。村上の著作について好んで指摘される速度、あるいは音楽的な調子がこの作品にも充満している。

村上の小説は、その卓抜なユーモアによっても人気が支えられているが、このユーモアは語り口の回りくどさと連動していて、結果的に今井清人の言う「冗長性」（今井 1990: 203–229）という特徴ももたらしている。個々のユーモアをどれほど楽しめるかは、読者によって大きく異なるし、冗長な語り口に対する寛大さも個人差が大きい。だから、翻訳された際に異なる文化圏の読者にとって障害になるのではと訳者が危惧するのはもっともなことだ。村上作品がブランド化していない時代に、この点で気を揉んだバーンバウムやルークを一方的に非難することは公平さを欠いているだろう。だが、ムラカミエスクなユーモアや冗長性が英訳でどれほど改変されたかは、やはり確認しておく必要がある。

英訳での決定的な省略には、物語の奥行きや村上の世界観を理解する上で鍵となるものも含まれている。前節で述べたとおり、「ハードボイルド・ワンダーランド」で現れる「世界の終り」との繋がりをほのめかす「ピンクのスーツを着た太った娘」の「森」の歌は、すべて削除された。きわめてムラカミエスクと言える「井戸」のモティーフも削除された。日本語原典で、「ハードボイルドワンダーランド」の「私」は「インカの井戸くらい深いため息」（村上 1985a: 233）を吐き、「世界の終り」の僕は、一角獣の頭骨について、その眼窩が「光の加減でまるで底の知れぬ一対の深い井戸のように見えた」と語る（: 262）。これは、ふたつの別世界の関係が明らかになっていない時点で、その繋がりをさりげなく示す仕掛けとして機能している。村上が愛好する「井戸」のモティーフによって表現され

ているというのも重要なのだが、英訳では省略されている（Murakami 1991a: 164, 183）。

辛島は、「ロールパンとソーセージ」の比喩の削除を例にとって、英訳の特徴を紹介している。辛島のこの問題に関する指摘は簡潔だが、前後の部分も含めるとわかりやすいため、以下に日本語原典と英訳を引用し、さらに次節でほかの翻訳がどのようになっているかを示したい。「リファレンス係の女の子」が「私」に動物の体の仕組みを解説し、質疑応答が発生する。まずは日本語原典を見てみよう。


「あらゆる動物は左右のバランスをとることによって、つまり力を二分割することによって、その行動パターンを規定しているの。鼻だって穴はふたつあいているし、口だって左右対称だから実質的にはちゃんとふたつにわかれて機能しているわけ。おへそはひとつだけど、あれは一種の退化器官だしね」

「ペニスは？」と私は訊ねた。

「ペニスとヴァギナは、これはあわせて一組なの。ロールパンとソーセージみたいにね」

「なるほど」と私は言った。なるほど。

「いちばん大事なのは眼ね」

（村上 1985a: 142）


英訳ではこのあたりは地の文に変わり、完全に再構成されている。

All animals, manifesting a right-left balance that parcels their strength into two ligatures, regulate their patterns of growth and movement accordingly. The nose and even the mouth bear this symmetry that essentially divides functions into two. The navel, of course, is singular, though this is something of retrograde feature. Conversely, the penis and the vagina form a pair.

Most important are the eyes.（Murakami 1991a: 98）

すなわち――

すべての動物は、その力をふたつで一組のものへと分ける左右のバランスを発揮し、それに合わせて成長と運動のパターンを制御している。鼻、そして口すら、その機能をふたつに分割する対称性を本質的に有する。もちろん、へそはひとつなのだが、しかしそれは退化した性質のものだ。反対に、ペニスとヴァギナはひとつの組み合わせを作る。

もっとも重要なものが眼だ。

この箇所について、バーンバウムは意見を述べる。

この比喩は吉本を見て育った世代へのサービスで入れられたとしか思えない。そのまま英訳すると、比喩として新鮮さがないだけでなく、単純に幼稚な印象を与えてしまうと思う。こういう比喩を多用すると、作品や作家のセンスまで問われかねない。なので慎重にならざるを得なかった。（辛島 2018: 165）

村上の小説に対して、「吉本を見て育った世代へのサービスで入れられたとしか思えない」という指摘は、日本の読者の多くには違和感があるかもしれない。日本では、村上の小説が吉本興業の「お笑い文化」と関連づけ、論じられることは皆無と言って良い。しかし、「序」で述べたように村上の特性には実際に関西の「お笑い文化」が染みついている。村上のエッセイや読者への応答を収録した著作を読んだ読者は、そこに駄洒落や突拍子もない笑いのセンスが横溢しているのを知っているだろう。バーンバウムの理解はあながち的外れではない。

編集者のルークは、冗長と判断した箇所を削除するように積極的にバーンバウムを後押した（辛島 2018: 166）。アメリカでは文学作品の翻訳がきわめて読者を得にくいから、そのような改変はどうしても必要な措置と判断したのだった。英語圏では翻訳の際に編集者が作品の改変を提案することは珍しくない。

村上のユーモアが、ときには日本でも理解されにくいことを考えると、英訳が「慎重にならざるを得なかった」ということは理解できることだ。だが、ロールパンとソーセージの比喩を削除することで、「お笑い文化」を水源とした村上のユーモアを縮減しただけではなく、登場人物の会話から立ちあがるシュールレアリスティックな様相も消滅させている。そして、このユーモアをまとったシュールレアリスムこそ、村上作品のムラカミエスクな質感の本質的と言える構成要素ではないだろうか。

具体例を挙げてみよう。『羊をめぐる冒険』では主要人物のひとり、美しい耳を持つ女の子が、突然小説からいなくなってしまう。関西のお笑い芸人が、壇上で独自の「ネタ」を披露して、このような「シュールな」展開のコントをやってみせれば、相方から「どういうことやねん！」「ありえへんやろ！」という「ツッコミ」を受けることになり、会場に爆笑の渦が巻きおこる。コントの場合には、シュールレアリスムを利用したユーモア空間を立ちあげるわけだが、村上作品の場合は、ユーモアを利用したシュールレアリスム空間を立ちあがるのだ。

この勘所を押さえていれば、村上作品のさまざまな奇妙な箇所もすんなり受けいれられるようになる。たとえば、『ノルウェイの森』の「僕」と「レイコさん」が性交する場面を思いだそう。そこでの出来事は、ほとんど「お笑い」の「ネタ」に見える。つぎのように展開する――「ねえ、大丈夫よね。妊娠しないようにしてくれるわよね？」――「この年で妊娠すると恥かしいから」――「大丈夫ですよ。安心して」――そしてなんの予兆もなく突然射精した。それは押しとどめようのない激しい射精だった。僕は彼女にしがみついたまま、そのあたたかみの中に何度も精液を注いだ。――「すみません。我慢できなかったんです」「馬鹿ねえ、そんなこと考えなくてもいいの」――「好きなときに好きなだけ出しなさいね」（村上 1987b 下：254）。レイコさんの発言が首尾一貫していない点について、読者も「どういうことやねん！」「ありえへんやろ！」と「ツッコミ」を入れたくなるところだが、これはユーモアを内包した冒険的なシュールレアリスムなのだ。

村上作品の読者は、関西出身でも、その中心に「お笑い文化」がくるまれていることになかなか気づかない。村上のいかにも東京風な文体や趣味が、その関西人的センスを覆って隠している。だが、村上の核心にはつねに関西人のセンスがある。村上が作家としての自身の最大の理解者と見なした人物が、過剰なほどに話し方も「ノリ」も「関西人」であることを剝きだしにしていた河合隼雄（兵庫県の旧・多紀郡篠山町の生まれ育ち）だったことは、この事実を暗示しているように思われる。村上が、自分より年少の作家たちのなかから、ほとんど唯一親密に交流する相手として川上未映子を選んだことも、同じような事情が推測される。川上は日本大学の出身だが、文芸誌『早稲田文学』の編集も務めたため、早稲田大学出身の村上とは接点が生まれていた。だが、それに合わせて彼女もまた関西出身なのだ（大阪生まれ、大阪育ち）。村上は川上との対談で、自分の小説の異様さをそのまま受けとってくれる読者に対する信頼感に感謝しながら、珍しいことに「母語」の関西弁を混ぜてくる。そこには川上への親近感や、おそらく河合隼雄へのオマージュも混ざっているのだろう。

つまり「これはブラックボックスで、中身がよく見えなくて、モワモワしてて変なものですけど、実は一生懸命時間をかけて、丹精込めて僕が書いたものです。決して変なものではありませんから、どうかこのまま受け取ってください」って僕が言ったら、「はい、わかりました」と受け取ってくれる人が世の中にはある程度の数いて、もちろん「なんじゃこら」といって放り出す人もいるだろうけど、そうじゃない人たちもある程度いる。そうやって小説が成立しているわけです。それはもう信用取引以外の何ものでもない。つまるところ、小説家にとって必要なのは、そういう「お願いします」「わかりました」の信頼関係なんですよ。この人は悪いことをしないだろう、変なこともしないだろうという。そういう信頼する心があればこそ、本も買ってくれる。「どや、悪いようにはせんかったやろ?」と関西弁でいうとちょっと生々しくなるけど（笑）。（村上／川上 2017: 134）

できれば、ここに引用した箇所の「書いたもの」を「仕込んだネタ」、「放り出す人」を「席を立つ人」、「小説」を「お笑い」、「小説家」を「お笑い芸人」、「本も買ってくれる」を「客席にも来てくれる」と言葉を置きかえて、もう一度だけ読んでみていただきたい。村上が「お笑い芸人」に準じる存在、シュールレアリスティックなユーモアの創造者ではなく、ユーモラスなシュールレアリスムの創造者だということがよくわかるようになるだろう。

七　ホットドッグとストロベリー・ケーキ――英訳とほかの外国語訳

英訳のような周到な編集は、ほかの外国語の版ではなされていない。しかし一定の改変や削除は、随所に見られるのもたしかだ。「ロールパンとソーセージ」の比喩を例として、この箇所が英訳以外でどのように訳されているか確認しておこう。

フランス語訳ではつぎのようになっている。

—Et le pénis? demandai-je.
—Le pénis forme un tout avec le vagin. C’est comme la saucisse et le pain dans un hot-dog.
—Effectivement, dis-je.

（Murakami 1992: 124）

「じゃあペニスは？」と私は尋ねた。

「ペニスはヴァギナと一緒なの。ホットドッグの中のソーセージとパンとみたいに」

「なるほどねえ」と私は言った。

「ホットドッグ」という単語が追加されているが、補足説明のたぐいで、大きな改変とは言えない。「私」が返答のセリフ「なるほど」を心のなか、つまり地の文で反復しなくなり、ユーモアが減ってしまっているのは惜しいが、フランス語の訳者は冗長と判断したのだろうか。

中国語訳（繁体字）ではつぎのようになっている。

「陰莖呢？」我試著問。

「陰莖和陰道合起來是一組啊。就像捲麵包和洋香腸一樣。」

「原來如此。」我說。原來如此。

（村上 1994e: 129）

「陰茎は？」と私は尋ねてみた。

「陰茎と膣は一組になるの。ロールパンとソーセージみたいに」

「そういうことか」と私は言った。そういうことか。

日本語原文に忠実な訳と言える。拙訳で「ペニス」や「ヴァギナ」と訳さなかった箇所は、現在の中国語では外来語をアルファベットで表記することが多いが（日本語のカタカナに相当）、ここではその処置がなされていないためだ。しかし「ロールパン」や「ソーセージ」もアルファベットでないから、そのようにこだわって訳出する必要はないかもしれない。

ドイツ語ではつぎのようになっている。

»Was ist mit dem Penis?«, fragte ich.
»Penis und Vagina bilden zusammen ein Paar. Wie das Brötchen und der Wurst.«
»Aha«, sagte ich. Aha.
（Murakami 1995: 127）

「ペニスのことはどうなんだい？」と私は言った。
「ペニスとヴァギナは合わせて一組なの。ロールパンとソーセージみたいに」
「そうなのか」と私は言った。そうなのか。

これも日本語原文に忠実な訳と言える。

イタリア語訳はつぎのようになっている。

《E il pene?》chiesi.
《Il pene et la vagina insieme formano un tutt'uno. Como il pane e il würstel in un hotdog.》

《Già,》feci. Già.

(Murakami 2002: 107)

「それでペニスは?」私は尋ねた。

「ペニスとヴァギナは一まとまりの全体になる。ホットドッグのパンとソーセージみたいに」

「そうだよ」くそっ。そうだよ。

ここでは日本語原文よりも、ユーモアが独特にふくらんでいるように見える。というのもイタリア語では「ペニス」(pene)と「パン」(pane)の音がよく似ているため、それが言葉遊びとなってユーモアを増幅させているのだ。「ホットドッグ」が登場したのは、先行するフランス語訳を参考にしたからかもしれないが、この翻訳には個性的な工夫がある。というのも、イタリア語の伝統的な語彙に属する「パン」(pane)に、ソーセージを意味するドイツ語からの借用語「ヴュルステル」(würstel)と英語からの借用語「ホットドッグ」(hotdog)が並べられていて、それはパン(イタリア文化)もソーセージ(ドイツ文化)もいまではホットドッグ(アメリカ文化)の影響下にあるということを暗示しているからだ。しかも、ここで会話しているのは非欧米系の日本人という事情もユーモアの効果を生んでいるだろう。

中国語訳(簡体字)はつぎのようになっている。

〝阳物呢?〟我问。

〝阳物和阴物合起为一对、就像面包卷和香肠。〟

〝那倒也是。〟果然言之有理。(村上 2002b: 98)

「男根は?」と私は尋ねた。
「男根と女陰は一組になるの、ロールパンとソーセージみたいに」
「なるほど」。やはり、言うことがまともだ。

先にも指摘したように、中国語訳（簡体字）は、先行する中国語訳（繁体字）との差別化を図る傾向がある。字体が違うとはいえ、似たような翻訳になりやすいはずだから、それを避けようと考えるのは、ごく普通の配慮だろう。両方とも日本語に忠実な翻訳なのだが、この傾向が理由で、どちらかといえば簡体字の翻訳のほうが日本語原文への忠実度が落ちる。ここに引用した箇所でいえば、「やはり、言うことがまともだ」がそれで、村上らしい言い回しとは言えるが、原文からはやや乖離していて、効果的な工夫がどうかは意見が分かれるだろう。拙訳で「ペニス」と「ヴァギナ」というカタカナを使用しなかったのは、繁体字の翻訳について記したのと同じ理由からの処理と理解していただきたい。

ロシア語訳ではつぎのようになっている。

А пенис? – спросил я.
– Пенис составляет пару с влагалищем. Как сосиска с булкой в хотдоге.
– В самом деле... только и вымолвил я. Что тут еще сказать?
(Мураками 2003: 136)

「それでペニスは?」

「ペニスとヴァギナは、一組になるの。ホットドッグのソーセージと丸パンみたいに」

「まったくだな……」私が口にできたのは、それだけだ。だって、ほかに言うことなんてあっただろうか。


多少の工夫がされているが、おおむね原文に忠実な訳と言えるだろう。

スペイン語訳ではつぎのようになっている。

—¿Y el pene?—pregunté.
—El pene y la vagina, juntos, forman una unidad. Como el panecillo y la salchicha.
—¡Ah, claro! —dije. Era evidente.（Murakami 2009: 145）

「それでペニスは？」私は尋ねた。

「ペニスとヴァギナは一緒。一まとまりなの。小さなパンとソーセージみたいに」

「ああ、そうか！」私は言った。そりゃあそうだった。


日本語原文に忠実な訳と言える。

英訳の改変とほかの外国語の訳の改変が、どのくらい度合いが異なるか理解していただけただろうか。それでは、ここでまた英訳の大きな改変箇所を見てみよう。バーンバウムが、「ピンクのスーツを着た太った娘」の描写が過剰だと判断して、特に削除をおこなったと発言しているのをすでに確認した。本章のもとになった論文の下書きを読んでくれた加藤典洋は、筆者に示唆を与えてくれた。村上はこの「ピンクのスーツを着た太った娘」というヒロインらしからぬ体型の少女を、あえてヒロインのひとりとして魅力的に描くという冒険に挑んでいて、その冒険ぶりが英訳では理解されなかった可能性はないか、というのだった。加藤は「思いつき程度だが」と言っていたが、なかなか妥当性の高そうな指摘ではないだろうか。

実際のところ、バーンバウムとルークはこの少女の描写に与えられた工夫をうまく飲みこめなかったのではないか。「ハードボイルド・ワンダーランド」の「私」は、彼女と初めて会ったあと、うしろから彼女を追いかけながら、「彼女の体には、まるで夜のあいだに大量の無音の雪が降ったみたいに、たっぷりと肉がついていた」(村上 1985a :23)と語る。ここでは村上のユーモアが傑出しているだけでなく、そのシュールレアリスムが情緒的な美しさまで獲得している。しかし、英訳ではすっかり削除されている(Murakami 1991a: 7)。他方で、英訳では彼女の描写を逆に大袈裟にしているところもある。日本語原典で、「私」が彼女についてつぎのように想念をめぐらせる箇所だ。

> 太った女がピンクの服を着ると往々にして巨大なストロベリー・ケーキのようにぼんやりとした感じになってしまうものだが、彼女の場合はどういうわけかしっくりと色が落ちつくのだ。(村上 1985a: 267)

英訳ではつぎのように訳されている。

> Chubby girls in pink tend to conjure up to images of big strawberry shortcakes waltzing on a dance floor, but in her case the color suited her. (Murakami 1991a: 187)

すなわち――

> ピンクの服に包まれた太った女の子は、ダンスフロアでワルツを踊る巨大なストロベリー・ケーキというイメー

ジを召喚してしまうのだが、彼女の場合はその色が似合っていたのだ。

先ほどの雪に関するイメージが削除され、このように「ダンスフロアでワルツ」のイメージが追加される。このような改変で「ピンクのスーツを着た太った娘」のイメージはより定型的な、言い方を変えれば平板なものになってしまっている。独自の雰囲気を持った神秘的な、しかし肥満気味の少女という特異性の高い設計が崩され、賑やかさが似合う年頃の少女になってしまっているのだ。このような改変はもちろんほかの外国語訳にはないが、それらを一瞥していこう。

フランス語訳ではつぎのようになっている。

D'habitude, une femme grosse et habillée de rose m'évoque vaguement un énorme gâteau à la fraise, mai, pour je ne sais quelle raison, cette couleur lui allait à la perfection.（Murakami 1992: 233）

太っていてピンクの服を着た女は、大抵、私にぼんやりと巨大なストロベリー・ケーキを連想させるが、彼女の場合は、なぜかわからないものの、その色が彼女に完璧に合っていた。

日本語原文に忠実な翻訳と言えるだろう。ただし、この箇所からはわからないが、一つ前の文章から丸括弧に挿入されていて、読者が村上の「冗長性」に寛容になることができるような工夫がなされている。

中国語訳（繁体字）ではつぎのようになっている。

胖女人穿粉紅色服往往令人覺得像巨大草莓蛋糕一樣的朦朧。但她卻不知道爲什麼色調但卻安定而調和。（村上

1994e: 235)

太った女がピンクの服を着ると、往々にして巨大なストロベリー・ケーキのように朦朧とした印象を与えるものだが、彼女の場合には、どういうわけか、むしろ色あいが安定して調和していた。

末尾の細かな言い回しを除けば日本語原文に忠実な翻訳と言える。
ドイツ語訳ではつぎのようになっている。

Dicke Frauen sehen in rosafarbener Kleidung meistens wie riesige Erdbeertorten aus, aber bei ihr wirkte die Farbe harmonisch.
（Murakami 1995: 234）

ピンク色の服を着た太った女は、大抵は巨大なストロベリー・ケーキのように見えるが、彼女の場合には、色が調和しているという印象だった。

日本語原文にほぼ忠実な翻訳と言える。
イタリア語訳ではつぎのようになっている。

La ragazze grasse, quando si vestono di rosa, spesso assumono il vago aspetto di enormi torte alla fragola, ma a lei per chissà quale ragione quel colore si addiceva.（Murakami 2002: 197）

太った女は、ピンクの服を着たときには、しばしば、巨大なストロベリー・ケーキという曖昧な光景を思わせるが、しかし彼女の場合にはなぜかその色が合っていた。

これも日本語原文にほぼ忠実な翻訳と言える。
中国語訳（簡体字）ではつぎのようになっている。

胖女人配粉红色衣服、往往如硕大的草莓糕给人以臃肿暧昧之感、而她却相得益彰、莫名其妙。（村上 2002b: 187）

太った女がピンクの服をコーディネートすると、往々にして巨大なストロベリー・ケーキのようにブクブクした曖昧な感じを与えるものなのだが、彼女の場合は、人と服とが互いを引きたてていた。奇妙なことではあるが。

先にも話題にしたように、繁体字の訳への対抗からか、細かな工夫がなされているものの、日本語原文から決定的に乖離しているわけではない。
ロシア語訳ではつぎのようになっている。

Как правило, пухленькие девицы, надевая розовое, начинают смахивать на огромный клубничный торт, но ней этот цвет почему-то радовал глаз.（Мураками 2003: 247–248）

太った女の子がピンクの服を着ると、巨大なストロベリー・ケーキのように見えるものだが、彼女の場合は、なぜかはわからないけれど、その色が眼の保養になるのだった。

スペイン語訳ではつぎのようになっている。

Cuando las mujeres gordas se visten de rosa suelen ofrecer una imagen algo imprecisa, como si fueran enormes pasteles de fresa, pero en ella, por la razón que fuese, aquel color parecía nítido y discreto. (Murakami 2009: 274)

太った女がピンクの服を着るとき、まるで巨大なストロベリー・ケーキのように何か曖昧なイメージを与えるものだ。しかし彼女の場合には、どういうわけか、それははっきりとしていて、かつ思慮深い色に見えた。

末尾の細かな言い回しを除けば日本語原文に忠実な翻訳だ。

英訳の得意さは、この「ストロベリー・ケーキ」の比喩に関する改変からも、よくわかるだろう。アメリカの読者には改変したものの方がおもしろがられやすいかもしれないが、改変されて生まれた比喩はムラカミエスクとは言えない、やや平板なものだった。しかし、これも英訳の個性を確立する上では役立っていると見ることもできる。

八　アメリカ人に向けた特別な配慮

つぎに、英訳に見られる特別な配慮について考えてみよう。特別な配慮とはなんのことか。

日本語原典で「ピンクのスーツを着た太った娘」は一七歳と設定されている。もちろん、この事実が英訳で変えられたわけではない。彼女と地下を進みながら、「私」は彼女の大きな金のイヤリングに興味を持ち、重くないのかと尋ねる。すると彼女は「ペニスと同じよ。ペニスを重いと感じたことある？」と尋ねかえしてくる（村上 1985a: 295）。「私」が体を洗うときにそのイヤリングを外すのかと尋ねると、「裸になってもイヤリングだけはつけてるの。そういうのってセクシーだと思わない？」と言ったり、性交する際の体位を話題にしたりし、自分が処女であることを説明して、「あなたならオーケーよ」と発言する（: 295–296）。彼女は「私」の耳の下に口づけする（: 303–304）。彼女は立ちどまって「私」と口づけを交わし、抱きしめあって、舌を絡めあう（: 308–309）。地下から出ると、彼女はスポーツ新聞に掲載されていた記事の内容に興味を持ち、「ねえ、精液を飲まれるのって好き？」と尋ねてくる（: 491）。「精液のことだけど、本当に飲んでほしくない？」「私と寝たくもないのね？」等々と語りかけてくる（: 501）。

日本では、児童福祉法が一八歳未満を「児童」と規定し、児童に淫行をさせる行為に対して刑事罰を規定しているほか、各自治体の「淫行条例」は、自己の性的欲求を満たすためだけの一八歳未満の児童との性的行為に刑事罰を規定している。しかし刑法では性交同意年齢は長らく一三歳以上と規定され、二〇二二年三月まで女子の結婚可能年齢は一六歳だった（男子は一八歳）。おそらくこれらの法的整備の問題もあって、日本では未成年に関して性的な描写をすることが伝統的に許容されてきた。だが、このような事情は文化が変われば違和感をもって迎えられる。イスラム法では九歳の女児が結婚可能とされ、これを厳格に守ろうとする国では、現在でもそのような年齢の女子が結婚し、性交することもあるが、それに対して異なる文化圏に属する日本人が眉をひそめるのと同様だ。

だから、アメリカ人に向けた英訳が慎重になっていることは、どこまで非難できるか難しい問題だ。英訳では、「裸になってもイヤリングだけはつけてるの。そういうのってセクシーだと思わない？」（村上 1985a: 206）と「ねえ、精液を飲まれるのって好き？」（: 323）は維持されたが、ほかは削除されている（Murakami 1991a: 206, 210–212, 328）。訳出された二箇所は、「ピンクのスーツを着た太った娘」が「私」と無邪気に会話しているという印象にも——無理をすればなんとか——受けとることができる部分だから残され、それ以外の部分は、誘惑の意図が明らかだから削除されたと推測される。英訳で削除された箇所は、ほかの外国語の翻訳ではそのまま訳出されている。

一七歳の少女との性的な関係は、村上の頻出モティーフと言える。『1Q84』でも主人公の天吾は一七歳のふかえりと性交し、『ノルウェイの森』では、主人公が三八歳のレイコさんに「まるで一七歳の女の子を犯してるみたいですよ」と語りながら性交する（村上 1987b 下 :253）。もしかすると、村上自身が一七歳の高校生のときに、同級生の女子とそのような関係を持ったという原体験があり、その記憶が作品に強く反映しているのではないかと筆者は推測しているが、ドストエフスキーの『悪霊』や大江健三郎の『万延元年のフットボール』が少女凌辱を描いていたことの反映かもしれない。前者は村上が偏愛をよく表明している作品で、後者との関係は第一章をご覧いただきたい。

筆者は以前から、「ピンクのスーツを着た太った娘」の年齢の設定が問題だったのだろうかと首を傾げてきた。後年の長編小説『1Q84』（原典二〇〇九～二〇一〇年、英訳二〇一一年）では、主人公の天吾とふかえりの性交渉がエロティックに描写され（村上 2009b: 301–303）、英訳でもそのまま翻訳されている（Murakami 2011: 478–481）。そこで筆者はかつてこう推測した。ふたりの少女は等しく一七歳とはいえ、『世界の終りとハードボイルド・ワンダーランド』の英訳が刊行された一九九一年には、村上は謎のアジア人作家だったわけだから、アメリカの読者から、売りだし中の作家が偏見の眼で見られるのを恐れて、自主規制がなされたのだろう、他方、『1Q84』のときには、すでに人気作家となっていた村上の作品を、できるだけ忠実に訳すという準備が整っていたのだろうと。辛島デイヴィッドの書物は、この件に光を当てている。アメリカの日本文学者、ホセア平田は、「ピンクのスーツを着た太った娘」に関する性的な場面の削除は、出版社の意向だと推測する（辛島 2018: 163）。それに対して、ルークは「よく覚えていないけど、年齢が問題だったとは思えない。ピンクの女の子が一二歳とかだったら別だけど」と発言する（: 164）。だが筆者はまだ訝しく感じている。というのも性的描写に関わらない箇所でも、アメリカ人に向けた特別な配慮が英訳からは感じられるからだ。

前述したように、『世界の終りとハードボイルド・ワンダーランド』の英訳にはイギリス英語版がなく、想定された読者はアメリカ人だった。そこで、この翻訳は広く英語圏の読者を対象にしているわけではなく、アメリカ人を対象にしているという特徴がある。「私」が「リファレンス係の女の子」と最後に自宅で過ごす場面を見てみよう。このとき、日本語原典ではテレビから流れるニュースの内容が概説される。

外務大臣がアメリカの高金利政策に対して遺憾の意を表明し、アメリカの銀行家の会議は中南米への貸付け金の利子について検討し、ペルーの蔵相はアメリカの南米に対する経済侵略を非難し、西ドイツの外相は対日貿易収支の不均衡の是正を強く求めていた。シリアがイスラエルを非難し、イスラエルはシリアを非難していた（村上 1985a: 582–583）。

当時の日米間と日独間の経済摩擦、アメリカと南米諸国の政治的および経済的な緊張、そしてパレスチナ情勢が皮肉な笑いとともに描写されているのだが、英訳では省略された（Murakami 1991a: 378）。これは、この部分の「冗長性」が嫌われただけなのだろうか。村上が反米的な意図でこれを書いていると読者が深読みして、この作品に反感を抱かないように、その反感の「芽」をあらかじめ摘むために、省略されたのではないか。ほかの翻訳では、この箇所はもちろん訳出されている。

以上に書いたことが根拠のない深読みと思われないように、英訳ではヨーロッパの文化物への言及が好んで削除されている、という事実も指摘しておこう。村上の小説はおもに日本を舞台とし、主要人物の多くは日本人だ。他方で、アメリカ文化の影響がいちじるしいことは明らかで、これは日本で広く知られているとおりだ。しかし、村上の作品には日本の周辺のアジア諸国や、ヨーロッパ文化への言及も多く、それらからの影響も決して見過ごせない。『世界の終りとハードボイルド・ワンダーランド』の英訳では、「私」の食事風景など日本的な要素や、アメリカ文化に対する村上の偏愛がほとんど維持されているのに対して、ヨーロッパ絡みの文物、特にその古典文化についての記述は省略されやすいという傾向がある。

たとえば日本語原典には、「私」が「台所は世界そのもののようだった。まるでウィリアム・シェイクスピアの科白みたいだ。世界は台所だ」と考える場面が登場する（村上 1985a: 579）。これは英訳では削除された（Murakami 1991a: 376）。さらに「私」は一角獣の頭骨とともに受けとった火箸について、「頭骨とは逆にずっしりと重く、まるでフルトヴェングラーがベルリン・フィルを指揮するのに使う象牙のタクトのような威圧感があった」（村上 1985a: 101）と想念をめぐらせる。これは英訳ではつぎのように翻訳されている。

I was reminded of the ivory baton of a Berlin Philharmonic conductor.（Murakami 1991a: 70）

すなわち――

私はベルリン・フィルの指揮者が使う象牙のタクトを思いだした。

つまり「フルトヴェングラー」が消されたのだ。比喩によるユーモアがくどいと見なされて省略されただけ、と思われるかもしれない。しかし、おそらくそうではない。というのも、「リファレンス係の女の子」の食欲の旺盛さは、日本語原典で「まるであらゆるものを貪欲に呑み込んでいくハーポ・マルクスのコートみたいだ」（村上 1985a: 133）という比喩で語られるが、これは英訳されているのだ。

It was like that magic coat of Harpo Marx, devouring everything in sight.（: 93）

すなわち――

眼の前にあるものは何でも平らげてしまう、ハーポ・マルクスのコートのようだった。

「私」が「私は地球がマイケル・ジャクソンみたいにくるりと一回転するくらいの時間はぐっすり眠りたかった」（村上 1985a: 235）と思う部分も英訳されている。

I wanted to nod out for as long as it took the earth to spin one Michael Jackson turnaround.（Murakami 1991a: 166）

すなわち——

私は、マイケル・ジャクソン流に地球が一回転するだけの時間はウトウトしたかった。

マルクス兄弟のアメリカ映画やマイケル・ジャクソンのアメリカのポップ音楽は、比喩であってもきっちり訳されている。また「私」にタクシーの運転手が「ラジオで歌謡番組流してろってさ。でも冗談じゃないよな、そんなの。マッチだとか松田聖子なんて下らなくって聴いてらんないよ」（村上 1985a: 493）と主張する日本の音楽事情までしっかり英訳されている。

They say, play *kayokyoku*. No way, man. I mean, really. Matchi? Seiko? I can't hack sugar pop.（Murakami 1991a: 324）

すなわち——

歌謡曲をかけろって言うんだよ。ありえないだろ。まったくさあ。マッチ？　聖子？　甘ったるいポップスなんてやってらんねえよ。

つまり外国の文化が一般が、読者に伝わりづらいと判断されて省略されただけとは言えない。シェイクスピアやフルトヴェングラーは、ヨーロッパの古典文化に対してアメリカ人が劣等感を刺激されないようにするという「特別な配慮」によって、抹消されたのだと考えることができる。

さらに、つぎの可能性も考えられる。それはフルトヴェングラーは原語では〈Furtwängler〉だから、発音区別符号（ダイアクリティカル・マーク）が忌避されたという可能性だ。英語では一般に使用されないこうした符号をアメリカの文化が嫌うことはしばしば話題になるが、それが理由だとしたら、それはそれで異文化を尊重する態度が問題になる。

もっとも、英語以外の翻訳ではシェイクスピアもフルトヴェングラーもほとんど健在だが、イタリア語訳では——シェイクスピアは健在だが——フルトヴェングラーが消えている。

Al contrario del teschio, erano molto pesanti, inoltre possedevano il carisma della bacchetta d'avorio di un grande direttore d'orchestra.（Murakami 2002: 76）

すなわち——

頭骨とは対照的に、それら〔火箸〕はとても重く、加えて言えば、一人の偉大な指揮者が使う象牙のタクトが有するカリスマ性を帯びていた。

イタリア語訳が何を意図して「フルトヴェグラー」を削除したのかはわからないが、イタリア語訳の改変は英語訳に比べるとずっと少ない。

おわりに——誤訳的なムラカミエスク・ワールド

塩濱は、『世界の終りとハードボイルド・ワンダーランド』の英訳の単純な誤訳について、つまびらかに指摘している（塩濱 2017a: 275–277, 283–284, 288, 293–294, 299–300, 301–302, 316, 329–330）。辛島の著作では、塩濱の研究も活用されているが、これらの単純な誤訳は考察の対象に入っていない。もちろん、あらゆる翻訳に誤訳は付きもので、それを単純に列挙する塩濱の研究に疑問を感じる研究者は珍しくないはずだ。

率直に言えば、文学研究を専門とする筆者が、「誤訳」に対して寛容な態度を持つことは難しい。筆者自身も多くの誤訳をしながら訳出しているかもしれないが、それでも誤訳を容認すれば、文学の専門家として、決定的に何かを失ってしまうのではないかという不安がある。筆者はその危機感を捨てさろうとは思わない。だが、それでもあえて本書の趣旨に立ちかえれば、これはなんと言っても村上研究なのだ。第四章で見たように、村上は柴田元幸に「スピードって大事ですよね。たとえば僕がいま本を書いて、それが十五年後にひょいとノルウェー語に訳されたとして、それはそれでもちろん嬉しいんだけど、それよりは二年後、三年後にいくぶん不正確な訳であっても出てくれたほうがありがたいですよね」と語っていた。村上は訳文の正確さよりも鮮度の良さを優先する。やはり第四章で見たように、村上は自身の短編「レーダーホーゼン」を、バーンバウムによる誤訳を踏まえながら日本語に再翻訳するという実験も試みた。このような村上の態度を押さえるならば、村上作品を世界文学として理解する上で、私たちはこの世界文学には「誤訳的」と言える要素が含みこまれていると覚悟しなければならないことに気づかされる。

村上の小説の登場人物たちは、誤訳の上位概念と言える「誤解」について、しばしば語ってきた。短編「かえるくん、東京を救う」では、「理解は誤解の総体に過ぎない」(村上 2000a: 132)と語られる。そのように言う人もいると説明され、かえるくんは「ぼくもそれはそれで大変面白い見解だと思うのですが」と控えめに意見を表明するのだが、ここに村上の主張があるのは明らかだ。というのも、『スプートニクの恋人』では、ヒロインのすみれが書きのこした文書の一節に「**理解というものは、常に誤解の総体に過ぎない**」と記されているのだ(村上 1999a: 195)。

村上は直接つぎのように主張したこともある。

僕は、正しい理解というのは誤解の総体だと思っています。誤解がたくさん集まれば、本当に正しい理解がそこに立ち上がるんですよ。だから、正しい理解ばっかりだったとしたら、本当に正しい理解って立ち上がらない。誤解によって立ち上がるんだと、僕は思う。(柴田 2006: 188)

この「誤解」に関するムラカミエスクな理念を「翻訳」の問題に当てはめれば、村上が誤訳に拘泥しないと思っているのではないかと邪推しそうになるが、それは誤っている。二〇一八年三月七日から八日にかけて、イギリスのニューキャッスル大学で「村上を見つめて」(Eyes on Murakami)と題する国際シンポジウムが開かれ、筆者も参加したのだが、初日の「パネル・ディスカッション」で、柴田元幸は村上の翻訳は一般に、既訳よりも原典に忠実であろうとする傾向があると強調していた。実際に村上の翻訳と既訳を比べると、私たちはそのとおりの印象を抱くことが多い。

村上は、優れた小説には複数の翻訳という選択肢があって良いと考えていて、それがフィッツジェラルドの『グレート・ギャツビー』、チャンドラーのハードボイルド小説、サリンジャーの『キャッチャー・イン・ザ・ライ』、カポーティの『ティファニーで朝食を』などの新訳を村上が手がける動機になった。村上は、『世界の終りとハードボイルド・ワンダーランド』の日本語原典に忠実な新しい翻訳を望んでいる（辛島 2018: 257, 277）。バーンバウムやルークも、新訳が出ても残念と思わないと語る（: 170, 277–278）。本章の冒頭で述べたとおり、ルービンによる新訳の刊行は迫っている。

『世界の終りとハードボイルド・ワンダーランド』の新しい英訳が刊行されて、日本の状況と同じように複数の翻訳という選択肢が与えられれば素晴らしいとは思うが、日本とアメリカでは出版事情が異なるから、そのようにはならない可能性が高い。たとえば『ノルウェイの森』は、最初のバーンバウム訳はすでに絶版になってしまい、新訳のルービン訳のみが流通している。『世界の終りとハードボイルド・ワンダーランド』も、おそらく同様の運命を辿るだろう。それは、誤訳的な性質を持つ村上作品という世界文学にとって損失なのかもしれない。

追記

筆者が本章のもとになった論文を書いていたとき、途中までを読んでくれた加藤は、筆者が塩濱の論文に引きずられてしまい、バーンバウムの英訳を非難してしまったのを、それはむしろ安易な論述ではないかと批判してくれた。書いているときにはその加藤の不満に充分に応えられなかったが、書きおわったあとは、加藤の指摘したとおりに安易な議論をしてしまったと悔いが残った。今回、全面的に改稿する機会を得られて、数年来の宿題を果たすことができたと安堵している。

III

音楽・映画・ポップカルチャー

第六章

音楽を奏でる小説
――『ノルウェイの森』を中心とした諸考察

村上にはジャズ、クラシック、ロックに関する著作や翻訳書があり、音楽マニアとして知られている。村上の小説自体の読みやすさは頻繁に話題になるし、村上自身はそれを音楽的なものと自負している。以下では、本書なりに村上と音楽の関係を、特に『ノルウェイの森』との関係を重視して整理しておきたい。

一　リズム、ハーモニー、インプロヴィゼーション

広く知られているわけではないが、村上にはピアノの演奏と楽譜を読む心得がある。大井浩一と村上は語りあう。

――幼い頃、ピアノを習ったそうですね。

村上　習っていましたね。練習が嫌でやめちゃいました（笑）。小学校何年生からかな、ずっと中学校くらいまでやっていました。だから、楽譜は今でも読めて、それはよかったなと思っています。もう弾けないですけど、音楽聴きながら、ピアノで和音を探したりするの、好きですね。（大井 2021: 119–120）

村上のピアノ演奏はジャズの流儀を吸収したもので、自由なアドリブを交えてピアノを弾くのを好んだことも語ったことがある。

僕は子供のころにピアノを習っていたので、今でもいちおう楽譜を前にして、それを演奏することは（原理的には）可能です。ただ僕はジャズが好きなので、楽譜の通りに弾くよりも、コードを頭に入れて自由にアドリブするのが好きです。例えばCマイナーから、Bフラット7に行ってという感じです。このあいだカルロス・ジョビンの「イパネマの娘」を練習していたんだけど、買ってきた楽譜に書かれているコードって、あまり正確じゃないですね。自分で音の響きから正しい（より適当な）コードを見つけていくのが楽しいです。自分の指が正しい響きを探り当てると、「やった」という充足感があります。とくにカルロス・ジョビンの曲って、コードの選び方の屈折ぶりがたまらないというところがありますから。（村上 2006c: 269）

村上は大学生のときにフルートを習っていたこともあったらしい。しかし、習熟には至らなかったと語る。

僕は高校時代、バド・シャンクの「フルート・アルバム」という日本編集のLPを買って、ずいぶん聴きこみました。なかでもこの「月光と水玉模様」は最高に美しい。そういう影響もあって、僕は大学生のとき先生についてフルートを習ったこともあるんだけど、結局ものになりませんでした。フルートって難しいです。文章

を書いているほうがずっと楽ですね。（村上 2019d）

楽器を習い、音楽を演奏する側として通達したいと願いつつ、それが叶わなかったという事情が、村上を創作者にしたと言って良い。つまり村上は作曲や演奏の代償行為として、執筆活動をしている。小澤征爾との対談で、村上はつぎのように語った。

言葉の組み合わせ、センテンスの組み合わせ、パラグラフの組み合わせ、硬軟・軽重の組み合わせ、均衡と不均衡の組み合わせ、句読点の組み合わせ、トーンの組み合わせによってリズムが出てきます。ポリリズムと言っていいかもしれない。音楽と同じです。耳が良くないと、これができないんです。（小澤／村上 2011: 130）

文学作品と音楽の楽曲について考察する林信蔵は、村上がこのとき口にした「ポリリズム」という語について、『ノルウェイの森』を例にとって、これは物語の「死」に見られる内容と形式の緊張関係に対するメタファーではないかと考察する。

『ノルウェイの森』の中には、後にアクセントがあること、すなわち、一個人に関する物語の最終的な結末である死を語る文章であるという性質と、初めにアクセントがあること、すなわち、最終的な不幸をあらかじめ予告して扱う物語言説であるという性質が共存していると言うことができる。いわば、現実においては、誰にとっても決定的な意味を持つ死という内容を、死を取るに足らないものとして扱う神話的な形式で語っているのであり、そのような緊張関係を孕みながら物語が成立していると言える。（林 2018: 122）

さらに林は、「ポリリズム」について音楽学的に厳密な注釈を加えることで、そのようなものは小説では原理的に不可能だということを指摘する。

異なる声部において、例えば二拍子系のリズムと三拍子系のリズムが同時に演奏されることによって生まれるポリリズムは、異なる声部を同時に持つことのない小説では、原理上実践不可能である。それにもかかわらず、「ポリリズム」という言葉を村上が用いた背景には、上述した語る時間と語られる時間の緊張関係を表現するために適当な言葉が他に見つからなかったからと解釈することができるのではないか。〔…〕たとえ、村上が「ポリリズム」を物語言説と物語内容との緊張関係を指し示すために用いたことが事実であったとしても、その場合の「リズム」とは、例えば、強弱や弱強、強弱弱、弱強弱、弱弱強など、アクセントを持つ拍と持たない拍がグループ化されることによって生まれるリズムとは別のものである。(: 122)

この議論で林は「ポリリズム」を物語の構造の問題と理解したが、村上は「言葉の組み合わせ、センテンスの組み合わせ、パラグラフの組み合わせ、硬軟・軽重の組み合わせ、均衡と不均衡の組み合わせ、句読点の組み合わせ、トーンの組み合わせ」について語っていたのだから、実際には村上は自身の文体を「ポリリズム」に喩えたかったと見なすべきだろう。

加えて、林は村上と小澤征爾の対談に注目し、村上の作品をクラッシック音楽のモデルで理解しようとしているが、実際には村上の小説はおもにジャズとの関係で理解するべきだと思われる。村上は自分の音楽趣味の重心がジャズにあることを、そのコレクション構成の比率との話題で、繰りかえし仄めかしている。以下は二〇〇六年の発言による。

僕のレコード・コレクションはあくまでおおよそですが、ジャズが70パーセント、クラシックが17・5パーセント、ロック関係が12・5パーセントくらいになっています。ロック関係はやはり新しいものが多いので、どうしてもＣＤが中心になります。もちろんドアーズやビーチボーイズは当時のＬＰオリジナルということに、あくまでこだわっておりますが（無意味なんですが）。（村上 2006c: 300）

この比率は、二〇二〇年になってもそれほど変わらなかった。

うちにあるレコードは、だいたい７割がジャズ、２割がクラシック、１割がロック、ポピュラー音楽という感じになっています。ＣＤに関しては、かなり事情は変わってきますが、アナログに関してはそういう比率になります。（村上 2020e）

このジャズが七割、クラシック、ロック、ポップスが三割という構成は、村上の作品の文体や構造にそのまま生かされている、と仮説を立てることができるのではないか。

それを実証する能力は筆者にはないが、いずれにせよ村上の音楽精神の中心にあるものがジャズだということは間違いない。村上は、自分の創作を音楽のリズム、ハーモニー、インプロヴィゼーションで喩えるのを好む。この考えの芽は、第一作の『風の歌を聴け』を書いているときから芽生えていたと語る。

小説を書いているとき、「文章を書いている」というよりはむしろ「音楽を演奏している」というのに近い感覚がありました。僕はその感覚を今でも大事に保っています。それは要するに、頭で文章を書くよりはむしろ体感で文章を書くということなのかもしれません。リズムを確保し、素敵な和音を見つけ、即興演奏の力を信

じること。（村上 2015b: 49）

この想念を、村上は折に触れて述べてきた。

僕はいつも言うんだけど、僕が小説を書くコツというか、要素というのは、音楽と同じなんです。第一にリズムがなければいけないということ。それからハーモニー。そしてインプロヴィゼーション（即興性）。この３つが僕にとって本当に大事なことです。子どもの頃はずっとピアノを習ってたんだけど、いやだったから途中で放棄してしまって……。僕は楽器が弾けるといいなという気持ちはいつもあったんですが、文章を書くようになってから、楽器を弾くのと同じような喜びが得られるようになったんですよね。それはすごく大きいことです。（村上 2019c）

リズム、ハーモニー、インプロヴィゼーションのうち、最後のものはきわだってジャズ的な要素、そしてクラシック音楽には縁遠いものと言える。このインプロヴィゼーションの要素こそ、村上作品の構成、つまり形式をジャズ的なものとして成立させている。さらに、ジャズ研究も手がけるアメリカ文学者の宮脇俊文は、村上作品の内容もジャズ的なものと見なしている。文体がジャズ的、かつテーマまでジャズ的だと指摘するのだ。

彼の紡ぎ出す言葉には常に音符が付随していて、メロディーが奏でられている。それはあたかもリズムを刻み続けるベースラインがあり、ピアノやトランペットといった楽器がメロディーを奏でているかのようだ。こうした彼の文体の特徴が作品をとても読みやすくし、読者を知らず知らずのうちに先へ先へと引っ張っていってくれる。その他、ハーモニー、トーンなど、音楽を構成する全ての要素が村上の文体に影響を与えている。／

現代人の多くが陥っている閉鎖的空間にどう突破口を見いだすのかがわれわれの最大の課題である。そんな目に見えない束縛からいかに自分を解放し、自由になるかが村上の最大のテーマだ。それは「個」としての自由への道のりであり、ジャズが目指してきたことと重なる。つまり、村上作品は文体とテーマの両面において「ジャズ的」なのである。（宮脇 2021）

きわめて妥当な指摘だと思われる。だが、村上の作品にインプロヴィゼーションを核としたジャズのイメージを与えると、不具合も発生するのではないか。というのも、執筆には綿密な改稿作業も組みこまれるはずで、これは即興演奏のイメージとは明確に対立するだろう。しかも、村上は自分が周到に改稿する作家でもあることも明らかにしている。

小説も（小説の場合はあとでじっくり書き直しますが）、書いているときはさっささかさっさか、流れのままに書いていきます。ものを書くとき、流れってすごく大事なんです。（村上 2015a: 2015-02-21）

つまり「流れ」を重視して、インプロヴィゼーション流に素早く執筆していき、それを「あとでじっくり」改稿していくというのが、村上の創作技法と考えて良い。ここから、村上の作品は即興演奏そのものではなく、即興演奏を収録した後、スタジオワークによって音のバランスなどを再調整したものと喩えるのが妥当になる。村上はその調整作業を「村の鍛冶屋」の喩えでも説明する。

最初に書いたものを読み返して、がっかりすることは、僕にもあります。でも最初から良いものが書けるわけはないので、それを「村の鍛冶屋」のようにこつこつと我慢強くトンカチ仕事をして、うまく直していくことが必要になります。何度も何度も書き直しているうちに、だんだんかたちが整ってきて、自分の思うようなものになっていきます。そういう流れをまず作っておいてから、先に進めばいいんです。ちょっと書いて「こりゃだめだ」と思って放り出していてはだめです。努力しなければ。文章というのは努力してうまくなるものです。最初からうまい人なんてまずいません。（村上 2015a: 2015-01-26）

ジャズの天才的なインプロヴィゼーション演奏をスタジオワークによって緻密に調整した音楽が、村上の小説の適切な比喩だ。そしてその音楽には、ジャズが主体となりつつも、部分的にクラシック、ロック、ポップスが溶けこんでいる、と喩えることができる。

二　藤本和子訳ブローティガン、文学的トポス「おいしそうなレシピ」、ジャズ的アドリブ

さて、村上作品の音楽性を作品の構造に照らして考察することは本書の課題としない。本書では、村上の文体の音楽性を聴きとっていきたい。村上は一九九八年に語った。

僕は小説を書き始めた頃、自分の中で自分だけの新しい日本語の体系みたいなのを作り上げようと思い（つまりこれまでの文芸的日本語が当然のものとしてもたれかかってきた共有価値体系をチャラにするべく）、外国語というものをかなり意識して、日本語を（言うなれば）解体したかったわけです。そこから僕なりにまっとうな日本語を作ろうとしたわけです。そのような挑戦性については、最初からかなりの確信犯だったと思います。／そのような試みは最初の『風の歌を聴け』に始まり、『ノルウェイの森』で、ひとつの台地的なスポットに達したと僕自身は感じています。（村上 2000b: 98）

村上は、いわば日本語のサンプリングを実施することによって、新しい日本語を作りだそうと考えたのだった。その試みは『ノルウェイの森』でひとつの頂点を迎えたと村上は考えているのだが、それでは彼の出発点はどこにあったのか。つまり、当初サンプリングした日本語とはどのような日本語だったのか。

その問いには村上の読者のほとんど誰もが返答できるだろう。それは、いわゆる「翻訳文体」だと。なかでも、村上は、アメリカの作家リチャード・ブローティガンを翻訳した藤本和子の文体を模倣した可能性が高い。翻訳家の岸本佐知子が、邵丹からのインタビューに応えて、藤本のブローティガン訳について語る。

> 決して自然な日本語ではない。どっちかっていうとちょっとぶきっちょな感じに思えたりするんだけれども、そこがこう、いい感じの引っかかりになっているし、心地よい日本語に丸めてしまわない誠実さのようなものを感じます。独特の雰囲気もありますしね。そういうぶきっちょなところも含めて、ブローティガンという人のごつごつした感じが出ているところも、やっぱりすごい訳だなあと思います。(邵 2022: 264)

村上と親交がある柴田元幸は、村上の作品を語る際に、持説を述べるのにきわめて慎重だが、――村上から交際が断たれれば失うものは大きいだろう――ブローティガンの『アメリカの鱒釣り』が文庫化された二〇〇五年、藤本と村上の関係について、傍点まで使って、大胆にもつぎのように断言している。

> アメリカ文学の名翻訳者村上春樹の翻訳にしても――そして個々の言葉や比喩の使い方といった次元で考えれば、作家村上春樹の作品でさえ――、『アメリカの鱒釣り』をはじめとする藤本和子の訳業抜きでは考えられない。(柴田 2005: 267)

柴田は、翻訳家としての村上だけでなく、小説家としての村上にも藤田和子が与えた影響は決定的だと持論を述べたのだ。柴田は自身のこの見解について、二〇一六年に村上に確認する機会も得た。

柴田　リチャード・ブローティガンの翻訳は、村上さんは以前から読んでらっしゃいましたよね。
村上　もちろんです。
柴田　あの翻訳が出てきたときに、新しさのようなものを感じましたか。
村上　藤本さんの翻訳で読んで興味を持って、それで原文を手にとってみたという感じですね。まずは翻訳が最初だった。ぼくが大学生だった六〇年代の終わりから七〇年代のはじめにかけて、藤本さんの訳したブローティガンは、一種の、ガイディング・ライトのようなものでした。
柴田　なるほど、そうですね。カルトというほど狭くないし、といってすごくメジャーというわけでもなかったけれど、みんなこっちに行こうという感じがありました。
村上　それに飛田茂雄さんや浅倉久志さんの翻訳したヴォネガット。翻訳者と作家の密な関係があって、非常に幸福な時代だったと思います。ぼくが翻訳に興味を持ったのは、そういう人たちの影響があったのかもしれない。
柴田　村上さんの訳文の影響源を探すのってすごく難しいですけれど、一番近いのは藤本さんかなと思うことがあります。会話なんかがすごく生き生きした感じだったり。むろん影響という言葉は安直に過ぎますが。
村上　生真面目な翻訳にしたくないということは思いますね。
（村上／柴田 2016: 548–549）

柴田は二〇〇五年には、村上の訳文だけではなく小説の文体さえも藤本が出発点になっていると主張していたが、村上本人の前ではさすがに憚られたらしく、「訳文の影響源」が藤本ではないかと控えめに尋ねている。対する村上はいつもの彼らしく、真実をぼやけたままにしようとしているが、村上への影響は、第二章で指摘した２０８の女の子が示すように、きわめて本質的なものだと考えられる。以下では、ブローティガンから村上に受けつがれたもののひとつとして、つまりサンプリングされたものとして、料理のおいしそうな印象をレシピによって立ちあげる技法に注目してみよう。これは第二章で述べた「文学的トポス」にあたり、「おいしそうなレシピ」の文学的トポスと呼んで良いものだ。『アメリカの鱒釣り』には、つぎのようなレシピが登場する。

黄金色のピピン林檎を十二個、見目よくむいて、水にこれを入れ、よく煮る。次にその煮汁少量とり砂糖加え、煮たりんご二、三個をスライスして入れ、シロップ状になるまで煮つめる。それをピピン林檎にかける。乾燥さくらんぼと細く刻んだレモンの皮で飾りつけると、できあがり。林檎が崩れぬよう充分注意されたし。（ブローティガン 1975: 26）

村上の作品は、まさにブローティガン的に、最初期からさまざまなレシピによって彩られた。まず『風の歌を聴け』（一九七九年）では、「おいしそうなレシピ」ならぬ「おいしくなさそうなレシピ」が登場する。

鼠の好物は焼きたてのホット・ケーキである。彼はそれを深い皿に何枚か重ね、ナイフできちんと4つに切り、その上にコカ・コーラを1瓶注ぎかける。／僕が初めて鼠の家を訪れた時、彼は5月のやわらかな日ざしの下にテーブルを持ち出して、その不気味な食物を胃の中に流しこんでいる最中だった。／「この食い物の優れた点は、」と鼠は僕に言った。「食事と飲み物が一体化していることだ。」（村上 1979: 121）

『羊をめぐる冒険』（一九八二年）では正統的な「おいしそうなレシピ」が登場する。

僕は暇にまかせていろんな料理を作ってみた。オーブンを使ってロースト・ビーフまで作った。冷凍した鮭を柔かくしておろし、マリネも作った。生野菜が不足していたので草原で食べられそうな野草をみつけ、かつおぶしを削って煮物を作った。キャベツで簡単な漬物を作ってみた。羊男が来た時のために何種類かの酒のつまみも用意した。（村上 1982: 345）

同作では「一日のおいしそうな献立」も登場する。

僕は夕方にパンとサラダとハム・エッグを食べ、食後に桃の缶詰を食べた。／翌朝僕は米を炊き、鮭の缶詰とわかめとマッシュルームを使ってピラフを作った。／昼には冷凍してあったチーズ・ケーキを食べ、濃いミルク・ティーを飲んだ。／三時にはヘイゼルナッツ・アイスクリームにコアントロをかけて食べた。／夕方には骨つきの鶏肉をオーブンでやき、キャンベルのスープを飲んだ。（: 357）

『世界の終りとハードボイルド・ワンダーランド』（一九八五年）には、つぎのように「おいしそうな和食のレシピ」が登場する。

彼女を待つあいだに、私は簡単な夕食を作った。梅干しをすりばちですりつぶして、それでサラダ・ドレッシングを作り、鰯と油あげと山芋のフライをいくつか作り、セロリと牛肉の煮物を用意した。出来は悪くなかった。時間があまったので私は缶ビールを飲みながら、みょうがのおひたしを作り、いんげんのごま和えを作った（村上 1985a: 127）。

つぎのように「おいしそうな洋食のレシピ」もある。

私は鍋に湯をわかして冷蔵庫の中にあったトマトを湯むきにし、にんにくとありあわせの野菜を刻んでトマト・ソースを作り、トマト・ピューレを加え、そこにストラスブルグ・ソーセージを入れてぐつぐつと煮込んだ。そしてそのあいだにキャベツとピーマンを細かく刻んでサラダを作り、コーヒーメーカーでコーヒーを入れ、フランス・パンに軽く水をふってクッキング・フォイルにくるんでオーヴン・トースターで焼いた（村上 1985a: 579）。

『ノルウェイの森』（一九八七年）では「おいしそうなレシピ」が登場しないが、「おいしそうな献立」なら二回登場する。いずれも緑が「僕」に用意するもので、このさりげない描写は緑の魅力を引きたてる効果を持っている。

緑の料理は僕の想像を遥かに越えて立派なものだった。鰺の酢のものに、ぼってりとしただしまき玉子、自分で作ったさわらの西京漬、なすの煮物、じゅんさいの吸物、しめじの御飯、それにたくあんを細かくきざんで胡麻をまぶしたものがたっぷりとついていた。味つけはまったくの関西風の薄味だった。／「すごくおいしい」と僕は感心して言った。（村上 1987b 上：124）

夕方になると彼女は近所に買物に行って、食事を作ってくれた。僕らは台所のテーブルでビールを飲みながら

天ぷらを食べ、青豆のごはんを食べた。（: 211）

『ダンス・ダンス・ダンス』（一九八八年）では、「おいしそうなレシピ」で食材の形容がふくらみを増している。

僕はセロリを齧ってしまってから、夕食に何を食べようかと考えた。スパゲッティにしよう、と僕は思った。にんにくを二粒太めに切ってオリーブ・オイルで炒める。フライパンを傾けて油を溜め、長い時間をかけてとろ火で炒める。それから赤唐辛子をまるごとそこにいれる。そしてそれもにんにくと一緒に炒める。苦みの出ないうちににんにくと唐辛子を取り出す。この取り出すタイミングがけっこう難しい。そしてハムを切ってそこに入れ、かりっとしかけるところまで炒める。そこに茹であがったスパゲッティを入れ、さっとからめてみじん切りにしたパセリを振る。それからさっぱりとしたモッツァレラ・チーズとトマトのサラダ。悪くない。（村上 1988 上 : 222–223）

同作では「まともなレストランのメニュー」が登場する。「僕」はユキを伴って食事に行く。

僕はまず彼女をまともな店に連れていって、ホール・ホイートのパンで作ったロースト・ビーフ・サンドイッチと、野菜サラダを食べさせ、まっとうで新鮮なミルクを飲ませた。僕も同じ物を食べ、コーヒーを飲んだ。美味いサンドイッチだった。ソースがさっぱりとして、肉が柔らかく、本物のホースラディッシュ・マスタードを使っている。味に勢いがある。こういうのを食事というのだ。（村上 1988 上 : 312）

同作ではさらに、「おいしそうな酒のつまみ」も登場する。

僕は長葱と梅肉のあえものを作ってかつおぶしをかけ、わかめと海老の酢のものを作り、わさび漬けと大根おろしに細かく切ったはんぺんをからめ、オリーブ・オイルとにんにくと少量のサラミを使ってせん切りにしたじゃが芋を炒めた。胡瓜を細かく刻んで即席の漬物を作った。昨日作ったひじきの煮物も残っていたし、豆腐もあった。薬味にはたっぷりと生姜をつかった。（村上 1988 下 : 152）

これらの「おいしそうなレシピ」の系譜は『ねじまき鳥クロニクル』（一九九四～一九九五年）の冒頭に置かれた「おいしそうな調理時間」で芸術的な頂点に達したと言える。

台所でスパゲティーをゆでているときに、電話がかかってきた。僕はＦＭ放送にあわせてロッシーニの『泥棒かささぎ』の序曲を口笛で吹いていた。それはスパゲティーをゆでるにはまずうってつけの音楽だった。（村上 1994b: 7）

ブローティガン作品の藤本和子による英語から日本語への翻訳を通じて、村上に独特の文体の芽が伝達され、「おいしそうなレシピ」も伝達された。さらに言えば、村上に影響を受けた日本の作家が、ムラカミエスクな文体や「おいしそうなレシピ」を日本語のさまざまな作品で広めていった、つまり広範にサンプリングされるようになったという見取り図を描くことができるだろう。

村上作品では、この「おいしそうなレシピ」のような、本筋にはそれほど関係がなさそうでも、作品に彩りを添え、登場人物や場面の魅力を増してくれる描写がつぎつぎに繰りだされる。これは村上の創作が、ジャズ的にアドリブだらけのインプロヴィゼーションを意識して創作しているから、と見ることができる。

三　『ノルウェイの森』の結末部

村上の代表作が、日本でも海外でももっとも成功した作品と言える『ノルウェイの森』だと見なされることは、頻繁にある。研究者にも、『ノルウェイの森』を村上の中心的な作品と見立てて、ほかの作品との関係を論じるものがある。だが、そのような議論をすることで、村上の実像が見えにくくなる危険がある。一九九八年、村上は当時の自分にとって「いちばん大きな意味を持つ三つの作品」について語った。

『世界の終り』は、僕にとってはやはりいちばん大きな意味を持つ三つの作品に入るものです。あとの二つは『ノルウェイの森』と『ねじまき鳥クロニクル』です。／僕の小説の読者は大まかに言って、〈非リアリズム＝象徴派〉の流れと、〈リアリズム＝抒情派〉の流れに分かれているようです（もちろん多くの人は、その中間のどこかにいるわけですが）。そして『世界の終わり』は主に前者に、『ノルウェイの森』は主に後者に支持されているようです。（村上 2000b: 89–90）

ここからは、村上が自分の作品の幅を『世界の終りとハードボイルド・ワンダーランド』と『ノルウェイの森』の両極にあるものと見なし、両極が融合したものとして、おそらくセンターラインに近い位置に存在するものとして『ねじまき鳥クロニクル』と意識していることが読みとれる。実際、村上は別の機会にもはっきりとこう語った。

『ねじまき鳥』を書き終えたとき、これで自分がメイントラックに乗っかったという実感がありました。これが僕のそもそもやりたかったラインなんだと。（村上 2010c: 25）

つまり『ねじまき鳥クロニクル』こそが、村上作品の「王道」なのだ。二〇一八年、村上は『ノルウェイの森』が自分の代表作、あるいはメインストリームにある作品だと誤解されがちなことに対する懸念を辛島デイヴィッドに語った。

『ノルウェイの森』は僕の作品の系列の中では、ちょっと違う作品なんです。リアリスティックな物語だし。僕の書いてきた長編小説のメインストリームは『ねじまき鳥クロニクル』なんです。(辛島 2018: 147)

村上の『ノルウェイの森』に対する複雑な思いが伝わってくる。自分を超巨大作家に押しあげた主力推進機関は『ノルウェイの森』なのに、村上にとってそれはムラカミエスクから外れかけた異端の作品なのだ。村上は『ノルウェイの森』のような長編を書いてほしいと願う読者の声に答えることができない。

僕は短編小説に関しては、いわゆる「リアリズム」の小説をちょくちょく書いていると思います。でも長編小説になると、僕の考える「リアリズム」(つまり僕にとってリアルである世界)は、いわゆる世間的な「リアリズム」からどんどん逸れていく傾向があります。これは僕にもどうしようもないことなのです。なにしろそちらの方が、僕にとってはよりリアルな、より切実な世界ですので。申し訳ありませんが、ご理解ください。(村上 2015a: 2015-03-01)

村上の作品のうち、一般的な意味での「リアリズム」の度合いが高い『ノルウェイの森』は、村上にとっての「リアリズム」を満たさない。この「リアリズム」はおそらく村上の考える夢と現実の関係に関わっているだろう。第三章で見たように、村上は「作家にとって書くことは、ちょうど、目覚めながら夢見るようなものです」、「夢を見るために毎朝僕は目覚めるのです」と語った。そして「序」で見たように、村上は「井戸」または「地下二階」によって、世界中の読者と繋がっている。一般的なリアリズムとは異なった次元で、村上はリアリズムを体験している。だから、村上にとって『ノルウェイの森』の執筆は独特な不満感を残すものだった。

村上　『ノルウェイの森』はもともと二五〇枚ぐらいの、さらりとした小説にするつもりだったけど、書き出すと止まらなくて、結局長篇になってしまった。書き終えたとき、リアリズムの話はもう十分だと思いました。もうこういうのは二度と書きたくないと。
——どういうところが、「こういうの」と思われたんですか。
村上　これは僕が本当に書きたいタイプの小説ではないと思った、ということです。
——そんなふうに、書き終わったときに、「これは僕の書きたい小説ではない」と思うような経験はほかの小説でもありましたか。
村上　ないです。あの本は僕にとってはあくまで例外だから。あのときは『ノルウェイの森』という話を、あの文体で書いておくことが僕にとって必要だったんです。ここをきちんと押さえておく、みたいに。今でも短編のあるものはリアリズムの文体で書きますよ。書こうと思えば、そしてもしそうすることが必要であれば、書けます。でもリアリズムの長編はもう書きたくないな。
——どうしてでしょう?
村上　自分の中をさらうという感じがないんです。『ノルウェイの森』は、書いているときはその世界に深く入っていったし、もちろんそれなりの手応えはあったんだけど、書き終えて自分が変わったかというと、そういう実感がありません。（村上 2010c: 22）

「自分の中をさらうという感じ」を欠き、「もちろんそれなりの手応えはあったんだけど、書き終えて自分が変わった」という実感を与えてくれなかった『ノルウェイの森』の執筆。村上は『ノルウェイの森』にある種の低評価を与えている。

だが、『ノルウェイの森』が村上の作品として「例外」だとしても、この作品は村上のほかの作品と同じように音楽的な性質を持っていることには変わらない。否、むしろ「例外」だからこそ、村上はこの作品の魅力を高めようとして、ほかのどの作品にも増して音楽的に仕立てたのかもしれない。第一に、この作品はビートルズの「ノルウェーの森」を（日本語の表記をやや変更した上で）作品名として掲げている。第二に、阿部翔太が指摘するように、この作品では音楽が登場人物たちによって演奏され、主人公も終盤にいたって楽器を演奏することで、演奏行為とその聴取が他者との共鳴を志向している（阿部 2018: 9–10）。その作品内の共鳴感が、読者の私たちにも波及してくる。そして、第三にその文体が音楽的で、それは結末部で最高音に達する。その結末部は、村上の「高み」についての考えをもっとも明瞭に表現している。村上はあるエッセイで、リズム、メロディ、ハーモニー、即興演奏と並んで、「作品を完成する上で、高みを経験しなくてはいけない」と語ったことがある。

音楽でも創作でも、いちばんの基礎になるのはリズムなんです。自分の文体が気持ちのよい、ナチュラルでしっかりしたリズムを持ってなくちゃならない。そうでないと、読者は作品を読み続けてくれないでしょう。僕はリズムの大切さを音楽から、とりわけジャズから学習しました。次に来るのがメロディです。文学でいうと、リズムに合った言葉の配列ということになるでしょうか。言葉がリズムにぴったり合って、なめらかで美しければ、それ以上望むものはありません。それからハーモニーが来ます。それは心のなかに響く音で、言葉を支えてくれます。それから、僕がいちばん好きなものが来る。自由な即興演奏です。何らかの特別な回路を通じて、物語は内側から自由に湧き出てきます。僕はやることと言ったら、その流れに身を任せるだけです。最後に、でもこれがおそらくいちばん大事だと思うものが来ます。作品を完成させる上で、高みを経験しなくてはいけないということです。「演奏」を終えるにあたって、これは新しくてたくさん意味があることに成功したんだっていう感覚があること。この全部がうまく行くと、自分の読者と（自分の観客と）高揚感を共有することができます。この感覚は、すばらしい絶頂になっていて、ほかにはどうしたって達成できないものなんです。
(Murakami 2007b)

では、その『ノルウェイの森』の結末部を見てみよう。地獄めぐりのような体験を経たのちに、主人公の「僕」、ワタナベトオルは電話ボックスから緑に連絡する。

僕は緑に電話をかけ、君とどうしても話がしたいんだ。話すことがいっぱいある。話さなくちゃいけないことがいっぱいある。世界中に君以外に求めるものは何もない。君と会って話したい。何もかもを君と二人で最初から始めたい、と言った。

緑は長いあいだ電話の向うで黙っていた。まるで世界中の細かい雨が世界中の芝生に降っているようなそんな沈黙がつづいた。僕はそのあいだガラス窓にずっと額を押しつけて目を閉じていた。それからやがて緑が口を開いた。「あなた、今どこにいるの？」と彼女は静かな声で言った。

僕は今どこにいるのだ？

僕は受話器を持ったまま顔を上げ、電話ボックスのまわりをぐるりと見まわしてみた。僕は今どこにいるのだ？　でもそこがどこなのか僕にはわからなかった。見当もつかなかった。いったいここはどこなんだ？　僕の目にうつるのはいずこへともなく歩きすぎていく無数の人々の姿だけだった。僕はどこでもない場所のまん中から緑を呼びつづけていた。

（村上 1987b 下：258）

引用した箇所の第一段落で、同じ音が執拗に繰りかえされる。「君と」「話が」「話すことが」「いっぱいある」「話さなくちゃ」「いっぱいある」「君以外に」「君と会って」「話したい」「君と二人で」。第二段落ではそれが弱まり、繰りかえしは「世界中の」「世界中の」だけに抑制される。だが緑の「あなた、今どこにいるの？」という発言を受けて、第三段落で「僕は今どこにいるのだ？」という自問が出現し、第四段落での「僕は今どこにいるのだ？」に流れこむ。さらにそれが「でもそこがどこなのか僕にはわからなかった」「いったいここはどこなんだ？」「どこでもない場所」へと変形していく。

加えて、第三段落だけが一行で終わっていて、それが文章の速度に強烈な緩急をつけている。そして、「僕の目にうつる」ものが「いずこへともなく歩きすぎていく無数の人々の姿だけ」と描写されることで、小説の世界が一挙に抽象的で非リアリズム的な領域へとすべりこんでいき、直後に「僕はどこでもない場所のまん中から緑を呼びつづけていた」と書かれ、読者は「僕」とともに緑を呼びつづける「どこでもない場所の真ん中」に置きざりにされて、作品が完結する。

これだけ白熱した同じ単語の反復、圧倒的な緩急、リアリズムから非リアリズムへの劇的な移行が仕掛けられている箇所は、村上の全作品を見ても『ノルウェイの森』の結末部にしか見られないのではないか。まったくの個人的感想だが、筆者はデイミアン・チャゼルの『セッション』を観たときに、その結末部が『ノルウェイの森』に似ていると感じた。主人公でジャズバンドのドラマーを務めるアンドリューは、対立関係にあった冷徹な教師フレッチャーの指揮を無視して、デューク・エリントンとファン・ティゾールが作曲したジャズ曲「キャラバン」をドラム独奏で熱烈に演奏する。フレッチャーもその迫力に飲みこまれ、アンドリューの独奏は爆発していき、音が鳴りやむと同時に、アンドリューやフレッチャーが演奏をどう受けとめたのかは描かれないまま、画面が暗転してエンドクレジットが流れはじめ、映画は終わる。ここには村上的な「抛りなげ感」に通じるものがあると思ったのだ。

村上は、小説のなかの会話文について、つぎのように語ったことがある。

> 会話でいちばん大事なことは、じつは言い残すことなんです。いちばん言いたいことは言葉にしてはいけない。そこでとまってしまうから。会話というのはステートメントではないんです。優れたパーカッショニストはいちばん大事な音を叩かない。それと同じことです。（村上 2010c: 54）

これはあくまで会話に関する見解の提示だが、じつは村上作品の物語構造にも言えるのではないか。物語を閉じるための決定的な描写が空中へと抛りあげられ、その鮮烈な瞬間とともにオープンエンディングの形式で作品が閉じる。読者は圧倒されながら、村上が書いた物語を読みおわる。村上は言っていた。「作品を完成させる上で、高みを経験しなくてはいけないということです。「演奏」を終えるにあたって、これは新しくてたくさん意味があることに成功したんだっていう感覚があること」。この美学を私たちは『ノルウェイの森』で最大限に感受することができる。

第五章でも述べたとおり、『ノルウェイの森』の英訳は初めバーンバウム訳が出され、のちにルービン訳が取ってかわることで、現在に至っている。ここで上に示した結末部に関するふたつの訳を比較してみても良いだろう。

まずはバーンバウム訳——

> I called Midori and told her I simply had to talk to her. I had loads to tell her. Things I had to get off my chest. There was nothing else I wanted in this world but her. Let's meet and talk, I said, everything depends on that.

Midori stayed silent on the other end of the line the whole while. Silent as all the rain in the world falling over all the grass of the world, on and on. I pressed my forehead against the windowpane and shut my eyes. And finally Midori spoke to me.

"Where are you now?" she calmly asked.

Where was I now?

I looked up, receiver in hand, and spun around in the phone booth, taking in my surroundings. Where the hell was I? I couldn't tell. Not a clue. All I could see about me were people, scores of people, all tired of walking about aimlessly. I held onto the line to Midori from there in the middle of nowhere.

(Murakami 1989, 1: 255–256)

続いてルービン訳——

I phoned Midori.

"I have to talk to you," I said. "I have a million things to talk to you about. A million things we have to talk about. All I want in this world is you. I want to see you and talk. I want the two of us to begin everything from the beginning."

Midori responded with a long, long silence – the silence of all the misty rain in the world falling on all the new-mown lawns of the world. Forehead pressed against the glass, I shut my eyes and waited. At last, Midori's quiet voice broke the silence: "Where are you now?"

Where was I now?

Gripping the receiver, I raised my head and turned to see what lay beyond the phone box. Where was I now? I had no idea. No idea at all. Where was this place? All that flashed into my eyes were the countless shapes of people walking by to nowhere. Again and again I called out for Midori from the dead centre of this place that was no place.

(Murakami 2000b: 386)

英語のほうが日本語よりもリズミカルでメロディアスな言語という特徴があるから、バーンバウム訳も充分に音楽的と言えるかもしれないが、村上の原文と比べると、それを急いで要約したかのような、やや早送り気味に再生されているような質感が発生してしまっている。そのことはルービン訳と比較するとよくわかるはずだ。ルービン訳は村上の原文はバーンバウム訳よりも忠実であろうとしているため、繰りかえしなども再現する傾向にあり、英語の本来のリズミカルでメロディアスな性質と連動して、原文以上に音楽的なテクストを構築できている。

ここで注意したいのは、ルービン訳がつねに原文に「忠実」なわけではないということだ。「緑は長いあいだ電話の向うで黙っていた」は、"Midori responded with a long, long silence" と "long" が重ねられ、緑が沈黙していた「長いあいだ」が強調されている。「世界中の細かい雨が世界中の芝生に降っているような沈黙」は、"the silence of all the misty rain in the world falling on all the new-mown lawns of the world" と訳されている。つまり「芝生」が「新たに刈られた芝生」へと独特に修飾されているのだが、これは〈new-mown lawns〉の音とwの連発（world にもこのアルファベットは含まれる！）が「芝生」らしさを強めると判断されたからだろう。〈w〉は、およそ二〇〇〇年代以降の日本では「笑」を略したネットスラングとなり、このアルファベットが芝生のように見えることから、およそ二〇一〇年代以降に若者たちが笑いを「草生《は》える」と表現するようになったが、ルービンも〈w〉という文字の「芝生感」とでも言うべきものを翻訳に活用しているわけだ。なお英語圏では、単語の音声ではなくて視覚的な類似性にもとづく押韻として「視覚韻」（〈eye-rhyme〉, Baldick 2008, 122）というものが知られている。

四　ブライアン・ウィルソンと村上春樹

『ノルウェイの森』は当初「こぢんまりして綺麗でメランコリックな小説」として構想され、作品名の候補は『雨の中の庭』だった。現在では『ノルウェイの森』は村上の作品として国際的な知名度を持つが、おそらく刊行当時は少なからぬ音楽ファン、あるいはビートルズの信奉者が不快感を抱いたのではないか。村上は語る。

僕はドビッシーの「雨の中の庭」というピアノ曲が昔から好きで、そういう雰囲気を持った、こぢんまりして綺麗でメランコリックな小説を書きたいと思っていました。この小説を書きはじめたとき、そういう題が内容的にぴったりしているかなと思っていたのですが、最初に予定していたよりどんどん長い話になってきて、とても「こぢんまりした」とは言えなくなってきました。だから別の題にしたわけです。そのうちにまた『雨の中の庭』という短い小説を書くかもしれません。／『ノルウェイの森』という題をつけるのは、僕は正直なところあまり気が進まなかったんです。ビートルズの曲の題をそのまま本の題にしちゃうのはどんなものかと。でも読んだ人がみんな「この題はもう『ノルウェイの森』しかないじゃん」と言うので、結局自然にそうなりました。僕の大好きな曲ではあるんですが。（村上 2006a: 42）

ビートルズの楽曲「ノルウェーの森」は、村上の小説が刊行される前から、誤訳ではないのかと噂されてきたが、村上はこれについて曖昧な解説を与える。

『ノルウェイの森』というタイトルは誤訳だと言う人がいます。正しくは「ノルウェイの家具」なんだと。たしかに、この曲の中で主人公がたぶん火をつけちゃうのは、ノルウェイ製の家具です。でももし『ノルウェイの家具』って邦題がついていたら、たぶん誰もそんな曲に心惹かれないですよね。だから、ジョン・レノンがこの曲に"Norwegian Wood"というタイトルをつけたとき、そこにはいろんな意味が重層的に含まれていたと思うんです。詩、ポエムというのはもともとそういうものだから。だから『ノルウェイの森』という日本語のタイトルは、正しくはないかもしれないけど、決して誤訳とは言えない、というのが僕の見解です。（村上2021c）

前節で見たように、村上は自分の創作の「メインストリーム」ではない『ノルウェイの森』がしばしば代表扱いされる状況に、複雑な思いを抱いている。それゆえにか、少年時代の自身が同時代現象としてのビートルズをどのように受容したのかという話題に対する回答は、独特な揺れを見せてきた。一九九四年には、彼はビートルズを反感を持って受けとめたと語った。

ビートルズが日本に紹介されたのはたしか僕が高校に入った頃だったと記憶しているが、僕はその頃にはすでにアメリカン・ポップスを経て、モダン・ジャズ方面に移行していたので、そこにビートルズの音楽がすんなりと入ってくる余地はなかった。はっきり言って「そんなものどうせイギリス人のやっている音楽じゃねえか」と思っていた。まわりにビートルズの音楽に夢中になっている人々はたしかにいたけれど、僕はビーチ・ボーイズやらウエスト・コースト・ジャズやらを日常的に聴いて「こっちの方が本物だ」と固く思い込んで暮らしていた。（村上1994d: 81）

アメリカかぶれの若者がしばしば抱く反イギリス感情を、村上も共有していたわけだ。しかし、老熟した二〇一九年の村上は、ビートルズ体験を「新しい世界が始まる」と感じながら受けとめたものとして語りなおした。

そのときもよくわからなかったし、今でもまだよくわからない。ただ「この音楽の響きはこれまでにはなかったものだ」ということだけはきっぱりと確信できました。それが僕のビートルズの音楽に対する第一印象でした。「これから新しい世界が始まるんだ」みたいな、わくわくした気分がありました。それは、ビーチボーイズの「サーフィンUSA」を初めて聴いたときにも感じたことです。実際に時代が大きく動いていたんでしょうね。（村上2019b）

一九九四年には、ビーチ・ボーイズをビートルズよりずっと好ましく体験したことを暗に語り、その一五年後にはビートルズはビーチボーイズと同じくらいすばらしかったと語ったことになる。村上のビートルズに関する言説は、サリンジャーや大江に対する屈折した思い（第一章参照）に通じるものがあるが、いずれにしてもロック音楽に関して言えば、ビーチ・ボーイズは村上の嗜好の基準点のようなものになっていたのかもしれない。

ビーチ・ボーイズの中心人物はブライアン・ウィルソンで、作曲のほとんどを担当した。グループは一九六一年に結成され、翌年メジャー・デビューした。プロデュースを担当したフィル・スペクターらの陽気かつ洗練された音作りで傑出し、当初はバンド名が示すとおり、南カリフォルニアのサーファーの世界観を歌うサーフ・ミュージックを送りだしていた。しかし一九六五年にビートルズの『ラバー・ソウル』に感化されたウィルソンは、一九六六年にほとんどソロ作と言える傑作『ペット・サウンズ』を世に放った。ウィルソンは当時をこのように回顧する。

スタジオでは、完全なヴィジョンがぼくには見えていた。作り終えたとき、今後プロデュースするどんなアルバムよりもすごいものを完成させてしまったと自分に言い聞かせた。自分でそれがわかったんだ。史上もっともすばらしいアルバムのひとつだと思った。(ウィルソン/グリーンマン 2019: 302)

『ペット・サウンズ』はイギリスで高く評価され、『リヴォルヴァー』(一九六六年)でさらに深化していたビートルズを刺激して、ビートルズは一九六七年に最高傑作と称えられることも多い『サージェント・ペパーズ・ロンリー・ハーツ・クラブ・バンド』を完成させた。だが『ペット・サウンズ』は、サーフ・ミュージックを期待していたアメリカ人には受けいれられることが少なく不人気で、ウィルソンは一九六七年に発売を予定していた『スマイル』を制作できず、精神病に苦しんだ。このアルバムは三〇年以上ののちに、復活したウィルソンによって再構築され、二〇〇四年にようやく発売される。

『ペット・サウンズ』は一九九〇年代から劇的に評価を高め、ロック音楽の専門誌などでは、よくこのアルバムとビートルズの『サージェント・ペパーズ・ロンリー・ハーツ・クラブ・バンド』が、ロック史上の最高傑作アルバム第一位の座を争うようになった。村上自身、この二つのアルバムを比較したことがある。

ほかのおおかたの同時代のリスナーと同じように、僕は『ペット・サウンズ』がどれくらい革新的であり、独創的な作品であるかという事実を、その時点ではほとんど理解していなかったのである。/しかしそれとは対極的に、というべきか、一九六七年にビートルズの『サージェント・ペパーズ・ロンリー・ハーツ・クラブ・バンド』が発表されたとき、それがどれくらい衝撃的な作品であるかは、僕にも即座に理解できた。〔…〕でも不思議なことに(というべきだろう)、その二つの音楽的インパクトのバランスは、時間が経過するにつれて——少なくとも僕の中ではということだが——徐々に、しかし確実に変化を見せていった。『サージェント・ペパーズ』が僅かずつではあるが、当初の圧倒的なまでの新鮮さを失ってきたのに比べて、『ペット・サウンズ』

はそのレコードに針を落とすごとに、何かしら新しい発見のようなものを僕にもたらしてくれた。そしてある時点で両者は等価で並び、そのあとは疑いの余地なく『ペット・サウンズ』が『サージェント・ペパーズ』を内容的に凌駕していった。（フジーリ 2008, 176–177）

世間からだけでなく、村上からも、ビートルズの最高傑作をも凌駕するほどに評価されるようになった『ペット・サウンズ』。そうした状況の変化を背景として、ウィルソンの精神も復活した。栗原裕一郎は、このウィルソンの復活と村上の国際的な成功が並行する現象だったと指摘する。

音楽評論家サシャ・フレール・ジョーンズは２００７年に論争を巻き起こした記事で、90年代半ば以降のインディーロック・シーンでは「黒人音楽の影響が弱まり」、代わりに若い音楽家の「詩神」として台頭したのがブライアン・ウィルソンであると主張した。／そして、村上春樹の小説が英米圏に受容されたのはまさにこの時期なのである。作者に関する記事の掲載数の推移をみれば、それは一目瞭然だ。英米圏では１９８０年代後半に村上春樹に関する記事が現れ始め、その数は90年代後半から急激に伸びている。ようするにこういうことだ。村上春樹の世界的な評価の高まりとブライアン・ウィルソン再評価の動きは正確に重なっている。（栗原 2018: 108–109）

この「村上春樹の世界的な評価の高まり」の中心にあるのが『ノルウェイの森』だった。日本だけで一〇〇〇万部以上売れたこの書物が、全世界でどれだけ売れたかについてのデータを筆者は残念ながら取得できていないが——そのようなデータは存在するのか？——、すべての日本語の本のうちでもっとも多くの言語に訳されたのは『ノルウェイの森』と言われているから、その販売実績はとてつもないものと言える（Ellis 2021）。ということは、ビーチ・ボーイズあるいはブライアン・ウィルソンの顔のような音盤と言える『ペット・サウンズ』と、村上の『ノルウェイの森』は、かなり近しい位置に立つ作品だという仮説が成りたつのではないか。

村上は、復帰したウィルソンと交流し、そのステージを見た。村上が見たウィルソンは、生と死が混在する「夢の不在」として、独特な存在感を放っていたようだ。村上は報告する。

ブライアンは長い引退生活から復帰し、ステージに立つようになった。そして彼らは今でもまだカリフォルニアの夢を歌いつづけている。それはたしかにセレブレイトするだけの価値のあることだろう。しかしブライアンはもうそこにはいない。ブライアンがビーチボーイズの魂であり、心臓であったとすれば、その魂はすでに凍りつき、心臓は鼓動を止めてしまった。彼らがその長命を誇れば誇るほど、彼らはより多く死んでいくように見える。もちろんブライアンはそこにいる。明け方の三日月のようなこわばった微笑みを顔に浮かべたまま、野外コンサートのステージで彼は黙々とキーボードを叩いている。マイクロフォンに向かって口を開けている。でも同時にブライアンはそこにはいない。彼はその暗いひとりぼっちの部屋の中にいる。死者の目を覚ますべく元気に飛び回るマイク・ラヴのとなりで、彼が僕らに向かって語りかけるのは夢の記憶ではなく、夢の不在だ。彼が示しているのは夢の不在だ。彼が示しているのは、二度と戻ってはこない何かだ。でも僕らは切実にブライアンを愛する。僕らはその部屋の中にかつての夢の響きの名残りを求める。何か少しくらいは残っているんじゃないか。だってかつてはそこには本当に美しいものが、本当に幸福で本当に幸せなものが、それこそ無料で溢れるように存在していたのだから。しかし、どのような響きも二度と空気を震わせはしない。（村上 1995: 37）

このウィルソンの姿、『ペット・サウンズ』で燃えつき、『スマイル』の完成に苦しんだ彼の姿は、「自分の中をさらうという感じ」がないままに『ノルウェイの森』を書き、第一章で述べたように、その執筆後に「穴ぼこ」の孤独を感じた村上自身に重なってくる。『ノルウェイの森』のなかでゴシック体で強調された表現でいえば、「**死は生の対極としてではなく、その一部として存在している**」（村上 1987b 上 : 46）ということだ。その意味で、『ノルウェイの森』は『ペット・サウンズ』と精神的な双子、魂の片割れの関係にあると考えることができる。

五　村上と日本のロックやポップスとの距離感

第三章でも引用したが、『世界の終りとハードボイルド・ワンダーランド』には、タクシーの運転手が「マッチだとか松田聖子なんて下らなくって聴いてらんないよ」と拒否感を口にする場面がある。虚構の人物の口から、村上自身の否定的な感情が発露されているのは明らかで、村上作品のポリフォニックでない実態、バフチンが見たドストエフスキー作品の「本質的特徴」から、村上作品がどれほど乖離しているかは明らかだ。このような村上の明け透けな作劇術に鼻白む読者は少なくないだろう。

短編「ハナレイ・ベイ」には、「ビーズの曲とか知ってます？」「知らないよ、そんなもん」という会話の場面があり（村上 2005a: 69）、類似した例と言える。「そんなもん」という投げやりな感想は、村上自身の見解とは無関係という反論が起きるかもしれないが、〈B'z〉というバンド名を投げやりに「ビーズ」と表記した上で、「そんなもん」扱いするところに、書き手の悪意が透けて見える。言うまでもないことだが、村上は日本のポップ音楽家のなかでほとんど唯一称賛するスガシカオの名を「すがしかお」や「菅止戈男」（本名）とはけっして書かない。

村上がスガシカオを好む理由について、栗原裕一郎は特に「サビ」が理由ではないかと指摘する（栗原 2018: 32–33）。そして、近田春夫のスガシカオ論を引きあいに出す。近田は述べる。

私は、常々、日本のポップスで一番遅れているのはサビの概念だと思っていた。そこに行くまで、どんなにストイックでも、サビに入った途端、バーッとハデにかつ超予定調和になってしまう。如何様にモダンな装いをほどこそうと、そのやり方は全くオールディーズ時代のポップスと一緒だからである。そして、そのやり方は結局簡単なのが嫌だった。／スガシカオは、それをよくわかっていて、同じループを繰り返しながらも、聴くものを退屈させぬ曲作りをしている。（近田 1999: 29）

これは当たらずとも遠からずだろう。というのも、村上は二〇二〇年になって、スガの音楽的魅力の一端が「コブシ」にあると指摘したのだ。

あのね、僕もどんなところに惹かれるんだろうってずっと考えてみたんだけど、よくわかんないんだよね。でも、3つあると思う。ひとつは歌詞が暗くてネガティブなのが多いんだけど（笑）、すごくそれがいいんだ、毒気があって。でも音楽はそれに比べるとポジティブで前向き。それが二つ目で、三つ目は歌い方にコブシがないんですよ。日本の歌手ってだいたいコブシを効かせますよね。僕は個人的にコブシが苦手なんですよ。（村上 2020d）

たしかに、日本のロックやポップスには、演歌ほどくどくなくても、ある程度の「コブシ」（コブシ回し）がある。それによって、サビを朗々と響かせる。それに村上は——第一章で述べたようにオフ・ビートを好む村上は——疎遠さを感じるのだろう。もっとも、スガシカオにほんとうにコブシやサビがないか、またコブシやサビがない日本人のミュージシャンがほかにいないかは別問題と見なす必要がある。私見では、スガシカオにもコブシやサビははっきりあるし、日本のロックやポップスの音楽家のうちには、芸術肌の楽曲を作る場合、コブシやサビのない楽曲を作る者はいくらでもいる。
さて、日本のポップ・ロックを代表してきた人々のうち、サザンオールスターズや山下達郎について、村上はどのように考えているだろうか、という問いを立ててみよう。一九七七年にデビューしたサザンオールスターズ、一九七六年にソロデビューした山下達郎は、一九七九年にデビューした村上と同時代を過ごし、作品を世に放ってきた。だから、このような問いはそれほど無茶ではないように思われるのだ。
まずはサザンオールスターズについて。一九九五年の超短編集『夜のくもざる』に納められた「コロッケ」では「緑色のウールのコートを着た十八か十九のきれいな女の子」が言う。

「セックスが駄目なら、他に何か私にできることをやらせてください。とにかく二時間たっぷりサービスするようにって上の人に言われてきたんです。カラオケなら唄えます。サザンの『いとしのエリー』なんか上手いですけど。」（村上／安西 1995: 38）

二〇〇四年の『アフターダーク』ではセブンイレブンがつぎのように描写される。

店内に客の姿はない。レジ係の若い男は、携帯電話で会話に熱中している。サザンオールスターズの新曲がかかっている。（村上 2004: 199）

ついで山下達郎について。なんと二〇〇六年には、村上は読者への回答で、山下達郎の「Donut Song」を「良い」「好きだ」と述べている。

山下達郎さんの「ドーナッ・ソング」（正式なタイトルは忘れた）は聞いたことありますか？　あれ、とても良いですよ。僕は好きだな。僕が好きでも、世間的にはべつにどうってことないのでしょうが。（村上 2006c: 38）

大っぴらな仕方ではないが、一九九〇年代と二〇〇〇年代に、村上と日本のポップスやロック（いわゆるJ-Pop、邦ロック）のあいだに、限定的な和解が起きていたのだろうか。二〇二〇年の『村上RADIO』には「言語交換ソングス」と題する回があり、言語を超えてアレンジされた楽曲がいくつも紹介された。そこで村上は放送の開始直後、朗々と宣言した。

まずは日本のポップスの両巨頭、というべきか、サザンオールスターズの桑田佳祐さんと山下達郎さんの曲から行きます。桑田佳祐さんの『忘れられたBig Wave』を元イーグルスのオリジナル・メンバー、ティモシー・B・シュミット（Timothy B.Schmit）が歌います。英語題は〝One Big Wave〟。それから山下達郎さんの『踊ろよ、フィッシュ』をジェフリー・フォスケット（Jeffrey Foskett）が歌います。英語題は〝Fish〟（村上 2020b）

『村上RADIO』のおもしろさは、このようにしてDJ村上の姿をつうじて、新しい村上像が見えるところにある。別の回では、ジャニーズ事務所に所属する男性アイドルの楽曲すらオンエアされた。

次は、あのNEWSが歌う「四銃士」。ラフマニノフの「パガニーニの主題による狂詩曲」をアレンジしたものです。なにしろNEWSですよ……。この番組で、ジャニーズ関連の曲がかかるというのは間違いなく初めてのことです。そしてこの先もあるかどうか疑わしいことです。だから、心して聴いてくださいね。しかしこのアレンジメント、なかなか素敵です。相当、本腰入ってます。ＤＶＤもすごいからね。（村上 2021b）

DJ村上は作家村上よりもサービス精神が旺盛なのだ。かつて村上は、エッセイや紀行文によって、まとった鎧の外装を剝ぎとって、小説ではなかなか見せてくれない愛嬌のある体軀をさらしていた。その後は、読者とのインターネット上の交流をつうじて、自分の兜を脱ぎすてて、童顔の素顔をさらすようにもなった。そして二〇一〇年代末からは『村上RADIO』によって、老いたはずの村上はさらに身軽に、無邪気になっている。村上が表現のために活用してきたさまざまな媒体を比較考察する研究が、待たれる。

村上と同時代のJ-Pop（旧称は歌謡曲）や邦ロック（旧称はJapanese Rock）と村上作品との関係がさらに考察されることも待たれる。かつて竹田青嗣は、松任谷由実、井上陽水、中島みゆき、サザンオールスターズといったポップ・ミュージシャンたちを、村上および村上龍の作品に関連づけたことがあった（竹田 1989）。竹田の議論は、村上の小説の一節と陽水の楽曲の歌詞に類似性を見るという素朴なものだったが、両者が直接的には繋がらないとしても、村上も井上も一九六〇年代にボブ・ディランの影響を受け（井上は一九四八年生まれで村上と同学年）、一九八〇年代には英米のロックにも影響されて、都会生活を主題にした作品を量産したから、同時代現象としては充分に繋がっている。

そのような観点から、『ノルウェイの森』に新たな光を当てる調査も出てきて良い。表題に注目してビートルズばかりに焦点が当てられる研究は古い。「僕」が緑の前で引用してみせるザ・ドアーズの「まぼろしの世界」、新宿のジャズ喫茶「DUG」でかかるセロニアス・モンクの「ハニサックル・ローズ」、作中で直子が好むヘンリー・マンシーニの「ディア・ハート」、レイコさんがレコードが擦りきれるくらいと聴いたと語るカール・ベーム指揮、ヴィルヘルム・バックハウス演奏によるブラームスの「ピアノ協奏曲第2番」など、いわばムラカミエスクな楽曲にばかり焦点を絞るのも古い。

ムラカミエスクな村上の作品世界の外部では、つまり『ノルウェイの森』が舞台とした一九六八年から一九七〇年の日本では、ラジオやテレビからも、街のさまざまな場所でも日本人の多数派のあいだで流行していた日本の歌謡曲、ロック、フォーク、演歌などが、ひっきりなしに流れていた。村上の内観ではそれらと自身は無縁に感じられたかもしれないが、同時代という同一時空間内で発生した現象として、それらの音楽は村上やその作品と緊密に結ばれあっている。

おわりに

以上、本章はアイデアの芽のようなものを並べていくことに終始してしまったが、できるならばいずれ筆者がそれらのアイデアから出発して、さらに論究を深めていきたいと考えている。もちろん、いずれかの読者が感化されて自分で研究してみたいと考えるならば、これ以上光栄なことはない。

補論

村上春樹と「脳の多様性」
——当事者批評と健跡学へ

この補論では、村上春樹を精神医学の知見を活用しながら考察するが、それはある種の「文化」を理解することを目的としている。既存の精神医学に対して、部分的ながら批判的に向きあい、精神疾患を人類の可能性として理解しなおしていく。具体的には、村上春樹を「自閉スペクトラム症グレーゾーン」として解釈した上で、それを「脳の多様性」として位置づけていきたい。

その際、病跡学に似た「当事者批評」の手法を導入する。病跡学では、精神科医が作品や生活史にもとづいて創作者に精神疾患の診断を与える。これに対して、当事者批評では当事者（患者）が、作品や生活史にもとづいて創作者に自分と同質の精神疾患、あるいはその傾向を感じとり、連帯感を告白する。

また病跡学の分野で注目されている健跡学（サルトグラフィー）の考え方も活用する。創作者の病跡に注目する病跡学（パトグラフィー）とは逆に、健跡学では創作者の健康生成（サルトジェネシス）に注目する。

以上の性質から、本章を「ポスト病跡学」を遠望するものとして位置づけることができる。以下の内容は本書の全体から浮いているように見えるかもしれないが、後続する第七章と第八章は、実質的にこの補論の内容を前提としているので、ご理解いただきたい。

一　村上春樹と精神医学

最初期の村上春樹は、村上龍との対談で精神分析への反感を口にしたことがあった。

フロイトというのが僕はすごく嫌いなんですけどね、精神分析というのがものすごく嫌いなの。ノックもしないで部屋に入ってきて冷蔵庫あけて帰っていくって感じがしてね。帰っちゃってから、おいおい、あいつぃったいなんだ、ということになる。（村上／村上 1981: 98）

村上の発言は、精神分析によって、自分の作品がこれ以上なく的確に解釈されてしまうかもしれない、という不安を背景にしているのかもしれないが、ここではもっと単純に、安易な擬似科学的分析によって、自身の作品の読み方の可能性が粗雑に荒らされることに嫌悪感があったのだと受けとっておこう。

村上の謎めいた作品は、作者の精神の奥襞に迫りたいという思いを読者に抱かせる。村上作品は、村上自身がフロイトとは異なる流儀で、自身を――一般的な精神分析とは異なる仕方で――「精神分析」した結果のように見えるからだ。ということは、村上のフロイトに対する忌避感は、村上自身がフロイトとは別の方法で、人間の精神の秘密に迫りたいと思っていた願望の現れなのかもしれない。

この考え方が正しいならば、村上の作品に精神疾患が描かれつつも、それらが既成の精神医学の枠組みには回収されないように配慮されていることは、不思議ではなくなる。村上は、精神疾患に人間存在の驚くべき諸可能性を遠望しようとする精神病理学者たちと、ひそかに立場を共有しているのだ。

『ノルウェイの森』を例に出そう。岩波明はこの作品についてつぎのように述べる。

この小説が描いているのは、「美しい狂気」である。あるいは、実在はしない、フィクションの中だけに存在している「ロマンチックな精神病」と言い換えてもよいかもしれない。／小説のヒロインである直子は、二十歳で統合失調症と考えられる精神疾患を発症する。（岩波 2013: 13）

村上は、作中で直子の病名を伏せている。統合失調症（作中の時間および作品が発表された当時は「精神分裂病」）を思わせる彼女の病態が描かれつつ、直子は精神医学の枠組みに回収されていない。

短編「トニー滝谷」を見ると、村上が精神疾患に関わる記述に対して、慎重さを深める過程が浮かびあがる。一九九〇年、この作品が当初『文藝春秋』に掲載された際、トニー滝谷の妻は、精神医学の枠組みにほとんど収められてしまっていた。

買うのに忙しくて、買った服を着る暇もないのだ。これは一種の精神の病と言っていいのではないのかと彼は思った。（村上 1990a : 368）

「精神の病と言っていいのではないか」という慎重な言い回しながら、トニー滝谷の妻は、精神医学に回収されている。同作が『村上春樹全作品』に収録されたときも、「精神の病」という表現は残された。

服を買うのに忙しくて、着る暇もないくらいなのだ。これは精神の病といっていいのではないだろうかと彼は思った。もしそうだとしたら、どこかで彼女に歯止めをかけなくてはならない。（村上 1991c: 240）

ところが、同作が改めて短編集『レキシントンの幽霊』に再録された際、事態は一変する。

いくら何でも数として多すぎる。どこかで歯止めをかけなくてはならない。（村上 1996b: 144）

村上はトニー滝谷の妻に「精神の病」の可能性を示唆するのをやめたのだ。この『レキシントンの幽霊』の別の箇所では、彼女の「精神の病」は「薬物中毒」と具体的に表現されていたのだが、これも上の「精神の病」と同様の経過を辿って、消滅した。

『文藝春秋』版では――

彼女はそれを（それはまるで薬物中毒のようなものなのだと彼女は言った）なんとか治癒すると言った。（村上 1990a: 368）

『村上春樹全作品』版では――

彼女はそれを（それはまるで薬物中毒のようなものなのだと彼女は言った）なんとか治癒すると言った。（村上 1991c: 240）

『レキシントンの幽霊』版では――

なんとかそこから抜け出してみると彼女は約束した。こんなことを続けていたら今に家が服でいっぱいになってしまうもの。（村上 1996b: 145）

トニー滝谷の妻は、こうして「精神の病と言っていいのではないのか」、「薬物中毒のようなもの」といった言説から解放されていった。

だが、村上の精神医学に対する慎重さは、この「トニー滝谷」の改稿が起こった一九九〇年代に、複雑に動揺していたように思われる。というのも、村上は河合隼雄との出会いを経て、自分の作品がユングの思想によって読みとくことが可能だと、明言はしないままに、ほとんど同意してしまうからだ。二〇一五年に刊行された『村上さんのところ』で、村上は書いている。

僕は意図してユング的な著作、あるいは解析的な著作は読まないようにしています。でもユング的な考え方とは、通底するところは少なくないように思います。それは優れたユング研究家である河合隼雄さんとお話をしていて、強く感じたことでした。話をしていて、いろんなことがすっすっと通じていく感覚がありました。だからこそ僕としては、そういう著作を意識して読まないようにしているということになるかもしれません。何度も繰り返し言っていることですが、小説家の役目は物語を語ることであって、それを解析することにはありませんから。（村上 2015a: 2015-02-13）

村上は、ユングに距離を置いていると語り、小説家の役割は解析（分析、解釈とも言いかえられるだろう）ではないと述べつつも、自分の作品がユングの思想と「通底するところは少なくない」と認めてしまっている。『アンダーグラウンド』『約束された場所で――underground 2』『神の子どもたちはみな踊る』『1Q84』などでカルト宗教との対決を試みた村上が、ほとんどカルト宗教の教祖が語る教義のような珍説を展開したユングとの共通点を認めるさまには、複雑な思いが湧くが、それは本書では追及しない。

さて、しかしながら村上作品を精神医学に照らして考えるとき、ユングの精神分析とは別の方向から、村上の精神性をあざやかに浮き彫りにしてくれる知見がある。それは発達障害に属する自閉スペクトラム症（ASD）に関する知見だ。これについて、以下で考察していこう。

二　発達障害とは何か

まず発達障害に関する基本事項を確認しておこう。

第一に発達障害の医学的な位置づけの問題だ。発達障害という語感から、生育過程で受けた虐待、ネグレクトなどの精神的影響や本人の努力不足から発育が不健全となり、障害化すると考えられがちだが、この捉え方は誤っている。発達障害は先天的に脳神経の形成が標準とは異なることによって起こり、教育過程の如何を問わずに発生し、病気とは異なって投薬や外科手術による治療法は存在しない。現在の精神医学では「神経発達症」または「神経発達症群」が正式名称とされている。

日本では、二〇〇五年に発達障害者支援法が施行され、以来急速に発達障害についての社会的認知が進んだ。他方、アメリカでは二〇一三年に新しい診断マニュアル『精神疾患の診断・統計マニュアル』第五版（DSM-5）が発刊され、自閉症の従来のさまざまなサブタイプ（カナー型自閉症、アスペルガー障害、高機能自閉症、広汎性発達障害など）が「自閉スペクトラム症」へと統合された。発達障害（神経発達症）の全体像は、つぎのように整理されている。

- 神経発達症／神経発達障害群
  - 知的能力障害群
    - 知的能力障害（知的発達症／知的発達障害）
    - 全般的発達遅延
  - コミュニケーション症群／コミュニケーション障害
    - 言語症／言語障害
    - 語音症／語音障害
    - 小児期発症流暢症（吃音）／小児期発症流暢障害（吃音）
    - 社会的（語用論的）コミュニケーション症／社会的（語用論的）コミュニケーション障害
  - 自閉スペクトラム症／自閉スペクトラム障害
    - 自閉スペクトラム症／自閉スペクトラム障害
  - 注意欠如・多動症／注意欠如・多動性障害
    - 注意欠如・多動症／注意欠如・多動性障害
    - 他の特定される注意欠如・多動症／他の特定される注意欠如・多動性障害
  - 限局性学習症／限局性学習障害
  - 運動症群／運動障害群
    - 発達性協調運動症／発達性協調運動障害
    - 常同運動症／常同運動障害

チック症群／チック障害群

（APA 2014: 31–85）

ここからわかるとおり、知的障害は発達障害の下位カテゴリーに位置づけられている。自閉スペクトラム症のほかの発達障害には、注意欠如・多動症（ADHD）、限局性学習症（SLD）、発達性強調運動症（DCD）、チック症群などがある。ちなみに、DSM-5のほかのページを見ると、発達障害は各種の精神疾患（鬱病、双極症、統合失調症、パーソナリティ障害、心的外傷後ストレス障害など）と同位カテゴリーとして扱われている。

日本の医学界や医療診断の現場もこの見解に従っているのだが、行政のレベルでは齟齬が生じる。というのも発達障害者には精神保健福祉手帳が、知的障害者には療育手帳が交付されるため、知的障害者は発達障害と別のカテゴリーと見なされている。そして、発達障害者に交付される精神保健福祉手帳は、各種の精神障害者にも交付されてきたものなのだ。医療の分野と行政の分野とで、発達障害の位置づけが食いちがっている。

第二に、そもそも障害とは何かという問題がある。障害という問題について考える場合、医学モデルと社会モデルの差異を念頭に置く必要がある。医学モデルとは、障害の責任を当事者に見るもので、発達障害者を障害者にしている責任は、当事者の脳にあると考える。他方、社会モデルとは、障害の責任を周囲の環境に見るもので、発達障害者を障害者たらしめているのは、特殊な脳を持って生まれた当事者を生きづらいままに放置する社会の至らなさに見る。現在の国際的な障害理解は、両方の掛け算が採用されているのだが、特に社会モデルは日本で充分に認知されていないため、さらに理解が進むことが望ましい。社会の発展と整備が進むことで、身体的気質に特徴のある人が生きづらくなくなれば、彼らは障害者ではなくなるからだ。たとえば、眼鏡やコンタクトレンズがない時代では、極度の近視者は障害者ということになるが、眼鏡やコンタクトレンズで視力が回復できる時代では、彼らは健常者ということになる。

第三に、発達障害に関して「脳の多様性」（ニューロダイバーシティ）という見解が広がっていることを指摘しておきたい。この「脳の多様性」の考え方では、発達障害者とは、人間の脳の認知特性が少数派に属する人たちを指し（ニューロマイノリティ）、発達障害がない「定型発達者」とは、人間の脳の認知特性が多数派に属する人たちを指す（ニューロマジョリティ）と考えられる。この考え方が広まり、発達障害者が社会的障壁を感じずに生きられるようになるならば、彼らは「障害者」の桎梏から解放されるのだ。

本章は以下で村上春樹の作品から、村上の自閉スペクトラム症的特性を指摘するが、それは村上を精神障害者のカテゴリーに入れようとするためではなく、ニューロマイノリティとして肯定的に理解し、その可能性を強調するためだ。

三　先行する議論について

『風の歌を聴け』に「僕」の少年時代に関する記述がある。

小さいころ、僕はひどく無口な少年だった。両親は心配して、僕を知り合いの精神科医の家に連れていった。（村上 1979: 30–31）

週に一度、日曜日の午後、僕は電車とバスを乗り継いで医者の家に通い、コーヒー・ロールやアップルパイやパンケーキや蜜のついたクロワッサンを食べながら治療を受けた。（村上 1979: 33）

これらの記述に依拠して、三浦雅士は批評「村上春樹とこの時代の倫理」で、『風の歌を聴け』を「自閉症の話」

（三浦 1981: 211）と名づけ、先の一節を「自閉症体験の描写」（: 212）と呼ぶ。

医者と幼い患者との対話は微笑ましい。だが、この微笑ましい対話の背後には、自分の気持を他者に伝えることができず、また他者の気持を汲みとることができないという絶望的な状況が横たわっている。（三浦 1981: 212）

村上龍と松本健一の対談で、おそらく三浦のこの議論を意識しながら、松本は新たな作品『１９７３年のピンボール』について考察した。

六〇年代末から七〇年代にかけて出てきた自己を押し出していくというやり方、私はこれなんだ、という形で打ち出されてくる〝私〟というのが、過去にあったものと自分とは違うんだ、という形で出てくる〝私〟ではなくなっている。それが極端になると、始めから外を拒絶してしまう、他者をきっかけとする自己発見がないんだな。一種、自閉症的な〝私〟になってしまうわけだ。で、さきほどの村上春樹さんの『１９７３年のピンボール』でも、あそこにコミュニケーションがないというのはね、主人公と同棲する双子の女の子が出てくるんだけど、それじゃその子は本当に性的な意味で女の子か？　主人公と別人格の他人か？　というと、そうではなくて透明人間なんです。主人公との距離感が透明なんです。主人公がその女の子と接触することによって、違う自己、次の自己を作りあげていく、そういう関係がそこにはなくて、始めから拒絶し、拒絶されている関係として彼女らは登場する。〝もの〟なんだな。（村上／松本 1982: 48）

川本三郎も、批評「「自閉の時代」の作家たち」で、この「村上春樹＝自閉症」論を引きつぐ。

村上春樹の「風の歌を聴け」の主人公はグレン・グールドのレコードを好んでいたがあれは同じ「自閉症」どうしの連帯感だったのかもしれない。（川本 1982: 455）

『風の歌を聴け』では、たしかにグレン・グールドが話題になるが、ほかの音楽家も話題になるため、グールドとのみ結びつけるのは牽強付会かもしれない。だが、筆者自身の見解を書いてよければ、たしかにグールドにも自閉スペクトラム症があっただろう。いずれにせよ川本は、この「自閉的個人」が「近代日本」よりも未来の「二〇〇一年宇宙」に、つまりスタンリー・キューブリックの『２００１年宇宙の旅』を思わせるような未来的な超世界と結ばれていると主張する。

自閉の時代というういわば超近代は、「近代的個人」の確立が可能か否かといった問題すらもまたたくまに影を薄くするほどに進行し、いまや「近代的個人」とはまったく次元の違う「自閉的個人」を出現させてしまったといっていい。この「自閉的個人」にとっては「近代日本」というかつての多くの誠実な文学者を悩ませた過去との連続性よりもむしろ、「二〇〇一年宇宙」という〝わけのわからない〟宇宙との連続性のほうがはるかに濃密なものとして感じられるのである。（: 456）

デビュー当時の村上を高く評価していた川本らしく、彼は村上に「自閉症」を見ながらも、「自閉的個人」が「〝わけのわからない〟宇宙との連続性」を実現している点に、新しい文学作品の可能性を見ている。加藤典洋もまた三浦、松本、川本の議論に賛同しつつ、批評「自閉と鎖国」で、新作『羊をめぐる冒険』を「一個の自閉の文学」と考える。それはやはり村上の新しさに期待してのことだった。

『羊をめぐる冒険』は、一個の自閉の文学として、もはや「鎖国」の文学に「自閉」の文学を否定するだけの理由の失われてきていることを教える。村上の小説は、たしかに時代をとりこもうとして函が歪む、その緊張を伝えており、その書き手としての意欲にぼくは敬意を表したいと思うが、それでも彼の小説が示しているのは、この日本にあって自閉の文学が「鎖国」の環を破るためには、いったい、どれだけの自閉の深さとひろがりが必要か、ということである。（加藤 1983: 225）

独特の論理展開で評判の高かった加藤らしく、彼は村上を「自閉の深さとひろがり」で持って、日本の文学の「鎖国」ぶりを打倒しうる作家なのだと論じたわけだ。

村上春樹の作品を自閉症的と見なすこれらの議論は、村上が作家としての地歩を固めていく上で、急速に廃れていった。村上が積極的に発表していった陽気なエッセイなどが、彼を「自閉症」とは相容れないように読者に感じさせ、彼を自閉症的な作家と見なす批評家たちの立場を崩していくことに寄与したのかもしれない。一九八六年に刊行された『村上朝日堂の逆襲』で、村上は「村上春樹＝自閉症」論をささやかに皮肉っている。

もちろん僕は自閉症じゃないから——この前三年ぶりに業界のパーティーに出たら某女性作家に「なんだ、村上さんもパーティーに来るんだ、自閉症じゃないんだ」と驚かれたけど——人と一緒に楽しく酒を飲むこともある。しかし回数からすれば一人で飲むことの方が圧倒的に多い。もともとつきあいがそんなにないうえに地方都市に住んでいるせいである。くりかえすようだけど僕はぜんぜん自閉症なんかではない。僕が自閉症だったら、村上龍は自閉症である。（村上／安西 1986: 137）

自分が「自閉症」だったら、村上龍は「自閉症」という皮肉。筆者の見解を書いてよければ、村上は自閉スペクトラム症の特性が強い作家、村上龍は自閉スペクトラム症と注意欠如・多動症の特性を併せもった作家ということになると考える。

いずれにせよ、一九九〇年に刊行された久居つばきとくわ正人の『象が平原に還った日――キーワードで読む村上春樹』では、かつての「村上春樹＝自閉症論」が嘲笑されるようになった。

「自閉の時代」の文芸評論家たちは、何と「内面」が好きであり、「他者」がすきであり、「困難」が好きであるのだろうか。（久居／くわ 1991: 226）

さて、これが「村上春樹＝自閉症論」の第一ステージと呼びうるものだ。だが、それから三〇年ほどの時間が過ぎたいま、筆者は「村上春樹＝自閉症論」の第二ステージをやろうとしていることになる。先行する議論として、千野拓政が村上作品の登場人物に「自閉症スペクトラム」（自閉スペクトラム症の別表記）を見てとった二〇一四年の論文がある。

わたしは、そのようにして描かれる村上春樹の作品の登場人物の孤独に、ある共通の特徴があるように思う。自閉症スペクトラムと重なる点が多いのだ。／「自閉症」という言葉は精神的な疾患を想起させるかもしれない。しかし、ここでいう自閉症スペクトラムの概念はそうしたものとは程遠い。精神科医の本田秀夫によれば、自閉症スペクトラムとは「臨機応変な対人関係が苦手で、自分の関心、やり方、ペースの維持を優先させたいという本能的志向が強いこと」（本田秀夫『自閉症スペクトラム』ソフトバンク新書、2013）だという。かつての広汎性発達障害、自閉症、アスペルガー症候群、ＡＤＨＤなどを包摂する新しい概念である。重要なのは、自閉症スペクトラムが、社会生活への適合に難があり、支援の必要な「障害性」の人たちだけでなく、社会生活に大きな支障がなく、支援の必要もない「非障害性」の人たちをも含んでいることだ。こうした人たちは病というより、人と交わるのが苦手な性向の持ち主という方が的を射ているだろう。本田によれば、こうした非障害性の人たちが人口の10％近くいるという。（千野 2014: 147）

自閉スペクトラム症の概念は、実際にはＡＤＨＤを含まない――頻繁に併発するが――点や社会的な障害がもたらされていなければ、自閉スペクトラム症は診断されてはならない点など、基本的な事実の誤りも見られるが、かつての古典的な意味合いでの自閉症や、知的障害を有さない自閉症を意味したアスペルガー症候群などを統合して、自閉スペクトラム症という概念に編成されたことはまちがいない。参照されている本田秀夫は、自身が自閉スペクトラム症の特性を持つと公言している精神科医だ。DSM-5では、全人口のうち自閉スペクトラム症者は約一％、注意欠如・多動症者は児童が約五％、成人が約三％と説明されている（APA 2014: 54, 60）。日本の文部科学省は、発達障害者の児童の割合を六・五％程度と発表している（文部科学省 2020）。そして本田は、自閉スペクトラム症者はグレーゾーン――引用文中の言い方では「「非障害性」の人たち」――を含めて約一割に達するという持論を持っている（本田 2013）。

伝統的に「自閉的」と呼称されてきた人々の振る舞い、つまり古典的な意味での自閉症者、知的障害のある自閉症者（カナー型自閉症）そのものではないが、それをどことなく連想させるような「健常者」に属しているように見える人々の振る舞いが、自閉スペクトラム症に起因することが明らかになってきた。これが二〇一〇年代の動向だった。千野は、村上作品の登場人物が自閉スペクトラム症に該当すると見た。それでは、村上本人はどうなのだろうか。これが筆者の問題意識だ。

四　発達障害をめぐる村上の発言

右で見たように、発達障害に関する言説は二〇一〇年代に日本で一般化していった。そこで、この時期の読者とのやりとりを収録した『村上さんのところ』にも、発達障害についての話題が散見される。多くは発達障害の当事者やその家族が村上に質問を提出する。それらの言説と村上の応答を確認してみよう。

私には高校生の息子がいます。小さい時からおしゃべりが遅くて、幼稚園の頃には自閉症ではないかと言われていました。結局、自閉症ではないという診断が出たのですが、今だにスピーキングには問題があります。頭の中で文章を組み立てながら一生懸命外国語を話している、というような感じです。それだけが問題ではないのかもしれませんが、友だちらしい友だちがひとりもいません。気だては非常によく、真面目で朗らかなので、親切にしてくれる子も中にはいるのかもしれないし、ちょっとだけ言葉を交わすぐらいのクラスメートならちらほらいると思います。でも例えば、学校を休んだときにその日の宿題などを聞ける友だちもいないし、放課後ちょっと遊んだり、休みの日に一緒に出かける友だちなどはひとりもいません。私も決して友だちが多い方ではありませんが、それでも学生時代やお勤め時代に得た友だち、母親になってからできたママ友など、その時その時で知り合った人たちと長く細くおつきあいが続いています。なので息子のことを考えると、友だちらしい友だちがただのひとりもいないまま思春期を終え、もし大学に行ってからも同じような状況が続いた場合、いったいどんな大人になってゆくのか、非常に心配でたまりません。本人は一見したところ、友だちがいないことをそれほど気にしているふうではないけれど、でもやはり心の中では寂しく思っているような気がします。ある時期、友だちが全然いなくなっちゃった、ということはたまにあるかもしれませんが、もの心ついてからずーっと友だちと呼べる存在のいない人生。村上さんは、それがどんなものか想像できますか？　私にはできないのです。だからよけい我が子が不憫で、これから先が心配でなりません。（みかんっ娘、女性、47歳、パート主婦）（村上 2015a: 2015-05）

話題になっている少年は、自閉症かもしれないと疑われ、確定診断が出なかったから、自閉スペクトラム症のグレーゾーンと見ることができるだろう。つまり、自閉スペクトラム症の特性を持ちながらも、社会生活の障害が強く形成されなかったために、診断に至らなかった事例だ。このような当事者は、環境のさらなる変化があった場合などに、自閉スペクトラム症として診断されなおすことが多い。充分に予想されることだが、村上は自分自身に無関係と考えている様子を漂わせながら、親切に回答する。

あなたのメールからはよくわからないのですが、息子さんは勉学には問題がないのですね？ 本を読んだり、音楽を聴いたりはなさるのでしょうか？ もしそういうことに問題がないのであれば、それほど案じられることはないと思いますよ。自分自身の世界をきちんと持っていれば、なんとでも人生を前に進んでいけるものです。そういうことをもう少し細かく書いていただけたらよかったのですが。いろいろとご心配だとは思いますが、僕があなたのメールの文面から得た印象では、息子さんはそのまま放っておいて大丈夫だろうという気がします。なんとかなっていくんじゃないかな。優しく見守ってあげてください。（: 2015-05）

「自分自身の世界をきちんと持っていれば、なんとでも人生を前に進んでいけるものです」という村上の回答は、いかにもムラカミエスクな印象がある。かりにこの発言に加えて、「それがうまくいくようにするために、息子さんの環境の調整に心を砕いてあげてください」と言えば、ソーシャルワーカーたちが自閉スペクトラム症児の親たちに語る言葉と同一になる。おそらく村上自身は、その環境調整を自分なりに必死に進めることによって、自閉スペクトラム症と診断される状況に陥らなかったのだろう。

『村上さんのところ』から、注意欠如・多動症と診断された少女とのやりとりも見てみよう。

理性がつきはじめた頃から、他者と比べて思考が幼いと気付いていました。そして17歳になり、診断された結果、ADHDだとわかりました。ネットでは、私達ADHDはゴミクズだと、生きている価値がないと綴られていることが多々あります。そのネットでの価値観はまったくもって正しいと私は思います。先生ならば、どう思われるのでしょうか……？（村上 2015a: 2015-02-09）

「ゴミクズ」扱いされる障害を診断され、苦しむ彼女に対して、村上はどのように答えるだろうか。

すごく平凡な答えになって申し訳ないのですが、時間をかけてそのADHDとつきあっていくしかないと思います。まわりの協力も必要だし、あなた自身の努力も必要だけど、それはじゅうぶん可能だし、やってみる価値はあると思います。もちろん専門医師の指導も大事です。ネットで何が言われているか知りませんが、そんなことは気にしない方がいいと思いますよ。あなた自身の大事な問題なんだから。そしてそれを乗り越えられたとき、あなたはほかの人よりずっと強い人間になれていると思います。健闘を祈ります。（: 2015-02-09）

村上は「時間をかけてそのADHDとつきあっていくしかないと思います。まわりの協力も必要だし、あなた自身の努力も必要だけど、それはじゅうぶん可能だし、やってみる価値はあると思います」と語るが、これは当事者研究の考え方にほかならない。当事者研究とは、疾患や障害の当事者が、自分自身で、また仲間とともにその当事者の苦労の構造を考察し、周囲の環境調整の力を借りて、生きやすい状況を作りだしていく精神療法（心理療法）

に似た取りくみを指している。村上はおそらくなんの精神疾患も診断されないままに、自分なりの工夫によって、この当事者研究の技法を自前で作りあげていったのではないか。

さらに、限局性学習症を推測させる一八歳の女子学生の声を聞いてみよう。

他愛もないご相談ですが、村上さんのご意見を伺いたく勇気を出して書いてみることにしました。私はどうも勉強が苦手です。本を読んだり、講義を聞くことは好きなのですが（これらは知的好奇心を満たしてくれるのでむしろ積極的にします）、机にじっと座って勉強をするということがどうしてもできないのです。というか、学校で勉強の方法って習ったでしょうか？　勉強の仕方ってなんなのでしょう。何個も連なった問1、問2、問3……を眺めていると、くらくらしてきてつい遊んでしまいます。それで親には怒られます。「何故集中できないのか、なぜ頭が良くないとわかっていながら勉強しないのか」と聞かれるのですが、私には理由が分かりません。ただ、できないのです。でも面白い講義を聞くために大学には行きたいのでいやいや勉強しています（浪人中です）。それで予備校の興味のない科目をさぼって街を散歩したり、宿題を提出しなかったり、勉強せずに本ばかり読んでしまったり、そんなことをしているままでは大学に行ったところで駄目なままだなあ、とは分かってきたのでやっと直す気になってきたのです。勉強ってどうすればできるのでしょうか。（: 2015-04-30）

これに対して村上は自分から発達障害の学習障害（限局性学習症の旧称）について言及する。

僕も勉強ってあまり好きじゃなかったです。つまらないよね。受験勉強ってきらいだったし、実際のところあまりしませんでした。英文和訳ばっかりやってました（昔からそれだけは好きだった）。それから世の中には「学習障害」というものがあります。英語で言うと、Learning Disabilities、略してＬＤです。知的能力はまったく劣っていないんだけど、システマティックな勉学に向いていない。そういう能力が欠如あるいは不足している。そういう傾向のある人に「勉強しろ」というのは、ほとんど拷問に等しいことです。僕にも少しくらいそういう傾向があったかも。好きなことならいくらでもできるんだけど、いやなことにはぜんぜん関心が向かない。そういう傾向は今でもぜんぜん変わっていません。きみはどうなんだろう？　何か好きな勉強はありますか？

（: 2015-04-30）

『1Q84』の「ふかえり」には読字障害があったが、それは限局性学習症の一症例に属する。同作の執筆以前に、村上には限局性学習症に対して関心を深め、調べものをした時期があったのだろう。村上は限局性学習症が「僕にも少しくらいそういう傾向があったかも」と述べている。しかし、それに続いて「好きなことならいくらでもできるんだけど、いやなことにはぜんぜん関心が向かない。そういう傾向は今でもぜんぜん変わっていません」と語る。これは自閉スペクトラム症者の際立った特徴なのだ。なお限局性学習症と自閉スペクトラム症は併発しやすいことも、現在では知られている（APA 2014: 73）。

五　診断基準

ここで、自閉スペクトラム症の診断基準をDSM-5から引用しておこう。

A：社会的コミュニケーションおよび相互関係における持続的障害（以下の3点で示される）
①社会的・情緒的な相互関係の障害。
②他者との交流に用いられる非言語的コミュニケーションの障害。

③年齢相応の対人関係性の発達や維持の障害。

B：限定された反復する様式の行動、興味、活動（以下の2点以上の特徴で示される）
①常同的で反復的な運動動作や物体の使用、あるいは話し方。
②同一性へのこだわり、日常動作への融通の効かない執着、言語・非言語上の儀式的な行動パターン。
③集中度・焦点づけが異常に強くて限定的であり、固定された興味がある。
④感覚入力に対する敏感性あるいは鈍感性、あるいは感覚に関する環境に対する普通以上の関心。

C：症状は発達早期の段階で必ず出現するが、後になって明らかになるものもある。

D：症状は社会や職業その他の重要な機能に重大な障害を引き起こしている。

「A」は、かつてローナ・ウィングが自閉症児の「三つ組の障害」として提示した、社会的相互作用の障害、コミュニケーションの障害、想像力の障害（Wing 1981）を現代的に洗練させたものと言える。「B」は、反復性に関するもので、「こだわり」（に見えるもの）と言いかえることができる。自閉スペクトラム症者は、その自我の不安定さからか「同一性保持」への思考が強く、同じようなことやものに強く執着しているという印象を与える。この「反復性」ないし「こだわり」には、一般に「感覚過敏」や「感覚鈍麻」と呼ばれるものも含まれる。「C」は自閉スペクトラム症に見えても、それが先天的な性状のものでなければならないことを意味する。後天的に突如として自閉スペクトラム症に似た特性が現れた場合は、別の精神疾患と見なされる。「D」は、前述した「社会モデル」を意味している。社会生活で深刻な障壁が発生しなければ、自閉スペクトラム症の特性が濃厚でも、自閉スペクトラム症者として診断されない。社会的障壁と感じられるものは、乳児の頃から現れる場合も、就学時に現れる場合も、成人してから現れる場合もある。

以下で筆者は、この診断基準を踏まえつつさまざまな村上作品を読解し、村上の自閉スペクトラム症的特性を確認していく。だが、これはいわゆる「病跡学」とは異なる。病跡学では、精神科医などが作家や芸術家の生育歴と作品を分析し、創作者に精神疾患などを診断していく。しかし筆者は精神医学などの専門家ではなく、その意味で筆者の「専門的知識」はそれ自体で保証されない。他方、筆者はひとりの自閉スペクトラム症の当事者として発達障害者のための自助グループを主宰しており、これまでに自閉スペクトラム症を診断された数百人の当事者たちと対話を続けてきた。その「体験的知識」によって専門的知識の不安定さを支え、村上の作品と対話しようとするのだ。そこで、本章は斎藤環が筆者の『みんな水の中――「発達障害」自助グループの文学研究者はどんな世界に棲んでいるか』に指摘した「当事者批評」(斎藤 2021: 28)を継続的に実践したものと言える。

六　当事者批評の実践(1)――コミュニケーション

先の診断基準「A」「B」「C」「D」のうち、自閉スペクトラム症の特性を記述しているのは「A」と「B」だった。まずは「A」の特性、つまりコミュニケーションの特異さと見られるものに注目したい。

六・一　ディスコミュニケーション

村上春樹の大きなテーマとは、ディスコミュニケーションだろう。これは自閉スペクトラム症の特性と重なっている。『ねじまき鳥クロニクル』を見てみよう。

> 僕はガスの火を弱め、居間に行って受話器をとった。新しい仕事の口のことで知人から電話がかかってきたのかもしれないと思ったからだ。
> 「十分間、時間を欲しいの」、唐突に女が言った。
> 僕は人の声色の記憶にはかなり自信を持っている。でもそれは知らない声だった。「失礼ですが、どちらにおかけですか?」と僕は礼儀正しくたずねてみた。
> 「あなたにかけているのよ。十分だけでいいから時間を欲しいの。そうすればお互いよくわかりあうことができるわ」と女は言った。低くやわらかく、そしてとらえどころのない声だ。
> 「わかりあえる?」
> 「気持ちがよ」
> 僕は戸口から首をつきだして台所をのぞいた。スパゲティーの鍋からは白い湯気が立ちのぼり、アバドは『泥棒かささぎ』の指揮をつづけていた。
> (村上 1994b: 7–8)

作品冒頭で電話をかけてきて、主人公にテレフォンセックスをしかけるこの謎の女は、物語の後半に至って主人公の妻だと判明する。このような深刻なディスコミュニケーションは、村上作品の通奏低音と言って良いものだろう。

六・二　デタッチメント

診断基準では、自閉スペクトラム症者には「社会的・情緒的な相互関係の障害」があるとされていた。これは初期の村上作品を特徴づける「デタッチメント」に重なる。村上は河合隼雄との対談で語る。

僕が小説家になって最初のうち、デタッチメント的なものに主に目を向けていたのは、単純に「コミュニケーションの不在」みたいな文脈での「コミットメントの不在」を描こうとしていたのではなくて、個人的なデタッチメントの側面をどんどん追求していくことによって、いろんな外部的価値（それは多くの部分で一般的に「小説的価値」と考えられているものでもあったわけだけれど）を取り払って、それでいま自分の立っている場所を、僕なりに明確にしていこうというようなつもりがあったのだという気がします。（河合／村上 1996: 12–14）

社会の動向、あるいは周囲の生活環境とうまく歯車が合わず、孤立して生きる主人公たち。それは初期の村上作品を特徴づけているし、初期に限らず、ほとんどの村上作品の主人公にそのような側面が残されている。

六・三　シンプル志向

米田衆介は、「アスペルガー障害」の中核的特性として、「注意、興味、関心を向けられる対象が、一度に一つと限られている」というシングルフォーカス特性、「同時的・重層的な思考が苦手、あるいはできない」というシングルレイヤー思考特性、「「白か黒か」のような極端な感じ方や考え方」をするという知覚ハイコントラスト特性の三点を挙げている（米田 2011: 64–65）。このような特性から、自閉スペクトラム症者には「シンプル志向」、あるいはミニマリズム的な志向が顕著となる。『職業としての小説家』で、村上はデビュー作『風の歌を聴け』のときから、「おまえの文章は翻訳調だ」と言われたことを記している。

僕がそこで目指したのはむしろ、余分な修飾を排した「ニュートラルな」、動きの良い文体を得ることでした。僕が求めたのは「日本語性を薄めた日本語」の文章を書くことではなく、いわゆる「小説言語」「純文学体制」

> みたいなものからできるだけ遠ざかったところにある日本語を用いて、自分自身のナチュラルなヴォイスでもって小説を「語る」ことだったのです。そのためには捨て身になる必要がありました。極言すればそのときの僕にとって、日本語とはただの機能的なツールに過ぎなかったということになるかもしれません。（村上 2015b: 48）

ここで村上が言う「余分な修飾を排した「ニュートラル」な、動きの良い文体」はシンプル志向の、ミニマリズム的な文体と言いかえることができる。その文体の基本的性質は一定の変遷を経ながらも、最初期から現在まで守られている。

六・四　ゼロ百思考

シンプル思考は、心理学の世界で「ゼロ百思考」や「白黒思考」と呼ばれる極端な価値観と不可分な関係にある。そのような思考は自閉スペクトラム症児に頻繁に見られる（パステル総研 2021）。村上が「１００パーセント」という表現を好むことは、よく知られているだろう。たとえば、初期には「４月のある晴れた朝に１００パーセントの女の子に出会うことについて」という短編が執筆された。

> 四月のある晴れた朝、原宿の裏通りで僕は１００パーセントの女の子とすれ違う。／たいして綺麗な女の子ではない。素敵な服を着ているわけでもない。髪の後ろの方には寝ぐせがついたままだし、歳だっておそらくもう三十に近いはずだ。しかし50メートルも先から僕にはちゃんとわかっていた。彼女は僕にとっての１００パーセントの女の子なのだ。彼女の姿を目にした瞬間から僕の胸は不規則に震え、口の中は砂漠みたいにカラカラに乾いてしまう。（村上 1983c: 18）

『ノルウェイの森』は発売された当時、帯に「100パーセントの恋愛小説」というキャッチコピーが記されていた。これは村上自身が考えたものだった。

「恋愛小説ブーム」があって、僕が『ノルウェイの森』を書いたのではなく、『ノルウェイの森』を書いて、その帯に「これは100パーセントの恋愛小説です」と書いた(僕が自分で書きました)だけです。順番からいえば『ノルウェイの森』の方がいわゆるブームとしての恋愛小説より先です。でも「恋愛小説」っていったい何なんでしょうね? 考えてみたら実体ないですよね。帯にはほんとうは「これは100パーセントのリアリズム小説です」と書きたかったのだけれど(つまり『羊』や『世界の終り』とはラインが違いますということです)、そんなことも書くわけにはいかないので、洒落っけで「恋愛小説」というちょっとレトロっぽい「死語」を引っぱり出してきたわけです。そんなに本が売れて言葉が一人歩きすることになるなんて思わなかった。だからべつにマーケッティングしたわけではありません。(村上 2000b: 54–55)

村上自身は、読者とのやりとりがよく伝えるとおり、単純に「ゼロ百思考」や「白黒思考」を振りかざす人ではないが、それでも村上の理想主義的な側面は、それらの性質の香りを漂わせている。

六・五　独特すぎるユーモアへの感性

コミュニケーションのあり方が非定型的な自閉スペクトラム症者は、ユーモアに関しても非定型的な要素を含みこんでいて、聞き手をギョッとさせることが稀ではない(永瀬/田中 2015)。これは村上のユーモアがしばしば見せる異様さに対応している。『ノルウェイの森』で、「僕」と緑の食事場面を見てみよう。

夕方になると彼女は近所に買い物に行って、食事を作ってくれた。僕らは台所のテーブルでビールを飲みながら天ぷらを食べ、青豆のごはんを食べた。

「沢山食べていっぱい精液を作るのよ」と緑は言った。「そしたら私がやさしく出してあげるから」

「ありがとう」と僕は礼を言った。

（村上 1987b 下：211）


なお、「村上春樹には心の理論があるから自閉スペクトラム症に無関係だ」という反論がありえるだろう。自閉症児についての議論で伝統的に「心の理論」が云々されてきた。自閉症者は他者の心を推測する能力（心の理論）を持たない、というもので、この見解を真に受けると、自閉スペクトラム症者は文学を理解することなど不可能ということになる。だが、「心の理論」をめぐる見解にはさまざまな誤りがある。そもそも定型発達児であっても、四歳くらいまでは「心の理論」を持たないし、自閉症児も年齢があがれば（知的障害がなければ）心の理論を身につける。つまり「心の理論」の獲得の可能性は絶対的な問題ではなく相対的な問題にすぎない。

成長後の自閉スペクトラム症者も他者の心を推察することが苦手と言われがちだが、これは認知特性が異なる定型発達者の心を自閉スペクトラム症が推測することに困難が伴うということであって、同様の感じ方や考え方や経験を共有する自閉スペクトラム症同士は、互いの心をほとんど問題なく推測することができる。逆に、多くの定型発達者も自閉スペクトラム症者に対してほとんど「心の理論」を持たない。さらに世の中には文学作品を含めてさまざまな創作物があり、それらを読解することによって、自閉スペクトラム症者は定型発達者の心のあり方や動き方を学習することができる。したがって、文学作品なども独自の仕方からだが、理解することができる。この事実は自閉スペクトラム症者の文学作品読解を調査したラルフ・ジェームズ・サヴァリーズの研究からだけでも明らかだ（サヴァリーズ 2021）。

以上から、「村上春樹には心の理論があるから自閉スペクトラム症に無関係だ」といった反論は成立しない。

七　当事者批評の実践（2）――反復性

続いて診断基準の「B」の特性、つまり「反復性」ないし「こだわり」に注目したい。

七・一　凝り性

自閉スペクトラム症者の「こだわり」は「こだわり行動」や「自己刺激行動」と呼ばれるもの以外に、性格上の凝り性となって現れる。村上の作品を読んだものは、その凝りに凝った調子に驚くのではないだろうか。エッセイ集『もし僕らのことばがウィスキーであったなら』を見てみよう。

> 残念ながら、僕らはことばがことばであり、ことばでしかない世界に住んでいる。僕らはすべてのものごとを、何かべつの素面《しらふ》のものに置き換えて語り、その限定性の中で生きていくしかない。でも例外的に、ほんのわずかな幸福な瞬間に、僕らのことばはほんとうにウィスキーになることがある。そして僕らは――少なくとも僕はということだけれど――いつもそのような瞬間を夢見て生きているのだ。もし僕らのことばがウィスキーであったなら、と。（村上 1999b: 11）

「もし僕らのことばがウィスキーであったなら」。ここまで凝った比喩を書く作家も、しかもその比喩を書名に選んでしまう作家も、村上以外には珍しいだろう。

七・二　自己流の徹底

自閉スペクトラム症者は「こだわり」によって駆動されるため、自己流を徹底する傾向が強い。日本の発達障害者のあいだで、就労移行支援、就労定着支援、大学生の就職支援、児童の放課後等デイサービスなどを提供するKaien は有名な企業だ。この企業も成人した自閉スペクトラム症者が「自己流で物事を進めたがる」ことを指摘している（宮尾 2023）。

たとえば、短編集『一人称単数』について考えてみよう。この短編集の書名は一九七七年に寺門泰彦訳で出版されたジョン・アップダイクの『一人称単数』をサンプリングしたものだろうが、そのように書いた原稿を内田康に見せると、サマセット・モームの *Six Stories Written in the First Person Singular*（『一人称単数で書かれた六編の物語』）も念頭に置いている可能性があること、さらにアップダイクの『一人称単数』の原題は訳題と乖離して *Assorted Prose* なのがおもしろいと言っていた。さすがの指摘だが、いずれにしろ、このような書名の付け方は、大江健三郎の『万延元年のフットボール』をサンプリングした『１９７３年のピンボール』や、ビートルズの「ノルウェーの森」をサンプリングした『ノルウェイの森』にも現れた自己流を徹底している証拠だ。

『一人称単数』に収められた短編「「ヤクルト・スワローズ詩集」」で、「僕」はかつて『ヤクルト・スワローズ詩集』を自費出版したことがあると語る。これは虚構だが、一九八一年出版の『夢で会いましょう』には「ヤクルト・スワローズ詩集より」と書かれた五編の詩が収録されているから、『一人称単数』はそのセルフパロディになっているという「こだわり」の結果で、また架空の詩集で遊ぶのは、『風の歌を聴け』で架空の作家ハートフィールドで遊んだときからの村上の自己流のユーモアだ。

なお村上は東京ヤクルトスワローズの熱心なファンで、二〇二二年一〇月三〇日になってもつぎのように語っている。

さて、野球の話ですが、今年はヤクルト・スワローズの村上宗隆くんが、王さんを超える56本のホームランを打ちまして、これはとてもめでたいことでした。でも実を言うと僕は今年、何度か神宮に通いながらも、一度も村上くんの生ホームランを目にしてないんです。運が悪いというか、ずいぶん残念なことです。いつもだいたいグローブを持参して球場に行くんですが、いつの日かライト・スタンドで、村上くんのホームランをゲットしたいものですね。（村上 2022）

このようなファン活動と自閉スペクトラム症的な「こだわり」がどのような関係にあるのかは、簡単に結論を出せない。自閉スペクトラム症の特性がなくても、特定の対象にそれなりの選好性を示すのは、人として標準的なことだからだ。

七・三　物語の神話的類型

村上の多くの長編は、神話的な類型性を示していて、似たようなプロットばかり有していると批判されてきた。これは自閉スペクトラム症者の「こだわり」、つまり同一性の保持に強く執着する特性を思わせる。ある読者は、村上作品の可読性は、神話的な性質に関係があるのかと村上に問う。

村上さんの小説はほとんど読みました。というより、なぜだか読んでしまうのです。それがとても不思議なのです。村上春樹は現代において神話を紡いでいるのである、と何かで読みましたがそういうことなのでしょうか。だから読んでしまうのでしょうか。村上さんの作品については色んな人があーでもないこーでもないと分析しますね。私はそういうのは嫌いです。村上さんもそういうの嫌いだと思います。村上さんの作品に出てくるジャズとかクラシックとかオシャレな食べ物のこと、私にはよくわからないのでイメージが湧きにくいこともよくあります。だけど読みます。大切なことが書いてあるんだけど、それがなんなのか、わからないのです。我々は生きていかなくてはならない？　うまく言えないのですが、村上さんの小説を読んだ後は苦しい気持ちになってしまいます。神話に苦しめられていると思えば納得できるような気がするのですが。村上さんは神話を書いているんですか。それともそんなつもりはないのでしょうか。教えてください。（村上 2015a: 2015-02-12）

村上はジョーゼフ・キャンベルの比較神話研究を引きあいに出しながら答える。

世界にはいろんな神話がありますが、どこの国の神話にも「共通する部分」がとても多いんです。同じような成り立ちの話がとても多いです。それについてはジョーゼフ・キャンベルという人が『生きるよすがとしての神話』『神話の力』の中で詳しく語っています。なぜ「共通する部分」が多いのか？　それは人というのは、言語や文化の違いを超えて、時間を超えて、意識の底の方でみんなしっかりと同じ水脈に繋がっているからだ、というのがキャンベルの考え方です。無意識下のイメージはだいたいみんな似ているんです。僕が小説を書くときも、そのような無意識下のイメージをできるだけ繋げていきたいという思いがあります。あなたは僕のそのような思いにうまく感応してくださっているのかもしれません。だとしたら、僕としても嬉しいです。

（: 2015-02-12）

「人というのは、言語や文化の違いを超えて、時間を超えて、意識の底の方でみんなしっかりと同じ水脈に繋がっているからだ、というのがキャンベルの考え方です。無意識下のイメージはだいたいみんな似ているんです。僕が小説を書くときも、そのような無意識下のイメージをできるだけ繋げていきたいという思いがあります」。このように書きながら、村上は明らかに「序」で述べた「井戸」や「地下二階」、そして本章で先に名を挙げたユングの集合的無意識論を意識していただろう。

七・四　マラソン

自閉スペクトラム症には、しばしば発達性強調運動症（ＤＣＤ）が併発する。発達性強調運動症とは、体のさまざまな部位を連動的に動かすのが困難で、極端な運動音痴や不器用を示してしまう発達障害の一種だ。とはいえ、自閉スペクトラム症者は必ずスポーツが不得意というわけではない。特に持久走やマラソンが得意な自閉スペクトラム症は珍しくなく、それは体の部位の単純な反復的使用が自閉スペクトラム症の特性に合っているからだ（宮尾 2020）。

さて、多くの読者は、村上がマラソンをする作家の代表だと知っている。マラソンについてのエッセイ『走ることについて語るときに僕の語ること』で村上はこう書く。

> 生まれつき才能に恵まれた小説家は、何をしなくても（あるいは何をしても）自由自在に小説を書くことができる。泉から水がこんこんと湧き出すように、文章が自然に湧き出し、作品ができあがっていく。努力をする必要なんてない。そういう人がたまにいる。しかし残念ながら僕はそういうタイプではない。自慢するわけではないが、まわりをどれだけ見わたしても、泉なんて見あたらない。鑿を手にこつこつと岩盤を割り、穴を深くうがっていかないと、創作の水源にたどり着くことができない。小説を書くためには、体力を酷使し、時間と手間をかけなくてはならない。作品を書こうとするたびに、いちいち新たに深い穴をあけていかなくてはならない。（村上 2007b: 64–65）

村上は「鑿を手にこつこつと岩盤を割り、穴を深くうがっていかないと、創作の水源にたどり着くことができない。小説を書くためには、体力を酷使し、時間と手間をかけなくてはならない」。その日常を支えるのが、マラソンの習慣だった。

七・五　収集癖

自閉スペクトラム症者の特性として、収集癖が知られている。イギリスの国立自閉症協会（National Autistic Society）のウェブサイトには「自閉症者は、おもちゃ、置き物、モデルカーなどの物体（や物体の一部）、あるいは牛乳瓶のふた、石、靴などのより珍奇な物体にも愛着を示すかもしれません。収集癖もじつによく見られます」（NAS 2020）と記されている。

村上はレコードやTシャツを収集している。かつてのウィスキー遍歴も味覚経験の収集と言える要素を含んでいるだろう。特に熱を入れてきたレコード収集についての見解を聞いてみよう。

> レコードを集めるのが趣味で、かれこれ六十年近くせっせとレコード屋に通い続けている。これは趣味というよりは、もう「宿痾」に近いかもしれない。僕はいちおう物書きだが、本にはなぜかそれほどの執着はない。しかしレコードに関しては、認めるのはどうも気恥ずかしいのだが、それなりの執着があるみたいだ。（村上 2021a: 10）

収集癖のある人がすべて自閉スペクトラム症者というわけではないはずだが、自閉スペクトラム症の特性を持つ人は多くの場合、自分だけの「こだわり」を発揮して何かを集めている。村上もそのひとりという可能性が高い。

七・六　オウム返し

コミュニケーションの問題にもまたがることだが、自閉症者にはオウム返しの特性がある。自閉スペクトラム症児のじつに八五％にオウム返しの癖があるという（Schuler / Prizant 1985）。さて、村上作品の登場人物は頻繁にオウム返しで返答する。『色彩を持たない多崎つくると、彼の巡礼の年』で、多崎つくるは恋人の沙羅に高校時代の女友だちのことを話し、沙羅は質問をする。


「それで、あなた自身はどうだったの？　ずっと一緒にいて、シロさんや、クロさんには心を惹かれなかったの？話を聞いていると、二人ともなかなか魅力的な人たちに思えるけど」

「どちらの女の子も実際に魅力的だったよ。それぞれに。心を惹かれなかったと言ったら嘘になる。でも僕としてはできるだけ彼女たちのことは考えないようにしていた」

「できるだけ？」

「できるだけ」とつくるは言った。また頰が少し赤らんだような気がした。「どうしても考えなくちゃいけないときは、二人を一組として考えるようにしていた」

「二人を一組として？」（村上 2013b: 22）

村上の多くの読者は、村上作品の膨大なオウム返しをムラカミエスクだと感じているはずだが、それは自閉スペクトラム症的なものなのだ。

七・七　感覚の解像度の高さ

自閉スペクトラム症には、感覚過敏が付属する。これは中立的な言い方をすれば、多くの自閉スペクトラム症者は、定型発達者よりも感覚の解像度が高いということを意味する。自閉スペクトラム症には感覚鈍麻も顕著だが、これは感覚の解像度が高いために、感覚刺激が定型発達者よりも閾値を超えやすく、一種の麻痺状態が発生しているのだと解釈できる。グニラ・ガーランドの『ずっと「普通」になりたかった。』、アクセル・ブラウンズの『鮮やかな影とコウモリ――ある自閉症青年の世界』、拙著の『みんな水の中』や『イスタンブールで青に溺れる』などに、自閉スペクトラム症者の感覚の解像度の高さは記録されている。さて、そのような書物を出版してきた筆者は、村上の感覚のあり方に非常な親近感を覚えている。村上の情景描写はきわめて解像度が高いものだからだ。『世界の終りとハードボイルド・ワンダーランド』を見てみよう。

> 正面には海が見えた。荷を下ろし終えて吃水線の浮かびあがった古い貨物船も見えた。かもめが白いしみのようにあちこちにとまっていた。ボブ・ディランは「風に吹かれて」を唄っていた。私はその唄を聴きながら、かたつむりや爪切りやすずきのバター・クリーム煮やシェーヴィング・クリームのことを考えてみた。世界はあらゆる形の啓示に充ちているのだ。／初秋の太陽が波に揺られるように細かく海の上に輝いていた。まるで誰かが大きな鏡を粉々に叩き割ってしまったように見える。あまりにも細かく割れてしまったので、それをもとに戻すことはもう誰にもできないのだ。どのような王の軍隊をもってしてもだ。／ボブ・ディランの唄は自動的にレンタ・カー事務所の女の子のことを思いださせた。そうだ、彼女にも祝福を与えねばならない。彼女は私にとても良い印象を与えてくれたのだ。彼女をリストから外すわけにはいかない。（村上 1985a: 612）

知識がなければ、「自閉スペクトラム症」と聞いても、その「自閉」と感覚の解像度の高さが関係するものとは予想できないだろう。だが、感覚の解像度の高さも自閉スペクトラム症的と言える特性なのだ。

八　当事者批評の実践（３）――解離

自閉スペクトラム症者はフラッシュバックを起こしやすい。その意味で解離の傾向が備わっていると言える。解離とは、つらい現実を回避するために、現実感に幻想がまじりこむ現象のことだ。柴山雅俊は、この傾向が進行した自閉スペクトラム症を「解離型ＡＳＤ」と呼んでいる（柴山 2017: 193）。斎藤環は村上に解離があることを示唆したことがあるが（斎藤 2004: 107–124）、筆者は村上がこの「解離型ＡＳＤ」の当事者に近いと推測している。

八・一　フラッシュバック

自閉スペクトラム症のフラッシュバックについて、杉山登志郎は、「タイムスリップ現象」という名称で説明している。杉山は優れた記憶能力をもつ、知的水準が高い自閉症児に起こると指摘しているが（杉山 2011: 47）、これは成人後も継続する。「感情的な体験が引き金となり、過去の同様の体験が想起される」、「その過去の体験をあたかも現在の、もしくはつい最近の体験であるかのように扱う」と杉山は説明する。村上作品にはこのような「タイムスリップ現象」がよく現れる。たとえば『ねじまき鳥クロニクル』で語られる皮剝ぎや『海辺のカフカ』の猫の惨殺といった凄惨な場面は、ほとんどフラッシュバック的と言える。『風の歌を聴け』と『１９７３年のピンボール』の様式は、カート・ヴォネガットの作風をサンプリングしたものだが、この二作はフラッシュバックを作品化したものと読むことができる。

『風の歌を聴け』にはつぎのような描写がある。

三人目の相手は大学の図書館で知り合った仏文科の女子学生だったが、彼女は翌年の春休みにテニス・コートの脇にあるみすぼらしい雑木林の中で首を吊って死んだ。彼女の死体は新学期が始まるまで誰にも気づかれず、まるまる二週間風に吹かれてぶら下がっていた。今では日が暮れると誰もその林には近づかない。（村上 1979: 94）

小島基洋は、この自殺したかつての恋人が初期の村上の最大のテーマだと見なし、上に引用した一節に含まれるモティーフが、複数の初期作品で反復したことを指摘している（小島 2017: 7–9）。サンプリングとアダプテーションが複合したような運動が村上の創作で生起したわけだ。引用した一節はそれ自体がフラッシュバックになっているし、村上が含まれたモティーフを使って再創作したことは、フラッシュバックの言語芸術化と言える活動だったと見なせる。

八・二　あちらの世界とこちらの世界

解離型ＡＳＤについて、柴山雅俊は離隔の感覚によって特徴づけられ、人間社会のストレスから逃れて——村上の言葉で言えば「デタッチメント」になるだろう——、「向こう側」の世界、に思いを寄せると説明する（柴山 2017: 198–199）。村上の作品にはそのような「向こう側」の世界が頻出し、登場人物は井戸やエレベーターや非常階段を使って、それらの世界に行く。『１Ｑ８４』を見てみよう。

狂いを生じているのは私ではなく、世界なのだ。（村上 2009a: 195）

１Ｑ８４年——私はこの新しい世界をそのように呼ぶことにしよう、青豆はそう決めた。／Ｑは question

markのＱだ。疑問を背負ったもの。／彼女は歩きながら一人で肯いた。／好もうが好むまいが、私は今この「１Ｑ８４年」に身を置いている。（: 202）

まったく三十回目の誕生日をよりによってこんなわけのわからない世界で迎えることになるなんてね、と青豆は思った。そして眉をひそめた。／１Ｑ８４年。／それが彼女のいる場所だった。（: 204）

村上が好んで作品化してきたふたつの世界のモティーフは、「解離型ＡＳＤ」の特性と言えるものなのだ。

八・三　イマジナリーフレンドと分身

村上作品には分身が頻繁に登場する。『風の歌を聴け』が群像新人文学賞を受賞したときに、吉行淳之介は選評で、すでに「「鼠」という少年は、結局は主人公（作者）の分身であろうが、ほぼ他人として書かれているところにも、その手腕が分る」と見抜いていた（佐々木ほか 1979: 119）。『世界の終りとハードボイルド・ワンダーランド』の「私」と「僕」と「僕」の影、『ノルウェイの森』のワタナベトオルと永沢、『ねじまき鳥クロニクル』の岡田亨と綿谷昇、『海辺のカフカ』の田村カフカと「カラスと呼ばれる少年」、『騎士団長殺し』の「私」と「白いスバル・フォレスターの男」のように、村上作品には分身やイマジナリー・フレンドの事例がおびただしい。

ところで、解離型ＡＳＤには仮面のキャラクター、「イマジナリーコンパニオン」、つまり空想上の同伴者が生まれて、「素顔のない仮面、それに全面的になりきるヴェールを被ったコスプレイヤーのような存在」を体現することが稀ではない（柴山 2017: 202–203）。村上は語る。

僕はどうも宿命的に鏡とか双子とかダブルとかにすごく惹かれるみたいである。どうしてかはわからない。（村

上 1991a: VII)

「ダブル」とは分身を意味する。村上自身にも「よくわからない」というこの関心は「解離型ＡＳＤ」の特性と言えるものなのだ。

ところで、なぜ解離型の自閉スペクトラム症者はイマジナリー・コンパニオンを心に宿しやすいのだろうか。「自閉」しているからと言えばそれまでだが、自我が不安定なために、他者の言動を取りこみやすく、それらが複数の人格のようにして心のなかに棲みつくからだろう。筆者はこの解離性同一性障害（いわゆる多重人格）に至らない解離を「キマイラ現象」と名づけた（横道 2021a: 117–118）。

また、解離型の自閉スペクトラム症者が「分身」に関心を抱きやすいとしたら、それはどのような仕組みによってなのだろう。筆者は、自閉スペクトラム症者の比率に関係があると考える。先に述べたように、自閉スペクトラム症は全人口の一％程度と言われている。学校でいえば、数年に一回程度の割合で同じクラスに自分と同じ自閉スペクトラム症児がいるという計算になる。しかし全人口の一割ほどという「グレーゾーン」を入れれば、一〇人にひとりくらいだから、毎年同じクラスに二、三人の自閉スペクトラム症児およびそのグレーゾーンの児童がいるということになる。そのような「同類」に出会ったときの衝撃が「分身」というモティーフに目覚めさせるのではないか。

なお第一章で村上と比較した大江健三郎の作品にも「分身」が溢れかえっている。おそらく大江も「解離型ＡＳＤ」を持ち、村上と大江の類似とはこの特性に由来するのではないか、と筆者は推測している。

九　自閉スペクトラム症グレーゾーンと健跡学

前節までで村上に自閉スペクトラム症、特に解離型ＡＳＤの特性を確認していく作業を終えた。村上に自閉スペクトラム症の特性が色濃く備わっていることが、理解してもらえただろう。だが、それでは村上は自閉スペクトラム症者そのものと言えるのだろうか。筆者はそうではないと主張する。村上は自閉スペクトラム症のグレーゾーンだ。

神尾陽子は、日本全国の小中学校通常学級に通う一般児童生徒二万二五二九人を対象として、六五項目から成る親評定の質問紙（Social Responsiveness Scale：対人応答性尺度）を用いて、対人コミュニケーション症状を中心とするＡＳＤ症状の分布を調査し、結果を二〇一三年に報告した。図のグラフが示すように、一般児童集団のなかに、横軸に示されるＡＳＤの特性（SRS得点）は、大多数のＡＳＤの特性をほとんど持たない児童（定型発達児と考えられる集団）から、ＡＳＤ特性を強く有するごく少数の児童（ＡＳＤ診断に合致すると考えられる集団）まで、正規分布に似た形で分布を示すことが判明したという。その二群を区別する溝のようなものは見られず、グレーゾーンと呼ばれる診断基準には完全に一致しない「診断閾下」の多数の児童が存在することがわかったという（岡／神尾 2020: 43–44）。

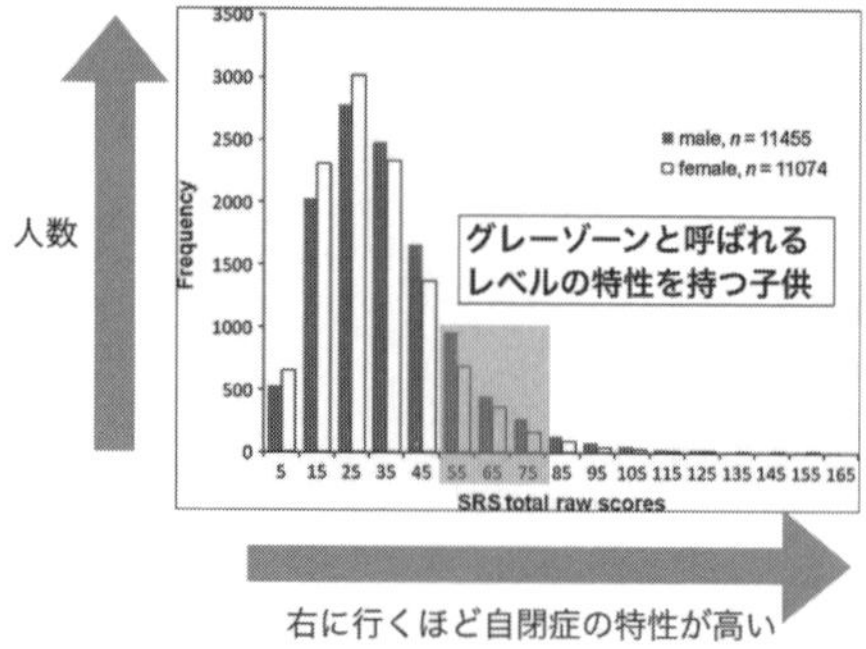

図　ASD 症状の一般児童集団における連続分布（岡／神尾 2020 より）

村上は――推測するしかないが――発達障害の診断を受けたことがない人なのだろう。診断基準にも明記されていたように、自閉スペクトラム症は、その特性が濃厚でも社会生活が阻害されるに至らなければ自閉スペクトラム症者として診断されないから、村上は自閉スペクトラム症のグレーゾーンと考えることができる。それは村上が自身を自閉スペクトラム症者にする環境から逃れられてきたことを意味する。

では、それはどのようにして可能になったのだろうか。病跡学の分野では、従来のように創作者の「病跡」に注目するのではなく、精神疾患の特性を持ちながらも、創作に従事できていた点に注目し、創作者の「健康生成」を考察する試みが広がっている。「パトグラフィー」（病跡学）をもじって「サルトグラフィー」と呼ばれているのだが、その語義を踏まえて「健跡学」、つまり健康の痕跡を分析する学問と呼んでも良いだろう。

健跡学はレジリエンス、つまり弾力的な回復力やＳＯＣ（sense of coherence）、つまりストレスに対処して主体の首尾一貫性を維持する感覚に注目する。斎藤環は多彩な創作者として知られる坂口恭平について論じる。

さまざまな天才の生涯を眺めてみれば、そこに見えてくるのは必ずしも「病理」の風景ばかりではない。むしろ印象的なのは、彼らが並外れて過酷な環境下においても素晴らしい創造性を発揮し、あるいは偉業を達成し得たという「強靱さ」の側面ではないだろうか。確かに彼らは、創造行為の中核的動因として、何らかの病理を抱えていたかもしれない。しかしその一方で、きわめて高いレジリエンスを有していた、とも考えられる。中井久夫が病跡学について述べた「不発病の理論」の可能性は、主としてこちらの側にある。本来であれば何らかの精神疾患を発病していたであろう天才が、創造行為に没頭することで発症を免れるという意味からも。

（斎藤 2020: 48）

村上が自閉スペクトラム症者でないとは、先にも書いた村上流の当事者研究が関係しているだろう。ひとりで自由気ままに過ごす時間を大事にし、音楽などの趣味に耽り、保守的で煩わしい日本の「文壇」から距離を置き、海外に好んで居住し、マラソンなどによって体を鍛え、創作に没頭する。これを考察することで村上の「健跡学」を構築することができる。創作に関しては、夢の論理が大きく関与しているだろう。第三章で見たように、村上はつぎのように述べていた。「作家にとって書くことは、ちょうど、目覚めながら夢見るようなものです。それは論理をいつも介入させられるとはかぎらない、法外な経験なんです。夢見るために毎朝僕は目覚めるのです」。この「夢見るために毎朝僕は目覚める」ことができたことが、村上が自閉スペクトラム症の特性を濃厚に持ちながら、グレーゾーンに留まることのできた理由ではないか。

ジョナサン・ディルは、村上が生育過程でさまざまな傷つきの体験を抱えていたと論じる。ディルは、村上が父の村上千秋と深刻な葛藤を抱き、父権主義的な日本の文壇と対立したことと、さらに『ノルウェイの森』の直子のモデルになったと見られる女性のことに言及している。村上の結婚から数ヶ月が過ぎた一九七二年一月に実家で自殺したという村上の高校の時代の恋人〈K〉が、村上を物語の執筆による治癒へと向かわせたというのだ（Dil 2022: 3–18）。兵庫県立神戸高校で村上の二学年上だった永田實によると、〈K〉は村上と同学年でともに新聞委員会に属し、「二人はつきあっているのではないかと噂され」、「二人そろって暗いイメージのカップルだった」という。Kは卒業後、国際基督教大学に進学し、一年遅れて村上が早稲田大学に進学した（浦澄 2000: 187–188）。

これに関する真実を探る能力は筆者にはないが、そのような心の苦しみは村上に備わった自閉スペクトラム症者の特性を強化したと推測することはできる。あるいは、それが村上に標準的な自閉スペクトラム症ではなく、解離型ASDの特性を与えたのではないかと推測することもできる。しかし、いずれにしても村上のレジリエンスとSOCが今後さらに注目されるべきだろう。

おわりに

本章では当事者批評と健跡学という、病跡学の新たな潮流に、あるいはむしろ「ポスト病跡学」と呼びうるかもしれない思考方式を導入し、考察した。ニーチェは『曙光』で、「苦悩する者の認識」について語った。

自身の病苦に長く恐ろしく苛まれ、それでも自分の知性が曇らない病者の状態は、認識にとって無用なものではない。すべての深い孤独や、突然、あらゆる義務や慣習から突然自由が認められたときにもたらされる知的な恩恵は言うまでもないだろう。重度に苦しむ者は、彼の状況からゾッとするような冷たさで事物を見わたす。健康な者が見るときは通常、ものごとはあのありとあらゆる欺瞞の魔術のなかを漂っているわけだが、それが重度に苦しむ者にとっては消えてしまうのだ。そう、重度に苦しむ者はみずからの眼前に自分自身を色艶のない姿で提示するのだ。もしこの人が、それまでなんらかの危険な夢見心地のなかで生きていたとしよう。その人をそこから引きさらう方途、そしておそらく唯一の方途とは、苦痛による最高度の覚醒なのだ。（Nietzsche 1988a, 104–105）

人生の苦痛度があがれば、覚醒が深くなる可能性も高まる、とニーチェは主張した。そして村上の覚醒度も、まさにそれが理由で深いものになったはずだ。

自閉スペクトラム症は、「脳の多様性」だ。それはひとつの文化現象として考察する価値がある。自閉スペクトラム症者は全人口の一％程度だが、グレーゾーンを含めれば一〇％ほどに達することを述べた。自閉スペクトラム症者には独自の認知や認識が備わっており、それらはこれまでの人類に少数派ならではの刺激を与えてきたはずだ。自閉スペクトラム症者が集合して共同体を運営すれば、そこには新たな文化が生まれていく。それは夢物語ではない。なぜなら、俗に「発達界隈」と呼ばれるそのような疑似的コミュニティが、すでにＳＮＳを中心に形成されているからだ。

第七章

自閉スペクトラム症的／定型発達的
――映画『バーニング』と『ドライブ・マイ・カー』について

一九八〇年代、村上の作品は何度かアダプテーションの機会を得たものの、一九九〇年代にはそれがほとんどなくなった。村上の著作管理の結果だと思われるが、二〇〇〇年代になると、またアダプテーションが進んでいく。二〇一〇年代、村上作品のアダプテーションは活発になり、二〇二〇年代に入ってもそのままだ。ここでは、『バーニング』と『ドライブ・マイ・カー』という村上作品の傑出したアダプテーションに注目し、両者の異質さについて考察していく。

一　**村上好みの映画**

村上にはシネフィル、つまり映画マニアという側面がある。一九七五年に早稲田大学文学部映画演劇科を卒業した村上は、四年後に作家としてデビューし、この卒論を振りかえった。それを『週刊朝日』が要約する。

早稲田を出るにあたって、「アメリカ映画における旅の系譜」という卒業論文を書いた。「駅馬車」から「宇宙の旅」にいたるまで、アメリカ映画の発達とテーマは人と物の移動にある——という論旨だった。それを読んだ印南高一教授が「君は小説が書けるんじゃないかね」ともらした。その言葉が頭にひっかかっていて、ふとペンをとらせたということらしい。その処女作がいきなり入選作となった。／この新人、日本の小説は、ほとんど読んだことがない。八年前、読むものがないのでたまたま目についた谷崎潤一郎の「細雪」を読んだくらいのもの。／「これは面白かったですねえ」／しかし、かといって谷崎のほかの作品を続けて読みたいという気持ちも、さらに起こらなかったという。読んだのは、もっぱらアメリカ文学。（横山 1979: 147）

デビュー当初から村上が、自身を日本文学の伝統から断絶した存在として演出していたことがわかる魅力的な取材記事と言えるだろう。

いずれにしてもシネフィルの村上にとって、とりわけ重要な意味を持つ映画や映画監督がいくつかある。第三章で述べたフランシス・フォード・コッポラの『地獄の黙示録』はそのひとつだ。だがコッポラを凌ぐほど村上が共感を抱いた映画監督がいる。それはデイヴィッド・リンチだ。読者が『ねじまき鳥クロニクル』とリンチによる当時最新の映画『ロスト・ハイウェイ』を合わせて話題した際、村上は応答した。

僕はもちろんデヴィッド・リンチのファンです。ナニからナニまでリンチなら良いというのではないですが、でもほとんど彼の映画を映画館で見ています。この「ロスト・ハイウェイ」もニューヨークにいるときに見ようと思って映画館まで行ったのに、（ちょっとリンチ的な）奇妙な経験で見ることができなくて、残念に思っていました。『クロニクル』にはたしかにリンチ的なアクセスがいくらか混じっているかもしれません。映画は——再びリンチ的な邪魔が入らなければ——見に行くつもりでいます。（村上 2006a: 46）

二〇〇六年に出された村上の「リンチのファン」という表明は、二〇一五年にも繰りかえされ、特に好む映画やリンチ作品から『ねじまき鳥クロニクル』への影響の可能性が改めて語られた。

こんにちは。僕はデヴィッド・リンチの作品が好きです。どれもすべて好きというのではありませんが、多くの作品は好きです。個人的には『マルホランド・ドライブ』が好みです。それからもちろん『ツイン・ピークス』にははまりました。アメリカに住んでいるときにリアルタイムで放映していたので、毎週楽しみに見ていました。そのときちょうど『ねじまき鳥クロニクル』を書いていたので、少しは影響があるかも、ですね。（村上 2015a: 2015-01-28）

実際、村上の長編はリンチのテレビドラマ『ツイン・ピークス』（一九九〇～一九九一年に本編、二〇一七年に続編）や映画『マルホランド・ドライブ』（二〇〇一年）を、東アジア的に変形した作品という雰囲気がある。リンチが村上と同世代（一九四六年生まれ）という事実も、思い入れを深めているかもしれない。二〇一五年、村上は読者からつぎのような質問を受けとった。

10年前のQ and Aサイトでの質問で
脚本村上春樹
音楽トム・ヨーク

監督デビッド・リンチで映画を撮るとしたらやりますか？ という質問に対して、面白いかも？ といった回答をされていたかと思います。是非このメンバーで作った映画を観てみたいです。（村上 2015a: 2015-02-09）

村上は応答する。

十年間、残念ながらそういう話は来なかったですね。今でも「面白いかも」と楽しみにしておりますが。（: 2015-02-09）

レディオヘッドのリーダー、トム・ヨークは村上ファンとして知られ、村上も『海辺のカフカ』でレディオヘッドの『キッドA』を登場させた。もしリンチがヨークや村上との共同作業に興味を示してくれたら、世界的なクリエーター三者がおもしろい創作物を作りだせるかもしれない、と村上は夢見た。結局、リンチがこのような企画を立ちあげることはなかったのだが。

リンチの何が、村上を引きつけただろうか。斎藤環は、リンチが際立って統合失調症的な個性を持った映画監督だと指摘している（斎藤 2007: 94）。これに関して筆者はひとまず異論はないが、村上靖彦が、かつて知的障害のない「高機能自閉症」はしばしば統合失調症と誤診されたと指摘するように（横道／村上 2021: 8）、自閉スペクトラム症の世界観（補論参照）は部分的に統合失調症につうじる、という仮説を指摘しておきたい。とりわけ、自閉スペクトラム症者が解離、つまり幻想と現実の部分的な融合を体験している場合にはそうだろう。これは筆者自身が解離を持つ自閉スペクトラム症だからよくわかることだ。そして、おそらく村上は解離型ＡＳＤの特性を持つからこそ、リンチに強く惹かれているのではないだろうか。

なお、村上はジャン＝リュック・ゴダールの熱烈なファンでもあった。すでに閉鎖されたウェブサイト「村上朝日堂ホームページ」で、村上は「はっきり言って、僕はゴダールの映画に強い影響を受けています」と語り、高校時代に関して「あの当時、神戸の街で僕くらい深くジャン・リュック・ゴダールを愛していた人間はそんなにいなかったと思います」と述べていた（村上 2006b）。ゴダールもまた、鑑賞者の想定を超えた映像がフラッシュバック的に羅列されていくという様式でリンチに共通性がある。

二　アダプテーションと病者の光学

村上作品のアダプテーションとして、二〇一二年に蜷川幸雄が演出した演劇『海辺のカフカ』の成功の一端は、その斬新な舞台設計によって特筆されるだろう。巨大なアクリルケースに舞台背景が備えつけられ、それが眼まぐるしく移動させられることで、場面が展開していく。なぜそれがムラカミエスクな印象を与えるかと言えば、『ノルウェイの森』で言う「死は生の対極としてではなく、その一部として存在している」という理念を実体化したものと言えるからだ。人工的な世界観が、生き生きと動く。そこには躍動する生と死のせめぎあいがある。

村上のさまざまな映像化作品のなかで、これと似たようなアダプテーションの方向性を感じとれるのが、二〇〇五年に市川準監督によって公開された『トニー滝谷』だった。高美哿はこの作品は映像、登場人物が語るセリフ、ボイスオーバーのナレーションが複雑に交錯しながら進むことに注意を促している。

『トニー滝谷』のボイスオーバーの語り手は、原作同様、登場人物のひとりではなく物語内に物理的な身体を持っていない。また、ボイスオーバーのナレーションの使用は部分的ではなく、全篇にわたって使われている。省略、短縮、また登場人物によって発話されたりするところもあるが、映画のボイスオーバーは、村上の原作を朗読するかのごとく、語りを提供しているのだ。文学作品の語り手のイメージは、語彙や言葉づかい、登場人物や出来事との距離感などによって作られるが、映画におけるボイスオーバーの語り手は、これらに加えて物理的な「声」を持ち、その声の質やトーン、話すテンポは、語り手のイメージを大きく左右する。客観的で淡々としながらも冷たさを感じさせない原作の語り手のイメージは、映画では、柔らかく、ゆっくりと話す落ち着いた声によって再現されている。また、ボイスオーバーの語り手は、登場人物の言葉や気持ちを読み上げるときにも、声のトーンを変えたり感情的になったりせず、原作にある語り手と登場人物の距離感を保っている。しかし、映画における「語り」は、ボイスオーバーナレーションによってのみなされるわけではない。通常、映画の「語り」は、ボイスオーバーや登場人物の台詞などの「言葉」と、物語世界を見せる映像という二つの異なる形式が複雑に交錯しあうことによってなりたっている。映像で何を見せるか、またどのように見せるかによって、「語られる事柄」や距離感・印象などを操作することができるのだ。例えば、映画『トニー滝谷』は、登場人物の視点ショットを極力避け、客観ショットで物語世界を映すことによって、原作の三人称の語りや語り手が対象にもつ距離感を再現している。（高 2019: 40）

このボイスオーバーのナレーションは、登場人物の声とは別の位相にあり、相克する関係にある。それは登場人物を分析し、物語を進める冷徹な声として、ある意味では「死」を体現しているというのが筆者の見解だ。それが映像と登場人物の声が作る「生」と混ざりあっている。あるいは逆に考えることもできる。生きたナレーションによって、画面が刻々と死の世界へと放りこまれてしまうのだ。

いずれにせよ、村上の小説はニーチェが言う「病者の光学」によって、私たちの人生を異なる相貌に変えてしまう。ニーチェは『この人を見よ』（一八八〇年）で述べた。

病者の光学から、より健常な概念と価値観に視線を投げかけ、逆も同様に、ゆたかな生活の充実と自己確信から、退廃の本能の秘めやかな仕事を見おろす。これが私のもっとも時間をかけてきた修行で、本物の経験で、もし私が何らかの意味で巨匠ならば、それはこの点でそうなのだった。（Nietzsche 1988c: 266）

病者の光学と健常者の光学を同時に持つと自負していたニーチェの視界は、その点で村上が立ちあげる視界に部分的に似ている。だがニーチェは病気に押されて精神錯乱に陥り、村上はマラソンなどによる健康管理によって、「病者の光学」に自身が犯されずに済んできた。

ヴァージニア・ウルフは、「病むことについて」というエッセイで、「直立人」（upright）と「横臥者」（recumbent）を対比しながら考察しているが、これはおおむね健常者と病者の対比に相当する。ウルフは書く。

ふだん、いくらかのあいだでも空を眺めることは、不可能なことだ。公共の場で空を眺めていたら、歩行者の邪魔になるし、気が引けてしまう。私たちが見る空とは、煙突や教会によってバラバラに刻まれ、人間の背景として役立つ程度で、雨天か晴天かを示し、窓を金色に染め、枝と枝のあいだを埋めて、ロンドンの秋の広場でプラタナスの荒れはてた姿へと仕上げているものだ。そこで、落ち葉やヒナギクのように、横臥者となってまっすぐ上を見つめれば、空が、普段とはまったく違うものだとわかり、少しギョッとしてしまう。それでは空はいつだってこんな感じだったのに、私たちはそれを知らなかったわけだ。（Woolf 1990: 321）

村上の小説は多くの場合、健康そうに見えるが、彼らはしばしば死を内包している。つまり直立人にして横臥者なのだ。小川公代は、この直立人と横臥者の概念を鍵として、直立人にこそ「ケアの倫理」が求められるし、それが「男らしさ」の呪縛からも逃れることを可能にすると述べているが（小川 2021: 69–70）、村上の「ケアの倫理」は論じ甲斐がありそうだ。彼の作品が、多くの評者によって、ある機会には男らしくなく女々しいと非難され、別の機会にはマッチョで気持ち悪いと非難されてきただけに。

三　自閉スペクトラム症的な『バーニング』

死を含みこんだ生の空間を立ちあげること。それが映像で可能になるならば、村上作品のアダプテーションは十全どころか原作を超えた水準で達成されうる。そのような達成が二〇一八年、短編「納屋を焼く」を題材としたイ・チャンドン監督の韓国映画『バーニング』によって果たされた。

原作で語り手を務めた小説家の「僕」は、兵役を終えて小説家を志望する下層の青年イ・ジョンスへ、原作で「僕」より一〇歳以上年少に設定されていた二〇歳の女性は、ジョンスの幼馴染で美容整形によって変身したシン・ヘミへ、原作で二〇代後半に設定されていた謎めいた男性は、ジョンスやヘミより少し年上のソウルの江南《カンナム》地区に住む富豪ベンへと再構築された。日本が経済的黄金期を謳歌していた一九八〇年代の物語が、二〇一〇年代の韓国の格差社会の物語に変換されている。

内田康は筆者に、作品の主要な舞台のひとつが北朝鮮との軍事境界線に近い坡州《パジュ》市に設定されているのは、村上がテーマにしたがる「こちら側と向こう側」を意識しているのかもしれないと教示してくれた。内田は、映画の結末部でジョンスがベンを刺殺する場面には、『ねじまき鳥クロニクル』『海辺のカフカ』、本作のクランクインの少し前に韓国版が刊行された『騎士団長殺し』が影響しているのではないかとも語る。

「論」と署名する毎日新聞の記者は、『バーニング』の魅力を監督が村上の原作を巧妙にサンプリングしながら、アダプテーションに成功した点に見る。

村上春樹の小説は映像化が難しいと言われる。独特の世界観、文学だから成り立つ非現実的な会話、多用される隠喩。情報量の多い長編はなおさらだ。しかし掌編のような短編「納屋を焼く」に目をつけた韓国の巨匠イ・チャンドンは、原作のエッセンスを残しつつ大胆に脚色し、驚くべき換骨奪胎をやってのけた。〔…〕納屋ならぬビニールハウスを焼くのが趣味だというベンの奇妙な言動。そしてヘミが忽然と姿をくらまし、それまでの生々しい青春映画は不穏なミステリー劇に変容する。〔…〕〝消えた〟のはヒロインだけではなく、猫や井戸も消失する。主人公の日常がもろくも崩れゆく描写が観客の現実認識さえも激しく揺さぶる。(諭 2019: 7)

別の「山」と署名する記者も同意する。

原作とは主人公の設定も結末も大きく異なっているのに、原作の内容が損なわれている感じがまったくしない。(山 2019: 7)

定成寛も同様に絶賛し、特にマイルス・デイヴィスの『死刑台のエレベーター』が流れる場面に注目する。

とてつもない映画が出来てしまった。〔…〕スクリーンに吸い込まれるようなシーンがあった。ジョンスの実家にベンとヘミが(ポルシェで)やって来る。原作の「納屋」を「ビニールハウス」に替えてベンが「時々ビニールハウスを焼くんです」と語り始める。続く「二ヶ月にひとつくらい。それが一番いいペースです」までは細かいセリフも含めて極めて原作に忠実であった。三人はグラスをキメており、夕景の中、ヘミは半裸でゆっくりと踊り出す。そこに流れるマイルス・デイビスの『死刑台のエレベーター』。全編を通じて最も幻想的かつ悲劇的な暗示を持ったシーンだが、この『死刑台のエレベーター』とヘミのダンスは実は原作にはない。しかし村上春樹以上に村上春樹的。そしてモダン・ジャズ的であった。チャンドンが、村上の世界を拡張してしまったのだ。（定成 2019: 136）

「村上春樹以上に村上春樹的」、つまり「ハイパー・ムラカミエスク」なアダプテーションとして、『バーニング』は成功している。

この見解に異論のない『バーニング』の鑑賞者は多いだろう。なお筆者は『バーニング』を当初、編集されたテレビ版（ＮＨＫ放送）で視聴したが、これは吹き替えだった。そののち、映画館で字幕つきの映画版を観た。両者の内容上の差異は山根由美恵が詳しく考察しているため、ここでは扱わないが（山根 2019: 53-55）、筆者には日本語へと吹き替えがなされたテレビ版も、韓国語を聴きながら日本語の字幕を眼で追った映画版も、その「異質さ」にムラカミエスクを感じた。だが筆者には韓国語がわからないため、この判断に自信が持てない。そこで、韓国語を理解する内田康に意見を求めたところ、「『騎士団長殺し』が村上自身によるムラカミエスクのパフォーマンスだったのとほぼ同様に、映画の『バーニング』はイ・チャンドンによるムラカミエスクのパフォーマティヴな表現である、という印象を受けた」と語ってくれた。なるほど、筆者は想像したこともなかった「別様のムラカミエスク」に興奮していたのかもしれない。

『バーニング』の特徴のひとつは、主要登場人物の三人が、みな「何かに憑かれた」人々に見えることだ。それぞれの人物に、自閉スペクトラム症の特性と言える独自の「こだわり」、マニアックさが透けて見えそうになっている。それが、彼らを自閉スペクトラム症者であるかのように見せている。その意味で、『バーニング』はムラカミエスクを、おそらくその本質のままに「自閉的」にアダプテーションすることに成功した作品と言うことができる。

四　定型発達的な『ドライブ・マイ・カー』

『バーニング』の三年後、『バーニング』の「自閉的」方向とは異なる原理を取りつつ成功を収めた村上作品のアダプテーションが現れた。濱口竜介監督の『ドライブ・マイ・カー』だ。

映画『ドライブ・マイ・カー』は、村上の短編集『女のいない男たち』に収められた「ドライブ・マイ・カー」に「シェエラザード」と「木野」の要素を追加した、つまりサンプリングを施した上で、大胆にアダプテーションした作品だ。演劇人の家福は、妻が自分に隠れてほかの男と情事に耽っているのを苦悩してきた。妻が亡くなってから二年後、彼は広島に滞在する。家福はアントン・チェーホフの『ワーニャ伯父さん』を多言語劇として演出し、上演に向けて役者たちと台本読みを重ねる。スタジオと家福が宿泊する宿舎のあいだは、若い女性、みさきが車を運転して結んでいる。原作でその車は黄色いサーブ９００のコンバーチブルと設定されていたが、映画では風景に映えやすい赤いサーブ９００ターボのサンルーフに変更されている。芝居の訓練は進行するが、家福がワーニャ役に選んだ――かつて妻と不貞の関係を結んでいたと推測した――高槻が衝動的に傷害致死事件を犯し、逮捕される。家福はみさきの生まれ故郷、北海道に行き、ふたりで心の傷を晒しあい、家福は自分が妻の行動によって傷ついていたことを受けいれる。

この映画はアメリカのアカデミー賞外国映画部門を受賞しただけでなく、『バーニング』と同様に、村上以上に村上的な、つまり「ハイパー・ムラカミエスク」な作品として評価されている。藤岡寛己は述べる。

村上ワールドを保ちつつ、さらに新たな素材を編み込んで、読ませる原作以上の観させる映画に消化できたのはまさに脚色・脚本の圧倒的な力量にある。原作を超える映画とまれに出会うが、本作の場合もそうだ。（藤岡 2022: 70）。

『ドライブ・マイ・カー』が「原作を超える映画」という意見に、多くの人は賛同するだろう。

映画のなかにチェーホフの演劇が埋めこまれているが、その描かれ方は断片的だ。この演劇を観たり戯曲として読んだりしたことがなければ、劇内劇がどのような内容か理解するのは困難だ。だが、それは韓国手話も含めた多言語で演じられるために、独特の存在感を放ち、全体の背骨のような役割を果たしている。村上作品のアダプテーションに演劇を持ちこむのは、映画『トニー滝谷』の例を見ても、演劇『海辺のカフカ』の例を見ても、効果的な方途だったと言える。濱口がこれらの作品を研究したかどうかはわからない。直感的に村上春樹の「演劇的側面」、あるいは演劇的なものが立ちあげる死と生の交錯に自覚的だったのかもしれない。

『バーニング』との決定的な差異は、登場人物が自閉スペクトラム症的な印象を与えない点にある。主要な登場人物は、発達障害のない「定型発達者」を思わせる。家福は妻との関係に複雑な後悔があり、演劇のセリフの練習に独特な信念があるが、それらの精神性は一般的な苦悩の範囲に収まり、彼が精神疾患を抱えているようには見えない。高槻の衝動性も、どれほど病的なものかは明示的ではない。虐待を受けていたみさきは複雑性ＰＴＳＤを負っている可能性が高いが、やはり発達障害者には見えない。つまり『ドライブ・マイ・カー』に描かれた人間像は「何かに憑かれた」人々ではない。それぞれの人物に、自閉スペクトラム症の特性と言える独自の「こだわり」、マニアックさが感じられない。ただひとり、死んでしまった妻の音《おと》はブラックボックスだとしても、この映画には「健常者の映画」という印象がある。

ところが劇中で唯一、圧倒的にそれがくつがえる場面がある。家福と高槻が車のなか視線を合わせて、語りあう場面だ。この場面は原作ではつぎのように書かれている。

高槻という人間の中にあるどこか深い特別な場所から、それらの言葉は浮かび出てきたようだった。ほんの僅かなあいだかもしれないが、その隠された扉が開いたのだ。彼の言葉は曇りのない、心からのものとして響いた。少なくともそれが演技でないことは明らかだった。それほどの演技ができる男ではない。家福は何も言わず、相手の目を覗き込んだ。高槻も今度は目を逸らさなかった。二人は長いあいだ相手の目をまっすぐ見つめていた。そしてお互いの瞳の中に、遠く離れた恒星のような輝きを認めあった。（村上 2014: 54–55）

村上の記述も力のこもったものだが、映画ではこの場面で異界が開け、私たちは幽霊の世界に引きずりこまれてしまう。おもしろいのはふたりが眼を合わせている点にもある。というのも、自閉スペクトラム症者は一般に視線を合わせるのが苦手で、視線を交わしながら会話ができる当事者は「過剰適応」によって自己訓練した人々だ。だから、この視線を合わせながら語る場面自体が、「定型発達的」なのだ。だが、そこには自閉スペクトラム症的な幽霊感が出現している。

自身の演出に手応えを感じた濱口監督は、野崎歓とつぎのように語りあう。

野崎　転機になるのが家福と高槻の車内での対話シーンです。そもそも高槻だけですよね、何回も車の窓を叩いて、あの親密な空間を揺るがそうとするのは。彼が長台詞を語るシーンに異様な迫力があります。あのとき、二人の俳優さんは正面を向いていますね。

濱口　はい、カメラをまっすぐ見ている状態です。

野崎　濱口さんの映画は、真正面からのショットがひとつのトレードマークになっていますが、それにしてもあのクローズアップにはやられました。まったく別のコミュニケーションが成り立ってしまったかのような臨場感がある。

濱口　自分で撮っていても驚きました。あの場面はそれこそ異界を感じる瞬間でした。

（濱口／野崎 2021: 105）

この場面で、ふたりの登場人物はまるで自閉スペクトラム症者たちのように「憑かれた人々」と化している。

おわりに

村上自身は『バーニング』と『ドライブ・マイ・カー』をどのように観ただろうか。

最近『バーニング』は観た。『バーニング』にしても、『ドライブ・マイ・カー』にしても、どんどん筋や台詞を変えていってくれてるから観てて楽なんですよ。あの後、アカデミー賞を取った映画があったじゃない？『パラサイト』。あれより『バーニング』の方が僕は面白かったけどね。あの『バーニング』の監督は才能あると思うね。もちろん、濱口（竜介）さんもあるけど。（BRUTUS 2021: 70）

村上はチャンドン監督と濱口監督の両方を「才能ある」存在として評価している。しかし、この口ぶりからすると、『バーニング』を『ドライブ・マイ・カー』よりも好ましく受けとっているようだ。それはもしかすると、『バーニング』のほうが自身の諸作品と同じく「自閉スペクトラム的」だったからかもしれない。

『バーニング』を「自閉スペクトラム症的な映画」として理解した筆者は、鑑賞当時、このような方向性のアダプテーションによってのみ、ムラカミエスクでありつつ、原作を超える表現が可能なのではないかと考えていた。それゆえに、筆者にとっては『ドライブ・マイ・カー』は、ある意味で『バーニング』以上に衝撃的だった。「定型発達的」な表現によっても、ムラカミエスクでありつつ、原作を超える表現が可能だということが示されたからだ。ムラカミ作品のアダプテーションのあり方には、まださまざまな可能性が残されている。

第八章　ポップカルチャーの文学的トポス

一九八〇年、柄谷行人は『日本近代文学の起源』で明治時代以降の日本の「近代文学」がいかなる特殊な装置として形成されたのかを論じ、二〇〇五年、『近代文学の終り』を出して、この装置の命運は尽きたと語った。「村上春樹のようにグローバルに通用する作品を生み出している」作家は「商品」の生産者として否定された（柄谷 2005: 41）。

二〇〇一年、高橋源一郎は『日本文学盛衰史』で、明治以降の「近代文学」の歴史をパロディにし、二〇一八年、『今夜はひとりぼっちかい？──日本文学盛衰史・戦後文学篇』で、その続編を示した。高橋は登場した当初から「文学とは何か」を問題にし、小説はなんでも包摂できるという信念を持ちつづけているが、やはりそこでも「文学の窮状」が主題であることはまぎれもない。帯に印刷された「文学なんてもうありませんよ」という宣伝文が挑発的だ。

筆者は、文学史をもっと開放的なものにすれば希望が見えるのではないかと考えている。古代から地球各地の宗教的文書、史書、叙事詩には「文学的想像力」が溢れていた。なんらかの意味での「文学」は、たしかにすでに没落している。だが、この「文学」の意味するところは、一九世紀流の古典的長編小説や、二〇世紀流の詩、小説、戯曲などを通じた実験的な前衛文学を指しているはずだ。「文学的想像力」に注目すれば、映像表現でも、音楽でも、絵画やイラストでも、あるいは立体的な創作物でも黄金時代を迎えている。だから、私たちはもう「文学の文学史」ではなく、「文学的想像力の文学史」を考えるべきだと主張したい。この「文学的想像力の文学史」のなかに上にあげたような旧来の「文学」を含みこむことで、それらの小規模な意味での「文学」にも栄養が回るのではないだろうか。「小規模な意味での文学」は、「大規模な意味での文学」に収まることで、健康を回復することができる。

このように考えることは、村上の創作から霊感源を得ている。第六章で見たように、村上は音楽の創作をするようにして小説を創作している。これは音楽を含みこんだ「大規模な意味での文学」のなかに小説という「小規模な意味での文学」を組みこみ、小説の活力を刷新しているということを意味する。それならば、第六章で考察した音楽や第七章で考察した映画ではないジャンルに注目しながら、「大規模な意味での文学」に収まるものとして村上作品を考察することは、彼の作品の理解を促進するのではないだろうか。これが、本章を執筆する動機になっている。

一　文学的トポスとミメーシス

日本文学の専門家と会話をしていると、村上春樹をどのように日本文学史に位置づけるかに苦慮するという話を聞く。この問題は、村上が登場した一九七〇年代後半に遡り、また村上だけに関わる問題ではない。一九八二年、吉本隆明は筒井康隆、栗本薫、村上春樹、糸井重里、村上龍を「ポップ小説」と呼び、その最高峰が新しく登場した高橋源一郎だと宣伝した（高橋 1982: 表4）。二〇〇二年、仲俣暁生はふたりの村上、橋本治、高橋源一郎、吉本ばなな、島田雅彦、保坂和志、阿部和重、堀江敏幸、町田康、中原昌也、赤坂真理、星野智幸、高見広春、黒田晶、吉田修一、綿矢りさを「ポップ文学」と呼び「ポスト・ムラカミの日本文学」と説明し、巻末に「ポスト・ムラカミの「ポップ文学」ベスト30」として具体例の一覧を載せた（仲俣 2002: 152–165）。

「ポップ」という単語で括られる一群の作家たちを設定し、村上もそのひとりとして位置づけるという議論方式だが、このような議論にはいくつかの問題がある。ひとつは、伝統的な日本文学史と「ポップ文学」の関係が不明瞭になってしまうことだ。「ポップ文学」は日本文学史のある時期の重要な傾向なのだが——すでに四〇年以上もこのような傾向が続いているのだから、今後も半永久的に変わらないと考えるべきだ——、伝統的な文学との連続性が把握されづらくなる。

実際、上に挙げた論者のうち、仲俣は、日本という国をヨーロッパを中心とした地図にもとづいた「極東」の国ではなく、アメリカを中心とした地図にもとづいた「極西」の国と捉えなおして、さらにこれを「J国」とすら呼び、現代の「ポップ文学」の状況を理解しようとした（仲俣 2004）。この議論は、日本がまぎれもなく東アジアの国のひとつだということ、その歴史的背景や伝統を無視しては、彼が擁護しようとした「ポップ文学」も理解できないということ、またアメリカだけでなくヨーロッパの影響を無視しても日本文学を理解できないという事実に鈍感な気配がある。

かつてヴォルフガング・フォン・ゲーテは、一九世紀の前半、「国民文学」の時代は古い、これからは「世界文学」の時代だと主張した。翻訳であっても良いから外国の文学を積極的に受容し、また翻訳で良いから外国で読まれる文学を発信していこうという考え方だ。この考え方の前半部分は、日本でも大いに歓迎されて、海外文学は大量に翻訳されてきたし、かなりの数の「世界文学全集」が出版されてきたし、秋草俊一郎が指摘するように、それが日本人の「世界文学」観を大きく左右した（秋草 2020）。だが秋草が同書で論じるように、ある人が妥当と考える「世界文学」のラインナップは、その人が育った国で編纂される外国文学全集などに依拠しており、基本的には「世界文学」とは虚構の概念だ。

二〇〇七年から二〇一一年まで池澤夏樹が個人編集した新しい世界文学全集が刊行され、「世界文学」の概念はさらに注目を集めるようになった。全三〇巻のこの全集では、かつて定番と見なされていたラインナップは大きく改変されている。また「世界文学全集」を謳いながら、唯一の日本人作家の作品として、石牟礼道子の『苦海浄土』が収録されていることも話題になった。池澤は、二〇一四年から二〇一七年にかけて、続編の『日本文学全集』を個人編集した。「世界文学全集」と「日本文学全集」を並列させる試みも冒険的だったと評価できる。この『日本文学全集』では「近現代作家集Ⅲ」と題する巻に、村上の短編「午後の最後の芝生」が収録されている。池澤の企画では、村上はほとんど「世界文学」の作家とは見なされていない。

他方、私たちが海外旅行をして、その国の書店に行き、ベストセラーを扱った区画を見るときはどうだろうか。そこには村上の作品が大量に並んでいる。この光景を見るときに、私たちは村上作品を否応なく「世界文学」として実感する。村上のほかに、村上ほど国際的に熱烈に読まれるようになった日本人作家は誰もいない。二〇〇六年、村上を「世界文学」として理解するシンポジウムが開催され（柴田ほか 2006）、日本で村上を「世界文学」の枠組みで捉える研究が増えはじめた。

問題は、村上を「世界文学史」の文脈に置けば、彼を「日本文学史」の枠組みに収める努力がますます減りかねないということだ。第一章と第二章で示したような、村上と日本作家の関係を新たに構想していく努力が必要だろう。また世界文学との関係を論じたところで、それは前節で述べた「小規模な意味での文学」内部の議論に終始することになってしまう。そこで筆者は、「大規模な意味での文学」のなかで村上作品を理解する議論を増やしていく必要があると考える。

ここで、世界文学論の開拓者のひとり、エルンスト・ローベルト・クルツィウスの文学史の構想を参照してみたい。この文献学者は、第二章や第六章で述べたように、「文学的トポス」という概念を提示した。クルツィウスのいう「文学的トポス」は「文学的モティーフ」や「類型的観念」、あるいは「特異な言い回し」などの総称だが、クルツィウスはそれが文芸思潮に固有のものでなく、一〇〇年、五〇〇年、一〇〇〇年、二五〇〇年と継承されつつ、内実が更新されるものなのだという事実を重視した。このような発想を使って、「日本文学史」と「世界文学史」、あるいはさらにほかの芸術様式の「歴史」を多層的に統合するという思考実験をしてみてはどうだろうか。

クルツィウスと並ぶ世界文学論の開拓者、エーリヒ・アウエルバッハの文学史についても考えてみたい。その主著『ミメーシス――ヨーロッパ文学における現実描写』は、個々の文学作品は固有の文体を有し、それぞれの文体には個々の作品がどのような現実理解に立っているかが反映されている、と説明する。アウエルバッハによると、ヨーロッパ文学の文体は、古代ユダヤの旧約聖書と古代ギリシアのホメロスによる叙事詩の文体を二大源流とし、マルセル・プルーストやヴァージニア・ウルフにいたる以後二五〇〇年間のヨーロッパの散文作品の文体は、このふたつの源流から出た水流が交錯し、分岐した過程として理解することができる。この考え方を応用して、「日本文学」と翻訳された「外国文学」の文体とを系統的に把握し、あるいは純文学から娯楽性の高い文学までのさまざまな文体を整理し、史的記述をおこなうことが可能ではないか。

クルツィウスやアウエルバッハの議論には、さまざまな制約、つまり歴史的および地域的な制約がある。クルツィウスもアウエルバッハもナチス時代を経験した学者たちで、それぞれの主著を第二次世界大戦中に執筆し、終戦直後に刊行した。彼らは元々はロマニスト――ラテン語とそこから派生したロマンス系の言語（イタリア語、フランス語、スペイン語、ポルトガル語など）の言語・文学を研究するドイツの文献学者――だったから、「ラテン語中心主義」と、それに依拠したヨーロッパ中心主義を信奉している。ラテン語は長らくヨーロッパの知識層の言語として共有され、その意味では初期の「世界文学」――実質的には「ヨーロッパ文学」――を支えていたという事実がある。彼らは政治的苦難を体験しながら、「統一体としてのヨーロッパ」という未来的イメージを過去に見出そうとして、戦火を超えていく夢へとふくらませた。彼らの仕事を理解する上では、このような特殊な背景は重要で、示唆的でもあるが、現在の日本とは状況がさまざまに異なる。だが、それらの制約を意識することで、かえって文学的トポスやミメーシスの議論が持つ超時代的・超地域的可能性にも気づくことができる。

近代を迎える前のヨーロッパでは、叙事詩、叙情詩、悲劇、喜劇などが散文よりも大きな存在感を有していて、その後、近代に至って小説という新しい文学ジャンルが勃興した。クルツィウスやアウエルバッハは二〇世紀前半という小説の全盛期（あるいは没落を開始する寸前の爛熟期）に生きていて、小説を重視しながらも、この（言うなれば）成り上がりの新興ジャンルを巨視的な視野に収めて、相対化することに成功している。日本はヨーロッパ文学や、そこから派生したアメリカ文学を受容しながら「近代日本文学」を構築したのだから、歴史をさかのぼれば小説は新興ジャンルに過ぎず、つまり「文学」と同一視することはできず、その黄金期以前には、さまざまな文学ジャンルが隆盛していた点ではヨーロッパと変わらない。このような視野を利用すれば、そのなかに近代以前の「古典文学」、近代の小説や詩、そして「ポップ文学」、さらには「文学的想像力」を孕んだ映像表現、音楽の楽曲、絵画やイラスト、立体的造形物などをすべてを包摂することは、それほど難しいこととは思われない。

未来の書物で意欲的な新しい文学史を構想するなら、たとえば町田康の小説を、町田町蔵の名義で結成していたＩＮＵのパンク音楽と、中原昌也の小説を、そのバンド「暴力温泉芸者」のノイズ音楽や Hair Stylistics 名義とした多彩な音楽と統一的に把握し、国内外のほかの音楽家、作家、美術家の活動と同一平面で論じる、といった作業が必要になるだろう。灰野敬二や裸のラリーズなど、アンダーグラウンド音楽で高く評価される音楽家たちは、一般的には「文学史」には無縁の存在だが、彼らの音楽作品を、同時代の文学作品と同一平面で評価しなおすといった作業も可能になる。井上有一の作品を、書と抽象絵画と詩の融合として評価し、新国誠一の作品を詩とグラフィックデザインの融合として評価し、高畑勲監督の『かぐや姫の物語』をアニメーションと文学作品と絵巻物と歌の融合として評価し、すべてを「文学的想像力の文学史」へと収めることが可能になる。挿画家や装丁家も、作家たちと結ばれた関係性が重んじられ、この「文学史」のなかで重視されるようになるだろう。

映画もインターネット動画も、すべてをひとつの「史的銀河」、あるいは「星図」へと収まっていく。その実現は夢物語に近く、松岡正剛の『情報の歴史』のようなケレン味のある（つまりハッタリの利いた）大著が必要になるはずだが、思考実験として取りくむこと自体はそれほど困難ではなく、それなりの意味もあるだろう。何より、第二章でも引用したように、村上自身が「僕の教養の基礎は、古典と、大衆文化《ポップカルチャー》につながる文学との混淆なんですよね。ミステリーやSFなんかの図式と構造を使うのが好きなのは、それがぼくにとってとても使い勝手がいいからです」と述べていた。このような作家を正当に理解し、文学史に位置づけようと思うならば、筆者が述べる「文学的想像力の文学史」がもっともふさわしい。

かつて「ロスジェネ」（ロストジェネレーション）世代に属する宇野常寛（一九七九年生まれ）は、村上を「「現代日本における気鋭の純文学作家」と並列に語ることは滑稽でしかない」（宇野 2011: 39）と主張した。宇野は言う。

> むしろ村上春樹はまずは同じく現代日本における国民的作家としての宮崎駿、あるいは世界的な評価をもつポップカルチャー群の代表的な固有名詞群、たとえばロボットアニメや美少女アニメ、あるいはビデオゲーム群などと並列して語られるべきであり、その受容規模から考えても、国際的評価から考えても、その方に圧倒的に妥当性がある。（: 39–40）

筆者はこの考え方になかば同意し、なかば反対する。村上という作家、そしてその作品は、宇野が言う「需要規模」や、あるいは需要の内実の一面に照らせば、宇野が言う文脈で理解されるべきだとは思う。しかし同時に、宇野が好んで無視する（あるいは理解できないかもしれない）日本文学、外国文学、そして村上がかつて若者として同時代に体験した（現在とはかなり様相が異なっている）「ポップカルチャー」の文脈でも、同様に理解されるべきだと考える。そうでなければ、「需要規模」は理解できても、需要の内実の多面性と、村上の作品の成立背景が洞察できなくなってしまうからだ。おそらく宇野は外国の事情に疎い批評家だから、そのことに思いいたらなかったのかもしれない。

そのあたりのことを無視してしまえば、結局は宇野が重視する現代の「ポップカルチャー」の理解をも歪めることになる。

筆者が考える思考実験としての「文学的想像力の文学史」は、「ジャンルとメディアと言語を超越した新しい文学史の構想」と呼ぶこともできる。これに取りくむことに、多くの批評家が失敗してきた。たとえば柄谷行人は、前述した『近代文学の終わり』で、一九八〇年代に「近代文学」が終わり、中上健次が死んだあとの一九九〇年代にそれが決定的になったという見取り図を示し、中上の作家としての価値を称賛している（柄谷 2005: 39–40）。早世した中上健次を過大評価気味に絶賛する批評は、一九九〇年代から二〇〇〇年代にかけて流行めいた現象だったと言って良いが、柄谷の言説もそのひとつだった。柄谷は同書で「マンガ」という「世界的商品」を見下しているが（: 60）、晩年の中上がマンガのために原作を提供するようになっていたことは黙殺している。中上が原作を担当した『南回帰船』（二〇〇五年）は、柄谷の書物の数ヶ月前に出版されていたが（中上 2005）、それは柄谷の考察に影響を及ぼさなかったのだ。しかもこのマンガ原作は、当初は中上の全集から排除され、単独で刊行された。この事実は、日本文学の現状（第一章で引用した大江の言説を利用して言えば「窮状」）を考える上で、さまざまなことを考えさせてくれる。『南回帰線』の「改題」や「注釈」に関わった大塚英志は、二〇〇七年に柄谷と対談をおこない、このマンガについても話題にしたが、そのときの柄谷の対応がどのようなものだったかは、読者が各自で確認していただきたい（柄谷／大塚 2008: 6–48）。ただし、のちに『南回帰船』は『中上健次電子全集15』に収録され、いまは全集の一角に収まっている。

現代の日本は、――村上風に言えば――望もうと望むまいと「サブカルチャー」や「オタク文化」を無視して論じることができない。コワモテの私小説作家として知られた西村賢太にしても、アニメ風を意識した文体の小文「侃諤諤」を書いたことがあった（西村 2010: 121–125）。それは舞城王太郎らの作風を愚弄する意図に基づいていたが、他方でそのような意図とは無縁に、彼は子どもの頃に石森章太郎（のちの石ノ森章太郎）原作の特撮ヒーロー番組『イナズマン』のファンだったことを明らかにし、作家になった後もいわゆる「ガチャポン」でこのヒーローのフィギュアを集めたことがあったという逸話を同書収録の「リアルな体液——リアルな体液『少女@ロボット』宮崎誉子」(:139–143)で語っている。二〇世紀後半から、私たちはそのような「サブカル」で「オタク」な世界に、ある程度まで身を置かざるを得ない状況にいるのだ。

かつて大江健三郎は、いわゆる「第二次怪獣ブーム」の時期に、「破壊者ウルトラマン」というエッセイを発表したことがあった(大江 1973b)。大江は「ウルトラマンやミラーマン」を、たんなる科学技術礼賛のための安易な勧善懲悪もののヒーローとして断罪する。だが、実際には特撮ヒーローもののテレビドラマは、「建前」と「本音」が複雑に構成され、「正義」や「科学」についての一見単純な主張を見せながらも、しばしば逆説的な表現を取ってきたことが、現在までに多く研究されている。大江は、「ウルトラマンやミラーマン」と並列的に呼んでいるが、『ミラーマン』(一九七一〜一九七二年)は『帰ってきたウルトラマン』(同年)とともに人気を誇ったため、合わせてこのジャンルの代名詞のように扱われていること自体は、それほどおかしなことではない。だが、大江はそのエッセイでこの組み合わせを連呼しているから、それは大江が両者を特に区別する必要を感じていない、つまりどうでもいいものとして扱っていることを意味する。これは第六章で例に出した、村上の「ビーズの曲とか知ってます?」「知らないよ、そんなもん」と同様の精神構造を示している。作家たちは、本質的に関心のないものに対して粗雑な議論をすることによって、その種の差別意識に敏感な読者たちから軽蔑を招いている。

二　村上のマンガ受容、「ガロ系」作家としての村上、わたせせいぞう

村上は二〇一八年、『村上 RADIO』で語った。

その歌手やグループの新譜が出ればとりあえず必ず買うという人たちがいますが、僕にとってはゴリラズがそうです。ずっと好きですね。漫画的というか独特のユーモア感覚があります。（村上 2018）

ゴリラズを「漫画的」なゆえに愛する村上。村上にとって、このバンドの音にはマンガと音楽とが総合されているのだろう。一九七九年、村上はデビュー作の『風の歌を聴け』にマンガ風の挿絵を入れ、単行本のジャケット画に起用したのは、マンガ家の佐々木マキだった。あまり注目されないが、マンガは、村上春樹の作品を理解する上で、本質的な意味を有する。

村上らの世代、いわゆる団塊の世代は、大学生になってもマンガを読んだために、上の世代から奇異に思われた最初の世代だった。『風の歌を聴け』のほかに『１９７３年のピンボール』『羊をめぐる冒険』などのジャケット画を担当した佐々木マキは、芸術的なマンガを発表する媒体として一時代を築いた『ガロ』の作家だった。村上は一九六七年から翌年にかけて、いわゆる「大学浪人」だった時期に、友人たちと佐々木マキに時代の最先端の魅力を見たと語っている（村上 1984a: 159）。最初の単行本『風の歌の聴け』の表紙は、「どうしても佐々木マキさんの絵でなくてはならなかった」とまで言う（佐々木 2001: 帯文）。

自身のマンガ体験について、村上はつぎのように述べる。

高校時代には「ガロ」をよく読んでいましたよ。大好きだった。つげ義春とか、白土三平とか、素晴らしかったですね。手塚治虫さんの「ＣＯＭ」もありました。もう少し後のことになりますが、僕が好きだったのは山岸凉子さんの『日出処の天子』と村上もとかさんの『赤いペガサス』ですね。ニキ・ラウダかっこよかったな。最近は漫画ってほとんど読んでいませんが。（村上 2015a: 2015-03-27）

『ガロ』のつげ、白土、それから手塚が『ガロ』に対抗して創刊した『COM』を楽しんだのは、一九七〇年前後の大学生にとって標準的な世代体験だった。日本で戦前から続いていた叙事的あるいは叙情的な文学の形式が、マンガ独自の方法へと置き換えられて、『ガロ』に掲載された。村上が言及するつげや白土の作品はそれらにあたる。その頃は人気を失いつつあった手塚が創刊した『COM』は、手塚系の作家たちを集めた『ガロ』への対抗誌で、手塚の『火の鳥』シリーズ、石森章太郎の『ジュン』や『サイボーグ009――神々との戦い』、永島慎二のヒッピー生活にもとづいた作品、新人の実験的なマンガなどが掲載された。ここから『ガロ』や『COM』に掲載されたマンガには、村上の小説の水源として機能している面があるのではないか、と仮説を立てることができる。

『COM』は一九七三年に休刊したが、『ガロ』は二〇〇二年まで刊行された。一九七四年からは、安西水丸のマンガが掲載されるようになったが、安西はのちに村上をもっとも支えたイラストレーターとなっただけでなく、その本名「渡辺昇」は、そのまま村上の一九八五年に発表された短編小説「象の消滅」(動物園の飼育員)、「ファミリー・アフェア」(「僕」の妹の婚約者)、「双子と沈んだ大陸」(「僕」の共同経営者)に登場し、その翌年に発表された短編小説「ねじまき鳥と火曜日の女たち」では、飼い猫と「僕」の妻の兄の名前「ワタナベ・ノボル」へと変形した。『ノルウェイの森』(一九八七年)の「僕」は、上の猫の名前が変形された「ワタナベトオル」の名を持ち、さらにこの二つの名前がなお変形されて『ねじまき鳥クロニクル』の「僕」こと「岡田亨」(オカダトオル)と、妻の兄「綿谷昇」(ワタヤノボル、飼い猫の名前でもある)に分裂した。『夜のくもざる』(一九九五年)に収められたいくつかの超短編小説にも、「渡辺昇」が登場する。

七〇年代後半から高い画力を持ちながら、敢えて脱力するような「ヘタさ」でユーモアを表現する湯村輝彦が『ガロ』で活躍するようになると、湯村を筆頭とする「ヘタウマ」の作家たち――湯村と異なり、たいていは画力が低かったのだが――が登場してくる。湯村は和田誠に私淑し、村上のデビュー期に糸井重里との共著『情熱のペンギンごはん』(一九八〇年)を刊行したことがあった。村上は湯村と組んだことはなく、村上が『ガロ』に寄稿したことはないのだが、村上の初期作品によく登場していた「ヘタウマ」（？）な村上自身の挿画は、この時代のガロの「ヘタウマ」な絵と見事に連動している。村上による佐々木や安西への傾倒と、村上が和田誠と頻繁に共同作業をおこなってきた事実に加えて、一九八一年には、直前に湯村と組んでいた糸井と共著『夢で会いましょう』を刊行したことも思いだしておこう。こうして正しい展望が開ける。村上は、この「ヘタウマ」ブームの端、あるいは周縁から出てきた作家だったわけだ。すなわち村上はいわゆる「ガロ系」のマンガ家ならぬ、「ガロ系」の小説家だった。

ここで、村上の初期——ここでは暫定的に『ノルウェイの森』までとする——の単行本のジャケットの絵や挿画を誰が担当したかを、時系列で見てみたい。村上の意向が通りにくかったかもしれない挿絵画家以外との共著や翻訳は除外した。

一九七九年七月　『風の歌を聴け』（佐々木マキ）
一九八〇年六月　『1973年のピンボール』（佐々木マキ）
一九八二年一〇月　『羊をめぐる冒険』（佐々木マキ）
一九八三年五月　『中国行きのスロウ・ボート』（安西水丸）
一九八三年九月　『カンガルー日和』（佐々木マキ）
一九八三年一二月　『象工場のハッピーエンド』（安西水丸）
一九八四年七月　『螢・納屋を焼く・その他の短編』（安西水丸）
一九八四年七月　『村上朝日堂』（安西水丸）
一九八五年六月　『世界の終りとハードボイルド・ワンダーランド』（司修）
一九八五年一〇月　『回転木馬のデッドヒート』（岡本滋夫）
一九八五年一一月　『羊男のクリスマス』（佐々木マキ）

一九八六年四月　『パン屋再襲撃』（佐々木マキ）
一九八六年六月　『村上朝日堂の逆襲』（安西水丸）
一九八六年一一月　『ランゲルハンス島の午後』（安西水丸）
一九八七年二月　『THE SCRAP——懐かしの一九八〇年代』（和田誠）
一九八七年四月　『日出る国の工場』（安西水丸）
一九八七年九月　『ノルウェイの森』（なし）

佐々木マキとの協力関係から始まり、安西水丸が中心的役割を代わるようになり、和田誠も入るようになる、という展開だったことがわかる。のちには、佐々木マキとの協働は解消され、安西水丸が中心的な役割を担うようになり、和田誠の活躍も安西に匹敵するほどに増えた。『世界の終りとハードボイルド・ワンダーランド』の司修と『回転木馬のデッドヒート』の岡本滋夫は『ガロ』に無関係だが、司が大江と懇意にしている画家だということは第一章で述べた。

のちには、『ガロ』と直接の関係がない大橋歩やフジモトマサルなども村上の書物の挿画を担当するようになるが——フジモトマサルのマンガは「ガロ系」と言って良い——、上で一覧にした時期に眼を向けると、おおむね、佐々木マキから安西水丸への移行ということが目立っている。佐々木も安西も、都会的な清涼感のあるマンガの描き手という点で共通していたが、佐々木のマンガではコラージュの技法が重視され、他方で安西は軽やかな叙情的な筆致に定評があったから、この「移行」は、ヴォネガットの影響が目立つ形でデビューした村上が、チャンドラーの影響が明らかな様式へと「移行」したことに対応しているかもしれない。コラージュの機知から、都会的な疾走感への「移行」だ。

村上が「ガロ系の小説家」というべき存在だった事実は、正確に把握されてこなかった。「純文学」の世界では、村上を、漠然と「ポップカルチャー」や「サブカルチャー」の影響を受けた作家というような曖昧な理解をしていたからだ。時が流れたいまでは、村上が国際的な作家へと成長したことで、そして「ヘタウマ」ブームが過去のものとなったことで、村上のこのような原点も、ほとんど忘却されつつある。村上は自身で「ヘタウマ」の絵を描かなくなった。

ところで、筆者がこの「村上春樹＝ガロ系」論を披露すると、小島基洋は「村上に似てる印象のマンガ家と言えば、わたせせいぞうだったよ」と感想を述べた。なるほど、たしかにそうだ。鈴木英人や永井博の原色系の都会的でポップな画風に、ガロ系のマンガを融合させたかのような、わたせせいぞうのマンガ。一九八〇年代、村上とわたせの作風はたしかに重なっているように見えた。インターネットで検索してみると、実際に村上とわたせのイメージを重ねている読者が多いことがわかる。二〇一八年に開かれた「わたせせいぞう作品展」に寄せて、佐々木直樹は記す。

「ハートカクテル」はオールカラーの各回読み切り形式で、若い男女の心の機微を描いた。登場人物は多くを語らない。各コマの「間」が読者の想像力を刺激する。結末は時に甘く、ほろ苦い。詩的な珠玉のショートストーリーが若者を中心に共感を呼び、「大人の絵本」とも称された。／男と女がいれば当然別れもある。だが、愁嘆場を描いたことはない。「みんな現実は分かっている。いちいち描いても仕方ない。温かい読後感を持ってもらいたかった」／鮮やかな色調と当時流行したトラッドファッション。米西海岸を思わせるポップな画風は、バブル時代独特の華やかさと、ある種の軽さの象徴にみえる。だが、表層の奥に込めたテーマは「孤独」だった。登場人物は恋人や仲間に寄りかからない。適度な距離感を保ち、独りでも自分の時間を楽しむ姿を描いた。同時代の79年にデビューした村上春樹の初期の主人公にも重なる。／自身にも自覚がある。大学進学で北九州から上京後、「周囲に人が大勢いるほど孤独を感じた」と振り返る。大学卒業後、損害保険会社のサラリーマンと漫画家の「二足のわらじ」生活を送った。会社で仲間が増えても孤独感は変わらなかった。世間や社会

がどうであろうと、「僕は僕で生きていく」という生き方が作品に反映されている。(佐々木 2018)

村上直樹と同じような孤独感を抱え、個人主義を保ち、村上と同時代を駆けたわたせせいぞうを、その「文学的想像力」に注目しながら村上と比較研究することは大いに有益だろう。

三　文学的トポス「妹」

前節で引用した村上は、『ガロ』や『COM』に夢中になっていた時代より「もう少し後のこと」として「僕が好きだったのは山岸凉子さんの『日出処の天子』と村上もとかさんの『赤いペガサス』ですね」と述べていた。『日出処の天子』(白泉社)と『赤いペガサス』(小学館)を読んだことがあれば、村上のこの発言に意外さを感じるのではないか。このふたつのマンガは、村上の愛読者にとって、それほど村上の小説のイメージと調和するものではない。村上の文学や音楽の趣味とうまく嚙みあっていないような印象があるのだ。これらの作品の登場は『ガロ』や『COM』の全盛期より時代が一〇年ほど遅いから、村上はデビュー前後の時期に、この二作を楽しんでいたことになる。

一九七〇年代前半から一九八〇年代中盤にかけて、萩尾望都、大島弓子、竹宮惠子、そしてこの山岸凉子らといった少女マンガ家の作品が文化現象として先鋭的だと話題になっていた。『日出処の天子』はその頃に騒がれた作品のひとつで、超能力を持った同性愛者として設定された厩戸王子(聖徳太子)を主人公とする。様式に関して言えば、少女マンガの伝統的描線が、独自性の強い唐草模様のような美へと昇華されていた。他方、『赤いペガサス』は当時の成年向けのいわゆる「劇画」を少年マンガに持ちこんだ様式を取っており、当時としては標準的な人気作のひとつだった。「ボンベイ・ブラッド」と呼ばれる希少な血液のF1レーサーの主人公がライバルたちと繰りひろげる死闘が劇的な筆致で描かれる。ふたつの作品の主題や様式はまったく異なっていて、両方をともに愛好する人はよほどのマンガマニアのはずだが、村上はこのふたつの作品のどこに惹かれたのだろうか。

　筆者自身は偶然にも、このふたつのマンガを若い頃に愛読していたため、村上が上の引用で言及しなかった事情を察することができる。つまり、この二作品にはある共通要素が含まれていて、それは村上の作品のある側面とみごとに呼応しているのだ。『日出処の天子』では、厩戸王子と彼から偏愛される蘇我毛人《えみし》（蘇我蝦夷）が物語の推進役を務めるが、クライマックスに近づいた時、毛人は彼に恋心を抱く同父母の実妹に夜這いされ、近親姦の関係に陥ってしまう。母を別とする兄と妹、姉と弟の婚姻は許された時代だが、同父母の兄と妹の肉体関係は当時もタブーだったから、毛人は苦悩する。他方、『赤いペガサス』は、死と隣り合わせのF１レースに挑みつづける主人公を実妹が心身ともに支えていく。彼女は兄と同じく希少なボンベイ・ブラッドを肉体に宿していて、兄がレースで大事故を起こしたときには、彼女からの輸血が生命線になる。ふたりは同父母の兄と妹だが、思春期まで離ればなれで育てられたため、初対面のときから恋愛感情に囚われてしまい、それを抑圧して苦しむ。だが物語の最後で、主人公は妹にこれからはふたりで一緒に暮らそう、事情を知らない世間の人々は夫と妻だと思ってくれるはずだと語り、妹は兄の想いに応える。つまり、全体として見れば共通点がないように見えるこのふたつのマンガは、実の兄と妹が肉体的に結ばれることの苦悩をテーマにした作品なのだ。

　村上の愛読者は、彼の小説――翻訳書のサリンジャーによる『キャッチャー・イン・ザ・ライ』などもそうだが――が、しばしば実の兄と妹の関係性のようなものをエロティックに描きたがる傾向を知っているだろう。短編小説「ファミリー・アフェア」は典型的に兄妹間の近親相姦のニュアンスを漂わせているし、『ねじまき鳥クロニクル』では、「僕」の妻クミコが、実兄の綿谷ノボルから強姦されていたことが暗示される。加えて言えば、村上の作品の男女の恋人は、しばしば兄と妹のように似ている。『羊をめぐる冒険』の「僕」と耳専門のパーツモデルやコールガールを兼任する校正係の女の子を思いだそう。『世界の終りとハードボイルド・ワンダーランド』で言えば、「ハードボイルド・ワンダーランド」の「私」と「リファレンス係の女の子」、あるいは「私」と「ピンクのスーツを着た太った娘」、それから「世界の終り」の「僕」と「図書館の少女」は、いずれも兄と妹のような印象を与える。『ノルウェイの森』の「僕」と直子、「僕」とミドリ、『ダンス・ダンス・ダンス』の「僕」とユミヨシさんや「僕」とユキ。枚挙にいとまがない。

このような「妹」への関心はどこから来るのだろうか。第一章で詳しく取りあげた大江にも類似した「妹」への関心が見られる。二〇世紀のオーストリアの作家ローベルト・ムージルは『特性のない男』で、長らく離れて暮らした同父母の兄と妹が再会し、精神的に惹かれあい、性的関係を持つか否かを逡巡しながら、社会と神秘主義の関係についての考察を巡らせあうという物語を描いた。文化人類学者の山口昌男は『文化と両義性』(一九七五年)で『特性のない男』に注目していたが、それが山口に傾倒していた大江健三郎を刺激した。山口の書物の三年後に出版された大江のエッセイ集『小説の方法』(一九七八年)で、ムージルの作品への関心が語られたのだ。英語とフランス語を読解でき、ドイツ語はわからない大江にとって、ドイツ語作家への憧れは大きいものがあったかもしれない。山口とムージルの影響が明瞭な『万延元年のフットボール』(一九八〇年)では、実妹への強姦というモティーフが登場した。もっとも、これは大江の文学的トポス「妹」への関心に初めて火がついたということではなく、再燃したものと考えられる。『日常生活の冒険』(一九六四年)で、「ぼく」と主人公の斎木犀吉はつぎのような会話を交わす。

「あの人はきみ自身によく似ているし、良い結婚だよ」
「確かに、あいつはおれと似ているなあ。おれは時どき、妹と性交しているような、涙ぐましい気分でオルガスムになることがあるよ。もしおれが自分の子供を生ませるとするると、あいつより他の女を選びはしない」(大江 1964a: 76)

また『万延元年のフットボール』でも兄による妹の強姦のモティーフが登場する。

ムージル、大江、村上を対比すると、彼らの文学的トポス「妹」に関して、かなり一般的な推測ができるはずだ。

第一に、「妹」やそれにたぐいする存在が身近にいないために、「妹」に過剰な幻想を抱いてしまう。ムージルと村上はひとりっ子だった。大江は兄と姉がふたりずつ、弟がひとり、妹がひとりという状況で育ったが、姉や妹とはそれほど親しい関係ではなかったらしい。むしろ高校時代から友人だった伊丹十三の妹に恋愛感情を持ち、のちに結婚したという経緯が、「妹」への憧れをはぐくんだものと想像される。

第二に、付きあいが長い夫婦や恋人同士は、その親密な交流をとおして兄と妹あるいは姉と弟の関係に似てくることがある。大江は二五歳で、村上は二二歳で結婚し、初婚の妻と生活を共にしつづけた。ムージルは三〇歳で結婚したが、その妻とのオシドリ夫婦ぶりは有名だった。

第三に、この三者は「魂」を創作上の最大のテーマに選んだ。村上と大江については第一章で取りあげたとおりだが、ムージルも同様の作家で、大江がこの作家に惹かれた最大の理由もその点にあると考えられる。もちろん三者には共通して、「魂」を主題にしたロシアの作家ドストエフスキーの圧倒的な影響がある。村上や大江と同じく、ムージルも青年時代にドストエスフキーの洗礼を受けた。

第四に、そのドストエフスキーが『悪霊』で描いた少女凌辱のモティーフだ。ムージルは『特性のない男』に若い娼婦を無差別に殺した「モースブルッガー」という人物を登場させ、主人公たち兄妹の精神的なエロティシズムと対照させた。大江、村上の作品の両方で、未成年の少女が成人男性と性交渉をおこなうモティーフがきわめて多いことを、それぞれの読者は知っているはずだ。

秋草俊一郎は、大江がウラジミール・ナボコフに傾倒していった事情がよくわからないと述べるが（秋草 2018: 248–249）、おそらくドストエフスキーの『悪霊』で語られた少女陵辱のモティーフが出発点になっていて、そこにムージルの文学的トポス「妹」が合わさって、「妹」幻想が「ロリータ」幻想に変奏されたということではあるまいか。

いわゆる「オタク文化」では、「妹」へのエロティックな関心は「妹萌え」と呼ばれる。マンガの様式で女性を描けば、なまなましさが捨象される。近親者とのエロティックな関係から忌避感が脱落して、快感を伴った背徳の意識が、蒸留されるようにして残る。このような構造が理由で、「妹萌え」はマンガ、アニメ、コンピューター・ゲーム、ライトノベルの世界に氾濫している。兄は妹と戯れあい、同居する家族だという事実を安全弁として、決定的な決裂が回避される。ムージル、大江、村上の「妹」への関心は伝統的な小説に封入され、ドストエフスキーの影のもとにあって、かつそれぞれに世界観や文体はまったく異なるから、これを「妹萌え」と呼ぶのは乱暴だとは考える。村上もとかや山岸涼子のマンガにしても、一九七〇年代後半から一九八〇年代前半にかけての流行を反映していて、「オタク文化」に属するとは言えないから——この文化は当時勃興しつつあったが——、それらも「妹萌え」とは言えない。「オタク文化」の「妹萌え」は、一九八〇年代から一九九〇年代にかけて「アニメ風美少女」の様式が整ったのちに生まれてきた。

このように「妹」のモティーフは伝統的な小説、「オタク文化」以前のマンガ、「オタク文化」でのさまざまな創作物で性格を違えているように見えるが、それでもそれらは「妹」への過剰で不当な憧れという同根性を共有している。たしかに村上は、自身が手がけたサリンジャーの翻訳について、妹が兄を「あなた」と呼ぶのにこだわったこと、「お兄ちゃん」や「兄さん」と呼ぶように訳したら、「僕にはおしまいなんですよね」と語る（村上／柴田 2003: 49）。「オタク文化」の「妹萌え」の作品で、アニメ声の少女が「お兄ちゃん！」と呼びかけてくる感受性と、村上とのあいだには乖離があるし、もちろん、ムージルや大江も村上の側だろう。だが筆者は思うのだが、妹が兄にアニメ声で「お兄ちゃん！」と呼びかけるよりは、標準的な女性の声で「あなた」と呼ぶ方が、恋人関係や夫婦関係に似ていて、よほどエロティックではないだろうか。ある意味ではより深刻な「妹」への執着がそこにあると感じられるのだ。

それに、幻想的な「兄」と「妹」の関係を期待するという心性は、いかなるものであれ——大江健三郎のようなノーベル文学賞作家のものであれ「オタク」の青少年のものであれ——「魂の片割れ」とでも呼びうる存在を求める孤独感から、生まれてくる。現実上の「妹」は、「魂の片割れ」では普通はありえないが、虚構の世界では、そのような「妹」は充分に私たちの幻想を満たしてくれる。だからムージル、大江、村上の「妹」への憧れは、やはり根の部分では「オタク文化」のそれと同一と言える。このような形で「文学的トポス」としての「妹」は存立している。

四 「サブカルチャー」と「オタク文化」

「ポップカルチャー」や「サブカルチャー」を定義づけたり、歴史と現況に体系的な見取り図を与えたりすれば、大著が何冊も生まれる。というより、実際にたくさん生まれてきたし、いまも生まれつつある。本章では、ひとまずつぎのように整理しておきたい。

まず村上の少年時代には、伝統的な文化への反抗の要素を強調して「カウンター・カルチャー」と呼ばれるものがあり、精神の暗黒面に迫る要素を強調して「アンダーグラウンド・カルチャー」(アングラ)と呼ばれるものもあった。これらが当時の「ポップカルチャー」だった。村上が二〇代を過ごした一九七〇年代から、非主流派の趣向と享楽的な明るさをともに尊ぶ「サブカルチャー」(サブカル)が人気を博していき、一九八〇年代には雑誌の『POPEYE』や『宝島』などがその文化的発信源として機能した。一九九〇年代には『Quick Japan』や『STUDIO VOICE』が同じ役割を担っていた。

他方、一九八〇年代からはマンガ、アニメ、コンピューター・ゲーム——現在の一般的な用語法を踏まえて以下はたんに「ゲーム」と呼ぶ——などを趣味の中心とした「オタク文化」が力を伸ばし、一九九〇年代にはライトノベルやインターネット上の各種コミュニティも一般化した。二〇〇〇年代には日本の「ポップカルチャー」や「サブカルチャー」の主流は、「オタク文化」という状況になった。二〇一〇年代には「オタク文化」は一般層にも浸透し、かつては白眼視された成人がアニメ作品を見るなどの行為はごくありきたりの趣味と化した。

オタク文化の定義、歴史、現況も語ればキリはなく、異論もたくさん出てくるはずだが、おおむねつぎのようにまとめられる。手塚治虫は元々ディズニー・アニメーションに憧れていて、これを戦前のマンガや宝塚歌劇の様式と統合して、その作風を形成した。その様式は多くの人を魅了し、マンガ文化が本格的に形成され、対抗者もつぎつぎに現れることで、この領域は豊穣になった。手塚はリミテッド・アニメーションの制作に挑戦し、それは粗悪な電動紙芝居といったものになってしまったが、それはそれでさまざまな才能を生みだし、海外にも輸出されて、日本の「アニメ」の人気は高まった。他方、高畑勲や高畑の片腕として力をつけた宮崎駿は、アメリカのアニメーションに惹かれた手塚とは異なって、むしろフランスやロシアのアニメーションに学び、芸術性の高い日本アニメを構築しようと苦闘した。海外で日本アニメが芸術的にも評価されるのは彼らの努力が認められてのことだ。ただし高畑や宮崎も、その作品のキャラクター設計や想像力の形態を見れば、手塚が開拓したマンガ文化と深く結ばれていることがわかる。日本ではゲームもたいていは既存のマンガの様式を参照しており、ライトノベルは本質的に小説の様式を取ったマンガだ。

村上はデビューからしばらくは、年下の世代に人気があった「サブカルチャー」に広く理解を示す立場を取っていた。『宝島』や『STUDIO VOICE』で特集が組まれ、村上自身も紙面に登場した。それらの雑誌に寄稿したことがあったし、遊び心のある企画に関わったこともあった。ところが、村上は『世界の終りとハードボイルド・ワンダーランド』を刊行した翌年、一九八六年にヨーロッパに移住する。一九九〇年に帰国したものの、一九九一年にはアメリカに移住し、つぎに帰国したのは一九九五年だった。これはインターネットが普及しはじめる直前の時期に当たり、長期的な海外生活によって、村上は日本社会とかなり断絶した。村上が「サブカルチャー」の雑誌に登場することもなくなった。第二章で扱った筒井康隆が歩んだ道は選ばなかったのだ。

村上の作品は、ＳＦやファンタジー小説に通じている。主人公が複数の「女の子」――村上は二〇代の女性、三〇前後の女性でもそのように表現する！――から好意を寄せられるという設定は、オタク用語で「ハーレム展開」と呼ばれる。インターネット上の意見を見ても、村上の作品をマンガ、アニメ、ゲーム、ライトノベルになぞらえる声は多い。

だが村上自身は、アニメやラノベに関心が薄い。アニメが一九七〇年代後半、大学生らにブームを起こした頃、村上は二〇代後半のジャズ喫茶（夜はジャズ・バー）の経営者だった。一九九〇年代にラノベが若者の支持を確立した頃、村上は人気作家としての地位を確立していた。前段落で記した海外生活もある。村上がアニメやラノベと擦れちがったのは、不思議ではなく、村上の同世代の人々の多くもそうだろう。

村上の一世代下、おおむね一九六〇年前後に生まれた「オタク」を「オタク第一世代」と呼ぶ。現在、二〇〇〇年前後に生まれた「オタク第五世代」や、その下の「オタク第六世代」までがあるが、「オタク文化」が日本の「ポップカルチャー」の主流になったことから、「オタク」という言葉は若年層のあいだで使用頻度が下がっている。

村上は海外では、アニメ作家の宮崎駿と並んで語られたり論じられたりすることが多い。日本の新しい文化、娯楽性と芸術性を兼ねそなえたポップカルチャーに惹かれ、かつ「文学」にも関心がある若者は、この組みあわせを好むし、それに対応して、海外のマスメディアも同様だ。『もののけ姫』（一九九七年）が公開された頃に、ある海外メディアが、村上へのインタビューで、宮崎監督のアニメ映画について、「あなたの小説との共通点が見受けられるように感じる」と指摘した。村上はそっけなく応答した。

> 僕はあまりアニメ映画というのは見ないんです。あまりイメージがくっきりしたかたちをとるものは苦手かもしれない。（村上 2010d: 232）

『世界の終りとハードボイルド・ワンダーランド』に、「私」がゲームセンターで「ヴィデオ・ゲーム」に興じる場面があって、それは「川を渡って攻めこんでくる戦車隊を対戦車砲で殲滅させるゲーム」として語られる（村上 1985a: 543）。村上が三〇歳になりかけていた一九七八年――村上がデビューする前年――、インベーダーゲームが大流行を起こして、村上の世代の青年たちはこれに夢中になった。上で述べた「私」の「ヴィデオ・ゲーム」もこのたぐいで、村上ら「団塊の世代」はゲームに夢中になった最初の世代でもあった。だが現在の村上は――やはりこの世代が一般にそうであるように――ゲームはしないと語る（柴田 2006: 177–178）。

それでも、村上がのちの時代にも、コンピューター・ゲームを喩えとして用いて、自分の内部ではプログラマー側とプレイヤー側が完全に分裂していて、設計しながら同時に遊んで楽しむような感覚で原稿を書くのだと語ったのは興味深い（村上／川上 2017: 103–104）。小説の創作をゲームのデザインとプレイの同時進行として理解する村上は、その意味ではかなりのゲームマニア、あるいは「ゲーム中毒者」と言えるだろう。

五　「終わる世界」と「世界の果て」から「セカイ系」へ

一九九〇年代半ばから、日本の社会は「世界の終り」の相貌を見せた。「バブル崩壊」の影響が予想以上に深刻であることが明らかになり、日本の国際的地位が地盤沈下する不安が高まった。「失われた一〇年」という言葉が生まれたが、これは「失われた二〇年」になり、「失われた三〇年」になっていった。その没落の始まりが一九九〇年代だった。のちの時代より明るい要素は多かったが、二〇世紀末が近づいて「世紀末」への漠然とした不安が高まったことが、「世界の終り」の印象に拍車を駆けた。一九七〇年代に五島勉が広めた一九九九年の第七の月に「恐怖の大王」がやってくるという「ノストラダムスの大予言」が人々の心を捉えた。

阪神・淡路大震災とオウム真理教の一連の事件が日本を騒然とさせた一九九五年は、この時代でもっとも象徴的な年だった。村上が「メインストリーム」と見なした代表作『ねじまき鳥クロニクル』が前年から刊行されていたが、日本文化への影響という観点から見れば、それよりも決定的な作品が、この年から翌年にかけて放映されていたテレビアニメ『新世紀エヴァンゲリオン』だった。庵野秀明が監督したこのテレビアニメでは巨大ロボット（正確には人造の巨人）が巨大怪獣のような「使徒」と戦い、その果てに、現行人類の滅亡が進行する。主人公は眼前で発生する未曾有の事態にもうまく足場を作れないという様子が描かれ、これが当時の青少年から熱く支持された。

もともと日本ではキリスト教は副次的な存在感しか持たないはずだが、第二次世界大戦後、ユダヤ教的キリスト教的な終末論的要素がポップカルチャーに溶けこんでいたから（Tanaka 2014; 円堂 2015）、それが「恐怖の大王」の時代には力を持った。

『エヴァンゲリオン』の発想は、それほど突発的なものではない。庵野たち作り手は、この物語を、永井豪のマンガ『デビルマン』、特撮テレビドラマ『ウルトラマン』シリーズ、石川賢のマンガ『魔獣戦線』、富野由悠季のテレビアニメ『伝説巨神イデオン』、宮崎駿のアニメ映画『風の谷のナウシカ』、諸星大二郎のいくつかのマンガ作品などに対する膨大なオマージュあるいはパロディとして構築していた。「地球の危機」や「人類の滅亡」などは、彼らが少年だった一九七〇年代に流行したオカルト・ブームが原点だ。ところが、上に述べたような一九九〇年代の時代背景が、このアニメの内容といちじるしく共鳴し、作り手は制作体制の苦しさから次第にユーモアをなくして、きわめてしかつめらしい作品として展開されることになった。

さらに阪神大震災とオウム事件がこのアニメの放送当時の背景のような役割を果たした。その結果、『エヴァンゲリオン』は本放送の終了後、一九九六年から翌年にかけて社会現象と化しただけではなく、テレビ放送版と劇場版とで二度にわたって中途半端な結末が視聴者に突きつけられたことで、視聴者や娯楽業界はトラウマのようなものを植えつけられ、二〇〇〇年代前半まで、日本には「エヴァっぽい」と形容される作品が氾濫することになった。『エヴァンゲリオン』の第二五話（最終回の直前）には「終わる世界」という副題が冠され、主人公の内面的な「世界」

が最終的なテーマとされた。主人公の内面の「世界」の内閉を描いていて、『世界の終りとハードボイルド・ワンダーランド』と似ているが、このアニメで小説からの影響として目立っていたのは、もうひとりの「村上」、つまり村上龍の『愛と幻想のファシズム』(一九八四〜八六年)のほうで、登場人物の一部の名はこの小説から取られている。このアニメで軍事や政治が問題になる場面には、村上龍の政治や軍事関係の作品、たとえば前述した『愛と幻想のファシズム』や『五分後の世界』を思わせる雰囲気が醸される。一九九七年、このアニメが劇場版によって完結の体裁を取りながらも挫折したのち、その後、庵野は村上龍の『ラブ&ポップ』の実写映画化(一九九八年)に自身の活路を見出そうとした。

『エヴァンゲリオン』に対する『世界の終りとハードボイルド・ワンダーランド』(一九八五年)からの影響は明瞭ではない。しかし、ふたりの村上の作品が同時期に発表されたことを考えると、庵野(一九六〇年生まれ)が、二〇代半ばに『世界の終りとハードボイルド・ワンダーランド』から影響を受けた可能性も充分にあるだろう。

だが、さらに可能性が高そうなのは別のアニメ監督、幾原邦彦の影響だ。庵野の親友としても知られる幾原の監督作品『少女革命ウテナ』(テレビ版一九九七年、映画版一九九九年)でヒロインたちの敵は「世界の果て」と呼ばれ、『輪るピングドラム』は後述するように村上の阪神淡路大震災関連およびオウム関連作品、つまり一九九五年をテーマとした村上の作品へのあからさまなオマージュとして作られている。

だから、幾原が『世界の終りとハードボイルド・ワンダーランド』を知っていて、その世界観が庵野に影響を与えたという可能性は高い。幾原は一九六四年生まれで、『世界の終りとハードボイルド・ワンダーランド』が刊行されたとき、二〇歳だった。幾原は『美少女戦士セーラームーンR』(テレビアニメは一九九三〜一九九四年、劇場版は一九九三年)の監督を務めたが、庵野はこのアニメの熱狂的なファンでもあった。その結果、『エヴァンゲリオン』には『セーラームーン』からのさまざまな影響も刻印されることになり、幾原本人をモデルにした登場人物(渚カヲル)も登場することになった。

『エヴァンゲリオン』は二〇〇〇年代になって「ヱヴァンゲリヲン新劇場版」と題するシリーズに再構成され、第一作『序』が二〇〇七年、第二作『破』が二〇〇九年に、第三作『Q』が二〇一二年、完結編の第四作『シン・エヴァンゲリオン劇場版:||』が二〇二一年に公開された。このリメイク・シリーズだけで一五年、第三作と第四作のあいだが一〇年もあき、最初のテレビ放送から数えれば二六年越しに作品が完結した。

村上は同じような長編を描きつづけてきた作家だが、庵野——彼に自閉スペクトラム症者としての特性が濃厚に備わっていることは、補論を参考にしてもらえれば簡単に納得できるだろう——にも似たような特徴がある。一九九〇年代にテレビ版と映画版でやってみせた結末の「抛りなげ感」は、村上作品に通じるところがある。実際、『ねじまき鳥クロニクル』『エヴァンゲリオン』は時代的に重なって公開され、同じような「抛りなげ感」を見せたため、批評家たちは比較へと誘われた。たとえば宮台真司はつぎのように述べた。

村上春樹が『ねじまき鳥クロニクル』を発表したとき、安原顯をはじめとする批評家たちが、たとえば「思わせぶりな伏線」が引かれたまま結局は回答されずに放置されてしまうことを批判し、読者の評判も必ずしも芳しくなかった。昨今でいえば庵野秀明監督のテレビアニメ『エヴァンゲリオン』シリーズの最終二話をめぐる「悪評」を彷彿させる。／しかし、たとえ「物語」としては未完成でも、そうした物語の破綻へと作者を追いやった事情（という別の物語）が魅惑的であるならば、読み手や視聴者の一部は納得する。『朝日新聞』二月二六日夕刊「ウォッチ論潮」で、私は庵野の『エヴァ』をそのように擁護したが、村上の『ねじまき鳥』についても同じような理由から肯定的に受け取っていた。／三年前に『ねじまき鳥』を一読したとたん、これは結末がまったく分からないままに書き進められたものであることが理解できた。おぼろげにしろ結末（の選択肢）を予期しながら書かれただろう従来の作品とはずいぶん違う。しかし、ある個人的な事情があって、作品がこのように書かれなければならなかった事情がよく分かる気がしたのを覚えている。（宮台 1997: 1）

このようにして、『ねじまき鳥クロニクル』と『エヴァンゲリオン』は文化的な並行現象として、一九九〇年代に聳えていたのだった。

村上自身が『エヴァンゲリオン』について言及したことはおそらく一度もない。だが、村上がいわば逆輸入的にこのアニメから影響を受けていると考える人々もいる。大森望と豊﨑由美は、『1Q84』について語りあう。

豊﨑　**〈もっとギリヤークじんのことをしりたい〉**（笑）。この疑問符がつかないしゃべり方を発明したところは立派。
大森　あれは綾波レイですね。
豊﨑　あ、そっか。
大森　村上春樹がここまで「新世紀エヴァンゲリオン」を自分のものにしていたとは。いや、もしかしたら長門有希かも知れないけど（笑）。でも、そう思って読むと全体にけっこう「エヴァ」っぽい。だからほんとは、ふかえりは十四歳にすべきだけど、天吾とのセックスシーンがあるから、それに配慮して十七歳にしたと。それで言うと、天吾はシンジのポジションだから、あのくらいでちょうどいいんです。
（大森／豊﨑 2017: 166–167）

綾波レイは『エヴァンゲリオン』に登場する中学生のヒロインで、長門有希は綾波レイのキャラクター造形に影響を受けた「涼宮ハルヒ」シリーズに登場する女子高生を指す。シンジは『エヴァンゲリオン』の主人公だ。大森と豊﨑は『騎士団長殺し』の秋川まりえについても同様の指摘をおこなっている。

豊﨑　この子の棒読みは、大森さんも言ってたように、『1Q84』のふかえりを思い出させますよね。
大森　『新世紀エヴァンゲリオン』の綾波レイ系列女子。
（大森／豊﨑 2017: 58–59）

村上が『エヴァンゲリオン』の影響を受けていたとすれば、『1Q84』（二〇〇九〜二〇一〇年）から『騎士団長殺し』（二〇一七年）まで、「新劇場版」の時期と重なっていることになる。

六　ムラカミエスク／エヴァっぽさ——セカイ系とゼロ年代批評

村上作品のムラカミエスクな「抛りなげ感」は『エヴァンゲリオン』に受けつがれ、衒学的かつ終末感によって特徴づけられた「エヴァっぽさ」を感じさせる作品が、多く世に送られた。小説の世界でも例外ではない。二〇〇一年に『フリッカー式——鏡公彦にうってつけの殺人』でデビューした佐藤友哉（一九八〇年生まれ）は、ムラカミエスクとエヴァっぽさの感覚を内包した作家だった。デビュー作の「うってつけ」は村上が好む言い回しだ。そして彼は『エヴァンゲリオン』の熱心なファンだった。彼が二〇〇二年から連作した文学的トポス「妹」をテーマとした短編小説群は「『世界』の終わり」「『世界の終わり終わり』」「『世界の終わり』の終わり」と題されていた。二〇〇二年、ウェブサイト「『ぷるにえ』ブックマーク」で「セカイ系」という言葉が生まれた（前島 2010: 27）。この「セカイ系」とは「エヴァっぽさ」を感じさせる作品の総称と言っても良い。東浩紀は、主人公と恋愛相手の小さく感情的な人間関係を、社会や国家のような中間項のような描写を挟むことなく、「世界の危機」「この世の終り」といった大きな存在論的な問題に直結させる作品だと要約している（東 2007: 96）。「セカイ系」の多くは、日常的な「ボーイ・ミーツ・ガール」型の恋愛が、地球規模あるいは宇宙規模の破局と結合されるという体裁を取る。両極端な「世界」が裏表の関係で貼りあわされ、経済や政治によって動く「社会」という中間的要素が脱落する。選挙権がなく労働経験もない若い主人公にとって、それは他人事だと感じられてしまうし、視聴者や読者はその感受性に共感するという背景があった。

この新語に敏感に反応した東浩紀は「セカイ系」の擁護者として批評活動を展開した。ここでは村上春樹に関連する話題に記述を絞って説明する。すでに一九九八年に発売されていた18禁アドヴェンチャーゲーム『ONE――輝く季節へ』で、企画と脚本を担当した麻枝准（一九七五年生まれ）は、『世界の終りとハードボイルド・ワンダーランド』の「世界の終り」をモデルにした「永遠の世界」をゲームの設定に組み入れていた。麻枝は二〇〇一年に村上のこの小説に多大な影響を受けたことを語り（麻枝 2001: 88）、二〇〇四年、佐藤心がこのインタビューに注目して、その作品以後の美少女ゲームに村上の影響が流れこんでいることを指摘した（佐藤 2004: 184–185）。

東浩紀は佐藤心とともに実施したササキバラ・ゴウへのインタビューで、『世界の終りとハードボイルド・ワンダーランド』の問題が、きわめて重大なテーマであり、最近の美少女ゲームでは内閉世界の選択が問題になっていて、それは美少女ゲームを超えて、この時代に「大きな物語が壊れたあと、「きみとぼく」の世界に留まることが僕たちのリアリティだと考えるのか、それともそれは結局現実逃避やモラトリアムにすぎないのか、という本質的な問題として存在している」ことを反映していると語った（ササキバラ 2004: 65–66）。

このインタビューで、東は自分の先駆者にあたる柄谷行人と大塚英志を引きあいに出しているが、東のこの問題意識は、むしろかつて加藤典洋が論述した内容と軌を一にしている。加藤の議論は年を経て、村上の新作や時代の変化を反映して何度か改定されたが、概要を示すとつぎのようになる（加藤 1996: 79–109; 加藤 2015: 88–95）。――『世界の終りとハードボイルド・ワンダーランド』の「僕」は、「世界の終り」に留まれば苦難の日々が待ちうけていることを理解している。その場所が架空の存在である以上、そこに留まることは「正しい」現実への回路を絶ちきる行為でもあるということも理解している。それなのに、「僕」は自分自身である「私」の中に生まれた「世界の終り」に「責任」を感じ、逃れられないと感じる。脱出を強行することは、「責任」の回避だと、「僕」の心が告げるのだ。一般的な観点からは、自分が作りだした架空の世界に内閉されることは現実逃避に見える。しかし、「僕」は世間的な正しさではなく、自分の「心」が求めることに素直に従うという覚悟のもとに、架空の世界に留まる。ここから、私たちが生きる現実へのヒントが得られる。たとえば「オタク」のように、「内閉」を選んだ人間に対して、正しい現実に復帰せよと批判する人々がいるが、それはむしろ安易ではないか。「正しい」とされる現実から「内閉」によって身を守り、現実とは距離感を持って接することから始めないと、むしろ「現実」の問題は解決されず、隠蔽されるのではないか。村上春樹は、その認識に、きわめて早い段階において到達していたし、現実と自分との接点を見出せないと感じる人々の心性を理解していた。ただし、村上はいつまでも『世界の終りとハードボイルド・ワンダーランド』の倫理に留まらなかった。村上は、内閉によって自分を守るということが、どうしようもなく不可能な事態があるということに眼を向けるようになっていく。その最初の成果は短編小説「ファミリー・アフェア」として提出され、長編小説の『ノルウェイの森』や『ねじまき鳥クロニクル』が、その問題意識を発展させることで生まれていく。村上は作家としての発展に伴って、彼の認識を更新していった。これが加藤の持論だ。

いずれにせよ、東浩紀は『世界の終りとハードボイルド・ワンダーランド』が「オタク文化」に与えている影響を繰りかえし語るようになり、「『世界の終りとハードボイルド・ワンダーランド』は重要な作品ですね。これは佐藤心さんが言っていることだけど、村上春樹が、セカイ系の小説や一部の美少女ゲームが抱える妙な思弁性を準備したのは、おそらく間違いないと思いますよ」(東ほか 2007: 72–73)、「脳内世界なるものを文学に定着させたのは村上春樹なんです。『ファウスト』まで含め、僕たちはまだそのパラダイムの中で作品を作っている」(: 76) と語った。

このように、ポップカルチャーの世界との関連で言えば、村上の全作品でも『世界の終りとハードボイルド・ワンダーランド』は特権的な位置づけを有している。「オタク文化」を核としたポップカルチャーに対して、ここまでの影響力を持った村上作品はほかにひとつもない。東は舞城王太郎の小説『九十九十九』(二〇〇三年) に『世界の終りとハードボイルド・ワンダーランド』へのオマージュを含んだ箇所を発見し、村上と舞城の作品を包摂する「寓話的で幻想的でメタ物語的なポストモダンの実存文学」の系譜を作成することができるのではないかと提唱した（東 2007: 287–290）。それは、「セカイ系の純文学化」とでも言うべき企画として具体化し、東は小説家としてのデビュー作『クォンタム・ファミリーズ』を発表するに至り（二〇〇八～二〇〇九年連載）、三島由紀夫賞を受賞した。全体にわたって村上作品のパロディあるいはオマージュが詰められ、村上が日本人で三人めのノーベル文学賞受賞者と設定されるなど興味深い工夫がいろいろと施されていたが、その文体は「文学的」な作品を書いてしまったことへの含羞を感じさせる。

東が目指した「寓話的で幻想的でメタ物語的なポストモダンの実存文学」の試みは、どのように進展しただろうか。二〇一一年、村上春樹はインタビューを受けたが、東の『クォンタム・ファミリーズ』を話題にされたときに、――村上のいつもの流儀にしたがって――この作品への直接的な言及を避けた（村上 2010a: 12–15）。

東たちの「セカイ系」評価は、二〇〇〇年代後半から、宇野常寛らの挑戦を受けることになった。宇野は、東たちが「セカイ系」の議論を始めた時点で、「世界」に内閉される「セカイ系」は時代遅れになりつつあり、むしろ熾烈な生き残りを戦う「サヴァイヴ系」が新しい想像力として誕生していたと主張し、これが同時代の精神だと主張したのだった（宇野 2008）。しかし筆者には、そのサヴァイヴ系（バトルロワイヤル系と呼びかえても良いかもしれない）も非力な個人がギリギリで圧倒的な状況に立ちむかおうとするものだから、実際にはそれらは「セカイ系」の変種だったのではないかと思えてならない。二〇一〇年代に入ると、オタク文化の世界では、異世界に転生した主人公が私たちの現実ではなんでもない常識や技術が異世界では絶大な威力を発揮し、主人公が大活躍する「なろう系」（異世界転生もの）が流行するようになったが、これにしてもやはり「セカイ系」の変種だったのではないか。

宇野は東らの美少女ゲームへの熱中や村上の作品を「男性ナルシズム」にもとづいた「レイプ・ファンタジィ」と皮肉った（宇野 2011: 105–107）。二〇一〇年代には、「セカイ系」はほとんど議論の対象と見なされなくなった。

二〇一〇年のアニメ映画『涼宮ハルヒの消失』では、前述した長門有希が『世界の終りとハードボイルド・ワンダーランド』を読む場面が描かれるが、この頃には「セカイ系」の流行はほとんど終わっていた。あまりにも多くのマンガ、アニメ、ライトノベル、ゲームなどが「セカイ系」の影響を受けて、「セカイ系」という概念はほとんど融けてしまったのだ。

東（一九七一年生まれ）と宇野常寛（一九七八年生まれ）の対立は、彼らの世代を理解すると、構図が明瞭になるかもしれない。東は一九八〇年代にジュヴナイル小説を楽しんだ世代で、まだ「文学」を重視しているが、小さい頃から家庭用ゲームに接してきた宇野は、「文学」をほとんど重視しない（あるいは理解できない）。東は一九九〇年代に若者としてアニメや美少女ゲームの飛躍を体験し、これをもっとも新しい可能性として強調したが、宇野は二〇〇〇年代に若者として、意欲的な特撮テレビドラマや女性アイドル（ＡＫＢ48とその系列グループ）を体験し、これを新しい可能性として強調した。

一九七〇年代にはオカルト・ブームが発生し、「人類滅亡」や「世界の破滅」といった事象がいつでも起こりうるという世界観（あるいはトラウマ）を当時の少年少女に与えたが、東はこの世代に属するから、「セカイ系」に親和性を感じる。二〇〇〇年前後に成人した若者は、「就職氷河期世代」や「ロスジェネ」と呼ばれ、日本の経済停滞にもっとも煽られたから、宇野はくだらない「終わりなき日常」を、そこから逃れられないことを自覚した上で、克服しなければならないと考えるようになったのだろう。

「サブカルチャー」や「オタク文化」に興味がなければ、彼らの対立は意味不明なものでしかないが、興味があれば、宇野が年齢差を反映して、東よりも若い感受性を持っていたことがわかる。だが宇野の村上に関する主張はどのようなものか。前述したように彼は、村上の小説に「レイプ・ファンタジィ」を見る。宇野は、村上は「新しいコミットメントのモデル」を提供しないし、村上の態度に倣うのは「想像力が、圧倒的に足りない」と声を上げ、「この世界は終わらないし、外側も存在しない」「私たちは〈いま、ここ〉に留まったまま、世界を掘り下げ、どこまでも潜り、そして多重化し、拡大することができる」「世界を変える術を手にしつつある」と希望を語り、その可能性をＡＫＢ48に見出している（宇野 2011: 107, 425, 466–486）。なぜ宇野は女性アイドルという虚像と産業構造を肯定する自分自身の「レイプ・ファンタジィ」には寛大なのだろうか（東ほか 2018: 108 の批判も参照）。ＡＫＢ48とその系列グループの人気が廃れたいまでは、宇野の議論も多分に妄想的だったことは論じるまでもないだろう。宇野は二〇二二年に刊行した『砂漠と異人たち』でも、自分の女性アイドル趣味に宿る潜在的な性搾取の傾向に対峙することなく、村上による「性搾取」を一方的に批判している（宇野 2022: 186–246）。

なお「セカイ系」だけでなく「サヴァイヴ系」の議論も二〇一〇年代にはほとんどなされなくなった。二〇一一年の東日本大震災によって日本の社会は大きく変質し、批評家たちのテーマも「復興」へと移行していった。現実の自然災害と社会機能の麻痺を体験したあとには、「セカイ系」を論じることも「サヴァイヴ系」を論じることも虚しく思われた。

七　文学的トポス「世界の終り」

批評家たちの「セカイ系」論が、そのような経緯を辿ったとはいえ、創作者たちが「セカイ系」の作品を作らなくなったとは言えない。村上がムラカミエスクな作品をつくりつづけるのと連動するようにして、創作者たちはムラカミエスクかつ「エヴァっぽい」作品を作りつづけてきた。

幾原邦彦は、一九九七年に『少女革命ウテナ』という「エヴァっぽい」作品を作って脚光を浴びたが、このガール・ミーツ・ガール（百合）の物語では、主人公とヒロインが「世界の果て」と戦う。このアニメのテーマ自体、『世界の終りとハードボイルド・ワンダーランド』が提起する問題、加藤典洋がかつて論じたテーマに通じるところがあるように思われる。偶然ながらこの作品の映画版が公開された一九九九年、村上は『ウテナ』と同じく女性同士の恋愛を重要モティーフとした『スプートニクの恋人』を発表した。村上の関心とセカイ系が同時代に交錯した。

二〇〇二年に放映された安倍吉俊（一九七一年生まれ）原作のテレビアニメ『灰羽連盟』は、「世界の終り」を霊感源とした場所を舞台にしていた。この作品を鑑賞していると、ムラカミエスクな風が吹くのを感じそうになる。安倍は語る。

僕は空想癖のある子供で、ずっと『自分の頭の中に架空の街がある』という空想を抱えて子供時代を送っていました。17歳の時、『世界の終わりとハードボイルドワンダーランド』〔筆者注―表記は原文ママ〕を読んで、内容がまさに自分の頭の中に架空の街がある、という物語だった事と、その街の描写が自分の頭にあった架空の街とかなり近かったために、強い衝撃と影響を受けました。灰羽連盟は自分の無意識を反映した物語で、『世界の終わりとハードボイルドワンダーランド』に強く影響された僕自身の無意識を描くという意味で、『門番』や『図書館』『西の森』といった単語だけ、ある程度意識して似せています。（安倍 2009）

この作品は「ボーイ・ミーツ・ガール」でも「ガール・ミーツ・ガール」でもなく、シスターフッドの原理によって動いている。『灰羽連盟』は二〇〇二年一〇月から一二月に放映されたが、偶然にもその放映開始の直前の九月に、『海辺のカフカ』が刊行された。村上はこの作品について、このように説明する。

もともとこの小説は『世界の終り』の続編を書こうと思って企画していたものなんです。ただ、あまりに昔に書いたものなので、直接的な続編というのは無理だと思いました。だから違うもの、ただどこかでゆるく精神的に結びついているものを書こうと。（村上 2010d: 92）

こうして、村上の関心とセカイ系がここでも同時代に交錯した。

二〇一一年に幾原邦彦が監督したテレビアニメ『輪るピングドラム』は、オウム真理教の事件に取材した作品で、事件の描写は村上の『アンダーグラウンド』や『約束された場所で——underground 2』を連想させる。第九話では村上春樹の書物『かえるくん、東京を救う』が登場する。この作品は短編集『神の子どもたちはみな踊る』（二〇〇〇年）に収録されているが、『輪るピングドラム』では単行本が図書館での探書の対象になる。この作品の単行本としては、フランスのＰＭＧＬによるこの作品のマンガ版が翻訳され、二〇一七年に刊行されているが、『輪るピングドラム』がテレビ放送された時点では存在していなかった。

村上の短編「かえるくん、東京を救う」で、かえるくんはみみずくんとの戦闘のあとに語る。

> いずれにせよ、すべての激しい戦いは想像力の中でおこなわれました。それこそがぼくらの戦場です。ぼくらはそこで勝ち、そこで破れます。もちろんぼくらは誰もが限りのある存在ですし、結局は破れ去ります。でもアーネスト・ヘミングウェイが看破したように、ぼくらの人生は勝ち方によってではなく、その破れ去り方によって最終的な価値を定められるのです。ぼくと片桐さんはなんとか東京の壊滅をくい止めることができました。15万人の人々が死のあぎとから逃れることができました。誰も気づいていませんが、ぼくらはそれを達成したのです。（村上 2000a: 152–153）

「すべての激しい戦いは想像力の中でおこなわれました」というセリフは、『輪るピングドラム』での敵との戦いの霊感源になったかもしれない。

この作品について西田谷洋は「分有する能力を持つのは最終的には男性である。女性は、誘いの導き手として表象されるものの、誘いを完遂することはなく、無力化された受動的存在として与えられた世界を享受する」（西田谷 2014: 91）と批判しているが、監督の幾原は先行する『少女革命ウテナ』でまさにその逆のことを、つまり女性を「分有する能力」を持つ「救いの導き手」として設定し、男性による女性の搾取とそこからの女性たち自身による解放を描いたから、『輪るピングドラム』ではその反対の課題を自分に課したのだと考えることができる。

この作品は二〇一一年七月―一二月に放映された。『輪るピングドラム』は『1Q84』をも参照し、影響を受けながら、別の取りくみを模索したと推測される。村上の関心とセカイ系がここでも同時代に交錯した。

二〇一三年に刊行された村上の『色彩を持たない多崎つくると、彼の巡礼の年』で主人公の多崎つくるは、三六歳という村上の長編にありがちな年齢を設定されているが、世代で言えば村上の同世代ではなく息子世代――村上に子はいないが――にあたる。若い世代をムラカミエスクに描くという点で、一五歳を主人公にした『海辺のカフカ』（二〇〇二年）に続く実験がなされたわけだ。これと交錯するようなセカイ系の作品として、二〇一六年に公開された、新海誠監督の『君の名は。』を挙げたい。

新海誠（一九七三年生まれ）は『エヴァンゲリオン』と村上春樹の小説を掛け合わせたような作品、まさに村上エスク／エヴァっぽさの作風で知られ、当初は二〇〇二年の自主制作アニメ作品『ほしのこえ』で脚光を浴びた。『雲の向こう、約束の場所』（二〇〇四年）は「世界の終り」に影響されながら制作したと公言する（東ほか 2007: 77–78）。読者からの質問、「『君の名は。』の奥寺先輩の台詞「きみもいつかちゃんと、幸せになりなさい」は、『ノルウェイの森』のレイコさんのそれを意識していると思われます。『君の名は。』のプロットには村上春樹の短編「4月のある晴れた朝に100パーセントの女の子に出会うことについて」の影響が些かでもありますでしょうか?」という質問に新海は答えている。

その通りです。「4月のある晴れた朝に100パーセントの女の子に出会うことについて」は、読まずとも諳んじることができるくらい好きな一編です。大学時代に出会って以来、僕の原風景の一つになってしまっていると思います。（新海 2016b: 40）

新海は村上作品が「原風景」あるいは「環境のようなもの」だと強調する。

僕も、一時期本当に村上春樹の作品に強い影響を受けたし、今も確実に影響下にある作家だと思うんですよね。ただ、自分にとっては村上春樹が一種の環境のようなものになってきて、それほど強い意識はしなくなってきた、という実感もあります。ディズニー作品であるとかジブリ作品であるとか、多くの人にとって生まれた時からそこに自然に存在しているような存在に、村上春樹もなっているんじゃないかと思います。（新海 2016a: 61）

そして、新海は「オタク文化」のほかの多くの創作者たちと同様に「一番影響を受けたという意味では世界の終りとハードボイルド・ワンダーランドを挙げたいですね」（吉田 2016: 190）と語る。

村上作品といまや「セカイ系」のもっとも重要な創作者になったと言える新海誠の交錯は、『騎士団長殺し』（二〇一七年）と『天気の子』（二〇一九年）にも見ることができるかもしれない。村上は老いを感じさせる作品を送りだし、新海はかつての村上のように少年少女や若者に訴求する作品を制作した。にも関わらず、両者は文学的トポス「妹」を共通して有する。『騎士団長殺し』のまりえや『天気の子』のヒロインが、ほとんど「妹萌え」のキャラクターだという点に議論の余地はないだろう。一〇代の少女への過剰な期待が、作品の底を支えている。その底はもはや底割れしているのかもしれないが。二〇二二年に公開された『すずめの戸締まり』では、「みみず」が暴れて大地震を起こすというモティーフが見られ、村上の短編「かえるくん、東京を救う」へのオマージュになっているとともに、その映像表現は『エヴァンゲリオン』の外敵「使徒」を連想させる。劇中の「生と死は隣りあっている」という台詞は、『ノルウェイの森』を意識したものか。村上の短編「氷男」を思わせる描写も含まれている。『世界の終りとハードボイルド・ワンダーランド』からサブカルチャーへの影響は、アニメだけに留まっているわけではない。二〇一五年に発売された女性アイドルグループ「乃木坂46」のCD『何度目の青空か？』に眼を向けてみよう。人気メンバーには映像特典が制作され、当時そのひとりだった松井玲奈の映像特典が、「Hardboiled Wonderland / Rena Matsui」と銘打たれていた。制作者は中村太洸という映像作家だ。この映像は、村上春樹の読者、研究者、評論家のあいだでまったくと言って良いほど注目されてこなかったが――受容する「客層」がほとんど一致しないのだろう――、題名が示すように、この超短編映画は『世界の終りとハードボイルド・ワンダーランド』へのオマージュとして制作されている。一九九〇年代後半から二〇〇〇年代にかけて、『世界の終りとハードボイルド・ワンダーランド』のうち「世界の終り」部分へ大量のオマージュが現れたのに対して、「ハードボイルド・ワンダーランド」部分へのオマージュは皆無と言ってもよかったが、この映像は例外と言える。「セカイ系」への熱狂が終息したあとに『世界の終りとハードボイルド・ワンダーランド』が日本のポップカルチャーに明確に受容された珍しい例だ。

謎めいた女性を演じる松井の細身でどことなく現実離れした外見は、作り手の中村に村上の描くヒロイン像を連想させたのだろう。儚げな印象は「図書館の少女」に、強気な性格は「リファレンス係の女の子」に近く、村上の小説に登場する「不思議少女」タイプに設定されているという点で、「ピンクのスーツを着た太った娘」も連想させる。そこには「セカイ系」にはなかった健康的な印象があるが、二〇〇〇年代末から「ＡＫＢ48」を跳躍板として始まり、現在まで続いている女性アイドル・ブームは、宇野の見解とは裏腹に、日本人の「世界の終り」への内閉を意味しているかもしれない。

ごく短い動画を共有して楽しむＳＮＳの TikTok は現在の日本の一〇代を広く捉えている。村上春樹の名前で検索すると、さまざまな動画が投稿されていることがわかる。『世界の終りとハードボイルド・ワンダーランド』に関するおもしろい動画はないかと漁ってみたが、めぼしいものは見つからなかった。二〇二一年から早稲田大学の村上春樹ライブラリー（国際文学館）の顧問を務めるロバート・キャンベルの動画がたくさん出てきた。

八　自閉スペクトラム症的／思春期的な想像力

二〇一四年、東浩紀は『セカイからもっと近くに――現実から切り離された文学の諸問題』を刊行し、「セカイ系」のブームが終わったことを認めつつ、新井素子、法月綸太郎、小松左京の小説、押井守のアニメ映画に「セカイ系」の先駆を確認した。「セカイ系」のブームは終焉したが、現在も「セカイ系」作品はさまざまなところで出現している。これは不思議なことではない。大澤真幸は述べている。

> もともとは、君と僕との恋という小さな話と、世界の問題は、別の話です。『君の名は。』では、この本来は別の話が作品の中でくっ付いている。その接続に不自然さがあるのです。／なぜセカイ系では、この二つの話がくっ付くのでしょうか。／こうしたお話が接続して多くつくられて来たことの社会心理的な背景を考えると、そこには二つの欲望、二つの思いが込められている。／一つはもちろん、恋愛です。純粋な、もうこれ以上ありえないほど純粋な恋愛に対する憧れがある。／そしてもう一つ、この恋愛とは「とりあえず」別に、この世界の中で自分が何者かでありたい。自分が意味のある存在でありたい。世界の中で自分は自分でありたいという欲望がある。いわば「世界への欲求」です。（大澤 2018: 301–302）

恋愛や「自分が何者かでありたい」という願いは、今後も若者を捉えつづけるだろう。そして彼らのために「セカイ系」の作品が製作され、彼らも成長して一部の者は「セカイ系」の作品を世に放つようになる。もし人類がこのまま存続できれば、二一世紀の終盤から、つまり世紀の終わりが近づくにつれて「世界の終り」が意識されるようになり、ふたたび「セカイ系」がブームになるのはほとんど自明と思える。

そして、若者だった時代を終えても「セカイ系」に惹かれる人々がいる。本章では何度か「内閉」という表現を使ったが、補論で見たように、全人口の一割は自閉スペクトラム症とそのグレーゾーンだと言われる。社会との断絶感にさらされ、世界の全体に不安を抱き、身近な生活圏内に安心を探そうとする自閉スペクトラム症者の世界観は、「セカイ系」と高い親和性を持っている。だから、「セカイ系」が滅亡することを不安視する必要はどこにもない。

おわりに

本章では、「文学的想像力の文学史」の種を蒔くような作業に従事した。ポップカルチャーのさまざまな作品や議論に眼を向け、「妹」や「世界の終わり」といった文学的トポスを考察した。このような研究によって、村上の研究は旧来の作品内在研究を大きく乗りこえていくことが可能になるだろう。

結語　ポリフォニーを聴くこと

蓮實重彦は、一九八九年の『小説から遠く離れて』で村上春樹の小説について、つぎのように述べた。

そこにあるのは、文学的な影響といった知的な関係ではなく、ましてや間＝テクスト性といった理論的な問題でもなく、何やら無意識と境を接し合ったもっと野蛮な物語的な類型の支配といったものだからである。昔話とか民話とか伝説とか神話とか、類似の存在がその言説の生きいきとしたさまをきわだたせることになるような細部が、むしろ素朴にくり返されているのだ。（蓮實 1989: 17–18）

柄谷行人も一九九〇年の『終焉をめぐって』で大江健三郎の『万延元年のフットボール』と『１９７３年のピンボール』を比較しながら書いた。

「歴史」は、構造の外にある。いいかえれば、相称的（対称的）でないような関係のなかでの交通として生じる。実際は、ひとが言うような出来事のほとんどは、構造から作り出されたものである。だが、けっして構造に還元できない出来事性があり、それのみが歴史と呼ばれるべきである。（柄谷 1990: 93）

つまり村上の作品は記号性によって構築された構造であり、そこでは現実的な歴史が捨象されているというのだった。

村上自身、それを認めるのにやぶさかではない。二〇〇六年に彼は読者に答えている。

僕はここのところジョーゼフ・キャンベルの『時を超える神話』と『生きるよすがとしての神話』という二冊の本を何度も繰り返して読んでいました。とても面白い本で、いろいろと啓発されるところがありました。僕らの心の中にある真の神話性とはなにかについて、鋭く考察した本です。僕の抱いてきた小説観ともかなり呼応するところがあります。内容は深いですが、文章は比較的読みやすいです。よかったら読んでみてください。（村上 2006a: 57–58）

しかし、大塚英志は二〇〇九年に蓮實と柄谷の主張を背景として、彼らの立場に立つと宣言した。

最終的にぼくが主張するのは、村上春樹が神話と同一の構造をもっているのは構造から小説を導き出しているからである、ということだ。従って村上春樹の小説に神話的構造が指摘しやすいということは、柄谷がいう「構

造しかない」こととあくまで同義である。（大塚 2009: 50）

いまも同じような批判を村上の作品に与える評者は多い。これらの言説に対して、本書は村上が安易な構造の物語を書いているという事実そのものは否定しない。村上の作品は退屈なホモフォニーを奏でているように聴こえることも否定しない。しかし筆者は、村上の研究を通じて、村上作品をサンプリング、翻訳、アダプテーション、批評、研究によって構築された世界文学と見なし、考察するなかで、たしかに圧倒的なポリフォニーを聴いた。読者が本書を読んで、そのポリフォニーがやはり聴こえると感じたならば、本書の試みは原理的に成功したことになる。

批評家、研究者、一般読者を問わず、「アンチ村上ファン」は多い。村上の伝統的な日本人の語り方とは異質な様式に、古めかしい言い方を使うならば強烈な「バタくささ」を感じて、耐えられなく感じてしまうのだ。

告白すれば、筆者もじつはもともと「アンチ」だった。だが海外をよく訪れるようになり、書店に行くたびに村上の本が山積みにされているのを見、また外国人たちと村上について議論するうちに、さまざまな外国語で村上の作品を読むようになった。すると驚いたことに、そこには至純の声が響いてきた。ホモフォニーの美しい音だった。外国語で読むことによって、日本語では嫌悪を催させてきた「村上臭」が感じられず、筆者はただただ極上の文学作品と対面することができたのだった。

そこで筆者は、日本語で村上作品を読むときに感じていた反撥を、もしかすると筆者自身の、日本人としての偏りのようなものに起因するのではないかと推測するようになった。村上の作品を読むときに、私たちは自分たちの日本人としての偏りに直面せざるを得ない。自分たちが偏っていて、それはまちがっているからと正すように迫られていると感じ、それでそのように仕向けている村上に憎悪を感じるのではないかと考えるようになった。

筆者は村上の文章を日本語で読んでも、なるべく相対的に解釈するように心がけはじめた。より高度なバランスを得るために、村上が書いたさまざまな文章を読み、村上がサンプリングしたと思われる先行作品を読んだり聴いたり観たりし、村上作品のアダプテーションを鑑賞し、批評を読んでいった。そうして筆者は村上を読めば、その作品の声だけではなく、その作品を取りまいているポリフォニーを聴くことができるようになった。いまや筆者に対して、村上の作品はホモフォニックでありながらポリフォニックでもある卓抜なテクストとして現前するようになっている。

筆者は本書を第一に、加藤典洋さんの墓前に捧げる。加藤典洋さんがいなければ、本書の出発点になった論文が生まれることはなかった。遅くに村上研究に参入した筆者が加藤さんと交際したのは、加藤さんが世を去る最後の一年にも満たなかったが、受けた影響は大きい。本書は加藤さんが村上論をつうじて探求した願いの少なくとも一端を促進するために書かれた。

筆者は本書を第二に小島基洋さんに捧げる。筆者が二〇一七年ににわかに村上研究を始めると、小島さんの論文にすぐ出くわした。不可思議に長ったらしい論文題目が、筆者の趣味に近しいと感じた。筆者の出身大学院の紀要に毎年のように村上論を寄せていて、巻頭に掲載されていたから、指導教員に称賛され、将来を嘱望され、エコ贔屓をされている大学院生なのだろうと思っていた。

二〇一八年三月、イギリスで筆者は小島さんと初めて出会い、名前を聞いたときに「あの大学院生か！」と思った。小島さんは「財布を盗まれてしまったのでお金を貸してください」と言ってきた。筆者は図々しい院生だなと思い、つれなく接した。それが出会いだった。小島さんが筆者の出身大学院で働く准教授（当時）で、専門がイギリス文学、特にジェイムズ・ジョイス研究だということはそのあとで知った。ドイツ文学者の筆者が、イギリス文学者でありながら村上研究に乗りだした小島さんに影響を受けて、村上研究の世界に入ったということではない。だが筆者が村上研究の世界で少し頑張ってみようと思えたのは、特に加藤典洋さんがいなくなってもそう思えたのは、小島さんがいたからにほかならない。

筆者は本書を第三に高橋龍夫さんと山﨑真紀子さんに捧げる。高橋さんとは、小島さんと前後してイギリスで面識を得た。人柄の青空のようなすばらしさに、即座に敬意を抱いたのだが、特筆すべきはそのような第一印象がいつまで経っても揺るがなかったことで、筆者が人生で出会った人で、そのような人は高橋さん以外にほとんどいない。山﨑さんとは、小島さん、山﨑さん、高橋さん、筆者とで科研費のプロジェクトを申請するに当たって面識を得た。会う前に村上論を読んでみたものの、どのような人なのかまったく想像ができなかった。小島さんは山﨑さんに心酔しているので、どちらかと言えば怪しんで警戒していた。しかし初めて会ったときから、筆者は山﨑さんの熱心なファンになった。高橋さんと山﨑さんがいなかったら、小島さんがいても、筆者は村上研究を続けられなかったかもしれない。

筆者は本書を第四に山根由美恵さんに捧げる。小島さん、山﨑さん、高橋さん、筆者とで企画した村上春樹研究フォーラムという研究会の立ちあげで、山根さんに初めて会った。筆者のようにまったく無名の研究者、どころかその時点で村上に関する論文がゼロだった筆者が村上について偉そうに(?)「村上春樹とドイツ、オーストリア、スイス」について講演し、山根さんのように村上一筋に研究人生を続けてきて、村上に関する論文の数で(おそらく)世界記録を誇る人が、それに耳を傾けたのは、シュールレアリスムかマジックリアリズムか、という時空だった。以来、筆者は山根さんを無条件に尊敬している。本書の原稿にもコメントを寄せてくださって、感謝しています。

筆者は本書を第五に内田康さんに捧げる。最初の村上論を書いたあと、山根さんが内田康さんを紹介してくれ、きっと話が合うからと保証してくれた。そして筆者は内田さんと出会った。本書を通読するとわかるはずだが、ところどころに「内田康」から筆者へのコメントが出てくる。筆者にとって、ほかのどの村上研究者よりも内田さんとの出会いが大きかった。筆者が初めて書いた村上論は、その一本だけで書籍にできる分量を持ち、テーマは枝分かれして論文として破綻しかけ(あるいはすでに破綻してしまっていて)、絶望的なものだった。筆者はそれから半年もしないうちに勤め先の大学を休職した。精神科で鬱状態を診断され、しばらくのちに自閉スペクトラム症と注意欠如・多動症の診断も受けた。肉体的には脳に大きな動脈瘤が発見されて、緊急手術が迫っていた。休職してしばらくすると、加藤さんが逝去した知らせが入ってきた。筆者は村上研究に復帰できるのかどうかと悩み、苦しんだのだが、内田さんが筆者の初めての論文に与えてくれた、これ以上ないくらいの絶賛と激励を思いだすことで、筆者はこの研究を続行しなければならないと決意した。この本にしても、内田さんからの献身的なコメント——少なくとも一〇点以上——なしには完成に漕ぎつけることはなかった。

本書を第六に林真くんに捧げる。筆者の最初の村上論を校正してくれ、さまざまに意見を寄せてもらったのだが、二〇一八年に執筆したその論文こそが本書の出発点になった。

筆者は不躾者だから、全力を尽くしたこの村上論で、上にあげた人々に感謝の言葉を向けることができて、ほんとうに喜んでいる。そして筆者は第七に本書を、筆者が本書で言及したすべての人々と、編集を担当してくれた文学通信の渡辺哲史さんと、読んでくれたすべての読者に捧げる。それはもちろん、そういうものだろう。不出来なところもあるかもしれないけれど、読んでくれて心からありがとうございます。

研究を進める上では、さまざまな雑誌記事などを参照したが、それらにはこれまでの村上研究でほとんど参照されてこなかったものも含まれている。国立国会図書館に所蔵されていると知って、その雑誌を確認しにいったところ、該当ページが何者かによって切りぬかれていたということもあった。国会図書館に所蔵されておらず、古書店などでコツコツ収集した資料も多い。

本書に先立って刊行した『みんなの宗教2世問題』（晶文社、二〇二三年）の「5章　宗教2世はいかに描かれてきたか――関連する日本の創作物について思うこと」では、村上のカルト宗教への向きあい方について、研究者としてではなく、カルト宗教の家で育った当事者のひとりとして、考えることを述べた。本書には収録しなかった観点を含んでいるので、よかったらご参照いただきたい。

本研究は、JSPS 科研費番号 JP19K00516 の研究成果を含んでいる。助成に感謝を込めて、本書を刊行します。

二〇二三年八月　横道　誠

［初出情報］
第1章は横道（2018）、第2章は横道（2021b）と横道（2018）、第3章は横道（2021c）、第4章は横道（2022c）、第5章は横道（2018）、補論は横道（2022b）、第8章は横道（2018）を初出とし、それぞれ大幅に加筆した。第6章と第7章は本書のために書きおろした。

文献表

（注）引用、言及、あるいは参照を促したものに限定する。

【1】村上春樹の日本語単著

『風の歌を聴け』、講談社、1979年7月
『1973年のピンボール』、講談社、1980年6月（a）
「街と、その不確かな壁」『文學界』1980年2月号、文藝春秋、46–99ページ（b）
「同時代としてのアメリカ3　方法論としてのアナーキズム——フランシス・コッポラと『地獄の黙示録』」、『海』1981年11月号、中央公論社、162–168ページ
『羊をめぐる冒険』、講談社、1982年10月
「羊をめぐる冒険　ぼくらのモダンファンタジー」、『幻想文学』1983年第3号（4月）、幻想文学会出版局、4–14ページ（a）
『中国行きのスロウ・ボート』、中央公論社、1983年5月（b）
『カンガルー日和』、平凡社、1983年9月（c）
「現地体験レポート　ギリシャ古代マラソン・ロード完走記　村上春樹　42.195kmの未踏の大地《テラ・インコグニタ》」、『月刊PENTHOUSE日本版』1983年10月号、講談社、64–71ページ（d）
「佐々木マキ・ショック・1967」、『佐々木マキのナンセンサス世界』、思索社、1984年2月、153–159ページ（a）
「三つのドイツ幻想」、『BRUTUS』1984年4月15日号、7–15, 61–62ページ（b）
「日常的ドイツの冒険」、『BRUTUS』1984年4月15日号、19, 21, 23, 25, 26, 29, 31, 33, 35, 37, 39ページ（c）
『螢・納屋を焼く・その他の短編』新潮社、1984年7月（d）
『世界の終りとハードボイルド・ワンダーランド』、新潮社、1985年6月（a）
「「物語」のための冒険」、『文學界』1985年8月号、文藝春秋、34–86ページ（b）
『回転木馬のデッド・ヒート』、講談社、1985年10月（c）
『パン屋再襲撃』、文藝春秋、1986年4月（a）
「PLAYBOYインタビュー　村上春樹」、『PLAYBOY日本版』1986年5月特大号、集英社、39–53ページ（b）
『'THE SCRAP' ——懐かしの一九八〇年代』、文藝春秋、1987年2月（a）

『ノルウェイの森』全2巻、講談社、1987年9月（b）
『ダンス・ダンス・ダンス』全2巻、講談社、1988年10月
『はいほー！』村上朝日堂、文化出版局、1989年5月
「トニー滝谷」、『文藝春秋』1990年6月号、362–373ページ（a）
『遠い太鼓』、講談社、1990年6月（b）
「自作を語る　短篇小説への試み」、『村上春樹全作品1979～1989　3（短編集1）』、講談社、1990年9月、付録冊子（c）
『村上春樹全作品1979～1989　4（世界の終りとハードボイルド・ワンダーランド）』、講談社、1990年11月（d）
「自作を語る　はじめての書下ろし小説」、『村上春樹全作品1979～1989　4（世界の終りとハードボイルド・ワンダーランド）』、講談社、1990年11月、付録冊子（e）
「自作を語る　補足する物語群」、『村上春樹全作品1979～1989　5（短編集2）』、講談社、1991年1月、付録冊子（a）
「聞き書　村上春樹この10年——1979～1988年」、『村上春樹ブック——文學界4月臨時増刊』、文藝春秋、1991年、35–59ページ（b）
『村上春樹全作品　1979～1989　8（短編集3）』、講談社、1991年7月（c）
『国境の南、太陽の西』、講談社、1992年10月
『やがて哀しき外国語』、講談社、1994年2月（a）
『ねじまき鳥クロニクル　第1部　泥棒かささぎ編』、新潮社、1994年4月（b）
『ねじまき鳥クロニクル　第2部　予言する鳥編』、新潮社、1994年4月（c）
「木を見て森を見ず——「ノルウェイの森」の謎」、『ニュー　ルーディーズ・クラブ』3号、1994年6月17日発行、80–85ページ（d）
「ビーチボーイズ The Beach Boys」『ロックピープル101』、佐藤良明／柴田元幸（編）、新書館、1995年、34–37ページ
『うずまき猫のみつけかた——村上朝日堂ジャーナル』、新潮社、1996年5月（a）
『レキシントンの幽霊』、文藝春秋、1996年11月（b）
『若い読者のための短編小説案内』、文藝春秋、1997年10月
『スプートニクの恋人』、講談社、1999年4月（a）
『もし僕らのことばがウィスキーであったなら』、村上陽子（写真）、平凡社、1999年12月（b）
『神の子どもたちはみな踊る』、新潮社、2000年2月（a）
『「そうだ、村上さんに聞いてみよう」と世間の人々が村上春樹にとりあえずぶっつける282の大疑問に果たして村上さんはちゃんと答えられるのか？』、安西水丸（絵）、朝日新聞社、2000年8月（b）

『村上ラヂオ』、大橋歩（画）、マガジンハウス、2001年6月
『海辺のカフカ』全2巻、新潮社、2002年9月（a）
『村上春樹全作品 1990～2000　2（国境の南、太陽の西　スプートニクの恋人）』、講談社、2003年1月（a）
『少年カフカ　村上春樹編集長』、新潮社、2003年6月（b）
『アフターダーク』、講談社、2004年9月
『象の消滅――短篇選集 1980～1991』、新潮社、2005年3月（a）
『東京奇譚集』、新潮社、2005年9月（b）
『「これだけは、村上さんに言っておこう」と世間の人々が村上春樹にとりあえずぶっつける330の質問に果たして村上さんはちゃんと答えられるのか？』、安西水丸（絵）、朝日新聞社、2006年3月（a）
「村上朝日堂ホームページ」、2006年3月（b）（http://opendoors.asahi.com/asahido/）※すでに公開停止
『「ひとつ、村上さんでやってみるか」と世間の人々が村上春樹にとりあえずぶっつける490の質問に果たして村上さんはちゃんと答えられるのか？』、安西水丸（絵）、朝日新聞社、2006年11月（c）
『村上かるた――うさぎおいしーフランス人』、安西水丸（絵）、文藝春秋、2007年3月（a）
『走ることについて語るときに僕の語ること』、文藝春秋、2007年10月（b）
『1Q84』BOOK1、新潮社、2009年5月（a）
『1Q84』BOOK2、新潮社、2009年5月（b）
「『1Q84』への30年――村上春樹氏インタビュー（上）」、『読売新聞』2009年6月16日朝刊、23面（c）
『めくらやなぎと眠る女』、新潮社、2009年11月（d）
「魂のソフト・ランディングのために――21世紀の「物語」の役割」、小澤英実（聞き手）、『ユリイカ』2010年1月増刊号、青土社、8–21ページ（a）
『1Q84』BOOK3、新潮社、2010年4月（b）
「村上春樹ロングインタビュー」、松家仁之（聞き手）、菅野健児（撮影）、『考える人』2010年夏号、新潮社、13–101ページ（c）
『夢を見るために毎朝僕は目覚めるのです――村上春樹インタビュー集 1997～2009』、文藝春秋、2010年9月（d）
『村上春樹雑文集』、新潮社、2011年1月
『パン屋を襲う』、カット・メンシック（イラストレーション）、新潮社、2013年2月（a）
『色彩を持たない多崎つくると、彼の巡礼の年』、文藝春秋、2013年4月（b）

『女のいない男たち』、文藝春秋、2014年4月
『村上さんのところ——コンプリート版』（電子書籍）、フジモトマサル（挿画）、新潮社、2015年7月（a）
『職業としての小説家』、スイッチ・パブリッシング、2015年9月（b）
『騎士団長殺し』全2巻、新潮社、2017年2月
「秋の夜長は村上ソングズで」、『村上RADIO』第2回、2018年10月21日（https://www.tfm.co.jp/murakamiradio/index_20181021.html）
「今夜はアナログ・ナイト！」、『村上RADIO』第4回、2019年2月10日（https://www.tfm.co.jp/murakamiradio/index_20190210.html）（a）
「The Beatle Night」、『村上RADIO』第6回、2019年6月16日（https://www.tfm.co.jp/murakamiradio/index_20190616.html）（b）
「村上JAM Special Night ②」、『村上RADIO』第8回、2019年9月1日（https://www.tfm.co.jp/murakamiradio/index_20190901.html）（c）
「歌詞を訳してみました」、『村上RADIO』第9回、2019年10月13日（https://www.tfm.co.jp/murakamiradio/index_20191013.html）（d）
『猫を棄てる——父親について語るとき』、高妍（絵）、文藝春秋、2020年4月（a）
「言語交換ソングズ」、『村上RADIO』第13回、2020年4月26日（https://www.tfm.co.jp/murakamiradio/index_20200426.html）（b）
『一人称単数』、文藝春秋、2020年7月（c）
「5分で聴けちゃうクラシック音楽」、『村上RADIO』第17回、2020年9月13日（https://www.tfm.co.jp/murakamiradio/index_20190901.html）（d）
「秋のジャズ大吟醸」、『村上RADIO』第18回、2020年10月25日（https://www.tfm.co.jp/murakamiradio/index_20201025.html）（e）
『古くて素敵なクラシック・レコードたち』、文藝春秋、2021年6月（a）
「クラシック音楽が元ネタ（ロシア人作曲家編）」、『村上RADIO』第25回、2021年6月27日（https://www.tfm.co.jp/murakamiradio/index_20210627.html）（b）
「Music in MURAKAMI～村上作品に出てくる音楽～」、『村上RADIO』第27回、2021年8月29日（https://www.tfm.co.jp/murakamiradio/index_20210829.html）（c）
「日常的ドイツの冒険」、『BRUTUS』、2021年10月15日号（https://brutus.jp/tag/日常的ドイツの冒険 by 村上春樹）（d）
「Music in MURAKAMI～村上作品に出てくる音楽～」、『村上RADIO』第29回、2021年10月31日（https://www.tfm.co.jp/murakamiradio/index_20211031.html）（e）
「村上の世間話」、『村上RADIO』第30回、2021年11月28日（https://www.tfm.co.jp/murakamiradio/index_20211128.html）（f）
「マイ・フェイバリットソングズ&村上さんに聞いてみよう」、『村上RADIO』第43回、2022年10月30日（https://www.tfm.co.jp/murakamiradio/index_20221030.html）

『街とその不確かな壁』、タダジュン（装画）、新潮社、2023年

【2】村上春樹の日本語共著（村上を第一著者としない村上の共著は【4】に挙げる）

村上春樹／川本三郎「私の文学を語る――インタビュー」、『カイエ』1979年8月号、冬樹社
村上春樹／安西水丸『象工場のハッピーエンド』、CBS・ソニー出版、1983年
村上春樹／安西水丸『村上朝日堂』、若林出版企画、1984年
村上春樹／佐々木マキ『羊男のクリスマス』、講談社、1985年
村上春樹／安西水丸『村上朝日堂の逆襲』、朝日新聞社、1986年
村上春樹／安西水丸『ランゲルハンス島の午後』、光文社、1986年
村上春樹／安西水丸『夜のくもざる――村上朝日堂超短篇小説』、平凡社、1995年
村上春樹／柴田元幸『翻訳夜話』、文藝春秋、2000年
村上春樹／柴田元幸『翻訳夜話2――サリンジャー戦記』、文藝春秋、2003年
村上春樹／湯川豊／小山鉄郎「ロング・インタビュー――『海辺のカフカ』を語る」、『文學界』2003年4月号、文藝春秋、10–42ページ
村上春樹／柴田元幸「共同体から受け継ぐナラティヴ」、マキシーン・ホン・キングストン『チャイナ・メン』、藤本和子（訳）、新潮社、2016年、541–553ページ
村上春樹／川上未映子『みみずくは黄昏に飛びたつ』、新潮社、2017年

【3】村上作品の外国語訳、および村上が英語で発表した著作

Murakami, Haruki, „Der Untergang des Römischen Reiches – Der Indianeraufstand von 1881– Hitlers Einfall in Polen – Und die Sturmwelt“, Übersetzt von Jürgen Stalph, *Die Neue Rundschau* 98 (2), Berlin / Frankfurt (S. Fischer) , 1987, S. 59–64
—, *Norwegian Wood.* 2 vols. Translated by Alfred Birnbaum. Tokyo (Kodansha), 1989
—, *Hard-Boiled Wonderland and the End of the World. A Novel.* Translated by Alfred Birnbaum. Tokyo/New York/London(Kodansha International), 1991（a）
—, *Wilde Schafsjagd: Roman.* Aus dem Japanischen übertragen von Annelie Ortmanns-Suzuki und Jürgen Stalph. Frankfurt am Main (Insel), 1991（b）

—, *La fin des temps:Roman.* Traduit du japonais par Corinne Atlan. Seuil (Paris), 1992
村上春樹《世界末日與冷酷異境》（賴明珠譯）、台北：時報文化、1994（e）
Murakami, Haruki, *Hard-boiled Wonderland und das Ende der Welt:* Roman. Aus dem Japanischen von Annelie Ortmanns und Jürgen Stalph. Mit einem Nachwort von Jürgen Stalph. Frankfurt am Main (Insel), 1995
—, *South of the Border, West of the Sun.* Translated by Philip Gabriel. New York (Vintage): 1998（a）
—, *Mister Aufziehvogel.* Aus dem Englischen von Giovanni Bandini und Ditte Bandini. Köln (DuMont), 1998（b）
—, *Gefährliche Geliebte.* Übersetzt von Giovanni Bandini und Ditte Bandini. Dumont: Köln (DuMont), 2000（a）
—, *Norwegian Wood.* Translated from the Japanese by Jay Rubin. New York (Vintage), 2000（b）
—, *Gefährliche Geliebte.* Aus dem Englischen von Giovanni Bandini und Ditte Bandini. Köln (DuMont), 2000
村上春树《世界尽头与冷酷仙境》（林少华译）、上海：（上海译文出版社）, 2002（b）
Murakami, Haruki, *La fine del mondo e il paese delle meraviglie.* Traduzione di Antonietta Pastore. Milano (Baldini & Castoldi), 2002
Мураками, Харуки, *Страна Чудес без тормозов и Конец света.* Перевод с японского Дмитрия Коваленина. Москва (Эксмо), 2003.
Murakami, Haruki, *Kafka am Strand.* Übersetzt von Ursula Gräfe. Köln (DuMont), 2004
—, *Kafka on the Shore.* Translated from the Japanese by Philip Gabriel. New York (Vintage), 2005
—, *Blind Willow, Sleeping Woman: Twenty-Four Stories.* Translated from the Japanese by Philip Gabriel and Jay Rubin. New York (Alfred A. Knopf), 2006
—, *Hard-boiled Wonderland und das Ende der Welt. Roman.* Aus dem Japanischen von Annelie Ortmanns. München (btb), 2007 (a)
—, "Jazz Messenger," Translated by Jay Rubin, *The New York Times*, 08.07.2007.（https://www.nytimes.com/2007/07/08/books/review/Murakami-t.html）(b)
—, *Blinde Weide, schlafende Frau.* Übersetzt von Ursula Gräfe. München (btb), 2008
—, *El fin del mundo y un despiadado país de las maravillas.* Traducción del japonés de Lourdes Porta. Barcelona (Tusquets), 2009
—, *1Q84.* Translated from the Japanese by Jay Rubin and Philip Gabriel. New York (Alfred A. Knopf), 2011
—, *Die Bäckereiüberfälle.* Mit Illustrationen von Kat Menschik, aus dem Japanischen von Damian Larens. Köln (DuMont), 2012
—, *Südlich der Grenze, westlich der Sonne.* Übersetzt von Ursula Gräfe. Köln (DuMont), 2013
—, "Introduction", *The Penguin Book of Japanese Short Stories.* Introduced by Haruki Murakami. Edited and with notes by Jay Rubin. London

(Penguin), 2018

【4】その他の日本語文献

アーヴィング、ジョン『熊を放つ』、村上春樹（訳）、中央公論社、1986年
アイザックソン、ウォルター『スティーブ・ジョブズ』全2巻、井口耕二（訳）、講談社、2011年
アウエルバッハ、エーリヒ『ミメーシス――ヨーロッパ文学における現実描写』、篠田一士／川村二郎（訳）、筑摩書房、1967年
同『世界文学の文献学』、高木昌史／岡部仁／松田治（共訳）、みすず書房、1998年
明里千章『村上春樹の映画記号学』、若草書房、2008年
秋草俊一郎『アメリカのナボコフ――塗りかえられた自画像』、慶應義塾大学出版会、2018年
同『「世界文学」はつくられる――1827–2020』、東京大学出版会、2020年
東浩紀『ゲーム的リアリズムの誕生――動物化するポストモダン2』、講談社、2007年
同『セカイからもっと近くに――現実から切り離された文学の諸問題』、東京創元社、2013年
同『クォンタム・ファミリーズ』、新潮社、2009年
東浩紀／伊藤剛／神山健治／桜坂洋／新海誠／新城カズマ／夏目房之介／西島大介『コンテンツの思想――マンガ・アニメ・ライトノベル』、青土社、2007年
東浩紀／市川真人／大澤聡／福嶋亮大『現代日本の批評1975–2001』、講談社、2017年
東浩紀／市川真人／大澤聡／佐々木敦／さやわか『現代日本の批評2001–2016』、講談社、2018年
アップダイク『一人称単数』、寺門泰彦（訳）、新潮社、1977年
阿部翔太「村上春樹『ノルウェイの森』論――反復《リプリーズ》する物語と音楽」、『近代文学試論』56号、広島大学近代文学研究会（編）、2018年、1–12ページ
安倍吉俊「今やっている仕事の紹介とちょっと訂正」、ABlog、2009年5月21日（http://abworks.blog83.fc2.com/blog-entry-596.html）
池澤夏樹（個人編集）『世界文学全集』全30巻、河出書房新社、2007–2011年
石川賢とダイナミックプロ『魔獣戦線』、双葉社、1976–1977年
糸井重里／村上春樹『夢で会いましょう』、冬樹社、1981年

糸井重里（原作）／湯村輝彦（作画）『情熱のペンギンごはん』、情報センター出版局、1980年
今井清人『村上春樹――OFFの感覚』、国研出版、1990年
岩波明『精神科医が読み解く名作の中の病』、新潮社、2013年
ウィルソン、ブライアン／グリーンマン、ベン『ブライアン・ウィルソン自伝』、松永良平（訳）、DU BOOKS、2019年
内田樹『村上春樹にご用心』、アルテスパブリッシング、2007年
宇野常寛『ゼロ年代の想像力』、早川書房、2008年
同『リトル・ピープルの時代』、幻冬舎、2011年
同『砂漠と異人たち』、朝日新聞出版、2022年
浦澄彬『村上春樹を歩く――作品の舞台と暴力の影』、彩流社、2000年
ウルフ、バートン・H『ザ・ヒッピー――フラワー・チルドレンの反抗と挫折』、飯田隆昭（訳）、国書刊行会、2012年
エイメ、マルセル『壁抜け男』、中村真一郎（訳）、早川書房、1963年
江藤淳『アメリカと私』、朝日新聞社、1965年
同『成熟と喪失――“母”の崩壊』、河出書房新社、1967年
同『江藤淳全対話』第2巻、小沢書店、1974年
江藤淳／大岡昇平／河盛好蔵／白井浩司／中村光夫「座談会　外國文學の毒」、『新潮』1965年1月号、新潮社、40–67ページ
圓月優子「村上春樹の翻訳観とその実践――「文学四重奏団」から「レーダーホーゼン」へ」、『言語文化』第12巻第4号、同志社大学言語文化学会運営編集委員会（編）、2010年、597–617ページ
遠藤伸治「三つのドイツ幻想」、『村上春樹作品研究事典　増補版』、鼎書房、2007年、209ページ
円堂都司昭『戦後サブカル年代記――日本人が愛した「終末」と「再生」』、青土社、2015年
旺文社教育情報センター「50年間で大学数・学生数とも倍増!」、2020年。〈https://eic.obunsha.co.jp/resource/viewpoint-pdf/202011.pdf〉
大井浩一『村上春樹をめぐるメモらんだむ　2019–2021』、毎日新聞出版、2021年
大江健三郎『死者の奢り』、文藝春秋、1958年（a）
同『芽むしり仔撃ち』、講談社、1958年（b）
同『われらの時代』、中央公論社、1959年
同『孤独な青年の休暇』、新潮社、1960年

同『性的人間』、新潮社、1963年
同『日常生活の冒険』、文藝春秋、1964年（a）
同『個人的な体験』、新潮社、1964年（b）
同『万延元年のフットボール』、講談社、1967年
同『われらの狂気を生き延びる道を教えよ』、新潮社、1969年
同『みずから我が涙をぬぐいたまう日』、講談社、1972年
同『洪水はわが魂に及び』、新潮社、1973年（a）
同「破壊者ウルトラマン」、『世界』1973年5月号、岩波書店、154–162ページ（b）
同『ピンチランナー調書』、新潮社、1976年
同『同時代ゲーム』、新潮社、1979年（a）
同「実力と表現を強くもとめる主題」、『文藝春秋』1979年9月号、文藝春秋（b）
同「個性ある三作家」、『文藝春秋』1980年9月号、文藝春秋、312–313ページ
同『新しい人よ眼ざめよ』、講談社、1983年
同「きちょうめんな冒険家」『中央公論』1985年11月号、中央公論新社、585ページ
同「戦後文学から今日の窮境まで――それを経験してきた者として」、『世界』1986年3月号、岩波書店、238–248ページ
同『懐かしい年への手紙』、講談社、1987年
同『最後の小説』、講談社、1988年（a）
同『キルプの軍団』、岩波書店、1988年（b）
同『燃えあがる緑の木』全3巻、新潮社、1993–1995年
同『大江健三郎小説』全10巻、新潮社、1996–1997年
同『作家自身を語る』、尾崎真理子（聞き手・構成）、新潮社、2007年（a）
同『読む人間――大江健三郎読書講義』、集英社、2007年（b）
同『臈たしアナベル・リイ総毛立ちつ身まかりつ』、新潮社、2007年（c）
同『大江健三郎全小説』全15巻、講談社、2018–2019年
大江健三郎／筒井康隆／丸谷才一「座談会　読書と人生」、『小説トリッパー』2011年春季号、91–101ページ
大澤真幸『サブカルの想像力は資本主義を超えるか』、角川書店、2018年

小澤征爾／村上春樹『小澤征爾さんと、音楽について話をする』、新潮社、2011年
大塚英志『物語論で読む村上春樹と宮崎駿――構造しかない日本』、角川書店、2009年
大森望／豊﨑由美『村上春樹「騎士団長殺し」メッタ斬り！』、2017年
岡琢哉／神尾陽子「2―vi：心の問題を抱えやすい発達障害」、『「こころの健康教室サニタ」心の健康発達・成長支援マニュアル2020』、2020年（https://sanita-mentale.jp/pdf/support-manual/20200219_10_support-manual-2-6.pdf）
小川公代『ケアの倫理とエンパワメント』、講談社、2021年
ガーランド、グニラ『ずっと「普通」になりたかった。』、ニキ・リンコ（訳）、花風社、2000年
風間賢二「村上春樹とスティーヴン・キング」、『ユリイカ』1989年6月増刊号、青土社、118–124ページ
ガスカール、ピエール『けものたち・死者の時』、渡辺一夫／佐藤朔／二宮敬（訳）、岩波書店、1955年
加藤典洋「自閉と鎖国――一九八二年の風の歌」、『文藝』1983年2月号、河出書房新社、212–225ページ
同「解説」『万延元年のフットボール』、講談社、1988年
同『イエローページ村上春樹――作品別（1979～1996）』、荒地出版社、1996年
同『イエローページ村上春樹 part2――作品別（1995→2004）』、荒地出版社、2004年（a）
同『テクストから遠く離れて』、講談社、2004年（b）
同『小説の未来』、朝日新聞社、2004年（c）
同『文学地図――大江と村上と二十年』、朝日新聞出版、2008年
同「四つの批評の力」、紀伊國屋書店、2009年3月9日（https://www.kinokuniya.co.jp/c/20090309103226.html）
同『村上春樹の短編を英語で読む1979～2011』、講談社、2011年
同『村上春樹は、むずかしい』、岩波書店、2015年
柄谷行人『日本近代文学の起源』、講談社、1980年
同『終焉をめぐって』、福武書店、1990年
同『近代文学の終わり・柄谷行人の現在』、インスクリプト、2005年
柄谷行人／大塚英志「「努力目標」としての近代を語る」、『新現実』05号、太田出版、2008年
河合隼雄／村上春樹『村上春樹、河合隼雄に会いにいく』、岩波書店、1996年
辛島デイヴィッド『Haruki Murakamiを読んでいるときに我々が読んでいる者たち』、みすず書房、2018年
川本三郎「「自閉の時代」の作家たち」、『群像』1982年5月号、講談社、448–456ページ

同「海辺のカフカ上・下」、『週刊朝日』2002年10月18日、朝日新聞出版、115–116ページ
同『村上春樹論集成』、若草書房、2006年
川本三郎／村上春樹「対話　R・チャンドラーあるいは都市小説について」、『ユリイカ』1982年7月号、青土社、110–135ページ
栗原裕一郎（編著）『村上春樹の100曲』、立東舎、2018年
クルツィウス、エルンスト・ローベルト『ヨーロッパ文学とラテン中世』、南大路振一／岸本通夫／中村善也（訳）、みすず書房、1971年
クローニン、A・J『地の果てまで』、竹内道之助（訳）、三笠書房、1972年
桑野隆『生きることとしてのダイアローグ――バフチン対話思想のエッセンス』、岩波書店、2021年
高美哿「「映画的翻訳」としてのアダプテーション――市川準の『トニー滝谷』」、『言語文化』36号、明治学院大学言語文化研究所（編）、2019年、34–48ページ
小島基洋「村上春樹『1973年のピンボール』論――フリッパー、配電盤、ゲーム・ティルト、リプレイあるいは、双子の女の子、直子、くしゃみ、『純粋理性批判』の無効性」、『札幌大学総合論叢』27号、2009年、23–39ページ
同『村上春樹と《鎮魂》の詩学――午前8時25分、多くの祭りのために、ユミヨシさんの耳』、青土社、2017年
小森陽一『歴史認識と小説――大江健三郎論』、講談社、2002年
同『村上春樹論――『海辺のカフカ』を精読する』、平凡社、2006年
小谷野敦『病む女はなぜ村上春樹を読むか』、ベストセラーズ、2014年
同『江藤淳と大江健三郎――戦後日本の政治と文学』、筑摩書房、2015年
斎藤環『解離のポップ・スキル』、勁草書房、2004年
同「「映画という謎」の分有」、『美術手帖』2007年10月号、92–97ページ
同（著＋訳）『オープンダイアローグとは何か』、医学書院、2015年
同「坂口恭平――健康生成としての創造」、『精神神経学雑誌』122（1）号、日本精神神経学会（編）、2020年、48ページ
同「発達障害当事者の感覚世界」、『日本経済新聞』2021年6月5日（土）朝刊、28面
サヴァリーズ、ラルフ・ジェームズ『嗅ぐ文学、動く言葉、感じる読書――自閉症者と小説を読む』、岩坂彰（訳）、みすず書房、2021年
佐々木甚一／佐多稲子／島尾敏雄／丸谷才一／吉行淳之介「選評」、『群像』1979年6月号、講談社、115–119ページ
佐々木直樹「ポップな画風に潜む孤独「ハートカクテル」連載から35年　わたせせいぞう作品展」、ARTNE、2018年9月14日（https://

artne.jp/report/1688）
佐々木マキ『うみべのまち——佐々木マキのマンガ 1967～81』、太田出版、2011 年。
ササキバラ・ゴウ「美少女ゲームの起源」佐藤心／東浩紀（聞き手）、『美少女ゲームの臨界点——波状言論臨時増刊号 2004 summer』、波状言論、2004 年、40–77 ページ
定成寛「バーニング」、『JAZZ JAPAN』102 号、2019 年 1 月 21 日、ジャズジャパン、136 ページ
佐藤心「すべての生を祝福する『AIR』」、『美少女ゲームの臨界点——波状言論臨時増刊号 2004 summer』、波状言論、2004 年、176–191 ページ
佐藤友哉『フリッカー式——鏡公彦にうってつけの殺人』、講談社、2001 年
同『世界の終わりの終わり』角川書店、2007 年
三瓶愼一「日本における成人によるドイツ語学習動機について——ドイツ語母語話者のドイツ語離れとの関連で」、『慶應義塾大学日吉紀要　ドイツ語学・文学』55 号、2018 年、125–158 ページ
塩濱久雄『村上春樹はどう誤訳されているか？——村上春樹を英語で読む』、若草書房、2007 年（a）
同『『ノルウェイの森』を英語で読む』、若草書房、2007 年（b）
同『村上春樹を英語で読む——『海辺のカフカ』』、若草書房、2008 年
時事ドットコム「カフカ賞授賞式に出席」、時事ドットコム、2006 年（https://www.jiji.com/jc/v2?id=murakami-haruki_19）
柴田元幸「『アメリカの鱒釣り』革命」、リチャード・ブローティガン『アメリカの鱒釣り』、藤本和子（訳）、新潮社、2005 年、261–268 ページ
同『翻訳教室』、新書館、2006 年
柴田元幸／沼野充義／藤井省三／四方田犬彦（編）『世界は村上春樹をどう読むか——A Wild Haruki Chase』、文藝春秋、2006 年
柴山雅俊『解離の舞台——症状構造と治療』、金剛出版、2017 年
シャイラー・ウィリアム『第三帝国の興亡』、井上勇（訳）、第 5 巻、東京創元社、1961 年
週刊アサヒ芸能「村上春樹ドイツ大麻パーティー」、『週刊アサヒ芸能』2014 年 8 月 14／21 日合併特大号、徳間書店、3–7、52–56 ページ
週刊文春「国境の南、太陽の西　名物編集長安原顯が噛みついた——村上春樹はハーレクイン・ロマンスだ」、『週刊文春』1992 年 12 月 10 日号、文藝春秋、228–230 ページ（a）
週刊文春「村上春樹「国境の南、太陽の西」を語る」、『週刊文春』1992 年 12 月 10 日号、文藝春秋、231–232 ページ（b）

シュタルフ、ユルゲン「ドイツの村上春樹」、『國文學　解釈と教材の研究』、1995年3月号、學燈社、104–108ページ
邵丹『翻訳を産む文学、文学を産む翻訳——藤本和子、村上春樹、SF小説家と複数の訳者たち』、松柏社、2022年
新海誠「新海誠と村上春樹について」、『新海誠、その作品と人。』、スペースシャワーネットワーク（編）、スペースシャワーネットワーク、2016年、60–61ページ（a）
同「みなさまの質問にお応えいただきました」、『君の名は。 Pamphlet vol.2: Collection of interviews』、東宝映像事業部、2016年、35–41ページ（b）
杉山登志郎『杉山登志郎著作集1——自閉症の精神病理と治療』、日本評論社、2011年
セロー、ポール『ワールズ・エンド（世界の果て）』、文藝春秋、1987年
セロー、マーセル『極北』、中央公論新社、2012年
高取英「幻想のアメリカ少年は中産階級の友が好きだった——僕たちの時代①村上春樹インタビュー」、『宝島』1981年11月号、JICC出版局、106–111ページ
高橋源一郎『さようなら、ギャングたち』、講談社、1982年
同『日本文学盛衰史』、講談社、2001年
同『今夜はひとりぼっちかい？——日本文学盛衰史・戦後文学篇』、講談社、2018年
竹田青嗣『ニューミュージックの美神たち——LOVE SONGに聴く美《エロス》の夢』、飛鳥新社、1989年
ダムロッシュ、デイヴィッド『世界文学とは何か？』、秋草俊一郎／奥彩子／桐山大介／小松真帆／平塚隼介／山辺弦（訳）、沼野充義（解説）、国書刊行会、2011年
近田春夫『考えるヒット2』、文藝春秋、1999年
千野拓政「村上春樹と東アジア文化圏——その越境が意味するもの」、『Waseda RILAS journal』2号、早稲田大学総合人文科学研究センター（編）、2014年、143–156ページ
チャンドラー、レイモンド『ロング・グッドバイ』、村上春樹（訳）、早川書房、2007年
司修『壊す人からの司令——司修画集』、小沢書店、1980年
同『Ōe——60年代の青春』、白水社、2015年
柘植光彦「メディアとしての『井戸』——村上春樹はなぜ河合隼雄に会いにいったか」、『國文学　解釈と教材の研究』1998年2月臨時増刊、學燈社、50–54ページ
筒井康隆『ベトナム観光公社』、早川書房、1967年

同『霊長類 南へ』、講談社、1969年
同『脱走と追跡のサンバ』、早川書房、1971年（a）
同『日本列島七曲り』、徳間書店、1971年（b）
同『家族八景』、新潮社、1972年
同『七瀬ふたたび』、新潮社、1975年
同『エディプスの恋人』、新潮社、1977年
同「付録」（月報）、『筒井康隆全集16』、新潮社、1984年
同『旅のラゴス』、徳間書店、1986年
同『朝のガスパール』、朝日新聞社、1992年
同『陰悩録――リビドー短編集』、角川書店、2006年
同『創作の極意と掟』、講談社、2014年
同『筒井康隆、自作を語る』、日下三蔵（編）、早川書房、2018年
坪内祐三『アメリカ――村上春樹と江藤淳』、扶桑社、2007年
土居豊『ハルキとハルヒ――村上春樹と涼宮ハルヒを解読する』、大学教育出版、2012年
遠山義孝「ドイツにおける現代日本文学の受容――村上春樹の場合」、『明治大学教養論集』347号、2001年、83–104ページ
都甲幸治『偽アメリカ文学の誕生』、水声社、2009年
ドストエフスキー、フョードル『ドストエフスキー全集』、江川卓／工藤精一郎／原卓也ほか（訳）、全27巻、新潮社、1978–1980年
永井豪とダイナミックプロ『デビルマン』、講談社、1972–1973年
中上健次『中上健次電子全集15　増殖する物語世界（未完作品群）』、小学館、2017年
同『南回帰船』、角川書店、2005年
中上健次ほか『オン・ザ・ボーダー――最新エッセイ＋対談 1982～1985』、トレヴィル、1986年
永瀬開／田中真理「ある自閉症スペクトラム障害者におけるユーモア表出の特徴――ユーモア表出時の他者理解の様子から」、『教育ネットワークセンター年報』12号、東北大学大学院教育学研究科（編）、2012年、79–87ページ
仲俣暁生『文学――ポスト・ムラカミの日本文学』、朝日出版社、2002年
同『極西文学論――West way to the world』、晶文社、2004年
ナカムラクニオ／道前宏子『さんぽで感じる村上春樹』、ダイヤモンド社、2014年

ナジタ、テツオ／前田愛／神島二郎（編）『戦後日本の精神史――その再検討』岩波書店、1988年
西田谷洋『ファンタジーのイデオロギー――現代日本アニメ研究』、ひつじ書房、2014年
西村賢太『随筆集　一私小説書きの弁』、講談社、2010年
野谷文昭「『世界の終りとハードボイルド・ワンダーランド』論――「僕」と「私」のデジャヴ」、『國文學――解釈と教材の研究』第40巻第4号、學燈社、1995年、50–56ページ
蓮實重彦『大江健三郎論』、青土社、1980年
同『小説から遠く離れて』、日本文芸社、1989年
ハッチオン、リンダ『アダプテーションの理論』、片渕悦久／鴨川啓信／武田雅史（訳）、晃洋書房、2012年
バフチン、ミハイル『ドストエフスキーの詩学』、望月哲男／鈴木淳一（訳）、筑摩書房、1995年
濱口竜介／野崎歓「対談　異界へと誘う、声と沈黙」、『文學界』2021年9月号、文藝春秋、94–109ページ
林信蔵「「相同性の誘惑」の世界文学に向って――永井荷風と村上春樹の文学における〈音楽〉」、『立命館言語文化研究』30号、立命館大学国際言語文化研究所（編）、2018年、113–127ページ
パステル総研「もう困らない！「0か100か思考」の発達障害の子どもとの上手な付き合い方」、パステル総研、2021年9月7日（https://desc-lab.com/8062/）
久居つばき／くわ正人『象が平原に還った日――キーワードで読む村上春樹』、新潮社、1991年
日地谷＝キルシュネライト、イルメラ「村上春樹をめぐる冒険――〝文学四重奏団〟の不協和音」、『世界』2001年1月号、岩波書店、193–199ページ
平野芳信『村上春樹――人と文学』、勉誠出版、2011年
同「デレク・ハートフィールド考――A Wild Heartfield Chase（当てのない追究）」、『京都語文』27号、佛教大学国語国文学会（編）、2019年、50–66ページ
プイグ、マヌエル『蜘蛛女のキス』、野谷文昭（訳）、集英社、1983年
福嶋亮大『復興文化論――日本的創造の系譜』、青土社、2013年
福田和也「ソフトボールのような死の固まりをメスで切り開くこと――村上春樹『ねじまき鳥クロニクル　第1部、第2部』を読む」、『新潮』1994年7月号、新潮社、284–293ページ
同『作家の値うち』、飛鳥新社、2000年

フジーリ、ジム『ペット・サウンズ』、村上春樹（訳）、新潮社、2008年
藤岡寛己「映画『ドライブ・マイ・カー』短評――原作を超えた構想力」、『進歩と改革』2022年4月号、Progress & innovation、63–70ページ
ブラウンズ、アクセル『鮮やかな影とコウモリ――ある自閉症青年の世界』、浅井晶子（訳）、インデックス出版、2005年
ブローティガン、リチャード『アメリカの鱒釣り』、藤本和子（訳）、1975年
本田秀夫『自閉症スペクトラム――10人に1人が抱える「生きづらさ」の正体』、ソフトバンククリエイティブ、2013年
前島賢『セカイ系とは何か――ポスト・エヴァのオタク史』、ソフトバンククリエイティブ、2010年
麻枝准「クリエイターズコラム」、『コンプティーク』、角川書店、2001年2月号、86ページ
松山壽一『科学・芸術・神話――シェリングの自然哲学と芸術-神話論 研究序説』増補改訂版、晃洋書房、2004年
三浦雅士「村上春樹とこの時代の倫理」、『海』1981年11月号、中央公論社、208–219ページ
同「主体の変容または文学の現在」、『海』1982年8月号、中央公論社、262–276ページ
宮尾益知（監修）「ＡＳＤ・ＡＤＨＤ・ＬＤ以外の発達障害――発達性協調運動障害　チック障害・トゥレット症候群　緘黙症・言語障害ＳＬＤ（限局性学習症）」、2020年11月11日（https://www.kaien-lab.com/faq/1-faq-developmental-disorders/others/）
同（監修）「大人のＡＳＤ（自閉スペクトラム症、アスペルガー症候群・広汎性発達障害など）」、2023年（https://www.kaien-lab.com/aboutdd/asd/）※西暦は閲覧年。
宮台真司「物語の欠損に苛立たざるを得ない「実存の欠損」」、『週刊読書人』1997年4月11日、1面。
宮谷尚実「文学版ファーストフードとしての『危険な愛人』――ドイツにおける『国境の南、太陽の西』の変容と受容」、『Aspekt――立教大学ドイツ文学科論集』34号、立教大学ドイツ文学研究室（編）、2001年、279–288ページ
宮脇俊文「村上春樹とJAZZのクールな関係」、ニッポンドットコム、2021年4月21日（https://www.nippon.com/ja/japan-topics/g01047/）
ムジール、ローベルト『特性のない男』、高橋義孝／圓子修平（訳）、新潮社、1964–1966年
村上もとか『赤いペガサス』全14巻、小学館、1977–1980年
村上龍『コインロッカー・ベイビーズ』、講談社、1980年
同『愛と幻想のファシズム』講談社、1987年
村上龍／松本健一「「私」に何ができるか」、『広告批評』1982年3月号、マドラ出版、47–59ページ
村上龍／村上春樹『ウォーク・ドント・ラン』、講談社、1981年

村瀬興雄『世界の歴史15――ファシズムと第二次大戦』、中央公論社、1962年
森直人「バーニング」、『映画秘宝』2019年2月号、81ページ
森本隆子「国境の南、太陽の西」、『村上春樹作品研究事典　増補版』、鼎書房、2007年、68–73ページ
文部科学省「特別支援教育　1.はじめに」、2020年（https://www.mext.go.jp/a_menu/shotou/tokubetu/001.htm）
山「バーニング　劇場版」、『毎日新聞』、2019年2月1日夕刊、7面
山岸凉子『日出処の天子』全11巻、白泉社、1980–1984年
山口昌男『文化と両義性』、岩波書店、1975年
山根由美恵『村上春樹――「物語」の認識システム』、若草書房、2007年
同「二つの「納屋を焼く」――同時存在の世界から「物語」へ」『広島大学大学院文学研究科論集』69号、2009年、59–71ページ
同「「世界文学」としての「バーニング」――村上春樹「納屋を焼く」を超えて」、『広島大学大学院文学研究科論集』79号、2019年、51–71ページ
同「『BRUTUS』から見る村上春樹「三つのドイツ幻想」――「幻想」（ためらい）を生み出す現実《リアル》」、『層――映像と表現』14号、北海道大学大学院文学研究院映像・現代文化論研究室（編）、2022年、94–113ページ
論「バーニング　劇場版」、『毎日新聞』、2019年2月1日夕刊、7面
横道誠「村上春樹『世界の終りとハードボイルド・ワンダーランド』の3つの論点――7つの翻訳（英訳、フランス語訳、2つの中国語訳、ドイツ語訳、イタリア語訳、スペイン語訳）、ポップカルチャーの変質とセカイ系の現状（あるいは新しい文学史の希求）、大江健三郎の「ファン」としての村上」、『MURAKAMI REVIEW』0号、村上春樹研究フォーラム（編）、2018年、1–92ページ
同『みんな水の中――「発達障害」自助グループの文学研究者はどんな世界に棲んでいるか』、医学書院、2021年（a）
同「村上春樹と筒井康隆――世界的作家の宿命を超えた関係」、『村上春樹における運命』、中村三春（監修）、曾秋桂（編集）、淡江大學出版中心、2021年（b）、169–194ページ
同「村上春樹の渡独体験――「三つのドイツ幻想」と「日常的ドイツの冒険」を中心とした考察」、『MURAKAMI REVIEW』3号、村上春樹研究フォーラム（編）、2021年（c）、1–25ページ
同『イスタンブールで青に溺れる――発達障害者の世界周航記』、文藝春秋、2022年（a）
同「村上春樹と「脳の多様性」――当事者批評（逆病跡学）と健跡学を実践する」、『MURAKAMI REVIEW』4号、村上春樹研究フォーラム（編）、2022年（b）、57-86ページ
同「村上春樹『国境の南、太陽の西』の新旧ドイツ語訳」、『我々の星のハルキ・ムラカミ文学――惑星的思考と日本的思考』、小島基洋、

山﨑真紀子、髙橋龍夫、横道誠（編）、彩流社、2022年（c）、51–76ページ
横道誠／村上靖彦「異なる世界をつなぐ創作と研究」、『週間読書人』、2021年、4月1日、8面
横山政男「群像新人文学賞＝村上春樹さん（29歳）は、レコード三千枚所有のジャズ喫茶店主」、『週刊朝日』1979年5月4日号、146–147ページ
吉田大助（取材・文）「新海誠を作った14冊」、『ダ・ヴィンチ』2016年9月号、KADOKAWA、190–193ページ
吉行淳之介「一つの収穫」、『群像』1979年6月号、119ページ
米田衆介『アスペルガーの人はなぜ生きづらいのか？ 大人の発達障害を考える』、講談社、2011年
ルービン、ジェイ『ハルキ・ムラカミと言葉の音楽』、畔柳和代（訳）、新潮社、2006年
ル＝グウィン、アーシュラ・K『ゲド戦記1 影との戦い』、岩波書店、1976年
同『空飛び猫』村上春樹（訳）、S・D・シンドラー（絵）、講談社、1993年
王海藍《ワンハイラン》『村上春樹と中国』、アーツアンドクラフツ、2012年
BRUTUS「巨大特集 ドイツの「いま」を誰も知らない」、『BRUTUS』1984年4月15日号、マガジンハウス
BRUTUS「特集 村上春樹 下「聴く。観る。集める。食べる。飲む。」編」、『BRUTUS』2021年11月1日号、マガジンハウス、18–91ページ
PMGL（漫画）『かえるくん、東京を救う』、村上春樹（原作）、Jcドゥヴニ（翻案）、スイッチ・パブリッシング、2017年

【5】その他の外国語文献

［APA］American Psychiatric Association（編）『DSM-5 精神疾患の診断・統計マニュアル』、日本精神神経学会（日本語版用語監修）、高橋三郎／大野裕（監訳）、医学書院、2014年
Baldick, Chris, *The Oxford Dictionary of Literary Terms.* 3rd edition. Oxford (Oxford University Press), 2008
Berliner Unterwelten e. V., "Bunker und Luftschutzanlagen – Die Berliner Flaktürme," Berliner Unterwelten e. V., 2023 (a) (https://www.berliner-unterwelten.de/verein/forschungsthema-untergrund/bunker-und-ls-anlagen/flaktuerme.html) ※西暦は閲覧年。
Berliner Unterwelten e. V., "Bunker und Luftschutzanlagen – Vorbunker und »Führerbunker," Berliner Unterwelten e. V., 2023 (b) (https://www.berliner-unterwelten.de/verein/forschungsthema-untergrund/bunker-und-ls-anlagen/fuehrerbunker.html) ※西暦は閲覧年。
Dil, Jonathan, *Haruki Murakami and the Search for Self-Therapy: Stories from the Second Basement.* London (Bloomsbury Academic), 2022

Ellis, Danika, "The Most Translated Books from Every Country in the World," Book Riot. 26. August. 2021. (https://bookriot.com/most-translated-books/)

Erotic Art Museum (2002), "Das Museum: 10 Jahre Erotic Art Museum," Erotic Art Museum Paris / Hamburg (http://www.eroticartmuseum.de/)

Gascar, Pierre, *Les bêtes / Le temps des morts.* Paris (Gallimard), 1953

Hamm, Simone, „Murakami neu übersetzt. Weicher, runder, weniger flapsig", Deutschlandfunk, 27. Januar 2014 (https://www.deutschlandfunk.de/murakami-neu-uebersetzt-weicher-runder-weniger-flapsig.700.de.html?dram:article_id=275783)

Hitler, Adolf, *Mein Kampf.* Eine kritische Edition hrsg, von Christian Hartmann / Thomas Vordermayer / Othmar Plöckinger / Roman Töppel. München / Berlin (Institut für Zeitgeschichte), 2016

Messmer, Susanne, „Keine Übersetzung ohne Verluste", *taz*, 9. 3. 2002 (https://taz.de/!1121297/)

〔NAS〕 National Autistic Society, "Obsessions and Repetitive Behaviour – A Guide for All Audiences, "National Autistic Society, 12, 08. 2020 (https://www.autism.org.uk/advice-and-guidance/topics/behaviour/obsessions/all-audiences)

Nietzsche, Friedrich, *Morgenröte; Idyllen aus Messina; Die fröhliche Wissenschaft.* (Kritische Studienausgabe in 15 Einzelbänden, hrsg. von Giorgio Colli und Mazzino Montinari, Bd. 3.) 2., durchgesehene Auflage. München; Berlin / New York (dtv / de Gruyter), 1988 (a)

Nietzsche, Friedrich, *Also sprach Zarathustra I–VI.* (Kritische Studienausgabe in15 Einzelbänden, hrsg. von Giorgio Colli und Mazzino Montinari, Bd. 4.) 2., durchgesehene Auflage. München; Berlin / New York (dtv / de Gruyter), 1988 (b)

Nietzsche, Friedrich, *Der Fall Wagner; Götzen-Dämmerung; Der Antichrist; Ecce homo; Dionysos-Dithyramben; Nietzsche contra Wagner.* (Kritische Studienausgabe in 15 Einzelbänden, hrsg. von Giorgio Colli und Mazzino Montinari, Bd. 6.) 2., durchgesehene Auflage. München; Berlin / New York (dtv / de Gruyter), 1988 (c)

[PIOSB] Press and Information Office of the State of Berlin, "Stadtplan Berlin", 1962

Poiss, Thomas, „Zwei mögen es lieber normal. Haruki Murakamis Roman Gefährliche Geliebte". *Frankfurter Allgemeine Zeitung,* 5. August. 2000, S.41

Scherer, Elisabeth, „Ödnis im Bett?", Nipponspiration. (http://www.relue-online.de/2014/03/oednis-im-bett/)

Schuler, A. L. and Prizant, B. (1985). "Echolalia", *Communication Problems in Autism.* Ed. by Eric Schopler and Gary B. Mesibov. New York (Plenum), 1985, pp. 163–184

Swift, Tom, "The Original Tom Swift Series Public Domain Texts", Greg and Barb Weeks' Home Page, 2016 (http://www.durendal.org/ts.html)

Speer, Albert, *Spandau. The Secret Diaries.* New York (Macmillan), 1976
Tanaka, Makoto, *Apocalypse in Contemporary Japanese Science Fiction.* New York (Palgrave Macmillan), 2014
Wing, Lorna, "Asperger's Syndrome, A Clinical Account," *Psychological Medicine.* 11 (1), 1981, pp. 115–129
Woolf, Virginia, *The Essays of Virginia Woolf.* Vol. 4. Ed. by Andrew McNeillie. London (Hogarth Press), 1994
Worm, Herbert, „Haruki Murakami. Die Wahrheit über den Reich-Ranicki-Skandal", *Frankfurter Allgemeine Zeitung,* 5. 8. 2000, S.41

【6】文献以外の資料

言及した映画、音楽、テレビドラマ、アニメ、ゲームなどに関しては、表記が煩雑になるため、省略する。いずれもインターネットで情報を入手できるため、そちらでご確認をお願いしたい。

著者

横道　誠　YOKOMICHI Makoto

1979年大阪市生まれ。京都大学大学院人間・環境学研究科研究指導認定退学。博士（文学）（京都大学、2023年）。専門は文学・当事者研究。現在、京都府立大学文学部准教授。著書に、『みんな水の中――「発達障害」自助グループの文学研究者はどんな世界に棲んでいるか』（医学書院）、『唯が行く！――当事者研究とオープンダイアローグ奮闘記』（金剛出版）、『イスタンブールで青に溺れる――発達障害者の世界周遊記』（文藝春秋）、『発達界隈通信――ぼくたちは障害と脳の多様性を生きてます』（教育評論社）、『ある大学教員の日常と非日常――障害者モード、コロナ禍、ウクライナ侵攻』（晶文社）、『ひとつにならない――発達障害者がセックスについて語ること』（イースト・プレス）、『グリム兄弟とその学問的後継者たち――神話に魂を奪われて』（ミネルヴァ書房）、編著に『みんなの宗教2世問題』（晶文社）、『信仰から解放されない子どもたち――＃宗教2世に信教の自由を』（明石書店）がある。

村上春樹研究

サンプリング、翻訳、アダプテーション、批評、研究の世界文学

2023（令和5）年9月30日　第1版第1刷発行

ISBN978-4-86766-018-8　C0095

発行所　株式会社 **文学通信**

〒114-0001　東京都北区東十条1-18-1 東十条ビル1-101

電話 03-5939-9027　Fax 03-5939-9094

メール info@bungaku-report.com ウェブ http://bungaku-report.com

発行人　岡田圭介

印刷・製本　モリモト印刷

ご意見・ご感想はこちらからも送れます。上記のQRコードを読み取ってください。